MATTHIAS KEIDTEL

Ein Mann wie Holm

Buch

Wer mit siebenunddreißig Jahren bei seiner Tante lebt, keiner Arbeit nachgeht und noch nie eine Freundin hatte, mit dem stimmt etwas nicht. Das ahnt auch Holm, dessen Leben sich zwischen Kaffeekränzchen seiner Eierlikör trinkenden Tante, Supermärkten und Miederwarengeschäften abspielt. Holms Verschrobenheit und Lebensferne führen nicht geradewegs ins Abenteuer. Aber dann lernt Holm eine Frau kennen – ein Vorgang, der auch für weniger komplizierte Charaktere mitunter eine Herausforderung sein kann. Und diese Begegnung mit der Herrenbekleidungsverkäuferin aus dem KaDeWe zeigt, wie grotesk, wie komisch, wie lächerlich es sein kann, sich Menschen anderen Geschlechts zuzuwenden. Die Beziehung nimmt ihren Lauf. Neue Fragen stehen im Raum. Ist es Liebe? Und was ist zu tun, wenn man am Ziel angelangt ist, aber statistisch gesehen noch über vierzig Jahre vor einem liegen?

Autor

Matthias Keidtel, geboren 1967 in Itzehoe/Schleswig-Holstein, wuchs u. a. in Persien und Japan auf. 1989 kehrte er nach Deutschland zurück und studierte in Berlin Geschichte und Germanistik. »Ein Mann wie Holm«, der erste Teil seiner »Trilogie des modernen Mannes«, erhielt hymnische Kritiken, wurde von Kollegen wie Eckhard Henscheid und Franz Schulz gelobt und avancierte zum Kultbuch. Der passionierte Zigarrenraucher hat soeben die Fortsetzung fertiggestellt, die bei Goldmann bereits in Vorbereitung ist.

Mehr unter www.keidtel.de

Matthias Keidtel

Ein Mann wie Holm

Roman

GOLDMANN
MANHATTAN

FSC
Mix
Produktgruppe aus vorbildlich
bewirtschafteten Wäldern und
anderen kontrollierten Herkünften

Zert.-Nr. SGS-COC-1940
www.fsc.org

Verlagsgruppe Random House FSC-DEU-0100
Das für dieses Buch verwendete FSC-zertifizierte Papier
München Super liefert Mochenwangen.

1. Auflage
Taschenbuchausgabe Februar 2008
Wilhelm Goldmann Verlag, München,
in der Verlagsgruppe Random House GmbH

Originalveröffentlichung:
Rogner und Bernhard Verlag, 2006
Umschlaggestaltung: Design Team München
Umschlagfoto:
© Rogner & Bernhard GmbH & Co. Verlags KG, Berlin
BH · Herstellung: Str.
Redaktion: Heiko Arntz, Wedel
Satz: Uhl + Massopust, Aalen
Druck und Bindung: GGP Media GmbH, Pößneck
Printed in Germany
ISBN: 978-3-442-54258-1

www.goldmann-verlag.de

Für Stefanie

Teil Eins

1.

Holm mochte, wenn es bewölkt war, dann konnte man ihn aus dem All nicht beobachten. Er war nämlich davon überzeugt, dass die Satelliten, die um die Erde kreisten, jeden Menschen auf seine Daseinsberechtigung überprüften. Die Wolken waren wie eine riesige Bettdecke, unter der er sich vor den Anforderungen des Lebens versteckt hielt.

Eines Tages, der Himmel war klar und die Aussichten versprachen angenehme Temperaturen, bemerkte Holm, dass er sich auf der Welt noch immer nicht völlig eingelebt hatte. Bei einem Spaziergang erkannte er, dass die Fäkalien sämtlicher Häuser der Stadt durch Rohre sackten und dann in unterirdischen Kanälen Kläranlagen zugeführt wurden, ohne dass ihm jemals Beförderungsprobleme zu Ohren gekommen wären. Denn die Stadt war groß. Sie war sogar noch größer geworden seit der Vereinigung ihrer Hälften. Trotzdem hatte man nie gehört, dass der Unrat irgendwo stecken blieb, selbst wenn alle vier Millionen Einwohner gleichzeitig auf die Toilette gingen. In einem Alter von fast vierzig Jahren musste Holm feststellen, dass die Stadt ein äußerst sensibles System ineinandergreifender Funktionen war, und wenn auch nur eine Funktion, ein Rohr oder Abwasserkanal, ausfiel, würden auch die restlichen Einwohner erkennen, dass sie auf einer riesigen Kloake wohnten. Diese Erkenntnis machte das Leben nicht leichter. Die Vorstellung, sein Tagewerk auf einer stinkenden Brühe zu verrichten, unterhöhlte jeden Versuch, es sich auf der Erde gemütlich zu machen. Was zählten schon edle Zigarren, alte Rotweine oder rahmengenähte Schuhe, wenn unter Holm Damenbinden, Erbrochenes und Verdautes vorbeifloss. Man musste schon ziemlich abgebrüht sein, um nicht daran zu denken, während man an seinem '73er Château Margaux nippte. Du brauchst eine Frau, sagte Gesine Mugsch, seine Arbeitskollegin, anderntags im Geschäft, nachdem ihr Holm von seinen Sonntagsgedanken erzählt hatte. Und Gesine Mugsch, die eigentlich Muschg hieß, was Holm aber nie gelang, fehlerfrei auszusprechen, Gesine Mugsch musste es schließlich wissen, denn sie war nach eigener Aussage seit mehr als zwanzig Jahren glücklich verheiratet. Wenn das die Abwasserproblematik verständlicher macht, antwortete Holm, bin ich bereit, mir eine Frau zu suchen.

Holm war siebenunddreißig Jahre alt und wunderte sich über fast alles. Vielleicht lag es daran, dass er langsamer dachte als die anderen. Manchmal dachte er so langsam, dass sich die Gedanken wie in Zeitlupe durch seinen Kopf bewegten, selbst wenn er wollte, hätte er diesen Prozess nicht beschleunigen können. Holms größtes Problem war, dass er die Erscheinungen des Lebens nicht gleichzeitig, sondern nacheinander wahrnahm, so dass ihm der Überblick fehlte, der zum Verständnis der Zusammenhänge notwendig war. Deshalb reiste Holm auch nicht gerne, weil alles in rasender Geschwindigkeit aufeinander folgte und keinen Moment zur Ruhe kam. Von der Welt kannte er nur Kärnten, das reichte. Ihm genügte es, dass jeden Tag die Sonne aufging und er immer noch am Leben war. Auch das schien nämlich nicht selbstverständlich. So wunderte er sich einmal vor dem Einschlafen, dass sein Herz unbeirrt weiterschlug, während das Bewusstsein den Geist einfach aufgab und Nachtruhe hielt. War es denkbar, fragte sich Holm besorgt, dass auch sein Herz einmal Nachtruhe hielt, um sich von der Arbeit zu erholen? Ein furchtbarer Irrtum wäre geschehen, meinten die Ärzte später nach der Obduktion, Holms Herz hätte versehentlich um Jahrzehnte zu früh aufgehört zu schlagen. Niemand könne sich diesen Irrtum erklären, man stehe vor einem medizinischen Rätsel. Mehrere schlaflose Nächte verbrachte Holm mit der Angst, dass ein Fehler geschehen und seinem Leben ein vorzeitiges Ende bescheren könnte. Ebenso wie die Stadt war auch sein Körper ein sensibles System, in dem jede Funktion um ihre Bedeutung zur Aufrechterhaltung des Ganzen wusste. Das Herz wusste, dass es den durchgehenden Betrieb auch bei Holms völliger Bewegungslosigkeit zu gewährleisten hatte, die Lungen wussten, dass sie weiteratmen mussten, der Darm wusste, dass immer Schicht war. In Wirklichkeit war Holms Körper nämlich die Stadt, die niemals schlief, auch wenn Frank Sinatra das anders sah. Nachdem diese Frage überzeugend geklärt werden konnte, schlief Holm wieder normal. Aber es dauerte nicht lang, und Holm wunderte sich über etwas anderes. Das Wundern war in ihm wie eine Gemütserkrankung, sie kam und ging, und er konnte sich nicht dagegen wehren.

So konnte es passieren, dass er plötzlich auf der Straße stehen blieb, die Schultern herabhängen ließ und ratlos eine Ampel anstarrte, weil er sich fragte, weshalb rot für Stillstand und grün für Bewegung sorgte. Wer bestimmt eigentlich die Bedeutung der Farben?, dachte Holm. Erst da wurde ihm klar, dass das Leben auf stillschweigend akzeptierten Übereinkünften basierte, die nicht in Frage gestellt werden durften. Für die meisten Menschen stellten diese Übereinkünfte keine schwerwiegenden Probleme dar. In der Pubertät gab es zwar einen vorübergehenden Einbruch im Verhältnis zur

Welt. Haare wurden grün oder rot gefärbt, Hosen waren mehrere Nummern zu groß und schlackerten sackförmig zwischen den Beinen, in den verwirrten Gesichtern steckten Blechabzeichen, und harmlose Passanten wurden mit Begriffen aus dem Intimbereich beschimpft. Aber spätestens mit achtzehn war die Rebellion erschöpft und man kehrte zu seiner eigenen Haarfarbe zurück. Nur Holm hatte sich mit achtzehn Jahren immer noch gefragt, wie die Stimme von Tante Hede durchs Telefon dringen konnte, obwohl die Tante mehrere Kilometer entfernt war. Wer dem Telefon so grundsätzlich skeptisch gegenüber eingestellt ist, ist für das Leben ungeeignet, hatte sein Vater gesagt, der insgeheim damit rechnete, dass Holm eines Tages erwachsen würde und den väterlichen Büromöbelbetrieb (»Fühlen Sie sich wie der Chef«) übernahm. Vielleicht sollte er mal einen Arzt aufsuchen, hatte die Mutter mit besorgten Blicken entgegnet und Holm zwei Tage später zu einem renommierten Psychologen ins Universitätsklinikum Benjamin Franklin gefahren. Dem Arzt, einem Endvierziger mit großen, knorrigen Händen und nachsichtigem Lächeln, stellte Holm zunächst die Frage, wie der Erfinder des Blitzableiters zum Namensgeber eines Krankenhauses werden konnte, worauf sich die Mutter schulterzuckend abwandte und der Psychologe sie mit den Worten »Das wird schon« zu beruhigen versuchte. Holm musste sich auf eine Pritsche mit grauem Kunststoffbezug legen, während der Arzt am Kopfende Platz nahm. An den Wänden hingen selbstgemalte Aquarelle von Kindern oder Schwachsinnigen und machten Holm indirekt klar, dass auch er in dieser Liga mitmalen würde, wenn er sich nicht bereitwillig auf eine Therapie einließ. Erzählen Sie ein bisschen von sich, was machen Sie so?, fragte der Psychologe gutmütig und raschelte mit einem Notizheft direkt neben Holms Ohr. Holm konnte sich nicht auf seine Gedanken konzentrieren, wenn jedes Wort aufgezeichnet wurde. Er hatte Angst, dass ihm nachher die Gedanken fehlten. Schon einmal hatte er sich selbst eine ähnliche Frage gestellt, allerdings ohne sich an eine Antwort erinnern zu können. Nein, er hatte wahrscheinlich gar nichts geantwortet, weil es darauf keine Antwort gab. Dass ihn der Psychologe gleich mit der ersten Frage dranbekam, löste heftiges Schweißtreiben aus. Mal so, mal so, antwortete Holm, worauf der Psychologe sofort mitstenografierte. Haben Sie keine Hobbys? In der Stimme des Arztes machte sich eine leichte Unruhe bemerkbar, als habe er die Diagnose innerlich bereits formuliert und brauche nur noch einige zusätzliche Daten. Da Holm nach Abschluss der Schule nichts mehr zu tun hatte, lag er die meiste Zeit auf dem Bett und starrte aus dem Fenster. Einmal die Woche ging er in einen nahe gelegenen Spielzeugladen und sah sich die neuesten Automodelle an. Zwar besaß er schon einen beachtlichen Fuhrpark, ihm fehlten jedoch Abschleppwagen, um Falschparker nicht mehr per Hand umsetzen zu müssen. Dass ein Achtzehnjähriger immer noch gern auf dem Teppich lag und mit Autos spielte, konnte er seinem Psychologen natürlich unmöglich erzählen, wollte er nicht in der psychiatrischen Notaufnahme landen. Und wie sieht es mit Ihrer Zukunft aus? Haben Sie Pläne oder Projekte? Der Arzt legte Notizheft und Kugelschreiber beiseite und ging zu einem Schrank, auf dem sich medizinische Fachliteratur stapelte. Offenbar suchte er nach einem vergleichbaren Fall, um die Behandlungsart zu bestimmen. Vielleicht war Holms Krankheit aber auch unheilbar. Das Ich-weiß-nicht-wohin mit-mir-Syndrom im letzten Stadium.

Holm hatte schon lange geahnt, dass etwas faul war mit ihm. Jetzt wurde es ihm von fachlicher Seite bestätigt. Ich muss Ihnen leider sagen, dass ich keinerlei Hoffnung mehr für Sie sehe. Sie leiden an akuter Perspektivlosigkeit und partieller Verwirrung. Hinzu kommen hohe Langeweile-Werte, die Ihre Überlebenschancen gegen null tendieren lassen. Ich gebe Ihnen noch drei Wochen. Leichenblass lag Holm auf die Pritsche gebahrt und stellte sich den Trauerzug vor, bestehend aus seinen Eltern und Tante Hede, während sein Sarg, mit einer Auswahl Lieblingsautos bestückt, über den Friedhof geschoben wurde. Danach Kaffee und Kuchen bei geselligem Zusammensein. Es wurden Tränen vergossen, stumm Köpfe geschüttelt und Schultern gezuckt. Beim abschließenden Schnaps taute man doch noch auf, erzählte sich gegenseitig die jeweiligen Lieblingsgeschichten (Holm als Kleinkind, Holm als Erstklässler, Holm mit Tante Hede im Zoo, Holm mit Vater im Freibad) und ging mit dem seltsamen Gefühl auseinander, sich schon lange nicht mehr so nahe gekommen zu sein.

Sie sind kerngesund, hatte der Psychologe unvermittelt gesagt und sich zu Holm umgedreht. Vielleicht ein Spätentwickler, aber das ist kein Grund zur Sorge. Ich habe auch lange nicht gewusst, was ich mit dem Leben anfangen soll. Spätestens mit zwanzig sollten Sie aber zu Potte kommen. Sie sind ein Mann, Sie müssen die Welt erobern. Irgendwann wollen Sie sicher eine Familie gründen. Ich gebe Ihnen den Rat, sich Projekte vorzunehmen, strukturieren Sie Ihren Tag, stellen Sie sich feste Regeln auf, und vor allem: Nehmen Sie am Leben teil, gehen Sie raus in die Welt! Noch heute hörte er die Worte, Sie sind ein Mann, Sie müssen die Welt erobern, nicht ohne ein Gefühl von Scham. Holm war zweifellos ein Mann. Das war die eine Seite. Die andere Seite betraf die Art, wie er der Rolle als Mann am ehesten gerecht wurde. Und da fing es an, kompliziert zu werden. Bis Mitte dreißig hatte er die Beantwortung der Frage, wie er die Welt zu erobern gedachte, vor sich hergeschoben, indem er lustlos Philosophie- und Kunstgeschichte studierte.

Vor einigen Wochen war nun unvermittelt die Frage aufgetaucht, ob ein Haustier dazu geeignet sei, den Tag mit einer verantwortungsvollen Aufgabe sinnvoll zu strukturieren. Holm hatte daher ein Zoofachgeschäft aufgesucht. Es gab Menschen, die ihre Erleuchtung während einer Nordpolexpedition bei fünfzig Grad Kälte, tagelangen Schneestürmen und abgestorbenen Füßen fanden, Holm fand sie inmitten schilpender, zirpender und quäkender Klein- und Kleinsttiere, zwischen Käfigen und Aquarien. Ein Mann mit zotteligen Haaren, schlanker Figur und einer grünlichen, wie von Algen befallenen Brille, hinter der sich ein verwirrtes Augenpaar verbarg, begrüßte ihn mit vollem Mund. Sein knochiges Gesicht erinnerte ihn entfernt an ein Reptil. Vermutlich, dachte Holm, verspeist er gerade eine Portion Mehlwürmer. Kann ich Ihnen helfen, sagte das Reptil, nachdem es die Mehlwürmer hinuntergewürgt hatte. Ich suche ein Haustier, sagte Holm. Ihm kam plötzlich die Idee, den Verkäufer zu fragen, ob er selber nicht Lust habe, in seine Wohnung zu ziehen, er könne ihm ein warmes Plätzchen neben dem Sofa herrichten. Der Verkäufer grinste, auch er habe gerade an diese Möglichkeit gedacht, jedoch nicht gewagt, ihm den Wunsch vorzutragen. Er sei pflegeleicht, brauche lediglich eine Heizung, zur Not täte es auch eine besonders starke Lampe, da er sich schnell verkühle. Außerdem zweimal am Tag Mehlwürmer. Mehr nicht. Es sei nicht nötig, mit ihm zu sprechen oder sich sonst wie mit ihm zu beschäftigen. Er genüge sich selbst und genieße das reglose Dasein in Anwesenheit eines Menschen. Holm stimmte dem Angebot zu, und wenige Stunden später lag der Verkäufer zusammengerollt auf der Häkeldecke von Tante Hede neben der voll aufgedrehten Heizung. In der

Küche gründete Holm eine Mehlwurmzuchtstation, um den regelmäßigen Nachschub sicherzustellen. Bald jedoch kursierte in seinem Wohnblock das Gerücht, er lebe in einer homosexuellen Wohngemeinschaft mit einem Zoofachhandelsverkäufer, was Holm, der sich daraufhin kaum noch vor die Tür traute, eines Tages zu dem Schritt veranlasste, die Heizung ab- und die Mehlwurmzucht einzustellen. Mehrere Tage verbrachte er in einer Pension, und als er schließlich in seine Wohnung zurückkehrte, entdeckte er den Verkäufer tot unter dem Sofa liegend.

Wie wäre es mit einem Zwergpinscher, schlug der Verkäufer vor, und Holm atmete erleichtert auf. Ein Hund ist kein Haustier, weil man ja mit ihm nach draußen gehen muss, antwortete Holm. Sie können den Zwergpinscher auch wie eine Katze behandeln, mit Katzenklo, versuchte ihn der Mann zu überzeugen. Dann kann ich mir ja gleich eine Katze zulegen, sagte Holm eine Spur gereizt. Also gut, einen Fisch vielleicht. Ich hätte da was für Sie! Der Verkäufer lächelte schief, als habe er noch einen besonderen Clou im Ärmel. Im hinteren Teil des Geschäfts, abgeschirmt von einem Regal mit Katzenstreusäcken und Fischfutterdosen, befand sich das Schatzkästlein des Zoofachhandels *Kachelmann und Erben*. Eine liebevolle Zusammenstellung von Spinnen, Giftschlangen und Skorpionen. Das Gesicht des Verkäufers entspannte sich merklich, sein Blick schweifte fast zärtlich über die in dichtem Grün vor sich hinbrütenden Kreaturen. Hier oben, sagte er und wies auf ein längliches Aquarium, in dem eine Handbreit Wasser ein zur Rückseite hin ansteigendes Kiesbett bedeckte. Pflanze und Stein deuteten den Übergang zum Land an. Weil kaum Licht in den Behälter fiel – eine Birne mit geringer Wattzahl verbreitete funzelige Höhlenatmosphäre –, konnte Holm nicht viel erkennen. Was er zunächst für ein Stück Borke gehalten hatte, stellte sich jedoch als eigentlicher Hauptdarsteller des Aquariums heraus. Das ist er!, sagte der Verkäufer stolz. Unser Grottenolm. Holm trat dicht an die Scheibe und sah einen länglichen, pigmentlosen Körper mit rudimentären Beinen und zwei am Kopf herauswachsenden Kiemen. Der Grottenolm lag, mit dem Kopf zur Wasseroberfläche gerichtet, apathisch auf dem Kies und schien zu warten. Grottenolme sind schwierig zu halten, sagte der Verkäufer aufgeregt wie ein Kind, das einem Freund sein neues Lieblingsspielzeug präsentiert. Nur wenige überleben längere Zeit in Gefangenschaft, es muss alles stimmen, Licht, Wasser, Futter. Außerdem mögen sie keine Unruhe, am liebsten liegen sie den ganzen Tag so da. Er grinste, als er Holms staunendes Gesicht bemerkte. Holm staunte nicht nur, er entwickelte auch eine merkwürdige Sympathie für diese seltene Amphibie. Der Grottenolm, sagte der Verkäufer geheimnisvoll und drückte die Brille gegen die Stirn, ist eine zoologische Besonderheit, weil auch das erwachsene Tier Kiemenbüschel besitzt. Man könnte ihn auch als erwachsen gewordene Larve bezeichnen, die keine vollständige Verwandlung von der Kaulquappe zum Adulttier mehr durchmacht. Hier stoppte er und räusperte sich, als habe er Schwierigkeiten, mehr als zwei Sätze grammatikalisch korrekt hintereinander zu sprechen.

Erneut konzentrierte er sich. Wegen seiner weißlich schimmernden Haut wird der Grottenolm auch »menschlicher Fisch« genannt, sagte er und lächelte wirr. Wie ein Blitz durchzuckte es Holm, als er den Laden verließ. Dass auch ein äußerlich larvenartiges, anscheinend nicht voll entwickeltes Wesen durchaus eine eigenständige Spezies sein konnte, begeisterte ihn. Holms Entschlusslosigkeit und mangelnde Tatkraft waren demnach ausgereifte Charaktereigenschaften, die in seinem bisherigen Umfeld nur nicht richtig zur Geltung kamen. Nachdem er sich mit dem Gedanken, in diesem Leben eine eklatante Fehlbesetzung zu sein, bereits halbwegs angefreundet hatte, wurde ihm schlagartig klar, dass er nur die richtigen Rahmenbedingungen benötigte, um sein Leben artgerecht genießen zu können. Endlich, mit fast zwanzigjähriger Verspätung, verstand Holm den Ratschlag des Psychologen, sich ein Projekt vorzunehmen. Sein Projekt für die allernächste Zukunft lautete daher kurz und schlicht: EINLEBEN.

2.

Bevor ihm Gesine Mugsch die Anschaffung (Erringung? Installierung? Ernennung?) einer Frau an seiner Seite empfahl, hatte Holm die weibliche Welt lediglich zur Kenntnis genommen, etwa so, wie man feststellte, dass es einen Mond gab oder den Großen Wagen. Holm musste sich jedoch nicht notwendigerweise auch mit dem Mond befassen, während er nach geeigneten Rahmenbedingungen auf der Erde suchte. Zunächst galt es, festen Boden unter die Füße zu bekommen. Frau Mugsch und Tante Hede waren zwar auch Frauen, in ihrer Gegenwart fühlte sich Holm jedoch auf angenehme Weise zu keiner Stellungnahme verpflichtet. Eigentlich waren sie Männer mit einer etwas ungewöhnlichen Aussprache.

Es gehörte zu den unerklärlichen Grausamkeiten des Lebens, dass man auf die Welt geworfen wurde, ohne einen Plan davon zu haben, was man dort eigentlich sollte. Als würde man plötzlich irgendwo über unbesiedeltem Gebiet aus dem Flugzeug gestoßen. Holms Aufprall auf den Boden der Tatsachen geschah in seinem siebenunddreißigsten Lebensjahr, nachdem er überraschend aus der elterlichen Wohnung geworfen wurde. Er landete auf dem weichen Sofa von Tante Hede, die allein in einer bescheidenen Dreizimmerwohnung am südlichen Stadtrand wohnte. Von ihrem zweiten Mann seit über zehn Jahren getrennt, lebte sie von seinen regelmäßig am Monatsende eintreffenden Zuwendungen. Und sie lebte, soweit Holm das beurteilen konnte, nicht schlecht davon. Wenigstens war die Wohnung im Winter ausreichend geheizt, und im Sommer standen immer frische Blumen auf dem Tisch. Tante Hede gehörte zu jenen Frauen, die sich ein Mann und Mensch wie Holm nur wünschen konnte: gut gelaunt, lebenstüchtig und alt. Mit fünfundfünfzig Jahren jedenfalls alt genug, um nicht mehr von einem glücklichen und erfüllten Dasein zu träumen. Nach zwei gescheiterten Ehen hatte sie ihre Illusionen vom partnerschaftlichen Miteinander endgültig begraben und konzentrierte sich nur noch auf ihre weiblichen Freunde.

Die Wohnung lag im zehnten Stock eines in den Siebzigerjahren errichteten und inzwischen mehrfach modernisierten Blocks, der Teil einer riesigen Satellitenstadt, der so genannten Gropiusstadt, war. Obwohl man mit der U-Bahn in weniger als zwanzig Minuten ins Zentrum gelangte, hatte Holm das Gefühl, in einer anderen Stadt zu wohnen. Wenn er abends mit der Tante und einem Gläschen Eierlikör auf dem Balkon stand und Richtung Stadtzentrum sah, über dem der Widerschein von Millionen Lichtern wie eine giftige gelbe Wolke hing, war es, als würde er auf einen fremden Planeten schauen: zwei Außerirdische, die Erde betrachtend.

Holms EINLEBEN begann im Rahmen des seit Jahrzehnten bereits gut eingespielten Alltags von Tante Hede. Aufstehen um acht, Frühstück, Putzen und Aufräumen der Wohnung, Einkaufen fürs Mittagessen, das um halb eins über die Bühne gehen musste, Mittagsschlaf bis halb drei, den Nachmittag zur freien Verfügung, halb sieben Abendbrot plus Absprachen für den folgenden Tag, um zwanzig Uhr Tagesschau, danach Filme oder eine kulturelle Veranstaltung in Oper oder Theater, um dreiundzwanzig Uhr Licht aus. Mit diesen Vorgaben konnte man arbeiten. Langsames Heranpirschen an den Ernst des Lebens, nannte das Holm. Bis er die Stelle im Tabakgeschäft antrat, hatte er Zeit, seine Vorstellungen von den Rahmenbedingungen in angenehmer Umgebung auszuprobieren. Ein Leben als Probedurchlauf. Sich mittags einfach an den Tisch zu begeben und zu essen, was Mutter ihm vorsetzte, war das eine. Einen Einkaufszettel schreiben und danach im Supermarkt die Theorie in die Praxis umsetzen das andere. War er zu Hause bei seinen Eltern als reiner Konsument aufgetreten, bezog ihn Tante Hede in die Planung des Mittagessens nun großzügig mit ein. Sein Vorschlag, einzukaufen, während sie für das Kochen zuständig war, hatte zur Folge, dass Holm die Wahl des Gerichts entscheidend beeinflussen konnte. Plötzlich sah sich Holm einer verantwortungsvollen Aufgabe gegenüber, deren Gelingen jedoch die erfolgreiche Umsetzung der am Küchentisch getroffenen Entscheidungen voraussetzte. Im Grunde war darin bereits die ganze Lebensproblematik enthalten. Hatte man nach zähen Verhandlungen endlich beschlossen, eine Kartoffelsuppe zu kochen, begannen die eigentlichen Schwierigkeiten erst beim Aufschlagen von *Dr. Oetkers Schul-Kochbuch*. 375 g Kartoffeln (weich- oder festkochend?), 50 g Suppengrün (war das Suppe in Pulverform oder etwas Pflanzliches?), 1 l Wasser oder Brühe (war Brühe nicht grundsätzlich schmackhafter?), 40 g Fett oder Speck (wer wollte das entscheiden?!), 1 Essl. Weizenmehl (gab es solch geringe Mengen überhaupt zu kaufen?), Salz (aber wie viel?), Petersilie oder Schnittlauch (ja was nun?). Als besondere Zugabe hatte Tante Hede beim ersten Mal noch um zwei Rollen Klopapier gebeten, was Holm vorsichtshalber nicht notierte, sollte der Zettel in fremde Hände geraten. Danach mussten die Zutaten vor Ort gefunden und sekundenschnelle Entscheidungen getroffen werden.

Holm hatte der Schweiß auf der Stirn gestanden. Obwohl es ein normaler Montagvormittag war, war die Parkfläche bereits zur Hälfte von Autos mit Zweitwagencharakter zugeparkt gewesen. Anscheinend hatten die Ehefrauen und Mütter nichts Besseres zu tun, als sofort nach Abmarsch ihrer Männer zur Arbeit in ihre Kleinpersonenkraftwagen zu springen und im erstbesten Supermarkt einzukaufen. Statt in Ruhe sein Zutatenprojekt verfolgen zu können, würde Holm von kompetenten Frauen mit jahrelanger Einkaufserfahrung umringt sein, die seine Unsicherheit zehn Meter gegen den Wind rochen. Schon sah er die abschätzigen Blicke fest im Leben stehender Mütter, die ihre Kinder vorsorglich an die Hand nahmen (»Tommi, komm mal schnell, Mama hat was für dich!«) oder tuschelnde Blondinen, die Holm zweifellos für einen Spanner hielten, der Woche für Woche alle Supermärkte im Umkreis von zehn Kilometern nach scharfen Frauen unter fünfundzwanzig abgraste. Denn ein Mann, der montags um zehn Uhr einkaufen ging, war entweder ein gefährlicher, bundesweit gesuchter Sittenstrolch oder arbeitslos. Jedenfalls war es ein Mann, den frau nicht aus den Augen lassen durfte. Da half es auch nicht, dass Holm einen Anzug mit Schlips trug, um die Ernsthaftigkeit seines neuen Lebensabschnittes zu betonen. Im Gegenteil. Die größten Sittenstrolche wirkten wie biedere Versicherungsvertreter. Und weil Holm das Vertreterhafte seines äußeren Erscheinungsbildes nie ganz loswurde, war er praktisch zum Sittenstrolch prädestiniert. Am liebsten hätte er sich ein Schild ans Revers geheftet, darauf Name und Anschrift sowie die Liste der Zutaten für die Kartoffelsuppe. Vielleicht noch ein kleiner Hinweis auf Tante Hede, denn ein Mann wirkte immer seriöser, wenn er in Beziehung zu einer Frau stand, selbst wenn es sich nur um die Tante handelte.

Als die Türen lautlos zur Seite glitten und Holm in die Halle trat, bemerkte er beinahe enttäuscht, dass keinerlei

Panik ausbrach. Keine kreischenden Frauen, die ihre Kinder in Sicherheit brachten, nichts. Die weibliche Kundschaft bewegte sich konzentriert durch die Regalreihen, während von oben klassische Musik beruhigend auf sie niederplätscherte. Tatsächlich waren nur Frauen zu sehen. Holm kam kurz der Gedanke, dass der Supermarkt nur Frauen den Zutritt erlaubte. So wie es bereits in Tiefgaragen Parkplätze NUR FÜR FRAUEN gab, existierten inzwischen vielleicht auch Supermärkte NUR FÜR FRAUEN. Bald würde es ganze Stadtviertel NUR FÜR FRAUEN geben. Mitten in der Obst- und Gemüseabteilung entdeckte Holm plötzlich einen männlichen Verkäufer. Als er Holm bemerkte, lächelte er übertrieben freundlich. Zwei Geschlechtsgenossen hatten einander erkannt und solidarisierten sich über die Strauchtomaten hinweg. Holm fragte sich, weshalb er immer nur die schlimmstmögliche Variante der Wirklichkeit denken konnte. Vielleicht lag seinem Gefühl, eine Fehlbesetzung im Leben zu sein, nur die falsche Vorstellung vom richtigen Leben zugrunde. Ebenso gut hätte er denken können: Holm, du bist hier der einzige männliche Konsument, nutze diese Gelegenheit zu deinem Vorteil. Trotzdem empfand er nur das Sittenstrolchhafte seiner Existenz.

Obwohl Petersilie und Schnittlauch auf seinem Einkaufszettel standen, beschloss er, die Gemüseabteilung nicht weiter zu beachten, um vom Verkäufer nicht noch tiefer in diese Problematik hineingezogen zu werden. Glücklicherweise lagen die Kartoffelsäcke am Rande des Grüngürtels auf dem Weg zu den Milchprodukten. So konnte er wenigstens eine Zutat sicher in seinem Korb verstauen. An den Kühlfächern verlangsamte sich überraschend sein Schritt. Holm begann zu bummeln und ließ seinen Blick fasziniert über die riesige Auswahl schweifen, obwohl er nichts weniger benötigte als Milch oder Quark. Dabei fiel ihm auf, dass der Warenpräsentation eine ausgeklügelte Dramaturgie zugrunde lag, die offenbar direkt dem menschlichen Leben abgeschaut war. Wesentliches folgte auf Unwesentliches, Frisches auf Konserviertes, Grundnahrungsmittel auf Mixed Pickles, Gemüse, Quark, Fleisch – besser konnte man das Leben nicht beschreiben. Warum sah Holm eigentlich überall nur Analogien und konnte nicht einmal mehr unvoreingenommen Milchprodukte betrachten?

Vor der Fleischtheke hatte sich eine lange Schlange gebildet, Frauen mit Einkaufswagen, keine einzige hatte sich wie Holm nur mit einem Korb begnügt. Damit gaben sie Holm klar und deutlich zu verstehen, dass sie nicht nur *ein* Projekt verfolgten, sondern an mehreren gleichzeitig arbeiteten. Der Korb war das symbolische Eingeständnis seines mehr als fragwürdigen, täglich neu zu erobernden Daseins. In ihren Einkaufswagen lagen Kinderprojekte, Männerprojekte, Wochenend- und Ausflugsprojekte und Partyprojekte. Bei Holm hingegen deutete sich lediglich vage das Mittagessenprojekt mit Tante Hede an. Vermutlich gingen pro Frau mindestens zehn Kilo Fleisch und Wurst über den Tresen, dazu Resteknochen für die Hunde. Holm dachte daran, unbemerkt in der Konservenabteilung zu verschwinden, um sich nicht mit 40 g Fett oder Speck lächerlich zu machen.

Doch ehe er den Gedanken in die Tat umsetzen konnte, spürte er das kalte Gestänge eines Einkaufwagens am Gesäß. Hinter ihm stand eine Frau, die entschlossen gegen seinen Hintern drückte, als würde sie einen Fluchtversuch unter keinen Umständen tolerieren. Überhaupt lag in den Blicken der Frauen eine Entschlossenheit, als hätten sie schon vor Wochen endgültig über die zu kaufenden Wurstsorten entschieden, während Holm immer noch ratlos zwischen Fett und Speck schwankte. Sollte er die Frage nicht in wenigen Minuten für sich gelöst haben, drohte ihm ein Offenbarungseid vor der Fleischverkäuferin und in Gegenwart aller nachfolgenden Kundinnen, insbesondere der penetranten Gesäßdrückerin, die offenbar nur darauf wartete, Holm am Boden zu sehen. Sie würden erfahren, dass es zu Mittag Kartoffelsuppe gab, dass er die Suppe pünktlich um halb eins zusammen mit Tante Hede auslöffeln würde, dass er in Tantes Wohnung auf dem Sofa lebte, weil er sich auf der Welt noch nicht eingerichtet hatte und gerade erst dabei war, die nötigen Rahmenbedingungen zu schaffen. Und schließlich müsste er preisgeben, dass seit Neuestem der Grottenolm zu seinen Lieblingstieren zählte.

Ich glaube, Sie sind jetzt dran, sagte die freundliche Stimme der Frau hinter ihm und drückte mit dem Wagen sanft gegen sein Gesäß. Vierzig Gramm Speck, sagte Holm spontan und lächelte verlegen. Die Fleischverkäuferin reagierte erstaunlich souverän, verpackte die exakt gewogene Menge Speck in einem Plastikbeutel, knipste den Bon dran und überreichte ihn Holm mit einem selbstverständlichen »Danke schön«, als habe sie nie etwas anderes von ihm erwartet. Jetzt nur nicht die Kontrolle verlieren, dachte Holm, vom Erfolg kurzzeitig euphorisiert, und ruhig den Einkaufszettel abarbeiten. Übertriebene Fröhlichkeit war in Supermärkten unerwünscht. Oder hatte er etwa schon irgendjemanden lachen sehen? Stille Demut vor dem Artikel war die Voraussetzung, um als Kunde ernst genommen zu werden. SCHERZE UND UNBEGRÜNDETE HEITERKEIT SIND NICHT GESTATTET UND WERDEN STRAFRECHTLICH VERFOLGT. DIE GESCHÄFTSLEITUNG. Noch immer war die Mehlfrage offen. Weizen- oder Roggenmehl? Und bestand die Möglichkeit, Kleinstmengen zu erwerben?

Mit gebotenem Ernst näherte sich Holm einem zweiten männlichen Verkäufer, der gerade Puddingpulverpackungen in das Regal ordnete. Mehl, sagte Holm tonlos, als handelte es sich um kein Produkt, sondern um das Codewort, mit dem man Zugang zu den unterirdischen Geheimvorräten bekam.

Als der Verkäufer ungerührt weiter seine Vanillepackungen einsortierte, wurde Holm konkreter: Roggenmehl? (Roggenmehl klang irgendwie professioneller als Weizenmehl. Roggenmehl klang, als wüsste er im Leben Bescheid.) Daraufhin stoppte der Verkäufer den Vorgang – offenbar reagierte er nur auf korrekte Artikelbezeichnungen – und drehte sich um. Vollkornroggen oder normal? Der Mann sah nicht danach aus, als wollte er lange diskutieren. Möglichst klein, vielleicht die Hälfte, antwortete Holm unsicher. In dieser Antwort schien Holms Lebensuntauglichkeit blitzartig aufzuleuchten. Der Verkäufer musterte ihn zunächst ratlos von oben bis unten, als wolle er sicher sein, nicht zu träumen. Dann blies er seine ganze Fachhändlerüberheblichkeit mit einem Stoß aus Mund und Nase, griff, ohne seinen Blick von Holm abzuwenden, blind ins Regal und nahm zwei unterschiedliche Packungen Mehl heraus. Vollkorn, normal, sagte er, indem er erst die linke und dann die rechte Hand vorstreckte. Um wenigstens eine Teilselbstständigkeit zu bewahren, stellte Holm keine weitere Frage und entschied sich für das normale Mehl. Es sollte nicht so aussehen, als ob er sich für etwas Besonderes hielt. Beim Salz dagegen verzichtete er lieber ganz auf Fragen, er nahm seine Packung so schwungvoll aus der Reihe der Angebote, dass jeder Verkäufer automatisch denken musste, das ist ja ein professioneller Salzverbraucher, der braucht meine Hilfe nicht.

Nachdem der Einkaufskorb gut gefüllt war, war die Zeit für das Klopapier reif. Er fand es in der Reihe hinter den Süßwaren. Zunächst tat er ein wenig unschlüssig, blieb längere Zeit vor den Rasierwasserprodukten stehen, als würde er nicht mal entfernt daran denken, sich mit Klopapier eindecken zu wollen. Nein, *so* etwas kam ihm nicht in den Korb, im Zusammenhang mit der Kartoffelsuppe wäre einem sofort klar: Hier denkt bereits jemand an die Zeit nach dem Essen. Dieser Eindruck musste aber in jedem Fall verhindert werden. Denn nichts verabscheute er mehr als fremde Blicke auf sein Privatleben. Langsam bewegte er sich nach rechts, hinter dem Rasierwasser kam Zahnpasta, dann Shampoo und schließlich Körperpflegeprodukte. Hier war die Grenze erreicht. Alles, was danach kam, gehörte in die Abteilung Intimpflege. Einen Schritt weiter, und Holm befand sich in einer Region, die er nur noch mit rotem Kopf verlassen konnte. Weil Tante Hede aber ausdrücklich darauf bestand, hatte er keine Wahl. Er sah nach rechts, er wartete, er sah nach links, er wartete wieder. Er holte tief Luft. Und dann sprang er plötzlich mit einem einzigen Satz zum Klopapier, riss eine Zweierpackung Rollen aus dem Regal und rannte wieder zurück zum Rasierwasser. Erst als das Klopapier sicher unter den Kartoffeln, dem Mehl und dem Salz versteckt war, atmete er erleichtert auf und setzte seinen Weg in aller Ruhe fort.

Holm war fast bis zur Kasse gelangt, als sein Blick in der Zeitschriftenabteilung hängen blieb. Auch hier zeigte sich die geschickte Strategie des Betriebs. Erschöpft von Entscheidungen, wurde der arglose Kunde am Ende in buntbebilderte Wohlfühlträume gelockt. Nicht den gewöhnlichen Klatschheften, sondern den Männermagazinen galt Holms Aufmerksamkeit. Dass die Männermagazine mit nackten Frauen warben, die Frauenmagazine aber nicht mit nackten Männern, deutete bereits die Problematik des männlichen Geschlechts an. Holm schien es seltsam, dass in Anbetracht der ausschließlich weiblichen Kundschaft überhaupt derartige Magazine zur Verfügung standen. Wollte man Holm testen, ob er den Supermarkt mit lauteren Absichten betreten hatte? Ein Mann, der lediglich Kartoffeln, Mehl und Salz in seinem mickrigen Einkaufskorb vorzuweisen hatte und jetzt noch zu einem Erotikheft griff, war offenbar nicht in erster Linie wegen der Nahrungsmittel hier. Es bedeutete schlicht: Holm war nicht auf seine Kosten gekommen und suchte bei den Zeitschriften eine Ersatzbefriedigung. Er tat zunächst, als verschaffe er sich bei den Strick- und Bastelmagazinen einen Überblick. Die Bastelmagazine lagen zufällig drei Etagen über den Erotikmagazinen, so dass er notfalls mit einer unauffälligen Kopfbewegung zwischen Bastelhinweisen und Brustmotiven wechseln konnte. Holm sah probeweise mehrmals hoch und runter. Eine aufmerksame Frau würde natürlich sofort erkennen, dass er sich nicht für die jüngsten Erkenntnisse auf dem Strick- und Häkelsektor interessierte, sondern für pralle Brüste und schlanke Beine. Doch galt es, der schockierten Frau auf diese Weise zu zeigen, dass es ihm selber peinlich war. Während zwei nackte Brüste Holm auffordernd anstarrten, trat das Sittenstrolchhafte seiner Existenz wieder zu Tage. Auf einmal war es ihm unmöglich, woanders als zu den Brustwarzen zu sehen. Nimm mich, flüsterte der Bauchnabel einer rassigen Blondine, es ist keiner in der Nähe. Der Bauchnabel hatte recht. Tatsächlich war Holm allein in der Abteilung. Ihm wurde heiß vor Aufregung, er spürte, dass er eine Erektion bekam. Seit er denken konnte, hatte Holm für die halbnackten Frauen auf den sommerlichen Straßen der Stadt nur ein Schulterzucken übrig, und ausgerechnet diese künstlich aufgeblasenen Brüste verschafften ihm die stärkste Erektion seit langem. Vielleicht war es gerade das offenkundig Unechte, was ihn anzog, diese erstaunliche Hingabe einer überschminkten Frau, die Holm garantiert niemals über den Weg laufen würde. Holm war sicher vor dieser Frau, deshalb reizte sie ihn. Gleichzeitig sagte ihm eine innere Stimme, Holm, du befindest dich in einem Supermarkt, in fünf oder sechs Metern Entfernung bemühen sich Mütter um einen ausgewogenen Speiseplan für ihre Lieben, und du stehst hier mit einer deutlich sichtbaren Erektion, schäme dich! Stattdessen schoss seine Hand aus der Hüfte vor zu den Schmutzheften und zog gierig eines heraus. Das war nicht mehr Holms Hand. Das war eine Hand, die ihm irgendjemand heimlich zugesteckt hatte, womöglich der überhebliche Mehlexperte, um ihn als moralische Respektsperson in den Dreck zu ziehen. Holm war empört und blickte zwangsweise in das Heft.

Es war unglaublich, mit welcher Freizügigkeit sich sympathisch wirkende Damen vor wildfremden Männern entblößten. Frauen wie Sarah zum Beispiel. Lange braune Haare und ein nettes, harmloses Lächeln. Aber darunter: splitterfasernackt. Oder Sylvia, eine hübsche Blondine, die gerade von ihrem Mann verlassen worden war und von Holm nun zum Trost in ein gepflegtes Gourmetrestaurant eingeladen wurde. Als Holm den sündhaft teuren '86er Pomerol verkosten wollte, gestand sie ihm: »Ich träume die ganze Nacht von dir.«

Neben sich bemerkte Holm auf einmal eine Mutter mit ihrem etwa vierjährigen Kind. Es war zu spät, das Heft unbemerkt wieder zurückzulegen und sich den Strickmoden zuzuwenden. Während die Mutter nach einer bestimmten Zeitschrift zu suchen schien, stand Holm mit seiner ausgebeulten Hose und dem Schmutzheft erstarrt daneben und hoffte, dass sich die Mutter nicht für ihre Mitmenschen interessierte. Dabei war es nur noch eine Frage von Sekunden, bis ihr klar wurde, mit welcher Art Hobby sich Holm da beschäftigte. Einen Kopf kleiner als Holm, war sie sogar noch näher dran an dem aufgeschlagenen Magazin, nur ein beiläufiges Augenzucken ihrerseits, und die nackte Helena offenbarte sich auch der jungen Mutter. Um nicht aufzufallen, versuchte sich Holm nicht zu bewegen. Aber je länger er sich nicht bewegte, desto auffälliger wurde er. Kein Mensch stand minutenlang absolut reglos in der Zeitschriftenabteilung. Holm schwitzte. Da Frauen besser rochen als Männer, würde sie ihn sofort riechen. Sie würde riechen, dass er Angst hatte. Ein kurzer, strafender Blick aus ihren selbstsicheren Mutteraugen, und Holms Lebensprojekt wäre vernichtet. Holm würde nichts anderes mehr übrig bleiben, als das Land zu verlassen und nach Australien auszuwandern, um sich dort neue Rahmenbedingungen zu suchen. Schon sah er sich mit angelegtem Gewehr hungrig durch das australische Hinterland streifen. Abends würde er einsam am Lagerfeuer sitzen und gegrillte Beutelrattenschenkel verspeisen. Diesem Schicksal konnte er nur entgehen, wenn er die Flucht nach vorne antrat. In Wirklichkeit war Holm nämlich ein staatlich anerkannter Sittenwächter, der von der Düsseldorfer Konzernzentrale in diese Filiale geschickt worden war, um die Einhaltung der Firmengesetze zu überprüfen. Und diese Gesetze verboten das Anbieten erotischer Schmutzhefte, von denen Holm gerade ein besonders unappetitliches Exemplar in Händen hielt.

In diesem Moment sah Holm, wie sich das Kind, einem spontanen Impuls folgend, ausgerechnet vor ihn drängelte, weil es irgendein lustiges Bildchen entdeckt hatte, das umgehend und ohne Rücksicht auf Holms Standortrechte begutachtet werden musste. Der Kopf dieses unerzogenen, da vermutlich von seiner Mutter sträflich vernachlässigten Kindes befand sich nur wenige Zentimeter von Holms Erektion entfernt, und zwar in Augenhöhe, so dass es, sollte es sich überraschend umdrehen, unausweichlich mit der Stirn gegen IHN stoßen würde. Statt schamhaft in sich zusammenzufallen, bemerkte Holm, dass die Erektion eher noch wuchs. War Holm am Ende ein verkappter Kinderschänder, der seine dunklen Gelüste jahrelang erfolgreich unterdrückt hatte? Oder galt der Ständer vielmehr der Mutter, die jetzt so dicht neben ihm in einer Gartenzeitschrift blätterte, dass der schwere Duft ihrer schwarzen Haare in seine Nase stieg? Das Kind hatte Holms Anwesenheit inzwischen vergessen und machte plötzlich einen Schritt in die falsche Richtung. Sehen Sie sich diesen Schmutz an!, rief Holm empört und wandte sich mit der barbrüstigen Helena überstürzt zur Mutter. Doch anstatt selber empört zu reagieren, musterte sie ihn nur kurz, klappte die Gartenzeitschrift zu und sagte zum Kind: Komm, Mami muss jetzt zahlen! Nichts hätte Holm mehr erniedrigen können als dieser abschätzige Blick und »Komm, Mami muss jetzt zahlen«. Wenigstens war seine Erektion jetzt beendet.

Zu Hause legte Holm sich erst einmal auf das Sofa und beobachtete schweigend die Tante. In ihren roten Kunststoffschlappen, den schwarzen Hosen, an denen die Bügelfalten wie aufgenäht wirkten, und der streng bis zum Hals geknöpften Bluse sah sie auf seltsame Weise körperlos aus. Es gab solche Frauen. Mit jeder Geste schienen sie dem Betrachter zu suggerieren, dass sie nur der Statik wegen in einem körperähnlichen Gebilde steckten, das der Fortbewegung, nicht aber der Fortpflanzung diente. Wenn man ihnen Bluse und Hose herunterriss, kamen darunter nur weitere Kleidungsstücke zum Vorschein, bis man schließlich vor dem Nichts stand. All diesen Frauen gemeinsam war ihre mangelnde Begabung zum Müßiggang, als müssten sie in jeder Sekunde etwas tun, um nicht auf falsche Gedanken zu kommen. Auch Tante Hede war ununterbrochen mit etwas beschäftigt. Wenn sie nicht kochte, ordnete sie ihre Kochzeitschriftensammlung neu, wusch Wäsche, schrieb Glückwunschkarten, reparierte Wasserhähne, säuberte das Badezimmer, schrubbte die Küche oder studierte mit einem Kugelschreiber in der Hand das Fernsehprogramm der kommenden Woche. Es gab raumbezogene Projekte, bei denen sie sich sehr lange nicht aus dem Zimmer herausbewegte, als müsste sie eine gewaltige Aufgabe bewältigen. Ein anderes Mal herrschte zwischen den Räumen ein so reger Pendelverkehr, dass Holm die Windbewegung noch auf dem Sofa spürte. Wenn sie nicht wusch, schrieb oder sortierte, suchte sie nach irgendetwas, sie suchte derart verbissen danach, als würde ihr Leben davon abhängen. Während Holm reglos auf dem Sofa lag, erkannte er staunend, welche Möglichkeiten zur Lebensgestaltung bereits der innerhäusige Bereich bot. Was ihm noch fehlte, war der aktive Bezug zum Leben, das ihm deshalb häufig merkwürdig und rätselhaft erschien. Du hast Petersilie und Suppengrün vergessen!, rief Tante Hede halb bestürzt aus der Küche ins Wohnzimmer. Mami muss jetzt zahlen, sagte Holm. Wie bitte? Ich hab dir doch alles genau aufgeschrieben! Der Gemüseverkäufer ist eine alte Schwuchtel!, rief Holm zurück. Und was hat das mit der Petersilie zu tun?

Nichts.

3.

Eine Herausforderung in der Anfangszeit bei Tante Hede waren die freien Nachmittage. Während sich die Stunden vor Mittag gleich einer dicht geschlossenen Formation auf die Mahlzeit zubewegten, so dass Holm nicht einmal über die taktische Strukturierung seiner Zeit nachzudenken brauchte – der Radius seiner Einkäufe beinhaltete längst nicht mehr nur den Supermarkt, sondern auch nahe gelegene Fachgeschäfte wie Blumen- und Miederwarenläden, die Holm inzwischen so routiniert wie ein Stammkunde betrat –, drohte die Zeit nach dem Mittagessen in gestaltlose Minuten- und Sekundengrüppchen auseinanderzufallen. Schon beim anschließenden Nickerchen spürte Holm die gähnende Leere der Freizeit, so dass er kaum Ruhe fand, seine Erschöpfung in angemessener Weise zu würdigen. Natürlich hätte er den Nachmittag durchschlafen können, um gegen sechs Uhr mit den überraschten Worten, Ach, es ist ja schon wieder sechs, wie schnell doch die Zeit vergeht!, aufzuspringen und das Abendbrot zuzubereiten. Um einen Tiefschlaf bis sechs Uhr durchhalten zu können, war er aber wiederum zu wenig erschöpft. Selbst wenn er bis zum Abendbrot durchgeschlafen hätte, wäre der Elf-Uhr-Licht-aus-Termin nicht mehr zu halten gewesen. Schließlich konnte er nicht fünfzehn Stunden am Tag schlafen oder dösen. Weil er zu wenig erschöpft war, stellte sich spätestens ab drei Uhr die Frage nach der Freizeitgestaltung, die praktischerweise in einem sinnvollen Zusammenhang mit seinem Lebensprojekt stehen musste. Dass ein Zuwenig auch hier die Ursache für eine Reihe von Folgeproblemen war, führte Holm zu der Überzeugung, dass ein prinzipielles ZUWENIG der Grund für seine anhaltende Lebensuntauglichkeit war. Holm hatte ZU WENIG Leidenschaft für das Leben, er hatte ZU WENIG Selbstbewusstsein, er hatte ZU WENIG von jenen Talenten, mit deren Hilfe die meisten Menschen ihrem Dasein einen Sinn gaben. Holm verfehlte alles immer nur knapp. Wenn Tante Hede um drei aus ihrem Zimmer geschossen kam und ihre Alltagsgeschäfte wieder aufnahm, als habe sie den Mittagsschlaf nur mühsam einschieben können, rang Holm auf dem Sofa noch mit den Möglichkeiten einer Anschlussbeschäftigung. Den Vormittag behielt sich Tante Hede in der Regel innerhäusigen Tätigkeiten vor, doch am Nachmittag ging sie hinaus in die Welt. Meist besuchte sie Damenkränzchen in den umliegenden Wohnblöcken, die sie im Uhrzeigersinn abarbeitete. Bis auf das Mittwochskränzchen, das im selben Haus wie das Dienstagskränzchen stattfand, war jeder Wochentag durch einen anderen Block sowie unterschiedliche Stockwerke gekennzeichnet. Holm hatte Spaß daran, Tage Adressen zuzuordnen und umgekehrt. Er liebte es, einen privaten Bezug zu seiner Umgebung herzustellen, die dadurch ein wenig an Fremdheit verlor. Auch Familiennamen konnten als Tage ausgedrückt werden. Weil Frau Gluck immer montags besucht wurde, war der Montag ein Glucktag.

Da wir nun zusammenleben, möchte ich auch deinen Freundeskreis kennenlernen, sagte Holm eines Tages, es war ein Glucktag, nach dem Mittagsschlaf. Anfangs zögernd, willigte Tante Hede schließlich ein. In Anzug und frischen Socken folgte Holm seiner Tante in einen vorerst ausgefüllten freien Nachmittag.

Draußen herrschte mildes Frühlingswetter. Ein Hauch Grün schimmerte durch die braunen Hecken. Erste Krokusse reckten ihre Hälse aus frisch geharkten Beeten. Die Natur erwachte zum blühenden Leben, und auch Holms Leben schien endlich aus dem komatösen Tiefschlaf zu erwachen. Es war gerade mal Wochenanfang und schon befand sich Holm auf dem Weg zu seinem ersten Arbeitsbesuch bei Tante Hedes Freundinnen. Während sie über gepflegte Waschbetonplatten auf Frau Glucks Wohnblock zusteuerten, bemerkte Holm, dass sich vorwiegend ältere Frauen durch die Anlagen bewegten. Weder junge Frauen noch Mütter mit ihren Kindern ließen sich blicken, als gebe es zwischen den Altersklassen heimliche Absprachen, sich, wenn möglich, gegenseitig aus dem Weg zu gehen. Vielleicht wollte man verhindern, dass hoffnungsvolle junge Frauen in Depressionen verfielen, wenn plötzlich eine zerknitterte Greisin hinter einer Tanne hervorgewackelt kam. Oder die Kinder sollten nicht zu früh mit den grausamen Auswirkungen des Alters konfrontiert werden und man wollte sich peinliche Nachfragen ersparen. Umgekehrt würden die Alten nicht so rasch an ihrem Restleben verzweifeln, wenn sie nicht ständig fröhliche Kinder sahen. Eine Siebzigjährige würde beim Anblick einer gekrümmten Achtzigjährigen denken, Mein Gott, zum Glück bin ich noch nicht so alt. Was dagegen die Achtzigjährige beim Anblick der Siebzigjährigen dachte, war nicht bekannt.

Frau Glucks Wohnung befand sich in einem Block, der zu den größten der Satellitenstadt zählte. Das Klingeltableau hatte die Grundfläche von Tante Hedes Abstellkammer. Lauter über- und nebeneinander gestapelte Eigenleben, dachte Holm erstaunt, als er die vielen Namen sah. Jeder hatte seine eigene Verdauung, seinen eigenen Partner und jeder seine eigenen Vorstellungen von der Welt. Achtzig Lebensentwürfe hausten hier unter einem Dach und taten das ihre zur Verwirrung der Welt.

Das ist Holm, sagte Tante Hede, als sich die Tür von Frau Glucks Heim öffnete und eine kleine, untersetzte Person mit roter Fönfrisur und Brille erschien. Wie schön, dass ich Sie endlich mal kennenlerne, Ihre Tante hat schon viel von Ihnen erzählt, sagte Frau Gluck strahlend und zog Holm mit einem festen Händedruck in den Flur. Im Hintergrund lärmten fröhliche Stimmen. Im Wohnzimmer saßen vier Frauen um einen gedeckten runden Tisch. Sie verstummten fast gleichzeitig, während sie ihre Blicke musternd auf Holm richteten. Darf ich vorstellen, das ist Holm, sagte Frau Gluck glücklich und legte ihre Hand auf Holms Schulter, als wären sie bereits seit Jahren enge Vertraute. Holm, das ist Frau Waller, Frau Sulz, Frau Hallstein-Brökel, Frau Wuttke. Eine nach der anderen nickte. Holm wurde zwischen Frau Wuttke und Frau Hallstein-Brökel platziert, während sich Tante Hede ohne Anweisung zwischen Frau Sulz und Frau Waller setzte. Sobald er sich gesetzt hatte, nahmen die Frauen das Gespräch wieder auf, ohne sich von Holms Gegenwart im Geringsten stören zu lassen. Das ist das Angenehme bei älteren Frauen, dachte Holm, es spielt keine Rolle, welchen Geschlechts man ist, weil sexuelle Gelüste der Vergangenheit angehören. An dieser Tafel war man längst darüber hinaus. Holm fühlte sich gleich aufgenommen in der Runde und als Mensch unter Gleichen akzeptiert. Holm hatte sich schon immer älter gefühlt. Mit zwanzig fühlte er sich wie vierzig, und jetzt, mit siebenunddreißig, fühlte er sich wie ein Rentner, der den Herbst seines Lebens genoss. Genau genommen waren es die Rahmenbedingungen des Alters, die ihn ansprachen. Es gab keine Sexualität, keine Exzesse, keine zu erringenden Ziele mehr, nur noch eine langsam rotierende Lebensmaschine an den Rändern der geschäftigen Welt und die Hoffnung, gesund zu bleiben. Vielleicht ein Eierlikör außer der Reihe, das war's.

Frau Wuttke schenkte Kaffee nach, sie war seine Kaffeebeauftragte und sorgte für eine stets gefüllte Tasse. Frau Sulz sprach über den Osten. Schrecklich, sagte sie und schmatzte, als lutsche sie an einem Bonbon. Frau Hallstein-Brökel biss in einen Keks, dass die Krümel über den Tisch spritzten. Seit die Mauer weg ist, hab ich das Gefühl, im Durchzug zu sitzen. Nein, das ist nicht mehr mein Berlin. Schmatz, schmatz. Ich fahre prinzipiell nicht nach drüben, fuhr Frau Waller fort und zupfte ihren rechten Ärmel übers Handgelenk, als habe sie in diesem Augenblick den von Frau Sulz beschriebenen Durchzug auch auf ihrer Tischseite bemerkt. Warum soll ich den Osten unterstützen, wenn hier alles vor die Hunde geht! Sie schüttelte entrüstet den Kopf. Ne, also ne! Mit einem Schluck leerte sie ihre Kaffeetasse. Frau Wuttke nahm das zum Anlass, Holm Kaffee nachzuschenken. Ich frage euch: Wo sind denn die Theater in den letzten Jahren geschlossen worden? Frau Waller blickte mit stummer Wut in die Runde. Frau Gluck saß zusammengesunken hinter der Kaffeetafel und schien das Schlimmste zu befürchten. Auch die anderen hielten die Luft an. Niemand wagte auch nur einen Blick auf den Keksteller zu werfen. Hier im Westen natürlich! Bei *uns* wird doch alles abgewickelt! Ein erleichtertes Aufatmen ging durch die Runde. Frau Hallstein-Brökel steckte sich rasch einen ganzen Keks in den Mund. Ihr könnt froh sein, dass wir noch eine Oper haben! Alle nickten betroffen. Man sollte mal wieder in die Oper gehen, schlug Frau Sulz vor. Ja, stimmte Frau Wuttke zu, ein Solidaritätsbesuch in unserer Oper! Sie goss aufgeregt Kaffee nach. Als Gruppe bekommen wir Gruppenermäßigung, gab Frau Gluck zu bedenken. Frau Sulz schob den Teller zur Seite, um mehr Platz für ihre Arme zu haben. Weiß jemand, was gerade läuft? Tristan und Isolde, kam es wie aus der Pistole geschossen von Tante Hede. Holm lächelte. Wagner! Schon als junger Mann hatte er große Teile des »Fliegenden Holländers« auswendig gekannt. Der Gedanke, gemeinsam mit Hedes Freundinnen Tristan und Isolde zu erleben, löste eine Welle warmer Empfindungen aus. Bei Tristans Tod würde er mit einer großzügigen männlichen Geste Papiertaschentücher verteilen. Ach nein, das ist mir zu lang und zu schwer, seufzte Frau Hallstein-Brökel. Gibt's denn nicht was Leichteres, eine Operette zum Beispiel? Hilde hat recht, sagte Frau Sulz, das Leben ist schon schwer genug. Und lang, ergänzte Frau Gluck ernst. Eine Weile herrschte nachdenkliches Schweigen, nur Frau Wuttke rührte mit ihrem Löffel klirrend in der Tasse, als protestiere sie damit gegen die Schwere des Lebens. Wenn ich ehrlich sein soll, unterbrach Frau Waller das Schweigen, richtig Lust habe ich nicht, in die Oper zu gehen. Kannst du das vielleicht näher erläutern, forderte Frau Gluck, die in diesem Moment zu ihrer Gastgeberrolle zurückfand. Ich weiß ja nicht, wie es euch ergeht, aber seit dem Mauerfall hab ich kein inneres Bedürfnis mehr nach Kultur. Unglaublich!, rief Frau Hallstein-Brökel erregt. Genauso geht es mir auch, ich habe mich nur nicht getraut, das zu sagen. Die anderen nickten zustimmend. Frau Waller tunkte erschüttert einen Keks in den Kaffee. Ich sehe einfach keinen Sinn mehr darin, fünf Stunden in der Oper zu sitzen. Früher war das irgendwie anders. Zu Mauerzeiten war jeder Opernbesuch auch ein Protest gegen den Sozialismus. Ja, nahm Frau Hallstein-Brökel den Faden auf, man ging in die Oper oder ins Theater, um die Freiheit zu verteidigen. Frau Waller saugte genussvoll an ihrem Keks. Auch Frau Wuttke spürte, dass sie sich zum Thema äußern musste. Und was machen wir jetzt? Alle blickten erwartungsvoll zu Frau Wuttke, die jedoch überfordert schien, auch noch selber zu antworten. Stattdessen schenkte sie Holm Kaffee nach. Das alte Umfeld ist einfach weg, sagte Frau Waller, nachdem sie den Keks verspeist hatte. Uns fehlt ganz einfach eine Bedrohung von außen, ergänzte Frau Gluck. Vielleicht der Islam, warf Frau Wuttke ein. Frau Waller sah nachdenklich auf den leeren Keksteller. Die Runde schien auf eine klärende Äußerung zu warten. Soll ich noch Kekse holen? fragte Frau Gluck. Ich glaube kaum, dass mir eine islamische Bedrohung wieder mehr Lust auf Kultur macht. Wir gehen also nicht in die Oper?, fragte Frau Sulz, die das Thema abgehakt haben wollte. Nicht ohne konkrete Bedrohung, sagte Frau Waller, worauf alle in erleichtertes Kichern ausbrachen und zu ihren Kaffeetassen griffen.

Da eine allgemeine Unterhaltung daraufhin nicht mehr so richtig in Fahrt kommen wollte – über den Tisch verteilt entstanden einzelne Murmelnester, die unterschiedliche Themen behandelten –, wandte sich Frau Gluck in ihrer Eigenschaft als Gastgeberin und Moderatorin einem ganz neuen Gegenstand zu. Sie wandte sich zu Holm. Und welcher Beschäftigung gehen Sie nach, wenn ich mal so direkt fragen darf? Im selben Moment erstarb das Gemurmel. Zum zweiten Mal innerhalb einer knappen Stunde blickten alle geschlossen auf Holm. Diese Frage hatte er befürchtet. Ja, was machte Holm eigentlich? Er überlegte, ob er Ihnen die ganze Wahrheit erzählen sollte. Die ganze Wahrheit würde sie zweifellos in ratloses Staunen versetzen, denn dass Holm gerade erst dabei war, im Leben Tritt zu fassen, musste er nicht jedem auf die Nase binden. Schon gar nicht dieser Runde gutgläubiger Damen, die vermutlich einen aufstrebenden jungen Mann in ihm sahen. Aufgestrebt war er bislang nur in Tante Hedes Wohnung.

Außerdem stand jedem Mann ein kleines Geheimnis gut zu Gesicht. Ich verfolge ein Projekt, sagte Holm und blickte unruhig zur Tante, die jedoch keine Anstrengungen unternahm, ihm zur Hilfe zu kommen. Wollte sie ihn bewusst ins offene Messer laufen lassen? Exerzierte die Tante hier eine pädagogische Maßnahme? Wollte sie ihn auf diese Weise dazu bewegen, endlich aus den Startlöchern zu kommen? Das ist ja interessant, ein Projekt, sagte Frau Gluck und nickte anerkennend. Und welches Projekt verfolgen Sie? Oder dürfen Sie uns das etwa nicht sagen? Die Runde kicherte, man blickte sich vielsagend an, als wüsste man es längst besser. Nichts Böses ahnend, war er dem Ruf eines nachmittäglichen Kaffeekränzchens gefolgt, das sich schon nach wenigen Schokoladenkeksen in ein Tribunal über Holms Leben verwandelte. Umringt von fünf Gelegenheitsrichterinnen, sollte ihm mit ausdrücklicher Zustimmung von Tante Hede der Prozess gemacht werden. Nun ja, sagte Holm, eigentlich darf ich Ihnen nichts über das Projekt verraten. Es handelt sich um ein außerordentlich sensibles Unternehmen. Holm machte ein außerordentlich bedenkliches Gesicht und kratzte sich nervös am Kinn. Wir werden es auch niemandem weitersagen, lockte Frau Wuttke, die ihre Neugierde kaum noch zügeln konnte. Wir schweigen wie ein Grab, versicherte Frau Gluck und zog die Strickjacke über dem Busen stramm, um ihre Seriosität zu betonen. Raus mit der Sprache, forderte Frau Sulz ungeduldig. Holm räusperte sich und blickte allen Beteiligten, außer Tante Hede, die er bewusst übersah, der Reihe nach tief in die Augen. Also gut, sagte Holm, wenn Sie mir versprechen, dichtzuhalten! Man nickte sich gegenseitig aufgeregt zu. Der Nachmittag hatte einen unerwarteten Höhepunkt erreicht. Ich arbeite für die islamische Terrorzelle »Allah-u-Akbar«, wir planen die Zerstörung des Bürgertums in den westlichen Hauptstädten. Meine Aufgabe ist die Unterwanderung und Sprengung von Damenkränzchen im südlichen Stadtgebiet. Stummes Entsetzen machte sich breit. Frau Hallstein-Brökel starrte betroffen auf ihre rotlackierten Fingernägel, während sich Frau Sulz und Frau Waller wie paralysiert ansahen. Frau Wuttke wagte sich nicht zu rühren, als befürchtete sie, das erste Opfer der Bewegung zu werden. Nur Frau Gluck warf einen vorwurfsvollen Blick zu Tante Hede, die ihre Missbilligung sofort an Holm weiterreichte und ihn böse ansah.

Was heißt eigentlich »Allah-u-Akbar« genau?, meinte schließlich Frau Hallstein-Brökel, die offenbar glaubte, durch ein geheucheltes Interesse ihrem bereits beschlossenen Schicksal doch noch entgehen zu können. Ich fühle mich dem Bürgertum gar nicht zugehörig, flehte Frau Wuttke mit gesenktem Kopf. Aber Holm kannte kein Mitleid. Auf mehrjährigen Lehrgängen im südlichen Afghanistan hatte er gelernt, was Härte bedeutete. Auch und gerade gegenüber dem schwachen Geschlecht. Täglich hatten sich Holm weibliche Mujaheddin als lebendes Sprengmaterial zur Verfügung gestellt und leise, aber unmissverständlich »Kill me« gefordert. Anfangs fiel es Holm schwer, die Sprengsätze in ihren Ausschnitten zu platzieren und auf den Auslöser zu drücken oder entsicherte Handgranaten vor ihre Füße rollen zu lassen. Aber zusammen mit seinem Bart wuchs auch seine Kaltblütigkeit, und nach der erfolgreichen Sprengung des zweihundertsten Testopfers wurde er vom Clan-Chef mit einer vergoldeten Kalaschnikow und den warmen Worten »Now you are a real man« verabschiedet und nach Europa zurückgeschickt. Holm öffnete sein Jackett, zog eine Batterie selbstgebastelter Sprengladungen hervor und legte sie auf den leeren Keksteller. Mit einer gewöhnlichen Eieruhr stellte er die bis zur Explosion noch verbleibende Zeit auf eine Minute und zerrte die widerwillige Tante rasch aus dem Zimmer. Das letzte Bild hieß: Fassungsloses Damenkränzchen, auf Keksteller blickend. Unterschrift: Holm.

Warum bist du bloß immer so schlecht gelaunt?, sagte Tante Hede erregt, als sie wieder zu Hause waren und Holm sich auf dem Sofa bereits zur Nachtruhe gebettet hatte. Er wusste nicht, was sie meinte, er fühlte sich ausgesprochen befriedigt. Es hat sich doch niemand beschwert, oder?, fragte Holm. Dieser missmutige Blick, als sich Sieglinde nach deinem Projekt erkundigt hat!, fuhr die Tante wütend fort. Du könntest ruhig mal ein bisschen zuvorkommend sein, das war mir richtig peinlich. Die werden sich den Mund über mich zerreißen, so einen Neffen hat unsere Hedwig also. Ich weiß gar nicht, wie ich ihnen das morgen erklären soll. Sieglinde, dachte Holm. Er hätte beinahe laut gelacht. Wagners Sieglinde! Und ich bin Siegmund, Siegmund Holm. Holm starrte aus dem dunklen Fenster, in dem sich das Wohnzimmer spiegelte, die sechsarmige Deckenlampe, der Wandschrank, der Fernseher mit dem Trockenblumengesteck und eine wild gestikulierende Tante, die unentwegt auf jemanden einredete, der im Fenster nicht zu sehen war. Jedenfalls ist es das letzte Mal gewesen, dass ich dich da mit hingenommen habe, sagte sie beleidigt, das sind gute Freundinnen, und ich lasse mir meine Nachmittage von dir nicht kaputtmachen. Sie blickte auch aus dem Fenster, die sechsarmige Lampe schien direkt auf ihrem Kopf zu sitzen. Ich habe das Recht auf ein Eigenleben, du solltest auch endlich ein Eigenleben haben, schließlich kannst du ja nicht immer mit deiner Tante herumlaufen! Holm gluckste. Was gibt es denn da zu lachen?, fragte die Tante erbost. Du siehst aus wie ein Hirsch, antwortete Holm. Daraufhin verließ der Hirsch die Bildfläche und verschwand türschlagend in seinem Zimmer. Ein Eigenleben haben, wiederholte Holm, während ihm langsam die Augen zufielen. Eigenleben, Eigenliebe, Eigenlob, eigensinnig, eigennützig, eigenartig.

4.

Wenig später besorgte ihm seine Tante den Job im Tabakgeschäft. Sie konnte es nicht mehr ertragen, wie Holm seine Zeit auf dem Sofa einfach verplemperte. Ein Mann musste eine Aufgabe haben. Im so genannten Erwerbsleben erhielt man das Handwerkszeug für den Umgang mit wirklichen Problemen, die Holm bislang nur aus dem Fernsehen kannte.

Der Zigarrenladen *Scholl & Rauch* (ein Wortspiel, das Holm erst Wochen später begriff – Scholl, oder genauer: Dr. Heinz Scholl hieß der Besitzer des Ladens) befand sich eine gute Dreiviertelstunde U-Bahnfahrt von Tante Hedes Wohnung entfernt. Hatte Holm sein Projekt bisher nur auf privater Ebene verfolgt, begann jetzt der offizielle Teil. Es wurde, kurz gesagt, ernst. Sein Leben auf Probe wurde zur Probe aufs Exempel. Holm verlegte sein Leben neun Stunden am Tag in den Verantwortungsbereich eines ihm völlig fremden Menschen. Während ihm Mutter und Tante Hede aus Liebe vieles durchgehen ließen, konnte er bei seinem Chef mit einer derartigen Nachsicht nicht rechnen. Auch der Umstand, dass Tante Hede ihm die Stelle vermittelt hatte, änderte nichts an der Tatsache, dass sich Holm in einem gesetzlich anerkannten Vertragsverhältnis zu einem Menschen befand, von dem er gerade mal wusste, dass er aufrecht ging und die gleiche Sprache sprach. Zweifellos wäre Holm die teilweise Überantwortung seines Lebens leichter gefallen, wenn er seinen Chef vorher kennengelernt hätte. Anstatt Befehle zu erteilen, würde ihm sein Chef Vorschläge unterbreiten. Auf seine Bitte, die Vitrinen zu säubern, hätte Holm geantwortet, na klar, für einen Kumpel mach ich das doch gerne. Eine weitere Härte war die fast vollständige Aufgabe seiner alten Tageseinteilung, deren Konzeption zwar in wesentlichen Punkten von Tante Hede stammte, an die sich Holm inzwischen aber so gewöhnt hatte, dass sie ihm wie ein Eigenentwurf vorkam. Da Holm das Geschäft schon um neunzehn Uhr verlassen durfte, durch die Bahnfahrt aber erst eine knappe Viertelstunde vor zwanzig Uhr zu Hause ankam, verschob sich das eigentlich für halb sieben anberaumte Abendbrot auf den Tagesschau-Termin. Um hier wenigstens eine Teilordnung zu bewahren und die völlige Ausfransung der Verhältnisse zu verhindern, durfte das Abendbrot weder eine Viertelstunde vorher noch eine Viertelstunde später gegessen werden. Auch Holm war strikt gegen eine Ausfransung. Anfangs befürchtete er sogar, dass die Tageseinteilung nun vollends aus dem Ruder laufen könnte und wilde Achtundsechziger-Wohngemeinschaftszeiten in Tante Hedes Apartment Einzug hielten, stellte jedoch beruhigt fest, dass er in ihr einen gleichgesinnten Partner gefunden hatte. Lediglich einen Apfel genehmigte sich die Tante um halb sieben, als stillen Gruß an die alte Tradition. Holm grüßte die Tradition zur selben Zeit mit einem Nussriegel. Und so kam es, dass Holm und Tante Hede pünktlich mit dem Gong der Tagesschau in ihre Wurstbrote bissen.

Holm hatte bislang nur wenige Erfahrungen mit Rauchwaren sammeln können. Eigentlich gar keine. Sämtlichen Suchtmitteln war er schon frühzeitig aus dem Weg gegangen. Die Rauch- und Trinkexzesse seiner Mitschüler hatte er stets mit Abscheu betrachtet. Einmal hatte ihn Hansjörg, sein Sitznachbar, auf eine Party mitgenommen. Bis zu diesem

Zeitpunkt war Hansjörg ein sympathischer und vertrauenerweckender Sitznachbar gewesen. Nie war er zu spät zum Unterricht erschienen, er trug gepflegte Kleidung, in der Pause *aß* er die Klappstullen seiner Mutter, anstatt sie in den Mülleimer zu werfen, einer wie Hansjörg war gar nicht fähig, sich dem niederen Treiben seiner Mitschüler anzuschließen. Holm hätte jedoch gewarnt sein müssen, als ihn Hansjörg am Abend in Blazer, hautengen Jeans und schwarzen Halbschuhen von zu Hause abholte. Er war so stark parfümiert, dass man seinen Weg noch nach Stunden hätte rekonstruieren können. Hier waren offenbar Aktionen geplant, die Holm nicht gutheißen konnte. Als die Mutter des einladenden Mitschülers die Haustür öffnete, dröhnten bereits schwere Bässe durch den freundlichen Flur. Die Party fand im Keller des Hauses statt. Es war so dunkel, dass Holm zunächst an einen Stromausfall glaubte, ehe ihn die ohrenbetäubende Krachmusik eines Besseren belehrte. Im Kerzenschein hockten getrennte Mädchen- und Jungengrüppchen und warfen sich neugierige Blicke zu. Während die anderen Jungen lässig in T-Shirts oder weit aufgerissenen Hemden dasaßen oder halb hingestreckt lagen und Bier tranken, trug Holm als einziger einen Pullover. Auch Hansjörg entledigte sich rasch des Blazers und griff in eine große, mit Eiswürfeln gefüllte Plastikwanne mit Bierflaschen. Da die Musik zu laut und jede Unterhaltung unmöglich war, wurde getrunken. Aus lauter Verzweiflung begannen die Mädchen schließlich ebenfalls zu trinken. Holm saß in der Ecke, trank Leitungswasser und hoffte, dass die Mutter sehr bald genug von dem Lärm bekam und die Party beendete. Eine Weile passierte nicht viel. Man saß, trank und guckte. Zigarettenschachteln kreisten so lange, bis jeder eine Zigarette im Mundwinkel hatte. Jeder außer Holm, der bei Salzstangen blieb. Anscheinend wartete man noch auf einen besonderen Gast, der den Abend zu einem spritzigen Höhepunkt führte. Vielleicht, dachte Holm, ist ja ein Zauberkünstler geladen, der sich wegen einiger Zusatzkunststücke auf einer anderen Veranstaltung verspätet hat. Als der Künstler auch um Mitternacht nicht erschienen war und der Biervorrat langsam zur Neige ging, entschloss man sich kurzfristig zu einer Programmänderung. Langsame, um das halbe Volumen heruntergedrehte Musik wogte schmeichlerisch durch den Nebel. Auf diesen Moment schienen die Jungen nur gewartet zu haben. Den offenbar lange im Voraus geplanten Wechsel nutzend, wankten sie zu den überraschten Mädchen und forderten sie unmissverständlich zum Tanzen auf. Hilflos ließen sie sich auf die Tanzflache führen und versanken sogleich in den Armen ihrer Eroberer. Holm fühlte mit ihnen. Das heißt, er fühlte einen plötzlichen Ekel in sich hochsteigen. Auch Hansjörg hatte sich ein willenloses Mädchen gegriffen und sie so fest an sich gedrückt, dass Holm schon beim bloßen Zusehen nach Luft rang. Schon hatten sich einige unbeherrschte Mitschüler übereinander geworfen und damit begonnen, sich die Oberbekleidung vom Leib zu reißen. Dies war für Holm der Augenblick gewesen, Lebewohl zu sagen.

Zigarren seien einzigartige Kunstwerke und nicht für den raschen Konsum geeignet, sagte sein Chef, Herr Bloch (ob Dr. Heinz Scholl wirklich existierte, blieb ungewiss) und hielt Holm eine dunkelbraune Havana unter die Nase. Holm betrachtete das samtig schimmernde Deckblatt mit seinen feinen Verästelungen und war erleichtert: Ein Kunstwerk eignete sich kaum zu Exzessen. Selbstverständlich solle er alle Marken und Formate wenigstens einmal probiert haben, fuhr sein Chef dozierend fort, schließlich sei er Fachverkäufer für karibische Zigarren. Noch ehe Holm auch nur eine einzige Zigarre verkauft, geschweige denn verkostet hatte, war er schon Fachverkäufer für karibische Zigarren. So viel Vertrauensvorschuss hatte ihm zuletzt Tante Hede gewährt, als sie ihn das erste Mal mit dem Einkaufszettel zum Supermarkt schickte. Holm lächelte verlegen. Er war überwältigt von seiner neuen Rolle. Plötzlich befand er sich auf Augenhöhe mit der Mehrheit des deutschen Volkes. Das Sittenstrolchhafte wurde durch den Fachverkäufer ein für alle Mal neutralisiert.

Zusammen mit Holm trat auch Gesine Muschg, für Holm bald nur noch Frau Mugsch, ihre Stelle bei *Scholl & Rauch* an. Gesine Mugsch hatte froschartig hervortretende Augen, ein stark geschminktes Gesicht und einen großen Busen, den sie wie einen Bauchladen stolz vor sich hertrug. Sie war zehn Jahre älter als Holm, verheiratet, hatte einen Sohn und bereits einige Erfahrungen in beratender Tätigkeit gesammelt. Zuletzt hatte sie in einem Uhrengeschäft gearbeitet, das vor wenigen Monaten pleitegegangen war. Aufgrund ihrer Kenntnisse im Bereich hochwertiger Accessoires war sie für das Zubehör zuständig. Die Bezeichnung *Fachverkäufer für karibische Zigarren* traf in diesem Geschäft demnach nur auf Holm zu. Klare Zuständigkeiten verhindern Streitereien, hatte Tante Hede immer gesagt. Nachdem Herr Bloch sie flüchtig in den Zahlungsverkehr und die Humidortechnik eingewiesen hatte und wieder gegangen war (als Leiter mehrerer Filialen im Stadtgebiet hatte er viel zu tun), wurden Holm und Gesine Mugsch in ihre Eigenverantwortlichkeiten entlassen.

Außer mit Mutter und Tante Hede hatte sich Holm nie länger als einige Minuten gleichzeitig mit einer Frau allein im selben Raum aufgehalten. Immer dann, wenn sich eine Situation abzeichnete, wo innerhalb weniger Minuten eine Reduzierung der Personenzahl auf Holm und eine Frau erwartet werden musste, schützte Holm einen dringenden Termin vor, der ihn meist auf die Toilette führte. Dass Holm trotz der Gegenwart von Gesine Mugsch nicht ständig auf die Toilette musste, lag an ihrem vollkommen unbedrohlichen, gluckenhaften Äußeren, das ihm klar und deutlich zu verstehen gab: Holm, du brauchst dir keine Sorgen zu machen, dass diese Frau jemals mehr als eine Tasse Tee mit dir trinken will. Holm fühlte sich so sicher, dass er die Toilette nicht einmal abschloss, was er selbst bei Tante Hede noch nicht fertiggebracht hatte. Ideale Voraussetzungen für eine harmonische Zusammenarbeit.

Haben Sie schon einmal in einem Geschäft gearbeitet?, fragte Gesine Mugsch und faltete die Hände vor ihrem Schoß, als wäre *sie* die eigentliche Fachverkäuferin. Dass Holm erst vor kurzem gelernt hatte, ein Geschäft überhaupt einigermaßen routiniert zu betreten, musste er ihr ja nicht unbedingt erzählen. Holm verneinte. Er verneinte so beiläufig, dass sie nie auf die Idee gekommen wäre, vor ihr stünde ein jungfräulicher Angestellter in seiner ersten Stunde als arbeitende Persönlichkeit. Dann würde ich vorschlagen, wir üben mal einen Verkaufsvorgang. Dass es zum Verkauf auch einen Vorgang gab, war neu für Holm. Bislang hatte er angenommen, jeder Käufer betrete einen Laden nur mit einem klar umrissenen Auftrag. Stellen Sie sich vor, sagte Gesine Mugsch, als sie im begehbaren Humidor standen, jemand kommt ohne Vorwissen zu Ihnen und möchte eine Beratung. Wie würden Sie reagieren? Ich würde sagen: Kommen Sie wieder, wenn Sie mehr wissen, antwortete Holm halb im Scherz. Gesine Mugsch lächelte knapp, ließ aber keinen Zweifel daran, dass in diesem Moment grundsätzliche Fragen berührt wurden, die Holms Arbeit als Fachverkäufer bei *Scholl & Rauch* betrafen. Dass Holm selber nicht viel mehr wusste als dieser angenommene

Käufer, wurde ihm plötzlich mit aller Härte bewusst. Ja, was machte er eigentlich, wenn ein Käufer zur Tür hereintrat und eine Beratung wünschte? Jeden Augenblick konnte ein großgewachsener Mann mit ernstem Gesicht vor ihm stehen und eine fachlich fundierte Meinung von ihm erwarten. Holm fing an zu stottern, die Knie wurden ihm weich. Keinen Ton brachte er heraus. Hier wurde Holms Existenz als Fachverkäufer, als deutscher Staatsangehöriger und als Mensch prinzipiell in Frage gestellt.

Führen Sie den Kunden langsam an den Artikel heran, sagte Gesine Mugsch, fragen Sie ihn, ob er schon mal eine Zigarre geraucht hat, ob er starke oder milde bevorzugt, große oder kleine, zu welchem Anlass er rauchen möchte, vielleicht fällt Ihnen ja noch was ein, Sie sind schließlich der Experte. Holm fiel dazu nur ein, dass er mit solchen Schwierigkeiten nicht gerechnet hatte. Insgeheim hoffte er, dass er nie einen Kunden langsam an einen Artikel heranzuführen brauchte. Treten Sie bitte langsam näher, bitte halten Sie hier, stopp, um Himmels willen nicht dichter, Sie könnten den Artikel sonst … erschrecken? Und sprechen Sie am Anfang nie über den Preis, betonte Gesine Mugsch mit erhobenem Zeigefinger, als handelte es sich um den ersten Paragrafen im ungeschriebenen Gesetzbuch des Geschäftslebens. Wenn Sie den Kunden erst mal davon überzeugt haben, dass diese oder jene Zigarre seine Vorstellungen am ehesten trifft, wird er auch bezahlen. Man muss dem Kunden das Gefühl vermitteln, dass er kein Kunde ist, sondern ein Freund, dem man Gutes tun will. Schön, sagte Holm, aber wie mache ich dem Freund später klar, dass er dafür bezahlen muss? Ich finde das irgendwie schäbig. Gesine Mugsch dachte einen Moment nach. Kein Problem, sagte sie, Sie tippen den Betrag in die Kasse und legen einfach die Rechnung auf den Tisch, während Sie über etwas ganz anderes reden. Im Geist sah Holm das bestürzte Gesicht des Kunden, der sich in diesem Augenblick hintergangen fühlte und dachte, ungeheuerlich, im Humidor waren wir noch die dicksten Freunde und jetzt präsentiert er mir dreist die Rechnung. Gibt es nicht auch die Möglichkeit, schlug Holm vor, bereits im Humidor darauf hinzuweisen, dass die Zigarren nicht umsonst sind? Holm dachte hierbei an dezent platzierte Schilder mit der Aufschrift ALLE ARTIKEL SIND KOSTENPFLICHTIG oder WIR MÜSSEN LEIDER ZAHLEN, dazu das Foto eines enttäuschten Kunden. Aber jeder weiß doch, dass er zahlen muss, beharrte Gesine Mugsch. Das ist eine Selbstverständlichkeit! Auch als Freund?, sagte Holm. Jeder Kunde möchte doch im Grunde umworben werden, fuhr Gesine Mugsch unbeirrt fort. Es ist wie bei der Liebe zwischen Mann und Frau. Jeder weiß, worauf es hinausläuft, trotzdem macht man dem anderen Komplimente, geht ins Kino oder zum Essen. Sie meinen also, sagte Holm, ich sollte mit jedem Kunden vorher ins Kino gehen? Sie wissen doch genau, was ich meine, oder?, sagte Gesine Mugsch in einer schnippischen Art, die Holm nicht guthieß, jedenfalls nicht in seinem Arbeitsbereich. Holm wusste eben genau nicht, was ihm Gesine Mugsch am Beispiel der Liebe zwischen Mann und Frau sagen wollte. Also, sagte Gesine Mugsch, ich werde jetzt rausgehen und als Kunde wieder hereinkommen. Tun Sie, was Sie nicht lassen können, sagte Holm und wandte sich den Zigarren zu. Während sich Gesine Mugsch in eine Kundin verwandelte, dachte Holm, dass der gelungenste Verkaufsvorgang nichts wert war, wenn man nicht wusste, was man verkaufte. Ebenso sinnlos wäre es, mit einer Frau dauernd ins Kino zu gehen, wenn man nicht wusste, worauf das alles hinauslaufen sollte. Die Humidortür öffnete sich, und herein trat seine Kollegin Gesine Mugsch.

Guten Tag, ich interessiere mich für Zigarren, könnten Sie mich vielleicht beraten? Gesine Mugsch strengte sich nicht einmal an, eine Kundin zu simulieren. Aus diesem Grund hatte Holm auch keine Lust, als richtiger Verkäufer zu antworten. Damit Sie es gleich wissen, sagte er, hier ist nichts umsonst! Holm, sagte Gesine Mugsch, ich habe Sie doch gebeten, nicht gleich mit der Tür ins Haus zu fallen! Seien Sie etwas geschmeidiger. Wie soll ich geschmeidig sein, sagte Holm, wenn Sie sowieso nichts kaufen wollen? Ich gehe noch mal raus, sagte Gesine Mugsch und drehte sich um. Diesmal lehnte sie die Tür nur an, ehe sie sie in derselben Bewegung wieder öffnete. Guten Tag, ich interessiere mich für Zigarren, könnten Sie mich vielleicht … Es tut mir wirklich leid, fiel Holm ihr ins Wort, ich kann mir einfach nicht vorstellen, dass Sie eine Zigarre kaufen wollen. Sie sollen sich auch nicht vorstellen, dass *ich* eine Zigarre kaufen will, sondern ein Kunde, betonte Gesine Mugsch leicht verärgert. Wenn Sie sich nicht wenigstens ein bisschen bemühen, eine Kundin darzustellen, sagte Holm, kann ich mich nicht auf meine Verkäuferrolle konzentrieren. Also gut, ich gehe jetzt noch mal raus. Stellen Sie sich einfach vor, ich wäre ein Mann. Gesine Mugsch ging ganz raus, schloss ganz die Tür hinter sich und öffnete sie erst nach einigen Sekunden Verzögerung. Guten Tag, ich interessiere mich für Zigarren, könnten Sie mich beraten? Obwohl sie sich dieses Mal sichtlich anstrengte und sogar ihre Stimme ein wenig verfremdete, war es Holm unmöglich, in ihr etwas anderes als seine Kollegin zu sehen. In diesem Moment wurde ihm klar, dass der Schlüssel zum Einleben in der Fähigkeit lag, die Dinge ernst zu nehmen, auch wenn sie ganz offensichtlich nicht ernst waren. Okay, sagte Holm, möchten Sie ein kleines oder ein großes Format? Ach, antwortete Gesine Mugsch, ich glaube lieber ein großes Format. Es wird ein langer Abend heute. Holm beneidete sie um ihre ernsthafte Fantasie. Er hatte auf einmal das starke Bedürfnis zu lachen. Und, soll die Zigarre ernst oder lustig sein, ich meine kräftig oder mild, korrigierte sich Holm rasch. Gesine Mugsch schien tatsächlich nachzudenken, was Holm sofort sprachlos machte. Etwas kräftiger, aber nicht zu kräftig, eher mittel. Das ist doch mal eine klare Antwort, entfuhr es Holm. Die meisten Kunden wissen eben nicht so genau, was sie wollen, erklärte Gesine Mugsch. Betrifft das mehr Männer oder mehr Frauen?, fragte Holm. Ich glaube nicht, dass das was mit dem Geschlecht zu tun hat. Dann bin ich beruhigt, haben Sie schon mal geraucht? Geraucht? Die eine oder andere Zigarette, wieso fragen Sie? Weil Sie heute Abend offenbar vorhaben, eine große, aber nicht zu kräftige Zigarre zu rauchen. Ich muss schließlich wissen, was ich Ihnen zumuten kann. Mein Mann wäre entsetzt! Frau Mugsch, sagte Holm, ich darf Sie daran erinnern, dass Sie ein männlicher Kunde sind, der nicht genau weiß, was er will. Da muss es erlaubt sein, Ihnen einige grundsätzliche Fragen zu stellen. Ach so, ich dachte, Sie fragen mich als Kollegin. Ich heiße übrigens Muschg! Haben Sie nun geraucht, oder nicht? Gesine Mugsch machte ein ratloses Gesicht. Tja, ich vermute, ich habe schon mal eine Zigarre geraucht. So, Sie vermuten es also nur. Auf Vermutungen kann ich kein Verkaufsgespräch aufbauen, Frau Mugsch. Muschg! Es geht hier doch gar nicht um ein wirkliches Verkaufsgespräch. Und warum soll ich mir dann vorstellen, dass Sie ein Mann sind? Damit Sie es nicht so schwer haben. Wie darf ich das verstehen? Ich dachte, dass es leichter wäre, von Mann zu Mann. Ich möchte mich nicht weiter dazu äußern, sagte Holm. Wir sollten den Vorgang hier abbrechen, ich glaube, ich bin nicht als Zigarrenverkäufer geeignet. Er betrachtete die unendliche Menge von Zigarrenkisten, die alle in Verkaufsgesprächen an den Kunden gebracht werden sollten. Warten Sie ab, versuchte ihn Gesine Mugsch zu beschwichtigen, Sie werden schnell Routine darin bekommen.

Als Holm nach der Arbeit zurück nach Hause fuhr, hätte er beinahe den Umsteigebahnhof verpasst. Nur eine Minute Unkonzentriertheit, und die gesamte Abendgestaltung war gefährdet. Während die Tagesschau einige gemütliche Fernsehstunden einläutete, befand sich Holm im falschen Zug auf dem Weg in ein unbekanntes Stadtviertel und landete in irgendeiner dunklen Eckkneipe, wo sich stark tätowierte Schnauzbartträger stumm betranken. Kurz vor acht saß Holm mit Tante Hede auf dem Sofa. Die Tante biss vorab unerlaubterweise in eine der von Holm ausgewählten Fassgurken, ließ aber kein Unrechtsbewusstsein erkennen. Soll ich dir Bier einschenken? Nein, sagte Holm, es ist noch nicht acht.

5.

Schon bald betrat Holm das Geschäft so schwungvoll und selbstverständlich, als hätte er sein Leben lang nichts anderes getan. Endlich hatte er einen Rahmen gefunden, in dem er täglich neun Stunden sein Eigenleben entfalten konnte. Wenn Holm am Morgen pünktlich um zehn die Tür aufschloss, war er der Erste im Laden. Gesine Mugsch begann ihre Arbeit eine Stunde nach ihm, musste aber dafür bis zwanzig Uhr bleiben. Zunächst tat Holm nichts anderes, als den ganzen Tag über zu rauchen. Er rauchte sich ein, wie ihm sein Chef ausdrücklich empfohlen hatte. Kaum hatte er seinen Mantel abgelegt und den Computer in Betrieb genommen, entzündete er sich die erste Zigarre des Tages. Dazu machte er sich Notizen über Geschmack und Rauchentwicklung, Deckblattfarbe und Manufaktur, die er in einem extra dafür angelegten Ordner abheftete. Systematisch rauchte er sich durch die einzelnen Formate und Marken, von der grazilen Panetela zur ehrfurchtgebietenden Doppel-Corona, von der dominikanischen Ashton zur kubanischen Upman. Bereits nach wenigen Tagen hatte er sich in seine Fachverkäuferrolle hineingeraucht, mit jeder Zigarre wuchs der Abstand zu seinem früheren Leben als Amateur, mit jeder neuen Information machte er sich unangreifbarer. Holm merkte bald, dass seine wahre Leidenschaft der perfekten Vorbereitung und Durchführung eines idealen Kundengesprächs galt. Solange der direkte Kundenkontakt ausblieb – in den ersten Tagen nach seinem Antritt hatten sich bis auf einige verirrte Zigarettenraucher keine ernstzunehmenden Käufer im Laden eingefunden –, war Holm Kunde und Käufer in einer Person. Der ideale Kunde hatte wenig Ahnung und ließ sich von Holm bereitwillig beraten. Die Stunde, bevor Gesine Mugsch ihren Fuß in den Laden setzte, war die Stunde von Holms glanzvollsten Auftritten als Fachverkäufer karibischer Zigarren. Holm saß hinter dem Biedermeierschreibtisch, der zugleich als Kassentresen diente, eine Partagas Lusitanias Doppel-Corona zwölfdreißig das Stück lässig zwischen Zeige- und Mittelfinger geklemmt, und blätterte in einem Fachmagazin für den Zigarrenconnaisseur, wenn der erste Kunde des Tages wie von Geisterhand vor ihn gezaubert stand. Nun sprang Holm aber nicht gleich auf und bot dem Kunden seine Hilfe an, er war schließlich nicht im Bereitschaftsdienst eines Krankenhauses, nein, Holm blieb sitzen, er blieb sogar ausgesprochen gelassen sitzen, nahm den Kunden lediglich durch einen kurzen, weder freundlichen noch unfreundlichen, sondern professionell neutralen Blick zur Kenntnis und raschelte weiter in den extra für diesen Zweck ausgebreiteten Papieren. Hier sollte klar zum Ausdruck kommen: Holm hat nicht den ganzen Morgen auf einen Kunden gewartet! In seinem Leben gab es noch anderes als den Kundenkontakt. Beispielsweise hatte er vor dem Frühstück Tante Hedes Wohnung rasch noch einmal durchgesaugt, denn obwohl er sich in einem festen Arbeitsverhältnis befand, hieß das nicht, dass Holm seiner Verantwortung für die Raumpflege nicht mehr nachkam. Und während er saugte, dachte er nicht an Kundschaft, er dachte daran, dass der Perserteppich im Flur wieder mal eine Schaumpflege benötigte.

Als kurze Zeit später Gesine den Laden betrat, beeilte er sich, möglichst gleichgültig aus dem Fenster zu blicken. Während sie ihren Mantel ablegte und die Vitrinen überprüfte –

was sie da genau überprüfte, war ihm allerdings schleierhaft –, beobachtete er sie. Er verfolgte jede ihrer Bewegungen so genau, als würden sich daraus Hinweise auf ihr Innenleben ergeben. Konnte man von ihrem ruckartigen Vorbeugen etwa auf ein leidenschaftliches Sexleben schließen? Hatte Gesine Mugsch überhaupt noch ein Sexleben? In diesem Moment drehte sie sich um, als hätte sie seine Blicke bemerkt. Darf ich Sie mal was fragen, sagte Gesine. Holm blies sofort Rauch in die Luft, um sein Gesicht zu verhüllen. Klar, sagte er gönnerhaft, in einer gewaltigen Wolke verschwindend. Haben Sie eine Freundin? Er musste husten. Holm musste sehr lange husten, ein Juckreiz in seinem Hals ließ ihn minutenlang nicht zu Wort kommen. Insgeheim hoffte er, dass sie die Frage zwischenzeitlich wieder vergaß. Aber der Nebel löste sich auf und dahinter erkannte er entsetzt das neugierige Gesicht seiner Arbeitskollegin. Er merkte, dass er rot wurde. Und jetzt, da sie ihn deutlich sehen konnte, leuchtete sein Gesicht wie eine Signallampe auf, die jedem unmissverständlich zu verstehen gab: Holm hatte keine Freundin. Und weiter: Holm hatte sich mit diesem Thema noch nicht mal ansatzweise beschäftigt. Wieso fragen Sie, fragte er und bemühte sich ruhig zu bleiben. Er glühte. Sein ganzer Kopf rauchte. Na ja, sagte Gesine, ich dachte, ein junger Mann wie Sie sei längst in festen Händen. Sie lächelte verschmitzt. Ach die Frauen, sagte Holm und lächelte ebenfalls verschmitzt. Wie meinen Sie das, fragte Gesine erstaunt. Keine Ahnung, sagte er ratlos und zog nervös an der Zigarre, bis sein Gesicht wieder hinter einer dichten Rauchwolke verschwunden war.

Ohne dass Holm irgendetwas dazu getan hätte, passierte es dann. Das Unerwartete in Gestalt einer Frau brach in Holms gleichmäßiges Leben. Holm hatte sich den Nachmittag freigenommen, um seinen Zahnarzt, Dr. Kurt Klapproth, für die jährliche Routinebehandlung aufzusuchen. Seit über dreißig Jahren ging Holm jeweils am ersten Aprildonnerstag zur Praxisgemeinschaft Klapproth, Wonder, Rumpf in die Gutschmidtstraße. Kein anderer kannte seine Mundhöhle besser als Dr. Kurt Klapproth, ohne Übertreibung konnte man sogar von einer freundschaftlichen Beziehung zu Holms Gebiss sprechen. Niemand sonst, nicht einmal seine Mutter, hatte je einen tieferen Einblick in sein Inneres genommen, der jährliche Zahnarztbesuch war Holms persönliche Offenbarung. Und wenn Holm gefragt würde, wo er die Seele vermutete, hätte er ohne nachzudenken auf seine Mundhöhle verwiesen. Umso erschütternder war es, als Holm auf dem Schild der Praxisgemeinschaft den Namen Klapproth durch den Namen Moeglich ersetzt fand.

Ob denn Dr. Klapproth nicht mehr hier arbeite, fragte Holm die junge Rezeptionistin besorgt, die er im Jahr zuvor noch nicht bemerkt hatte. Dr. Klapproth? Der ist in Pension gegangen, sagte sie leichtfertig, ohne zu ahnen, welche Auswirkungen so eine harmlose Aussage auf Holms inneres Gleichgewicht hatte. Die Pensionierung von Dr. Kurt Klapproth bedeutete schlicht das Aus einer mehr als dreißigjährigen Tradition. Sie bedeutete das Aus einer Bekanntschaft, die Holm das Gefühl von Kontinuität in seinem Leben gab. Seit Helmut Kohl nicht mehr Bundeskanzler war und die neue Regierung fortwährend ihre Spitzen auswechselte, wusste Holm in Dr. Klapproth wenigstens einen Mann, der blieb. Dabei musste er gut ein Vierteljahrhundert älter sein als Holm. Auch wenn Holm nun beschloss, nicht älter als siebzig zu werden, würde Dr. Kurt Klapproth schließlich hart auf die hundert zusteuern, und ob ein hundertjähriger Zahnarzt immer noch seinen Beruf ausübte, nur um Holms Lebenskontinuität zu gewährleisten, war zumindest fraglich.

Aber Dr. Klapproth hätte mir sicher *vorher* mitgeteilt, dass er in Rente geht, sagte Holm, auf den Tresen gestützt. Ich kenne ihn seit über dreißig Jahren! Die junge Frau schien am Ende ihrer Belastungsfähigkeit. Herr Dr. Klapproth hat *alle* seine Patienten schriftlich darüber informiert. Sie müssten auch eine Karte bekommen haben. Holm hatte natürlich keine Karte bekommen, wahrscheinlich war sie noch an die Adresse seiner Eltern gegangen. Von Mutter hatte er jedoch nie etwas über die bevorstehende Pensionierung seines Zahnarztes erfahren. Demnach trug seine Mutter an dieser unmöglichen Lage die Hauptschuld. Wenn Sie nichts dagegen haben, sagte die Rezeptionistin, Holm sah ihr deutlich an, wie gleichgültig ihr die ganze Sache war, wird Dr. Moeglich ab heute für Sie da sein. Wenn Sie jetzt bitte in der Wartelounge Platz nehmen. Holm hatte keine andere Wahl. Der Regierungswechsel hatte bereits vor Monaten stattgefunden, und Holm wurde überraschend erklärt, dass der neue Bundeskanzler von nun an Dr. Moeglich hieß. Tatsächlich hing neben der Tür zum Wartezimmer ein Plexiglasschild mit der Aufschrift WARTELOUNGE. Jahrzehntelang hatten die Patienten ein tristes Warte*zimmer* erdulden müssen, ehe sie von einer Warte*lounge* erlöst wurden. Während Holm in entspannter Atmosphäre auf Dr. Moeglich wartete, blätterte er in einer BILD-Zeitung. Zwei Kopftuchträgerinnen, die eindeutig *nach* ihm in die Wartelounge gekommen waren, wurden *vor* ihm ins Behandlungszimmer gerufen. Auch ein leidender Russe oder Ukrainer, der ebenfalls nach Holm eingetreten war, wurde schon nach fünf Minuten wieder erlöst. Draußen dämmerte es bereits, auch der letzte Patient war längst aufgerufen worden, als Holm schließlich innerlich zugeben musste, dass man ihn trotz ordnungsgemäßer Anmeldung vergessen hatte. Selbst in einer Wartelounge kam irgendwann der Moment, wo man den Tatsachen gegenübertreten wollte.

Könnte es sein, sagte Holm zu der inzwischen ausgewechselten frischen, wiewohl deutlich älteren Bürokraft, dass ich übersehen wurde? Übersehen?, sagte sie ein wenig erstaunt, als hörte sie dieses Wort im Rahmen der Öffnungszeiten zum ersten Mal. Frau Dr. Moeglich erwartet Sie schon, Zimmer vier bitte. *Frau* Dr. Moeglich?, wiederholte Holm sicherheitshalber. Ja, antwortete die Rezeptionistin kühl, einen *Herrn* Dr. Moeglich haben wir hier nicht! Da ist sie, dachte Holm sofort, die Abweichung, die er immer befürchtet hatte. Eine Frau trat die Nachfolge von Dr. Kurt Klapproth an. Vor einer Frau würde Holm in wenigen Augenblicken seine Zähne entblößen, ihr seine Mundhöhle offenbaren. Jene Mundhöhle, die seit Holms Kindheit unter der Oberaufsicht von Dr. Kurt Klapproth gestanden hatte, würde in wenigen Augenblicken weiblichen Blicken genügen müssen.

Hallo, ich bin Marion Moeglich, tut mir leid, dass es so lange gedauert hat, sagte eine kleine, schwarzhaarige Frau mit großen braunen Augen freundlich lächelnd. Holm erkannte entsetzt, dass es sich um dieselbe Frau handelte, die er vor einigen Monaten während seiner Erektion in der Zeitschriftenabteilung des Supermarktes getroffen hatte. Mami muss jetzt zahlen! Besorgt fragte sich Holm, ob ihn auch Dr. Marion Moeglich wiedererkannte. Setzen Sie sich doch schon mal hin, ich komme gleich, sagte sie, ohne Anzeichen von Abscheu erkennen zu lassen. Wenn auch das menschliche Gedächtnis zur Vergesslichkeit neigte, das Schicksal brachte jedes Erlebnis irgendwann zur Wiedervorlage. Sollte Dr. Marion Moeglich feststellen, dass der ihr von Dr. Klapproth übergebene Patient jener Mann war, der mit ihrer vierjährigen Tochter einen intimen Zusammenstoß gehabt hatte, würde sie ihn noch vor der Untersuchung der Gemeinschaftspraxis verweisen.

Hier brennt zurzeit die Luft, sagte Frau Dr. Moeglich, als sie erschöpft schnaufend zurückkam und die Tür hinter sich schloss. Ich hoffe, Sie nehmen mir die Verspätung nicht übel. Überhaupt nicht!, sagte Holm etwas zu großzügig, als wollte er sie von allen vergangenen und zukünftigen Verfehlungen grundsätzlich freisprechen. Frau Dr. Moeglich zog einen Mundschutz vor das Gesicht, streifte sich Gummihandschuhe über und setzte sich so dicht neben Holm, dass er von der Wolke ihres Eigengeruchs vollständig umhüllt wurde. Da Mund und Nase von der Schutzmaske verdeckt waren, schienen ihre Augen das halbe Gesicht auszufüllen. Die Rückenlehne des Behandlungsstuhls surrte hinunter, bis Holms Kopf in Augenhöhe mit seinen Schuhspitzen war. Er klammerte sich an den Armstützen fest, als befürchtete er, jeden Moment samt Behandlungsstuhl, der sich inzwischen in eine Behandlungsliege verwandelt hatte, aus dem Zimmer geschossen zu werden. Frau Dr. Moeglich zog den Schwenktisch mit dem Zahnwerkzeug direkt über seinen Schambereich, was Holm sofort als präventive Maßnahme gegen eine neuerliche Erektion wertete. Er bemühte sich jedoch, den Anschein zu erwecken, als betrachtete er den Vorgang als eine lang erwartete Selbstverständlichkeit. Haben Sie irgendwelche Probleme?, fragte sie, während sie nach dem Zahnspiegel griff und sich über ihn beugte. Holm kam sein Mund plötzlich wie zugewachsen vor. Die Kiefer waren fest arretiert, die Lippen verwachsen und die Zähne aneinandergeklebt. Ob ich *irgendwelche* Probleme habe?, dachte Holm. Vielleicht war sich Marion Moeglich noch nicht völlig sicher, ob ihr der Sittenstrolch vom Supermarkt vorlag, und versuchte ihn mit einer allgemein gehaltenen Frage aus der Reserve zu locken. Vielleicht benötigte sie auch gar keine Antwort, weil ihr Mundhöhle, Zahnstand und Zungenbelag genügend Hinweise auf seinen wahren Charakter gaben.

Wenn die Mundhöhle der Sitz der Seele war, würde sie jeden Moment freien Blick auf sein Seelenkino haben. Holm wurde unruhig. Er stand nicht nur kurz vor der Offenbarung, sondern befand sich zudem seit mehreren Minuten allein mit einer attraktiven Frau in einem geschlossenen Raum. Und der Weg zur Toilette war ihm aus naheliegenden Gründen versperrt. Sie müssen Ihren Mund schon aufmachen, sagte Dr. Moeglich und balancierte den Zahnspiegel wenige Zentimeter vor seinen fest verschlossenen Lippen. Sie brauchen keine Angst zu haben, dass ich Ihnen etwas tue, sagte Dr. Marion Moeglich in einer Art, die offensichtlich nicht nur fachlich begründet war. Holm hatte einen Fehler gemacht, als er vorhin an der Rezeption nicht gleich geflohen war, nachdem er von *Frau* Dr. Moeglich erfahren hatte. Auf einmal wurde ihm auch klar, weshalb er so lange warten musste: Frau Dr. Marion Moeglich wollte ihn ohne den Druck weiterer Patienten im Nacken ganz für sich allein haben. Es war Abend, die Gemeinschaftspraxis war bis auf eine ahnungslose ältere Rezeptionistin, die Frau Doktor vermutlich inzwischen ebenfalls nach Hause geschickt hatte, leer, und niemand konnte sie daran hindern, bis spät in die Nacht hinein zweifelhafte Behandlungsmethoden an Holm zu erproben.

Frau Dr. Moeglich schob den Zahnspiegel sanft zwischen seine Lippen. In diesem Moment öffnete sich wie durch ein Wunder sein Mund. Der rechte Gummifinger bohrte sich quietschend zwischen die Zähne, mit der linken Hand versenkte sie den Spiegel in seiner Mundhöhle, während ihr Kopf so dicht über ihm hing, dass er die Poren auf der Stirn erkannte. Er sah die gefiederartigen Augenbrauen, er sah die klimpernden Lider, die einzelnen Wimpern, die wie ein besonderer Festschmuck in dem fleischigen Oval steckten, er sah einen von Creme abgedeckten Pickel knapp über der Nasenwurzel, kurz, er sah die Großaufnahme eines weiblichen Gesichts, das ihm wie die Oberfläche eines fremden Planeten erschien. Mit nur wenigen Zentimetern Entfernung flog das Holm-Shuttle über diesen eigenartigen Mond und suchte nach Hinweisen auf fremdes Leben. Schon nach kurzer Zeit stellte Holm fest, dass es auch hier Wasser gab, große runde Seen, in denen sich sein Gesicht spiegelte, daneben erkannte er Faltengebirge, er sah Senken, rätselhafte Pfade unterhalb eines steil aufragenden Stirnvorsprungs. Und noch etwas bemerkte Holm in diesem Moment: ein weiches, warmes Polster, das gegen seine Schulter drückte. Frau Dr. Moeglichs Arme schwebten gespreizt und sichtbar ohne Körperkontakt über ihm, während sie mit beiden Händen in oder vor Holms Mundhöhle quietschte und klapperte. Er wagte es nicht, seinen Blick auch nur eine Sekunde von ihrem Gesicht abzuwenden, um nachzusehen, was da so warm und nachgiebig gegen ihn drückte. Holm stellte sich der Einfachheit halber seine Tante im Nachthemd vor und überprüfte sämtliche in Frage kommenden Körperteile vom Kopf bis zu den Füßen. Plötzlich schoss es ihm siedend heiß in den Kopf. Es war, es handelte sich, mit größter Wahrscheinlichkeit musste es sich um Frau Dr. Marion Moeglichs Brust handeln, die unablässig und, wie ihm jetzt schien, fordernd gegen Holms jungfräuliche Schulter drückte.

Kaum hatte er diesen ungeheuerlichen Gedanken gedacht, wurde er rot im Gesicht. Das heißt, er spürte, wie die Hitze zunächst seine Ohren, sehr schnell aber auch seine Wangen erreichte und aufglühen ließ. Holm erstarrte, sein weit aufgerissener Mund war ein stummer Aufschrei der Empörung.

Viel zu lange war Marion Moeglich bereits in seiner Mundhöhle beschäftigt, selbst Dr. Klapproth hatte nicht derart intensiv in ihn hineingeschaut. Nur einen einzigen Grund gab es für diese immer noch andauernde Mundhöhlenexpedition: Marion Moeglichs Brust war vom ständigen Reiben so erregt, dass sie nicht mehr aufhören konnte. Ja, sie bedrängte Holm dermaßen, als gelte die Behandlung seiner Schulter und nicht den Zähnen. Holte sich Frau Dr. Moeglich an Holms Schulter vielleicht jene Erregung, die sie zu Hause seit langem vermisste? In diesem Augenblick spürte Holm eine verdächtige Bewegung in seiner Hose. Er versuchte sich noch auf das Quietschen des Gummihandschuhs zu konzentrieren, aber es war schon zu spät: Holm hatte eine so starke Erektion, dass sie bis knapp unter den Schwenktisch reichen musste.

Das sieht gar nicht so schlecht aus, sagte Dr. Marion Moeglich, während sie sich zurücklehnte und auf den Schwenktisch griff. Holm zuckte zusammen. Sie haben nur etwas Zahnstein und Verunreinigungen zwischen den Zähnen. Ich entferne Ihnen jetzt den Zahnstein, und dann sind Sie erlöst. Keine Angst, ich werde nicht bohren. Holms einzige Sorge war, dass sie womöglich den Schwenktisch bewegte. Erneut beugte sich Frau Dr. Moeglich über Holm und brachte ihre Brust in Position. Holm wunderte sich einen Moment über den Zusammenhang zwischen Zahnstein und einem erigierten Penis. Die abwegigsten Kombinationen wurden erst durch Holm ermöglicht und riefen ungeahnte Probleme hervor. Solange die Behandlung andauerte, war er vor einer Entdeckung sicher. Solange jedoch die Brust an seiner Schulter rieb, würde auch seine Erektion nicht nachgeben. Holm hatte den Verdacht, dass sein Geschlecht grundsätzlich andere Vorstellungen von einem seriösen Leben besaß als er selber. Während er sich um eine anerkannte Stellung im Leben bemühte, befand sich sein Geschlechtsleben auf der Stufe roher Zügellosigkeit. Während sich der Kapitän Holm darum bemühte, sein Schiff in sicheres Fahrwasser zu lenken, herrschte unter Deck der Sittenverfall. Unterdessen schabte sich Marion Moeglich an den Backenzähnen entlang. Es hörte sich an, als versuchte ein Gefangener mit seinen Fingernägeln ein Loch in die dicken Mauern eines Verlieses zu kratzen. Und obwohl das Geräusch hart und hässlich klang und Holm eine anhaltende Gänsehaut verschaffte, erzeugte die Nähe zu Frau Dr. Moeglich ein Gefühl, das alle Schmerzen und Qualen in eine gefahrlose Ferne rückte. So, sagte Marion Moeglich, zog den Mundschutz ab, legte lächelnd das Kratzwerkzeug auf den Tisch und schwenkte ihn in derselben Bewegung zur Seite. Überrascht sah Holm, dass seine Erektion verschwunden war. Glatt und faltenlos zeigte sich seine Hose und gab sich unschuldig. Ihre Zähne sind jetzt wieder tipptopp. Ich muss nicht zur Nachbehandlung?, fragte Holm, dem plötzlich alles zu schnell ging. Es gibt keinen Grund, die Zähne sind gesund und sauber. Kommen Sie einfach in einem Jahr wieder. Sie können jetzt ausspülen.

Wie benommen ging Holm durch die dunklen Straßen des Viertels. Er bummelte, obwohl es bereits nach halb acht war und er genau wusste, dass der Heimweg neunzehn Minuten dauerte. Darin enthalten war noch nicht das Warten auf den Fahrstuhl. Sollte sich der Fahrstuhl im obersten Stockwerk befinden, würden bis zu seinem Eintreffen weitere ein bis zwei Minuten vergehen, vorausgesetzt, Herr Uslu blockierte ihn nicht mit seinen abendlichen Mülltransporten. Herr Uslu, von dem niemand wusste, aus welcher Ecke dieser Welt er eigentlich stammte, wohnte im selben Stockwerk wie Tante Hede und pflegte jeden Abend kurz vor acht seinen Müll in die im Hof befindlichen Container zu werfen. Und weil seine

Müllmenge allabendlich die Ausmaße eines Umzugs hatte, öffnete Herr Uslu regelmäßig für einige Minuten die Fahrstuhltür, um die blauen Müllsäcke, die Plastiktüten, leeren Flaschen und ausrangierten Blumentöpfe in den Fahrstuhl zu verfrachten. Wie viele Blumentöpfe er insgesamt in seiner Wohnung aufbewahrte, war nicht bekannt. Jedenfalls schien sich Herr Uslu nicht für Nachrichten zu interessieren, denn während die Sportmeldungen liefen, hörte Holm noch immer Flaschen in den Glascontainer fallen. Erst beim Wetterbericht, manchmal auch erst bei Beginn des Spielfilms, schlug die Tür von Herrn Uslus Wohnung ins Schloss. Hier war ein Mann, der die Rahmenbedingungen seines Lebens offensichtlich noch nicht gefunden hatte. Holms Abendprogramm wurde also täglich von Herrn Uslus Müllentsorgung bedroht. Heute war es Holm aber egal, ob er in die Müllabfuhr seines Nachbarn hineinplatzte. Ja, er legte es sogar auf eine direkte Konfrontation an. Holm würde den Fahrstuhlknopf drücken, Herrn Uslu dadurch zu einem Zwischenstopp im Erdgeschoss zwingen und ihn zur Rede stellen. Er würde ihn fragen, warum er ausgerechnet zu einer Zeit, wo die meisten erschöpft von der Arbeit zurückkehrten, die Öffentlichkeit mit den Resten seines offenkundig unmäßigen Konsums belästigte. Niemand wolle wissen, wie viele Tiefkühlpizzas oder Flaschen Rotwein er im Laufe eines Tages oder einer Woche konsumiert habe. In diesen Breitengraden sei es unüblich, die Menschen auf die Begleitumstände des Lebens allzu direkt hinzuweisen. Wenn Holm den Müll hinuntertrug, geschah dies mit äußerster Diskretion. Den Müllsack verstaute er in einem unauffälligen Stoffbeutel, obenauf legte er einen frisch gewaschenen Wollpullover oder bunten Schal, dass jeder denken musste: Der Mann macht noch eine Runde um den Block und hat sich vorsichtshalber wärmere Kleidung mitgenommen. Falls ihn doch einmal jemand bei der Müllentsorgung entdeckte, konnte er immer noch behaupten, er habe den Müll irgendwo gefunden und in privater Initiative die sofortige Abfuhr beschlossen. Herrn Uslu schien diese Form der Rücksichtnahme jedoch völlig fremd zu sein. Unbelastet von jeglichem Schamgefühl, offenbarte er dem Wohnblock sein Eigenleben.

Es war zehn vor acht, Holm näherte sich einer verlassenen Kreuzung. Nirgendwo Autos oder Menschen, trotzdem regelte die Ampelanlage unverdrossen imaginäre Verkehrsströme. Seit Stunden, vielleicht seit Tagen herrschte hier Stille, aber die Ampel tat ihre Pflicht und scherte sich nicht um den Sinn ihrer Aufgabe. Holm erkannte in der Ampel ein Vorbild für sein eigenes Leben. Gleichgültig, was die anderen denken, so und nicht anders musst du handeln. Du darfst dich nicht bei jeder Tätigkeit in Frage stellen, sonst verlierst du die Kontrolle. Da kein Auto in Sicht war, beschloss Holm gegen seine innere Überzeugung, die Kreuzung ohne Abwarten des Grünsignals zu überqueren, als sich von links überraschend Scheinwerfer näherten. Kaum hatte Holm bei rot die Straße betreten, setzte sich ein übermüdeter Reihenhausbesitzer noch rasch in sein Auto, um ihn daran zu hindern. Holm trat zurück auf den Bordstein, bis das Auto vorüber war. Es fuhr langsam, beinahe gemächlich, als würde es von sehr weit herkommen und diesen Augenblick der Begegnung mit dem einsamen Wanderer namens Holm voll auskosten. Wie in Zeitlupe schwebte es heran, ein bemanntes Raumschiff aus der Tiefe einer anderen Zeit. Als es auf gleicher Höhe mit Holm war, erkannte er im Innern des Fahrzeugs einen Mann. Für eine Sekunde sah er das Gesicht des Mannes unter der Straßenlampe aufleuchten, es blickte zu Holm, es lächelte, und dann verschwand es mit dem Raumschiff, die roten Rücklichter wie einen Schweif hinter sich herziehend, wieder in der Dunkelheit der Stadt. Das Leben zweier Menschen war seit ihrer Geburt auf diesen Moment zugesteuert, und an einem frühen Donnerstagabend in einem Neubauviertel auf 52 Grad nördlicher Breite und 13 Grad östlicher Länge kreuzten sich ihre Wege. Herr Uslu war an diesem Abend jedoch wider Erwarten nicht im Fahrstuhl. Entweder befand er sich schon auf dem Hof, oder er hatte die Müllentsorgung für einen Tag ausgesetzt.

Warum er heute so spät sei, die Nachrichten hätten schon angefangen, sagte Tante Hede ungehalten, als Holm ins Wohnzimmer trat. Ihm sei nicht gut, sagte Holm mit hängenden Schultern und fragte sich in diesem Moment, ob Hede noch wusste, ab welchem Zeitpunkt man als verliebt oder liebend gelten konnte. Setz dich erst mal und lass uns endlich essen. Tante Hede saß rechts von ihm, einige Zentimeter näher am Fernseher. Holm überlegte, ob es ein Grundrecht von Frauen war, immer den besten Platz zu besetzen, und ob er als männlicher Mensch irgendeine Gegenleistung erwarten durfte. Die Abmachung hätte lauten können: Du bekommst den besseren Fernsehplatz, dafür gehe ich als Erster durch die Tür.

Wann warst du eigentlich das letzte Mal verliebt?, fragte Holm. Tante Hede biss in die Salzgurke, wobei ein Strahl Gurkenwasser auf Holms Anzugshose spritzte. Es hatte exakt nach links gespritzt, nicht nach rechts oder nach unten, nicht auf den Boden oder an Holm vorbei, nein, es hatte sich treffsicher Holms Diensthose ausgesucht. Wieso fragst du?, sagte die Tante vollmundig, offenbar hatte sie Holms Demütigung nicht bemerkt. Weil ich wissen will, wann man verliebt ist! Tante Hede platzierte die Restgurke auf dem Leberwurstbrot, als verspreche diese Kombination ein besonderes Geschmackserlebnis. Das spürt man, antwortete Hede, ohne ihren Blick vom Fernseher abzuwenden. Es gibt also keine eindeutigen Hinweise? Das Gefühl *ist* ein eindeutiger Hinweis, es ist so, als würdest du schweben. Bist du etwa verliebt? Hede sah plötzlich besorgt zu Holm. Nein, sagte er und legte seine ganze Gurke auf das Schinkenbrot, als müsse er seine Eigenständigkeit beweisen, ich spüre nichts. Ich wollte nur wissen, ob ich etwas verpasst habe.

Später onanierte er im Badezimmer über dem Foto der nackten Helena. Und obwohl sich Helena alle Mühe gab, Holm mit ihren nackten Brüsten zu erregen, onanierte er haarscharf an einer Lustempfindung vorbei. Je verbissener er versuchte, die Lust aus der Reserve zu locken, desto tiefer schien sie sich in ihn zurückzuziehen. Holm onanierte sich quer durch das Heft, ohne Rücksicht auf Haarfarbe oder Körpermaße, selbst Frauen, die ihn abstießen, wurde seine konzentrierte Aufmerksamkeit zuteil, kein Körperteil, das nicht wenigstens kurz anonaniert wurde. Mit schmerzender Hand gab er sich schließlich vor sich selber geschlagen. Beleidigt lag Holm im dunklen Wohnzimmer auf dem Sofa und verglich das Gefühl des Verliebtseins mit dem Hund eines Blinden. Der Hund spürte, was sein Herrchen wollte, und bewahrte ihn vor Gefahren. Da wusste Holm, dass ihm zum sicheren Auftreten im Leben etwas fehlte. Solange er keinen Blindenhund besaß, blieb die Welt für ihn eine fortwährende Bedrohung. Draußen zog derweil der Mond vorbei. Er trug das Gesicht von Dr. Marion Moeglich.

6.

Wie viele Frauen zur Auswahl standen, wurde Holm am folgenden Montag auf der Fahrt zur Arbeit bewusst. Die U-Bahn glich einem einzigen Frauen-Basar. Junge Frauen mit langen blonden Haaren, kurzen Mänteln und Stiefeln, Frauen mit kurzen schwarzen Haaren, langen Mänteln und Halbschuhen, Frauen in hautengen Jeans und Turnschuhen, reife Geschäftsfrauen, die versuchten, wie Geschäftsmänner zu wirken, unreife Mädchen, die nur zu zweit oder zu dritt auftraten, als müssten sie sich ihre Zugehörigkeit zum weiblichen Geschlecht ständig gegenseitig bestätigen, ältere Frauen, die nichts versuchten und durch nichts bestätigt werden wollten, mit ihrem schmucklosen Äußeren machten sie jedermann deutlich, dass bei ihnen nichts mehr zu holen war, und schließlich Frauen im mittleren Alter, die ihre Reize bei allen in Frage kommenden Körperpartien lediglich andeuteten und durch offene Blicke zu verstehen gaben, dass sie prinzipiell bereit waren, mehr aus sich zu machen, sofern ihnen der Richtige über den Weg lief. Holm stellte fest, dass ihn diese halb versteckten Angebote, diese prinzipielle, aber nie auftrumpfende Verfügbarkeit, noch am ehesten interessierten. Denn je sichtbarer eine Frau ihre Vorzüge zu Markte trug, desto mehr würde Holm für ihre Anschaffung bezahlen müssen. Eine Blondine mit schulterlangem Haar, Kaschmirmantel und hochhackigen Schuhen würde sich nicht mit einem Snack in einer Imbissbar abspeisen lassen, für sie wäre ein

Restaurant mit drei Kochmützen das mindeste, was man ihr anbieten dürfte. Hinzu kämen Investitionen in den Bereichen Kleidung, Kosmetika und Fernreisen, ganz zu schweigen von den kleinen Aufmerksamkeiten am Rande, die von Jahr zu Jahr größer und ausgefallener sein müssten, ein Aufwand, der in keinem angemessenen Verhältnis zu seinem Einkommen als Angestellter stand. Holm bemerkte, dass er Frauen nicht mehr nur als Mitbürger ansah, sondern plötzlich auch unter dem Gesichtspunkt der Lebenshaltungskosten betrachtete. Versehentlich dachte er: LEBENDHALTUNGSKOSTEN. Sogleich überlegte er, ob es sich überhaupt lohnte, in eine Frau zu investieren, und welche Art Aufwandsentschädigung er von ihr erwarten konnte. Konkret: War es sinnvoll, sein Geld für ein Produkt auszugeben, das man vielleicht gar nicht brauchte? Andererseits konnte er offenbar nur mit einer Frau auf die vordersten Plätze des Lebens rücken, einer Frau in Holms Alter, ruhiger Typ, mit ähnlichen Interessen, nicht aufreizend gekleidet, aber mit offenem Blick, eher kleiner als größer, schwarzen Haaren, solider Ausbildung, festem Einkommen, Fremdsprachenkenntnissen, normaler Figur, bevorzugt klassische Musik, steht pünktlich um acht Uhr auf, einschließlich Sonn- und Feiertagen, liebt geruhsame Abende zu Hause, isst Abendbrot zur Tagesschau und geht spätestens um dreiundzwanzig Uhr ins Bett. Eigentlich war Tante Hede die ideale Frau für ihn.

Im Laden entzündete Holm eine Partagas Shorts, setzte sich an den Schreibtisch und blies den Rauch Richtung Fenster. Der Qualm beruhigte ihn, er vernebelte die Vielfalt der Welt. Er produzierte gerade eine besonders üppige Rauchwolke, die alles in flauschige Watte zu verpacken schien, da hörte er, wie sich die Ladentür öffnete. Es war erst kurz nach zehn, und schon forderte die Welt ihn heraus. Instinktiv reagierte er mit einem verärgerten Gesichtsausdruck, der gleich deutlich machte, dass Holm momentan nicht in Verkaufslaune war. BITTE NICHT STÖREN! VERKÄUFER BEFINDET SICH IN DER AKKLIMATISATION, stand groß und breit auf seine Stirn geschrieben. Jeder Tag glich einer Neuschöpfung, über die er mühsam seine Gewohnheiten stülpte. Der Kunde trat an den Schreibtisch. Der Kunde war eine Frau.

Hallo, sagte er laut, um seine Unsicherheit zu überspielen. Er warf die angerauchte Zigarre mit einer übertriebenen Geste in den Aschenbecher, als wäre er froh, sie endlich los zu sein, und stand abrupt auf. Die Frau war nicht nur einen Kopf größer als Holm, sie hatte zudem schulterlanges blondes Haar, trug einen Kaschmirmantel und elegante Halbschuhe. Es gab keinen Zweifel, dass sie auch ein angemessenes Beratungsgespräch wünschte. Nur nicht berühren, dachte Holm unentwegt, Abstand halten, dies ist eine Kundin, die sich für Zigarren interessiert, mehr nicht! Es ist Montag, draußen herrscht geschäftiges Treiben, und in knapp einer Stunde kommt Gesine, die von der Geburtstagsparty ihrer Schwester berichten wird. Ich suche einen Humidor, können Sie mir einen empfehlen?, sagte die Frau mit der größten Selbstverständlichkeit. Sie ahnte ja nicht, was sie bei Holm in diesem Moment anrichtete. Es war die Frage zur falschen Zeit, vor allem jedoch an die falsche Person. Nicht Holm war der Experte für Accessoires, sondern Gesine Mugsch, und die kam erst in rund einer Stunde. Weil er sich aber vor einer Frau, auch wenn sie in diesem Fall als Kundin auftrat, keine Blöße geben wollte, um nicht gleichzeitig als Mann *und* als Fachverkäufer zu scheitern, ging Holm mit einer Gegenfrage aus seinem Fachgebiet in die Offensive. Welche Größe die Zigarren denn hätten? Die Frau machte ein Gesicht, als hörte sie zum ersten Mal, dass Humidore für Zigarren vorgesehen waren. Wenn es sich um Doppel-Coronas handelt, sollte der Humidor schon eine gewisse Größe haben. Ist der Beschenkte ein Vielraucher oder eher ein Gelegenheitsraucher? Bei zwei Zigarren im Monat wäre ein Humidor mit einer Kapazität von hundert Stück ziemlich unpassend. Eine Kleinfamilie wohnt ja auch nicht in einem Schloss. Holm freute sich über den scherzhaften Vergleich. Der Scherz zeugte von einer Souveränität, in der Zweifel keinen Platz hatte. Offen gestanden, sagte die Frau jetzt angemessen kleinlaut, habe ich von diesen Dingen nicht viel Ahnung. Es ist ein Geschenk für einen Kollegen. Das war der Augenblick, die Gesamtverantwortung für alle Geschäftsbereiche zu übernehmen. Das mache gar nichts, sagte Holm auftrumpfend, wichtig sei nur, dass er Ahnung habe! Holm nahm drei Humidore unterschiedlicher Größe und Farbe aus der Vitrine und stellte sie auf den Schreibtisch. Und welche Unterschiede gibt es zwischen diesen Humidoren?, fragte die Frau mit einem zutraulich offenen Blick, der ihm zu schaffen machte. Holm erklärte die Unterschiede. Die Frau nickte verständnisvoll. Holm merkte, dass er unfähig war, etwas vorzuspielen. Ihm fehlte die Leidenschaft für sich selbst. Ihm fehlte die Leidenschaft, die Welt zu betrügen. Aber die Welt wollte betrogen werden! Holm erkannte auf einmal, dass seine Amateurhaftigkeit in Bezug auf das Leben von seinem mangelnden Talent zum Betrug herrührte. Er hatte den Eindruck, dass er sich selbst wie einen fremden Geschäftsbereich übernommen hatte und sehnsüchtig darauf wartete, dass jemand die Zuständigkeit dafür zurückverlangte. Kurz dachte er daran, die Frau einfach fortzuschicken, aber der Betrug war schon zu weit vorangeschritten. Die Frau schien zwischen dem kleinen schwarzen und dem mittleren braunen Humidor zu schwanken. Eigentlich gefalle ihr braun besser als schwarz, sagte sie, aber der braune sei vielleicht etwas zu groß. In diesen Humidor passen dreißig Zigarren, log Holm, wenn nur zehn drinnen liegen, stört das die Zigarren nicht. Im Gegenteil, Zigarren brauchen Luft zum Atmen, wenn der Beschenkte aber fünfzehn Zigarren lagern will, wäre der kleine eindeutig überfüllt, und das ist schlecht für den Rauchgenuss. Der Betrug klang überraschend wahr, was nicht für die Wahrheit sprach. Wie viel denn der braune koste? Dreihundert, antwortete Holm so schnell, dass die Lüge sich selbst nicht gewahr wurde. Gut, dann nehme ich den braunen. Können Sie ihn als Geschenk verpacken? Holm wurde kreidebleich. Weil er noch nie etwas eingepackt hatte, hantierte er so lange ungeschickt mit Geschenkpapier und Schere herum, bis es der Frau schließlich zu viel wurde. Entschlossen stellte sie ihre Handtasche auf den Boden und ging um den Schreibtisch herum. Lassen Sie mich mal! In diesem Augenblick passierte es: Die Frau griff beherzt nach der Schere, die Holm, erschrocken von der Initiative, immer noch in der Hand hielt, und berührte kurz, aber energisch seinen Handrücken. Holm erstarrte. Keinen Millimeter wagte er sich von der Stelle. Während sie mit erstaunlicher Geschicklichkeit das Papier zurechtschnitt und den Humidor darin verpackte, war Holm mit der Bewältigung der Berührung beschäftigt. Der Schock saß so tief, dass er sich den Moment immer wieder in Erinnerung rufen musste, während es ihm von Mal zu Mal unwirklicher, ja unwahrscheinlicher vorkam, dass er von dieser attraktiven Blondine begehrt wurde. Hier war eine Frau, der täglich die Männerherzen zuflogen und die sich vor Einladungen zu romantischen Abendessen nicht mehr retten konnte – und was machte sie? Sie interessierte sich für den einfachen Zigarrenfachverkäufer namens Holm. Obwohl der fragliche Moment nicht länger als eine Sekunde gedauert hatte, war die Begegnung so nachdrücklich, dass von einer zufälligen Berührung nicht die Rede sein konnte. Keine Frau berührte einfach absichtslos den Handrücken eines Mannes. Zu einigen flüchtig gestreiften Fingern hätte er nichts gesagt, den ganzen Handrücken konnte Holm nicht mehr ignorieren. Holm tat zunächst das, was er am besten konnte: nichts. Er betrachtete stumm und scheinbar unbeteiligt die Handgriffe der Frau. Dabei war Holm die Beteiligung in Person. Nirgends im Umkreis von fünfhundert Metern gab es einen Menschen, der in diesen Minuten mehr am Leben und seinen Begleitumständen teilnahm als Holm. Er dachte nach. Schon in der Art, wie sie die Tasche abgestellt und den Schreibtisch umrundet hatte, lag eine Zwangsläufigkeit, die als vorsätzlich interpretiert werden musste! Nicht umsonst hatte die Frau den Laden zu einem Zeitpunkt betreten, da sie sich mit ihm allein und damit sicher wähnen konnte. Nicht umsonst hatte sie sich ausgerechnet nach Humidoren erkundigt, um ihn bloßzustellen und dadurch im wahrsten Sinne des Wortes angreifbar zu machen. An dieser Stelle begann sie sich jedoch in Widersprüche zu verwickeln. Holm war zwar etwas langsam in logischen Denkprozessen, aber einmal auf die richtige Fährte gesetzt, holte er den Rückstand schnell wieder auf. Gab sie anfangs noch die Ahnungslose, die ein fremder Auftrag hierhergeführt hatte, verpackte sie schon wenige Minuten später den Humidor mit einem Schwung, als wäre dies ihre übliche Freizeitbeschäftigung. Der Kollege, für den der Humidor vorgesehen war, existierte wahrscheinlich überhaupt nicht! Die ganze Geschichte war von vorne bis hinten erfunden. Hier musste einmal klar gesagt werden, dass Holm nicht bereit war, eine Beziehung auf einer Täuschung zu gründen. Und für eine kurze Affäre stand Holm nicht zur Verfügung. Das sieht doch schon mal nicht schlecht aus, sagte die Frau plötzlich und sah ihn zufrieden lächelnd an. Holm verweigerte eine Stellungnahme zu diesem Thema und zuckte mit den Schultern. Ihm schien, dass er mit jeder Aussage tiefer in ihren Betrugssumpf hineingezogen würde. Jetzt fehle nur noch eine Schleife. Ob er vielleicht eine habe? Holm hatte keine Schleife und keine Lust, den ganzen Schwindel weiter auf die Spitze zu treiben. Er schüttelte barsch den Kopf. Macht nichts, sagte sie, als würde sie seine fehlende Kooperationsbereitschaft gar nicht bemerken, was ihn erst erstaunte und dann verärgerte, so wird es auch gehen, eine Schleife wäre vielleicht sogar etwas übertrieben. Für einen Kollegen, den es nicht gibt, wäre eine Schleife sogar eine Anmaßung, dachte Holm. Nehmen Sie Kreditkarten? Holm bejahte ausnahmsweise. Als er die Karte durch das Kartenterminal gezogen hatte und auf Antwort wartete, fiel sein Blick zufällig auf den eingestanzten Namen: Marie-Louise Hoffmann. In diesem Moment wurde ihm klar, dass sie nur deshalb mit Karte bezahlte, um Holm auf diese Weise ihren Namen zukommen zu lassen. Marie-Louise Hoffmann erwartete also, dass er ihre Telefonnummer im Telefonbuch ausfindig machte, sie später am Abend anrief, sich noch einmal herzlich bedankte und sie ganz nebenbei für den folgenden Tag zum Abendbrot einlud. Weil er jedoch nicht einschätzen konnte, wie Tante Hede auf ein gemeinsames Abendbrot mit Frau Hoffmann reagierte, würde er Frau Hoffmann in sein Stammrestaurant führen, das er regelmäßig mit der Tante aufsuchte. Als Gegenleistung wurde er später noch auf ein Schlückchen in ihre Wohnung eingeladen, wo es sehr bald zu einer intimen Kontaktaufnahme kam. Ich glaube, es ist durch, sagte Frau Hoffmann mit Blick auf das Kartenterminal. Holm überreichte ihr Karte und Quittung. Dabei verhielt er sich so abweisend, dass Frau Hoffmann sofort erkennen musste, dass sie mit seinem abendlichen Anruf gar nicht zu rechnen brauchte. Vielen

Dank für die nette Beratung, sagte sie zuckersüß, da hatte sich Holm bereits eine neue Zigarre angesteckt und blies den Rauch in ihre Richtung, worauf Frau Hoffmann im Nebel verschwand.

Starr am Schreibtisch sitzend, eröffnete er Gesine später, dass sich sein Leben demnächst brutal verändern werde. Eine Frau interessiert sich für mich, sagte Holm, nachdem Gesine über seine Ankündigung keineswegs beunruhigt wirkte. Schön, na Gott sei Dank, sagte Gesine erleichtert, als habe sie seit Tagen an nichts anderes mehr denken können und jeden Morgen gehofft, dass es nun endlich mal losginge, was Holm doch etwas übertrieben fand. Frau Hoffmann erwartet heute Abend meinen Anruf. Frau Hoffmann?, fragte Gesine, als habe sie mit jeder, nur nicht mit Frau Hoffmann gerechnet. Sie hat eben einen Humidor für einen Kollegen gekauft, den es nicht gibt. Das ist doch klasse!, antwortete Gesine aus der Abstellkammer, wo sie Mantel und Tasche ablegte. Darauf kam sie mit ihren Zeitungen zurück und legte sie wie jeden Tag auf den Sessel, den sie wie jeden Tag gemäß dem sich ändernden Sonnenstand ein wenig mehr vor den Schreibtisch rückte. Holm ärgerte sich plötzlich, dass Gesine trotz seiner außerordentlichen Nachrichten kein bisschen von ihren Gewohnheiten abließ. Holm hatte den merkwürdigen Eindruck, dass er von ihren Gewohnheiten verhöhnt wurde. Und weshalb nimmst du an, dass sie sich für dich interessiert? Offenbar glaubte Gesine nicht recht, dass sich jemand für Holm interessieren könnte, was er sehr wohl zur Kenntnis nahm. Sie ahnte jedoch nicht, dass er die entscheidenden Informationen noch zurückhielt. Es gibt gewisse Hinweise, sagte Holm, um die Spannung zu erhöhen. Während er die letzten Buchungen überflog und so tat, als wäre das Thema für ihn erledigt, merkte er, wie Gesines morgendlicher Ablauf ins Stocken geriet. Das Stichwort lautete: Hinweise. Wenn es Hinweise gab, wollte Frau Mugsch selbstverständlich sofort informiert werden. Anstatt erst in die Abstellkammer zu gehen und wie jeden Tag den Kaffee aufzusetzen, kam es zu einer überraschenden Neuorientierung. Sie wedelte zunächst mit dem Staubwedel durch die Vitrinen und, was sie um diese Uhrzeit üblicherweise nie zu tun pflegte, auch über sämtliche Schränke, Stühle und Sessel, als wollte sie den Raum in diesem Moment unter keinen Umständen verlassen. Und obwohl sie Holm die ganze Zeit den Rücken zuwandte, hatte er ihr erstauntes, ja fassungsloses Gesicht deutlich vor Augen. Wenn Gesine Mugsch jemals geglaubt haben sollte, dass Holm im Falle ihrer Scheidung als Ersatzmann zur Verfügung stand, wurde sie am heutigen Morgen eines Besseren belehrt. Natürlich hatte er längst bemerkt, dass Gesine ihn nicht nur als Kollegen, sondern auch als Mann wahrnahm. Schließlich hielt Gesine es nicht mehr aus und drehte sich abrupt um. Die Frau wollte also gar keinen Humidor kaufen?! Holm zündete die angerauchte Zigarre erneut an. Nein, sagte er, den Rauch genießerisch in die Luft blasend, ein klares Ablenkungsmanöver! Findest du nicht, dass das ein ziemlich teures Ablenkungsmanöver ist? Holm hatte sich diese Frage bereits selber flüchtig gestellt, war aber zu keinem zufrieden stellenden Ergebnis gekommen. Es gibt eben noch Frauen, sagte Holm eine Spur verärgert, die sich ihre Werbemaßnahmen etwas kosten lassen. Hat sie denn noch andere Werbemaßnahmen ergriffen, oder war's das schon? Dies war der Zeitpunkt, mit den entscheidenden Informationen herauszurücken. Sie hat mich an der Hand berührt und mit Kreditkarte bezahlt, das ist ja wohl eindeutig! Gesine brach in schallendes Gelächter aus. Als das Gelächter mit einem vertrauten Glucksen endete, wischte sie sich die Tränen aus den Augen. Kannst du mir sagen, was *daran* eindeutig sein soll? Es gluckste noch ein paar Mal nach, dann seufzte sie und räusperte sich abschließend. Wenn ihn eine Frau anfasse und ihm den Namen dezent per Kreditkarte übermittele, könne man ja wohl von einem grundsätzlichen Interesse sprechen, sagte er empört. Wenn sich eine Frau für dich interessiert, dann übermittelt sie dir das dezent per Augenkontakt und nicht per Kreditkarte! Und die zufällige Berührung spiele wohl gar keine Rolle? fragte er. Richtig, sagte Gesine, eine Frau meidet erst mal alles, was auf ein eindeutiges Interesse hinweist. Und Blicke sind immer mehrdeutig, notfalls kann sie sich auf ein Missverständnis berufen. Keine Frau würde den Mann ihrer Wünsche sofort anfassen, vergiss es, Holm.

Den Rest des Tages war Holm beleidigt. Erstens, weil es keine eindeutigen Beweise gab, zweitens, weil ihm Gesine die Hoffnung auf einen näheren Kontakt mit Frau Hoffmann endgültig genommen hatte, und drittens, weil er im Grunde froh war, dass Frau Hoffmann nichts von ihm wollte. Dass man gleichzeitig froh *und* beleidigt sein konnte, machte Holm ratlos. Erschöpft von der anhaltenden Beleidigung fuhr Holm am Abend nach Hause. Ob er irgendetwas habe?, fragte die Tante, nachdem sie die Brote schweigend verzehrt hatten. Er könne es nicht genau beantworten, sagte Holm, werde sich aber rechtzeitig bei ihr melden. Die Tante schüttelte verwundert den Kopf. Sein Problem war, dass er bislang *nichts* gehabt hatte, dass er als Unbeteiligter durch das Leben gelaufen war, und wenn ihn die Brust von Marion Moeglich nicht berührt hätte, wäre ihm selbst der Mangel nicht aufgefallen. Holm hatte jetzt *etwas*, aber er wusste noch nicht, was er damit anfangen sollte.

7.

Seitdem war klar, Holm konnte sich keine zufälligen Frauenbekanntschaften erlauben. Als Vermittler einer seriösen Beziehung war Kamerad Zufall der denkbar schlechteste Bundesgenosse. Was wäre passiert, wenn Holm dem Drängen von Marion Moeglichs Brust nachgegeben hätte? Was, wenn er Frau Hoffmann angerufen und stattdessen ihren wütenden Ehemann an den Apparat bekommen hätte? Man durfte sich keine Illusionen machen: Derartige Zufälle konnten einen das Leben kosten.

Es war Sonntag, die Tagesordnung sah nichts Besonderes vor. Holm saß auf dem Sofa und blätterte ziellos in einem Stadtmagazin, das Gesine im Laden vergessen hatte. Draußen lachte die Sonne. Holm fragte sich, wer auf die Idee gekommen war, dass die Sonne *lachen* konnte. Seit die Ozonschicht immer dünner wurde, musste wohl eher von Schadenfreude seitens der Sonne gesprochen werden. Im Hintergrund wirbelte die Tante. Die anhaltend warmen Temperaturen hatten in ihr den Entschluss reifen lassen, ihre Winterkleidung endgültig im Schrank einzumotten. Wenn Tante Hede die Mäntel und dicken Wollsachen in den Flurschrank hängte und die leichte Sommermode aus dem Flurschrank in den Schlafzimmerschrank verfrachtete, war der Winter offiziell beendet. Jeder Kälteeinbruch wurde von Hede ab sofort nur noch als *frisches Lüftchen* bezeichnet. Während Holm sommers wie winters dieselben Anzüge, Socken und Schuhe trug und lediglich bei den Schlafanzügen leichte Zugeständnisse an den jahreszeitlichen Wechsel machte, fand bei der Tante ein grundsätzlicher, bis in ihre Persönlichkeit reichender Wandel statt. Es gab eine Winter- und eine Sommer-Hede. Dagegen bemühte sich Holm, auch hier eine möglichst autarke Position einzunehmen. Bei schönstem Sommerwetter eine mittelmäßige Winterlaune zu bewahren gehörte zu den Herausforderungen, die Holm seit Jahren erfolgreich bestand. Er war bei den Kleinanzeigen angelangt. Ganze Lebensbereiche standen zum Verkauf. Küchen, Bäder, Wohnzimmer, selbst Kleidungsstücke oder Theaterkarten suchten interessierte Käufer. Vielleicht wollten die Leute auswandern oder Selbstmord begehen. Wie man sich beispielsweise von einer »altdeutschen Schrankwand« oder »nagelneuer Unterwäsche« so ohne weiteres trennen konnte, war ihm unverständlich. Nach den Gebrauchsgegenständen folgten nahtlos Angebote aus dem Dienstleistungsbereich. Elektroinstallationen, Autoreparaturen (»Repariere alles auf vier Rädern«) und Massagen. Gerade als er sich zu langweilen begann, er war bei Haartransplantationen (»Ihre Frau wird staunen!«) und Zahnersatz angelangt, stieß er auf Kontaktanzeigen. Unter dem Stichwort »Lonely hearts« suchten Frauen und Männer nach Partnern, die sie draußen aufgrund ihrer zurückgezogenen Lebensweise offenbar nicht finden konnten. Holm hatte das Gefühl, unerwartet auf eine Goldmine gestoßen zu sein. Warum hatte ihm niemand erzählt, dass es auch eine strategische Art der Kontaktaufnahme gab? Nervös las er die privaten Wünsche kontaktwilliger Frauen. Dabei fragte er sich unentwegt, weshalb nicht auch draußen so offen über alles gesprochen werden konnte. Holm fühlte sich von dieser nüchternen Form sofort angesprochen. Keine Andeutungen, sondern unmissverständliche Aussagen. Zum Beispiel diese: *W47, 159, 53 sucht Be-*

ziehung ohne Distanz d. Seelen, m. ggs. Respekt, Vertrauen, Lachen, Reden und Körperkontakt. Holm war gleich klar, diese Frau sucht einen Mann wie ihn. Altersmäßig zwischen ihm und Tante, von eher kleiner Statur und gut in Schuss. Man aß auch gerne mal ein Wurstbrot mehr. Der zentrale Begriff lautete Respekt. Das klang sympathisch in Holms Ohren, es klang nach höflichen Umgangsformen und freundlicher Anteilnahme. Auch beim Thema Vertrauen war sie mit ihm auf gleicher Wellenlänge, hier redete eine Frau, die bereits zwischenmenschliche Erfahrungen gesammelt hatte und der Respekt und Vertrauen über alles ging. Aber dann das. Eben war man sich ein Stück näher gekommen, hatte sich gegenseitig seelische Übereinstimmung attestiert, als das Vertrauen durch einen unpassenden Heiterkeitsausbruch wieder zerstört wurde. Es durfte gelacht werden! Offensichtlich nahm diese Person ihre eigenen Ansprüche nicht ernst. Wie sonst war dieser plötzliche Bruch zu verstehen? Endgültig aus aber war es für Holm bei dem Wort Körperkontakt. Zweifellos war hier kein respektvolles Händeschütteln gemeint, sondern der Wunsch nach intimen Handlungen. W47 ließ durchblicken, dass sie Holm mit Respekt und Vertrauen zunächst ködern wollte, um ihn später, vermutlich nach dem Genuss alkoholischer Getränke, körperlich zu überwältigen. Zum Glück hatte er den Haken gerade noch rechtzeitig entdeckt. Oder diese: *Zeit für einen Neuanfang! Wo finde ich, W51, 170, R, nettaussehend, lebensbejahend, den reflektierten, intelligenten, humorvollen, gepflegten Mann zum Leben, zum Lieben, zum Lachen, zum Weinen und zum Streiten. Vielleicht hier?* Holm fiel auf, dass den meisten Frauen ein *normaler* Mann für den Alltag nicht genügte. Ihnen reichte es nicht, einfach stumm nebeneinanderher zu leben und sich an der Gegenwart des anderen zu erfreuen. Man wollte mehr. Man erwartete gleich ein ganzes Komfortpaket, als wäre es nicht schon viel, die Zuneigung eines fremden Menschen gefunden zu haben. Doch wozu? Um gegenüber der Freundin angeben zu können? Mein Mann ist reflektiert und intelligent. Das ist gar nichts, du solltest mal meinen Mann kennenlernen, er lacht und weint! W 51 machte da leider keine Ausnahme. Das alles natürlich zu einem möglichst niedrigen Preis. Zu diesen Konditionen wollte und konnte Holm aber nicht liefern. Jedenfalls nicht bei einem Neuanfang. Ein freundliches Wort, eine verständnisvolle Geste am Tag, mehr war am Anfang nicht drin. Bescheidenheit hieß das Zauberwort. Warum war es zwischen der Tante und Holm noch nie zu einem Streit gekommen? Weil die Vernunft drohende Auseinandersetzungen schon im Vorfeld klärte. Weil wild lodernde Gefühle im Keim erstickt wurden. Nicht jede Verstimmung musste gleich öffentlich gemacht werden. Artikel 1 des Grundgesetzes partnerschaftlichen Zusammenlebens lautete: Beherrschen Sie sich. Natürlich wurde auch mal gelacht. Danach kehrte man jedoch schnell wieder zu seiner ernsten Grundhaltung zurück.

Holm überlas alle Anzeigen, in denen die Worte Lieben, Lachen, Weinen oder Streiten vorkamen. Da in den meisten aber mindestens eines dieser Worte auftauchte, vermutete Holm, dass die Frauen keinen Partner, sondern Animateure suchten, die ihr Leben wieder in Schwung brachten und ihnen keine Sekunde Muße gönnten. Für diese Aufgabe war Holm eindeutig der falsche Mann. Gegen Ende stach ihm doch noch ein interessantes Angebot ins Auge. *Suchst du ein etwas älteres (38) Modell, 168 cm groß und blond (mit leichtem Grauschlag)? Mit Hund und dem Willen, eine gute Zeit zu verbringen, dann melde dich!* Der Wille, eine gute Zeit zu verbringen – das war Holm! Besser müsste es jedoch heißen: der Wille, sein Leben mit Anstand und Würde zu verbringen. Der Wille, so zu tun, als habe man seit Ewigkeiten auf dieses Lebensgeschenk gewartet und könne jeden Tag gar nicht genug davon bekommen. Der Wille, eine allgemein verständliche Rahmenhandlung für dieses chaotische Stück namens Leben zu erfinden! Anscheinend war diese Frau in ähnlichen Schwierigkeiten wie Holm. Ihm gefiel die schalkhaft gemeinte, letztlich aber melancholisch grundierte Aussage über ihr Alter und den *Grauschlag* ihrer Haare. Sie versuchte gar nicht erst, eine jugendliche Gesinnung anzudeuten und die Haare strohblond erscheinen zu lassen. Ihr war klar, dass sie nicht mehr das neueste Modell auf dem Markt war, und die Aussichten, noch einen respektablen Partner abzubekommen, verschlechterten sich von Monat zu Monat. Denn mit spätestens vierzig Jahren hieß es Abstand nehmen von Träumen und Hoffnungen. Wer nach vierzig Jahren Lebenspräsenz keinen Abnehmer gefunden hatte, konnte sich nur noch als Schnäppchen vermarkten. An dieser Stelle trat Holm aus der Deckung. Allerdings bemerkte er einen erheblichen Nachteil: Die Frau lebte mit einem Hund zusammen. Holm hatte nichts Grundsätzliches gegen Hunde. Er mochte ihre ehrliche Art. Er fand es sympathisch, dass sie den größten Teil ihres Lebens verschliefen. Sie waren niemals besonders guter oder schlechter Laune, sie fraßen, trotteten dreimal am Tag um den Block, hielten Nickerchen und waren andauernd zufrieden und ausgeglichen. Wenn ein Hund aber in einer Kontaktanzeige auftauchte, konnte das nichts Gutes bedeuten. Wahrscheinlich bedeutete es sogar eine ungesunde Liebe zum Tier. In jedem Fall war der Hund die Nummer eins in ihrem Leben. Wahrscheinlich hatte er nur die Größe einer Keksdose, verfügte jedoch über eine Machtfülle, die Holm automatisch die Rolle eines Untergebenen zuwies. Die Tagesgestaltung war den Bedürfnissen des Hundes unterzuordnen.

ER bestimmte, wann es Abendbrot gab, ER bestimmte, wann der Fernseher ein- und das Licht ausgeschaltet wurde. Alle Hundehalter kamen ihm auf einmal wie an ihrem eigenen Lebensprojekt Gescheiterte vor. Sie hatten sich aufgegeben und sich Hirnen von den Ausmaßen einer Tomate unterworfen. Wenn die Anzahl der Hunde in einer Stadt im proportionalen Verhältnis zur allgemeinen Ratlosigkeit stand, dann war Berlin die Hauptstadt der Verwirrung.

Vor ihm stand plötzlich Hede in einem violetten Wintermantel mit Pelzkragen, den er nicht kannte. Was meinst du, soll ich den Mantel in die Sammlung geben oder lieber noch behalten? Die Tante wirkte ein wenig wie ein Star aus der Stummfilmzeit. Da der Film, mit dem sie berühmt wurde, in Schwarzweiß war, wusste außer der Filmcrew niemand, welche Farbe der legendäre Pelzkragenmantel besaß. An Holm war es nun zu entscheiden, ob der Mantel sofort in die Sammlung Hedwig Rossmann des Filmmuseums ging oder erst postum der Öffentlichkeit übergeben wurde. Ich glaube, sagte Holm, es ist an der Zeit, dass die Welt endlich die Wahrheit erfährt. Wie bitte?, sagte Tante Hede, ohne ihn anzusehen, und fuhr mit der Hand mehrmals schnaufend über den Stoff. Eigentlich wäre es schade, meine Mutter hat ihn mir damals zum Abitur geschenkt, er gehörte einer Cousine von ihr, die im Krieg umgekommen ist. Holm wurde auf einmal klar, dass es auch ein Leben *vor* Holm gab, eine Tatsache, die ihn etwas unvorbereitet traf. Vielleicht lag hier der Grund für seine anhaltenden Schwierigkeiten beim Einleben. Holm hatte andauernd das Gefühl, irgendwo dazugestoßen zu sein und den entscheidenden Anfang nicht mitbekommen zu haben. Die Tante erschien ihm mit einem Mal als Repräsentantin des unverstandenen Teils seines Lebens. Holm blätterte die nächste Seite so heftig um, dass sie zur Hälfte riss. Sein Blick fiel auf die leeren Felder der Anzeigenaufgabe, insgesamt sechs Schritte für eine selbstständige Bewerbung, Einsendeschluss Montag. Das war morgen. Holm, du bist sonderbar, sagte die Tante plötzlich, aber ich hab dich trotzdem gern. Holm sah die Tante erstaunt an. Es schien, als habe das Leben ihm gerade eine unbeschränkte Zutrittserlaubnis gewährt. Holm, sagte das Leben durch Tantes verknitterten Mund, du bist zwar ein seltsamer Zeitgenosse, und ich weiß nicht so genau, was du von mir eigentlich erwartest, aber ich lasse dich trotzdem mitmachen.

Die leeren Felder brachten ihn auf eine sensationelle Idee. Wie wäre es, wenn man mich findet? Schon immer hatte er die heimliche Sehnsucht, entdeckt zu werden. Hier war keine künstlerische oder schauspielerische Entdeckung gemeint. Holm war weder Künstler noch Schauspieler. Er war wie eine Pflanze, die unscheinbar am Wegesrand wuchs und von den meisten Passanten andauernd übersehen wurde. Nur ein einziges Mal in seinem Leben war er entdeckt worden, das lag über zwanzig Jahre zurück. Während der Pause wurde er auf dem Schulhof von einem Mädchen, das ihn bereits eine geraume Zeit merkwürdig von der Seite angesehen, ja regelrecht angestarrt hatte, angesprochen. Ob er mit ihr gehen wolle. Holm besann sich einen Moment, und da die Pause gerade angefangen hatte, beschloss er, das Angebot anzunehmen. Dann machte er den entscheidenden Fehler. Wohin ihr Spaziergang denn führen solle, fragte er neugierig, worauf sie einen Lachkrampf bekam und sofort zu ihren Freundinnen zurückkehrte.

Holm war auf einmal wie elektrisiert von der Idee, erneut seine Entdeckung vorzubereiten. Er gab im führenden Magazin der Stadt offiziell seine Entdeckung durch eine Frau in Auftrag. Doch was sollte er unter *Auftraggeber* schreiben? Denn nicht Holm wohnte offiziell in der Fritz-Erler-Allee, sondern die Tante. Wenn er schrieb, Holm c/o Rossmann, würde er den potentiellen Bewerberinnen offenbaren, dass er es nicht mal zu einer eigenen Wohnung gebracht hatte. Der Mann ihrer Wünsche wohnte zur Untermiete bei seiner Tante. Holm wurde in diesem Moment klar, in welcher Lage er sich befand. Offiziell war er immer noch bei seinen Eltern gemeldet, er zahlte weder Miete noch eine Hausrats- oder Lebensversicherung. Holm flog praktisch in der Warteschleife, und während er noch überlegte, auf welchem Erdteil er landen wollte, ging ihm langsam der Treibstoff aus. Schließlich schrieb er: Rossmann z. Hd. Felix Holm. Es konnte sich um eine Firma handeln: Firma ROSSMANN zu Händen ihres leitenden Angestellten Herrn Holm. Dann kam der schwierigste Teil: der Bewerbungstext. Er musste kurz sein und alles Wesentliche enthalten. Doch was war wesentlich? Zigarren, Richard Wagner und Grottenolme? Die Insignien seiner unabänderlichen Gewohnheiten, Leberwurstbrot, Tagesschau und Krimi? Holm fiel auf, dass es zwischen Richard Wagner, Sofa und Leberwurstbroten keinerlei logische Verbindungen gab. Wie ein Magnet zog er bestimmte, eigentlich unvereinbare Dinge und Menschen an sich, die nur durch das Kraftzentrum namens Holm zusammengehalten wurden. Weil er nicht weiterkam, beschloss er spontan, die Raumpflege von Dienstag auf Sonntag vorzuverlegen. Er nahm den Staubsauger aus dem Schrank und saugte einmal quer durch die Wohnung. Hede sah ihn verständnislos an, es war eine kurz vor der Empörung eingefrorene Verständnislosigkeit. Nach der Pelzkragenmantelsache wusste die Tante nur allzu gut, dass Kritik und Empörung im Moment nicht angesagt waren. Während er das Wohnzimmer saugte, wunderte er sich plötzlich, was er da in kürzester Zeit so alles aufsaugte: Haare, Brotkrümel, Fäden, Papierschnipsel, Fliegenkadaver und einen Knopf. Und

Holm verstand. Jedes Teil verwies auf etwas Größeres, die Haare verwiesen auf eine Frisur, Brotkrümel auf Brot, Fäden auf Kleidung, Papierschnipsel auf Notizzettel, Fliegenkadaver auf geschlossene Räume, und der Knopf verwies zweifellos auf Holm, der darin endlich den lange verloren geglaubten Anzugsknopf wiedererkannte. In diesem Augenblick fasste Holm den Entschluss, alle Begriffe, die ihm zu seinem Leben eingefallen waren, kommentarlos aufzuschreiben. Eine Frau, die sich bei Richard Wagner *und* Leberwurstbrot etwas vorstellen konnte und der bei Sofa *und* Zigarre warm ums Herz wurde, war die Frau, mit der Holm erwachsen werden wollte.

8.

Fast zwei Wochen vergingen, zwölf grausame Tage, als Holm endlich einen Brief im Kasten entdeckte. Eigentlich hatte er mit viel mehr gerechnet, er hatte mit einem Dutzend Briefen gerechnet, für jeden Tag einen. Aber das war wohl zu unrealistisch. Er war so aufgeregt, dass er ihn noch im Hausflur erbrach. *Lieber Felix Holm*, stand da mit schwungvoller Schrift, *mir ist sofort Ihre, oder darf ich sagen deine (?), erstaunliche Anzeige aufgefallen, und ich dachte, dass ich diesen Menschen gerne näher kennenlernen würde*. In diesem Augenblick öffnete sich die Fahrstuhltür und Frau Söhnke vom siebten Stock kam überraschend forsch auf ihn zu. Ah, der Herr Holm, sagte sie erfreut, als habe sie ihm etwas zu erzählen, und öffnete ihren Briefkasten schwungvoll. »Ah, der Herr Holm« ließ die neuesten Meldungen erwarten, Mitteilungen von höchster Dringlichkeitsstufe. Aber es kam nichts, keine Fortsetzung, keine erläuternden Gedanken, nicht mal ein Grußwort. Frau Söhnke räumte stumm die Briefe aus ihrem Kasten, hauptsächlich Rechnungen und Werbesendungen, wie Holm mit geübtem Blick und nicht ohne Schadenfreude erkannte, und ging genauso forsch wieder zurück zum Fahrstuhl. Ratlos wandte er sich wieder dem Brief zu. *Besonders interessant fand ich die Kombination von Richard Wagner und Leberwurstbroten. Was meinst du eigentlich damit? Auch ich gehe gerne in die Oper und habe mich längere Zeit aus beruflichen Gründen mit Wagner beschäftigt. Leider weiß ich nicht viel über seine Essge-*

wohnheiten, aber das könnte sich ja bald ändern?! Vielleicht sollte man sich bei großen Künstlern überhaupt mehr mit ihren privaten Vorlieben und Abneigungen beschäftigen. Jemand, der gerne Leberwurstbrot isst, muss vielleicht mythologische Opern schreiben. Du weißt da sicher besser Bescheid. Nun noch etwas zu meiner Person. Ich bin 35 Jahre jung, habe schwarze Haare, von der Figur nicht mehr ganz schlank, aber keinesfalls dick. Ursprünglich komme ich aus Bayern, wohne aber schon seit zehn Jahren in Berlin. Ich habe keine Kinder, bin aber für alles offen. Beruflich arbeite ich als Musikkritikerin für verschiedene Zeitungen und Magazine. Meine Hobbys sind, wie schon erwähnt, Oper und klassische Musik. Ich treibe gerne Sport und gehe abends auch gerne mal in eine nette Kneipe. Wenn dich das alles interessiert, würde es mich freuen, dich einmal zu treffen. Da du keine Telefonnummer angegeben hast, gebe ich dir meine. Solltest du den Brief schon am Samstag bekommen, könntest du mich ja vielleicht am Sonntag zwischen 16 und 18 Uhr anrufen. In dieser Zeit bin ich sicher zu Hause. Ich freue mich über deinen Anruf. Bis bald, Vera. P.S. Ich habe eine Katze! Holm fragte sich, ob er einen Fehler gemacht hatte, Wagner im Zusammenhang mit dem Leberwurstbrot zu erwähnen. Auch er besaß natürlich keine näheren Informationen über die Essgewohnheiten des Bayreuther Meisters. Verwirrt von den sehr persönlichen Mitteilungen, versenkte er den Brief in der Hosentasche und fuhr hoch. War was drin?, fragte die Tante und kam aus der Küche geschossen, als erwartete sie heute den entscheidenden Brief. Nichts, antwortete Holm, er bemühte sich, die Tante nicht anzusehen, denn wenn er sie *jetzt* ansah, würde er automatisch rot werden und anfangen zu lächeln. Zum Glück war Mittag, Hede würde sich also jeden Moment in ihr Zimmer zurückziehen und ein Nickerchen halten. Holm lag auf dem Sofa und stellte sich schlafend. Er war überrascht, mit welcher

Kaltblütigkeit er die Tante zu täuschen verstand. Endlich war es so weit. Stundenlange Diskussionen über Richard Wagner füllten künftig die freien Sonntage aus. Abends war natürlich Krimizeit. Holm und Vera gemütlich auf dem Sofa. Vorher musste allerdings noch geklärt werden, wer das Abendbrot zubereitete. Um das ausgewogene Verhältnis zwischen Wurst- und Käsebroten sicherzustellen, um überhaupt zu verhindern, dass irgendetwas anders gemacht wurde als sonst, müsste Holm aller Wahrscheinlichkeit nach zunächst selber zum Messer greifen. Die Raumpflege blieb selbstverständlich weiterhin in seinen Händen, hier waren auch keine späteren Übergabetermine denkbar. Beim Thema Sport waren noch Fragen offen. Welche Sportart trieb eine an klassischer Musik interessierte fünfunddreißigjährige Frau? Sie ritt. Vera Bechstein nahm jeden Mittwoch und Sonntag um achtzehn Uhr Reitstunden, und zwar nicht in der Gruppe, darüber war sie lange hinaus, sie erhielt Einzelunterricht, denn Vera hatte das Ziel, an Dressurwettkämpfen teilzunehmen. Holms zukünftige Partnerin war eine zielstrebige, aber nicht von Ehrgeiz zerfressene junge Frau, die auch berufsfremde Herausforderungen suchte. Doch halt! War es als Musikkritikerin nicht ihre Aufgabe, klassische Konzerte und Opernaufführungen zu besuchen? Und wann fanden diese Veranstaltungen normalerweise statt? Natürlich am Abend. Nicht morgens oder mittags, sondern zur Hauptnachrichtenzeit um zwanzig Uhr! Seine Partnerin besuchte zweimal in der Woche Reitstunden und verbrachte die restlichen Tage in den Konzertsälen und Opernhäusern dieser Stadt. Die Frage war: Wo befand sich in dieser Zeit Holm. Eine Programmgestaltung, wie er es bei der Tante gewohnt war, hatte unter der neuen Bewirtschaftung kaum eine Chance. Dennoch galt es, Ruhe zu bewahren. Vielleicht nahm sie überhaupt keine Reitstunden.

Ein lockeres Arbeitsgespräch war angesagt. Keinesfalls durfte er Vera Bechstein um Punkt sechzehn Uhr anrufen. Punkt sechzehn Uhr bedeutete: Der Mann hat nichts Wichtigeres zu tun, als gleich in der ersten Minute des vereinbarten Zeitrahmens zum Hörer zu greifen. Eine angemessene Verzögerung stellte klar, dass Holm ein vielbeschäftigter Mann war, der selbst an Sonntagen kaum Zeit für ein privates Telefongespräch fand. Während sie ab sechzehn Uhr ungeduldig neben ihrem Apparat wartete, hatte Holm noch eine Reihe Verpflichtungen zu erfüllen, die ihm erst gegen siebzehn Uhr ein kurzes Gespräch ermöglichten. Doch auch siebzehn Uhr erschien ihm plötzlich ungeeignet. Wenn sechzehn Uhr wie ein Notfall aussah, wirkte siebzehn Uhr wie lange vorausgeplant. Eigentlich wollte er mich schon um sechzehn Uhr anrufen, hat dann aber noch eine Stunde draufgelegt. Siebzehn Uhr dreiundzwanzig? Noch besser: Siebzehn Uhr sechsundvierzig! Ein Termin kurz vor Ablauf der Frist.

Gegen Abend ließ Tante Hede im Vorbeigehen, sie war auf dem Weg vom Flur in die Küche, eine Information fallen, die Holms sorgfältig ausgearbeiteten Plan augenblicklich zu makulieren drohte. Morgen Nachmittag um drei, also an dem entscheidenden Sonntag, kämen ihre Damen zu einem außerordentlichen Kaffeekränzchen in ihrer Wohnung zusammen. Holm war zunächst sprachlos und dann übergangslos empört. Er war es gewohnt, rechtzeitig über wichtige Termine informiert zu werden. Er wollte gefragt werden, wenn Hede Veranstaltungen in ihrer gemeinsamen Wohnung organisierte, auch oder gerade wenn diese Veranstaltung an einem freien Sonntag stattfand, wo er seine Zeit überwiegend stumm auf dem Sofa verbrachte. Unter diesen Umständen war an ein lockeres Arbeitsgespräch nicht mehr zu denken. Kurz überlegte er, eine Telefonzelle aufzusuchen. Aber eine Telefonzelle kam aus zwei Gründen nicht in Frage: Erstens hatten Telefonzellen die Eigenschaft, hohl zu klingen, damit verrieten sie dem Gesprächsteilnehmer am anderen Ende sofort den eigenen Standort, Vera Bechstein musste annehmen, dass ihr zukünftiger Partner nicht mal über ein eigenes Telefon verfügte, und zweitens konnte Holm kein entspanntes Gespräch in einer rundum einsehbaren Zelle führen. Womöglich standen die Kunden an diesem Abend Schlange, oder eine Gruppe Halbstarker, die sich auf Telefonzellenterror spezialisiert hatte, schnitt bösartige Grimassen und warf Steine gegen die Scheiben.

Der Sonntag kam und Holm lag wie gewohnt auf dem Sofa. Er versuchte sich sterbend zu stellen, um das Kränzchen im Hause Rossmann doch noch im letzten Moment zu verhindern. Wenn er jetzt starb, wäre die Tante gezwungen, die Veranstaltung sofort abzublasen. Ich glaube, ich sterbe, sagte Holm mit erkennbar schwacher Stimme, aber immer noch deutlich genug, dass es die in der Küche wirbelnde Tante verstehen konnte. Eine ganze Weile geschah nichts. Fast wäre er empört aufgesprungen, als sie schließlich doch noch ins Wohnzimmer kam. Vielleicht könntest du ausnahmsweise woanders sterben, sagte die Tante, während sie gelbe Papierservietten auf die Teller legte, in einer Viertelstunde bekomme ich Besuch. Bekommen *wir* Besuch!, korrigierte Holm sie. Obwohl die Damen nicht seinetwegen kamen, kamen sie doch in eine Wohnung, in der auch ein gewisser Holm den Großteil seines Privatlebens verbrachte. Außerdem habe ich es mir gerade anders überlegt, Sterben kommt für mich jetzt nicht in Frage! Dann können wir uns ja endlich anständig anziehen, sagte Hede und blickte ihn scharf an. Hede war natürlich langst anständig angezogen, mit *wir* meinte sie ausschließlich Holm. Holm hatte ihr einmal verboten, ihn wie ein Kind zu behandeln. Seitdem sagte sie wir, wenn sie ihn zurechtweisen wollte. Dagegen war schwer etwas zu sagen.

Während die Damen in fröhlicher Runde Kuchen, Kaffee und schließlich auch Hedes Eierlikör zusprachen, wartete Holm auf einem Stuhl im Flur. Sechzehn Uhr war verstrichen, es ging zügig auf siebzehn Uhr zu. Um halb sechs fragte er sich, ob er doch eine Telefonzelle aufsuchen sollte. Es war siebzehn Uhr einundfünfzig, als sich Frau Gluck endlich von ihrem Platz erhob. Frau Sulz hatte noch einen Witz, den sie unbedingt loswerden wollte. Frau Hallstein-Brökel lachte bereits im Stehen, ein klares Zeichen für die anderen, dass ihre sitzende Stellung nicht mehr zu halten war. Um siebzehn Uhr sechsundfünfzig bewegten sich die Damen unter der Leitung von Tante Hede zur Wohnungstür. Holm hatte sich bereits vor dem Sofa positioniert, um keine unnötige Sekunde zu verschenken. Er winkte den Damen freundlich lächelnd hinterher. Kapitän Holm verabschiedete sich von seinen Gästen, die das Schiff glücklicherweise pünktlich verließen, denn jeden Augenblick hieß es, Leinen los und auf zu neuen Ufern. Ich bringe sie noch rasch runter, sagte die Tante, zu Holm gewandt. Als sich die Tür hinter den lärmenden Frauenstimmen schloss, war es siebzehn Uhr neunundfünfzig. Holm griff hinter das Sofakissen, zog den Brief aus dem Kuvert und wählte mit zitternder Hand Vera Bechsteins Nummer. Der Hörer klebte an seinem Ohr. Holm hatte auf einmal den Eindruck, als ob man das Tuten in der ganzen Stadt hören konnte. Es hallte laut über die Dächer, jeden Augenblick würde seine Kontaktaufnahme zu einer allgemein diskutierten Angelegenheit werden. Konnte er sicher sein, dass Vera Bechstein unter diesen Umständen überhaupt an den Apparat ging? Vielleicht fühlte sich bei einem derart öffentlichen Tuten eher ein Sachbearbeiter eines städtischen Amtes zuständig. Allerdings befanden sich Sachbearbeiter am Sonntag üblicherweise nicht in städtischen Ämtern, sondern waren mit der Pflege ihrer Autos oder Vorgärten beschäftigt. Hatte er gar eine falsche Nummer gewählt, eine sieben anstatt einer acht, und es meldete sich ein Herr Thomsen oder eine Frau Schmidthuber? Plötzlich knackte es, eine weibliche Stimme meldete sich mit einem hoffnungsvollen Ja. Frau Bechstein?, flüsterte Holm und sah nervös aus dem Fenster. Wer ist denn da?, fragte die Stimme. Hier ist Felix Holm, hauchte er in den Apparat. Können Sie etwas lauter sprechen, ich verstehe Sie kaum! Holm setzte sich, man sollte ihn vom gegenüberliegenden Häuserblock wenigstens nicht sofort orten können. Die Verbindung ist sehr schlecht, ich habe Ihren Brief bekommen. Felix Holm?, rief die Stimme so laut, dass man es bis weit über die Stadtgrenze hinaus hören musste. Ich habe gehofft, dass du noch anrufst, ich muss nämlich gleich weg! Jetzt war es raus. Ab sofort wusste die ganze Stadt, dass Holm Kontakt zu einer Frau suchte. Insgeheim hoffte er, dass die Tante doch nicht vor die Tür getreten war und das Gespräch mithörte. Wir sollten uns morgen oder übermorgen treffen, fuhr sie in gleicher Lautstärke unbekümmert fort. Holm rutschte immer tiefer ins Sofa, er hielt die Hand vor die Sprechmuschel, um seine Stimme ein wenig fremd klingen zu lassen. Übermorgen, sagte er, um zwanzig Uhr im Literaturcafé in der Fasanenstraße. Holm fühlte sich wie ein Agent, der die Übergabe von brisantem Informationsmaterial plante, das die Bundesrepublik Deutschland vor der Weltöffentlichkeit schwer belasten würde. Okay, passt mir gut, wie erkenne ich dich? Holm dachte nach. Es durfte nichts Auffälliges sein, etwas, das jedem Kaffeehausbesucher sofort mitteilte, hier läuft Holm, der sich in geheimer Mission auf dem Weg zu einer Frau befindet. Es musste etwas Alltägliches sein an der Grenze zum Auffälligen! Ein Buch? Auf Hedes Bücherregal standen exakt vierzehn Bücher, davon waren neun Kochbücher, ein Kräuterpflanzenführer und der Rest Buchclubausgaben ihm unbekannter Bestseller-Autoren. Er werde ein Buch über Kräuterpflanzen dabeihaben, sagte er schließlich. Kräuterpflanzen? Gut, ich werde dich schon finden, ich muss jetzt wirklich los, also dann bis übermorgen!

Nichts durfte dem Zufall überlassen werden. Am Montagabend nach Dienstschluss ging Holm zur Vorbesichtigung in die Fasanenstraße. Vor einigen Jahren war er das letzte Mal dort gewesen, ein Mittagessen mit einem ehemaligen Klassenkameraden, der gerade dienstlich in der Stadt weilte. Bewusst hatte er nicht sein und Hedes Stammlokal, das *Maredo* am Kurfürstendamm, ausgewählt, sondern ein anderes, um an dieser Stelle neue Traditionen entwickeln zu können. In den Räumen der Gründerzeitvilla war um Viertel vor acht bereits Hochbetrieb. Kellner hasteten mit dampfenden Tellern beladen an Holm vorbei in den schlauchartigen Hauptraum. Minutenlang waren alle zur Verfügung stehenden Servicekräfte damit beschäftigt, möglichst viele Teller in möglichst kurzer Zeit in den Hauptraum zu transportieren. Die Tische im großen Raum waren fast alle besetzt. Dicht an dicht saßen die gleichmäßig dunkel gekleideten Gäste an Zweier- und Vierertischen, so dicht und gleichmäßig, dass nicht klar war, ob es sich um eine Reisegruppe oder viele zufällig nebeneinander sitzende Einzelpersonen handelte. Jedenfalls war nicht auszuschließen, dass Gesprächsthemen versehentlich auf benachbarte Tische übergriffen und Fragen sehr privaten Charakters plötzlich von Unbekannten am Nebentisch beantwortet wurden. Der Hauptraum kam wegen des drohenden Gruppenzwanges nicht in Frage. Vorne, neben der Kuchenvitrine, am Durchgang zur Küche, standen wenige Zweiertische am Fenster. Hier ging es etwas ruhiger zu, die Paare hatten sich das Wesentliche schon erzählt, es wurde nur getrunken. Dies war der geeignete Standort. Bei Kaffee oder Wein locker Informationen austauschen. Man konnte sich ganz auf eine Sache konzentrieren und musste nicht noch zwischen den Hauptsätzen Geschnetzeltes essen. Und falls sich doch der Appetit meldete, war auch ein Imbiss möglich. In die engere Platzwahl kam der Tisch an der Wand, von dem er jedoch schnell wieder abrückte. Holm wollte nicht mit dem Rücken zum Lokal sitzen. Der Kompromiss lautete: am Fenster ganz links. Um sicherzustellen, exakt diesen Tisch zu bekommen, war eine Reservierung ratsam. Was aber, wenn der Bankplatz morgen zufällig frei war und Vera Bechstein sich spontan für die klassische Sitzkombi entschied? Die Lösung war kinderleicht. Auch die übrigen Plätze mussten reserviert werden. Den Wunschtisch könnte er gleich vor Ort reservieren, die anderen würde er unter gefälschtem Namen telefonisch aus dem Verkehr ziehen. Jetzt noch rasch ein Blick in die Speisekarte, damit er im Notfall einige Empfehlungen aus dem Ärmel schütteln konnte. Rucola mit Balsamico und Schafskäse, Wiener Schnitzel und abschließend ein Orangenparfait. Holms Empfehlung stand sofort fest. So sprach jemand, der in Europa zu Hause war und für den das Schengener Abkommen auch auf dem Gaumen Gültigkeit besaß. Holm bestellte den ausgewählten Tisch, der Kellner, ein schnauzbärtiger Zigeunerbaron, war zunächst etwas ratlos, ob derartige Reservierungen überhaupt vorgenommen werden konnten, notierte sich dann aber Namen und Uhrzeit auf einem Zettel. Mit einer Visitenkarte verließ er halbwegs beruhigt das Lokal.

Es war halb neun, als er das Café Helene im Einkaufszentrum erreichte. Nach Geschäftsschluss verlor das Zentrum sehr schnell seine ursprüngliche Funktion und wurde von herumstreunenden Jugendlichen und alkoholisierten Obdachlosen bevölkert. Im Café Helene saßen Menschen, die sich vor der Nutzlosigkeit gerade noch rechtzeitig in Sicherheit gebracht hatten. Zum Glück war niemand da, den er kannte, außer der Frau hinter dem Kuchentresen, die sich offensichtlich an Holm ohne Begleitung der Tante nicht erinnern konnte. Er ging zügig Richtung Garderobe, wo der Münzfernsprecher hing. Der Geräuschpegel im eigentlichen Sitzbereich war hoch genug, dass er ohne aufzufallen telefonieren konnte. Durch eine halbhohe Wand vom Raum getrennt, befand sich der Apparat ein wenig ungünstig zwischen Damen- und Herren-WC. Holm tat zunächst so, als würde er die Instruktionen auf dem Fernsprecher lesen, in Wahrheit wollte er möglichen Toilettenbenutzern jedoch die Gelegenheit geben, ihre Geschäfte vor seinem Telefonat abzuschließen und herauszukommen. Nach drei Minuten warf er die Münzen ein und wählte die Nummer vom Literaturcafé. Holm bestellte auf den Namen Rossmann den Bankplatz unmittelbar neben dem Fenster. Herr Rossmann, wiederholte der Mann in einem süddeutschen Akzent. Holm bedankte sich und legte auf. Jetzt kam der schwierigste Teil, Tisch zwei neben Herrn Rossmann musste der freien Platzwahl entzogen werden. Holm zog rasch ein Tempotaschentuch aus der Hose und wickelte es um den Hörer. Er wählte erneut die Nummer. Wieder meldete sich der Mann mit dem süddeutschen Akzent. Holm hielt die Muschel dicht an den Mund, beugte sich leicht nach vorne und bestellte in einem militärisch knappen Tonfall den zweiten Tisch. Könnten Sie Ihren Namen noch einmal wiederholen, rief der Mann laut, obwohl Holm noch gar keinen Namen erwähnt hatte. Wenigstens erkennt er mich nicht, dachte er erleichtert. Dr. Moeglich, sagte Holm spontan. Und um wie viel Uhr, Dr. Moeglich? In diesem Moment öffnete sich die Tür zur Damentoilette. Eine ältere Frau mit turbanähnlicher Frisur und einem sehr blauen Rock trat heraus und musterte Holm weniger erstaunt denn tadelnd. Er hatte gerade die Höhe des Lösegeldes genannt, es fehlte nur noch die Übergabezeit. Punkt zwanzig Uhr!, befahl Holm in den Hörer. Die Frau verzog ihren Mund, machte eine langsame Kopfbewegung, als befürchtete sie, dass ein Schütteln die Turbanfrisur demolierte, und verschwand zügig hinter der Wand.

Am nächsten Morgen lag Holm noch um acht Uhr auf dem Sofa, während die Tante schon vollständig angezogen mit der Vorbereitung des Frühstücks beschäftigt war. Er war wütend, wusste zunächst aber nicht den Grund seiner Wut. Die grundlose Wut machte ihn noch wütender, er hatte den Eindruck, dass jemand in ihm wütend war, ohne ihn darüber angemessen zu informieren. Es würde mich nicht wundern, dachte Holm, wenn ich die Ursache meiner Wut später aus der Zeitung erfahre. Wolltest du nicht saugen?, sagte die Tante auf einmal über seinem Kopf. Er konnte direkt in ihre Nasenlöcher sehen, die wie eine vergrößerte Steckdose wirkten. Ich werde ihr den Staubsaugerstecker in die Nase stecken, und sie müsste so lange hinterherlaufen, bis alles durchgesaugt ist! Die Vorstellung erheiterte ihn. Er habe sich kurzfristig zu einer Programmänderung entschlossen, sagte Holm. Hede schüttelte den Kopf und ging zurück in die Küche. Die Antwort erschien ihm wie ein gelungener Auftakt zur Vereinnahmung seiner Wut. Auf einmal wurde ihm klar, weshalb er so wütend war. Holm hatte zwar eigene Pläne und Tagesgestaltungsrichtlinien entwickelt, die Oberaufsicht lag jedoch nach wie vor bei der Tante. Holm hatte sich ein wöchentliches Raumpflegeprogramm ausgedacht, dessen Einhaltung aber letztlich die Tante überwachte. Später im Laden dachte er mit zunehmender Unruhe an sein Treffen mit Vera Bechstein. Auf einmal erkannte er, dass er nichts Geringeres vorhatte, als Ernst zu machen. Er plante die Übergabe der Lebensverantwortung an sich selber. Leider ahnte seine bisherige Lebensbevollmächtigte Hedwig Rossmann davon nicht das Geringste.

Eine halbe Stunde zu früh erreichte er das Literaturcafé. Kurz überlegte er, ob er sich schon auf den Platz setzen sollte, beschloss dann aber bis kurz vor acht draußen zu warten. Ein zu frühes Erscheinen hätte zur Folge, dass Holm bereits um acht Uhr vom Sitzen so erschöpft wäre, dass er keine vernünftige Unterhaltung mehr zustande brächte. Zwei, drei Minuten vor dem vereinbarten Termin lässig das Café betreten, mit gezügeltem Schwung seinen Platz aufsuchen und einen flüchtigen Blick auf die Karte werfen, so sah der überzeugende Auftritt eines Mannes aus, der das Treffen mit einer ihm unbekannten Frau mal eben dazwischenschob, während er bereits an seinen nächsten Geschäftstermin am folgenden Morgen dachte. Mit dem Kräuterhandbuch gut sichtbar vor seinem Bauch, schlenderte Holm im Garten vor der Villa auf und ab. Wegen der warmen Temperatur hatte sich ein Teil des Innenbetriebes in den Garten verlagert. Das beunruhigte ihn stark. Wenn nun Vera eigenmächtig beschlossen hatte, das Treffen draußen stattfinden zu lassen? Hauptsächlich Paare genossen ihr Abendessen. Nur hier und dort vereinzelte Männer und Frauen, die anscheinend auf ihre Partner warteten. Halb verdeckt von einem heftig diskutierenden Paar, saß eine schwarzhaarige Frau bei einem Glas Mineralwasser und blickte unruhig Richtung Straße. Äußerlich schien alles zu stimmen, Mitte dreißig, nicht ganz schlank und kurze schwarze Haare. War Vera Bechstein etwa früher gekommen, um einen der raren Gartenplätze zu ergattern? Holm fühlte sich überrumpelt, seine ganze Planung schien plötzlich gefährdet. Ein Gartenplatz war völlig indiskutabel. Freie Sicht von allen Seiten. Die gegenüberliegenden Häuser boten ideale Logenplätze, um Holms Erstkontakt mit Vera Bechstein zu verfolgen. Und wenn es nun anfing zu regnen? Gut, es sah nicht nach Regen aus. Der Himmel zeigte sich wolkenlos, niemand ahnte etwas Böses. Aber dann das! Innerhalb weniger Minuten brach das Unheil über die entspannte Gartengesellschaft herein, vom Wind zerfetzte Wolken rasten über die Stadt, Sturmböen schlugen wie Granaten zwischen den Tischen ein, Platzregen verwandelte den Garten in eine Flusslandschaft.

Holm bewegte sich, den Kräuterführer im Anschlag, langsam zu dem Tisch mit der schwarzhaarigen Frau. Jetzt müsste sie das Buch eigentlich jeden Moment erkennen! Er ging am Rand des Blumenbeets entlang, in dem Fall, dass sie es doch nicht war, konnte er sich relativ schnell und ohne Gesichtsverlust in einen Gartenbaubeamten verwandeln, der im Auftrag der Stadt die heimische Kräuterpflanzenentwicklung verfolgte. Er ging gebeugt, den Blick immer wieder interessiert auf die Rabatten gerichtet. Fast ging er schon übertrieben gebeugt, als wollte er in erster Linie als Kräuterexperte in Betracht kommen, den es eher zufällig in die Nähe seiner zukünftigen Partnerin verschlagen hatte. Holm wurde bereits von Teilen der Gartenbelegschaft mit kritischen Blicken verfolgt, Tische, an denen er unmittelbar vorbeikam, verstummten, auch die Kellner hatten ihn ins Visier genommen. Selbst wenn Holm den Pflanzenliebhaber sofort fallen ließ und als Kunde auftrat, wurde er seine Auffälligkeit nicht mehr los. In diesem Moment bemerkte ihn die schwarzhaarige Frau. Sie sah das Buch, überprüfte rasch seine Erscheinung, erkannte ihn aber nicht. Möglicherweise hatte sie das Kräuterbuch erkannt, war jedoch aufgrund seiner forschenden Haltung zu dem Ergebnis gekommen, dass dieser Mann unmöglich die erwartete Kontaktperson sein konnte. Sie erkannten sich quasi knapp aneinander vorbei. Während ihn das Personal für einen rätselhaften Sonderling hielt, hielt ihn Vera Bechstein für einen Gartenbaubeamten. Er versuchte zu retten, was zu retten war. Er lächelte. Prompt wandte sich die Frau mit einem überheblichen Gesichtsausdruck ab und nahm einen großen, sehr großen Schluck aus ihrem Wasserglas, ein klarer Hinweis, dass eine weitere Kontaktaufnahme unerwünscht war.

Inzwischen war es acht Uhr, Holm stieg die Stufen hinauf, auch drinnen war viel Betrieb. Der ihm bereits bekannte schnauzbärtige Kellner stand am Kuchentresen und zog mürrisch an einer Zigarette. Die drei Tische am Fenster waren erwartungsgemäß frei, niemand anderes als Holm war berechtigt, von diesen Plätzen Gebrauch zu machen. Dutzende verzweifelter Gäste waren an Schnauzbarts kompromissloser Haltung bereits gescheitert, denn man erwartete einen gewissen Holm. Und da stand er nun höchstpersönlich, während sich Schnauzbart bei einer Zigarette erholte und noch nicht ahnte, wer da eben in den Raum getreten war. Hinter ihm rief jemand auf einmal Holms Namen. Er drehte sich um, vor ihm stand eine überraschend kleine Frau mit schulterlangen schwarzen Haaren. Wenn du Felix Holm bist, bin ich Vera Bechstein, sagte sie, als wäre jede andere Kombination ausgeschlossen. Holm starrte sie irritiert an. Es war nicht die Frau aus dem Garten. Vielmehr wirkte sie wie ihre jüngere Schwester, eine schlechte Kopie, alles war breiter und fleischiger, dazu kam ein leichtes Doppelkinn und froschartig vorspringende Augen. Ich sitze dahinten, alle anderen Plätze waren reserviert. Mit *dahinten* meinte sie einen Tisch im Hauptraum, also dort, wo Holm unter gar keinen Umständen ein privates Gespräch führen wollte. Ehe er zu dem Thema Stellung beziehen konnte, marschierte sie zu ihrem Platz zurück. Holm folgte ihr, es geschah ihm ganz recht, dass er jetzt in Tuchfühlung mit fremden Menschen sitzen würde. Wer sich derart irrte, wurde mit einem inakzeptablen Tisch bestraft. Und die Strafe war beträchtlich. Vor ihm die kahle Wand plus Vera Bechsteins Kopf, rechts und links neben ihm kritische Intellektuelle. Ein intimes Gespräch wurde so praktisch unmöglich. Er bemerkte die kurzen, musternden Blicke seiner Nachbarn. Natürlich wussten sie gleich, was hier lief, und ließen Holm ihre kritische Distanz sofort spüren, sie ignorierten ihn einfach. Tolles Café, sagte Vera, ich hab mich hier schon öfter getroffen, scheint bei bestimmten Typen ziemlich beliebt zu sein. Sie sprach in einer Lautstärke, als wollte sie sicherstellen, dass die übrigen Gäste nichts überhörten. Und mit dieser Frau werde ich mein restliches Leben verbringen, dachte Holm beunruhigt. Schon überlegte er, wie er aus der Sache wieder heil herauskam. Gut, die nächsten zwei Jahre müsste er anstandshalber durchhalten, danach könnte er beginnen, die eine oder andere grundsätzliche Frage aufzuwerfen und erste Zweifel am Fortbestand ihrer Verbindung anzumelden. Aber was meinte sie eigentlich mit »schon öfter« getroffen und »bei bestimmten Typen beliebt«? Stand Holm etwa in einer langen Reihe potentieller Bewerber, möglicherweise sogar am Ende? Du hast dich hier also schon öfter mit Leuten getroffen, sagte Holm angemessen beiläufig. Na klar, oder glaubst du vielleicht, du bist mein erstes Date?! Diese Antwort schien auch seinen rechten Nachbarn, einen Glatzkopf, aufhorchen zu lassen. Unmut war es wohl, was in seinem Gesichtsausdruck geschrieben stand. Holm hatte plötzlich den Eindruck, dass sie mitten in eine wissenschaftliche

Fachtagung geraten waren, in der noch einmal in Einzelgesprächen die Sinnfrage diskutiert wurde, bevor man gegen zweiundzwanzig Uhr zur Abstimmung schritt und ein vorläufiges Endergebnis beschloss. Und du, wie viele hast du schon getroffen? Sie steckte sich eine Zigarette an. Zurückhaltung war ein Talent, das Vera Bechstein offensichtlich nicht zu Gebote stand. Holm sah, dass sie rotlackierte Fingernägel hatte. Weder Mutter noch Tante Hede oder Gesine Mugsch hatte er jemals mit rotlackierten Fingernägeln gesehen, Holm hätte sogar schwören können, dass er Frauen mit derart auffälligen Merkmalen noch niemals zuvor persönlich getroffen hatte. Allerdings musste er zugeben, dass die Frauen in seinen Sexheften meist rotlackierte Fingernägel besaßen, bei besonders fragwürdigen Aktionen waren auch blaue oder schwarze Nägel möglich, was Holm zu der Annahme verleitete, dass bestimmte Farben für spezielle sexuelle Praktiken standen. Rot bedeutete schlicht: Wir sind prinzipiell zum Geschlechtsverkehr bereit. Dass auch Vera Bechstein mit dieser Möglichkeit kokettierte, machte die Unterhaltung nicht leichter. Im Gegenteil, Holm verkrampfte sich, er befürchtete, dass er die Nacht nicht auf seinem heimatlichen Sofa verbringen würde, sondern in einem womöglich rosafarbenen Doppelbett. Dies ging nun eindeutig zu weit! Für solch schnelle Aktionen im geschlechtlichen Bereich war Holm keinesfalls zu haben. Sie kannten sich erst kurze Zeit, wussten nicht mal, was der andere zu Abend aß, und schon war Paarung angesagt. Hier hatte sie mindestens zwei oder drei Programmpunkte übersprungen. Zwischendurch musste auch noch die Sache mit der Liebe geklärt werden. Denn ohne Liebe, hatte ihm Mutter und später fast gleichlautend Tante Hede erklärt, sei nichts von Dauer. Du scheinst nicht sehr redselig zu sein, sagte Vera auf einmal mitten in Holms Gedankenwirrwarr hinein. Ich muss mich erst einsitzen, sagte er und erntete damit ein schrilles Lachen, das bis in seine Eingeweide zu spüren war. Diesmal sah der linke Intellektuelle leicht verärgert herüber, noch so ein Lachen, dachte Holm, und er wird zu einem rechten Schläger. Du bist wirklich skurril, sagte Vera und wischte sich die Augen. Aber solche Typen sind mir lieber als die Aalglatten. Komisch, bei den Normalen habe ich immer das Gefühl, dass sie mir irgendwas verheimlichen. Ich hab mal jemand gekannt, Thomas, ein Rechtsanwalt, paar Jahre älter als ich, smarter Typ, immer gut drauf, schon beim Frühstück geschniegelt, verstehst du, mit Schlips und Kragen und so, hat ständig getönt, was für tolle Prozesse er führt, denen werde ich den Rechtsstaat erklären, hat er gesagt, hör ich noch wie heute, na ja, was soll ich sagen, hat mich irgendwie beeindruckt der Typ, keine schlechte Partie, wie man so sagt, warum auch nicht, Vera hat genügend Flachwichser gehabt, da hat sie sich endlich mal was Anständiges verdient, jedenfalls, was soll ich sagen, eines Abends kommt er zu mir nach Hause und fängt wie der kleine Fritz in Mamas Schoß an zu weinen, ich dachte erst, o Gott, da ist was Furchtbares passiert, Todesfall in der Familie, Hund überfahren, unheilbare Krankheit oder so, nein nichts, was denn los ist, hab ich gefragt, beinahe hätte ich selbst angefangen zu heulen, das geht bei mir ziemlich schnell, wahrscheinlich von meiner Mutter geerbt, ein falsches Wort und schon flenn ich los, also pass auf, was du sagst, jedenfalls, was soll ich sagen, Thomas erklärt mir doch allen Ernstes, dass er am Ende sei, weil er den Prozess verloren habe, wie bitte, frag ich, *einen* Prozess hast du verloren und dann bist du schon am Ende, jetzt kommt's, hör zu, nein, er habe nicht *einen* Prozess verloren, er habe noch nie auch nur einen Prozess *gewonnen*, jetzt sei ihm endgültig klar geworden, dass er seinen Beruf verfehlt habe, kannst du dir das vorstellen, der Typ stellt nach zehn Jahren oder so fest, dass er den falschen Beruf hat?! Und was ist mit den ganzen tollen Prozessen, von denen du mir immer erzählt hast, hab ich gefragt, wollte dich nur beeindrucken, sagt er, na toll, und Vera ist darauf reingefallen, die dumme Kuh, okay, ich hab mich dann von ihm getrennt, ich meine, er hätte ja sagen können, dass es momentan nicht so gut läuft, ich hab nichts gegen Versager, aber ich will die Wahrheit wissen! Eine neue Zigarette stoppte ihren Mitteilungsdrang. Holm lächelte, er musste das Lächeln hinter den Ohren festklemmen, damit Vera sein Entsetzen nicht sofort bemerkte. Sprach so eine Frau, die Musikkritikerin war? Die feinste Nuancen und Übergänge wahrnahm? Eine Frau, der solche Worte über die Lippen kamen, war mit größter Vorsicht zu genießen.

Vera blies zufrieden den Rauch in die Luft. Der Abend schien nach ihren Vorstellungen zu laufen. Zum Warmwerden rasch einige Seitenhiebe auf frühere Partner, dann konnte man in den Ring steigen. Holm merkte jedoch, dass er seiner Gegnerin nicht gewachsen war. Hier traten zwei sehr verschiedene Gewichtsklassen gegeneinander an. Aber es war jetzt zu spät, den Ring einfach wieder zu verlassen, wenigstens die ersten Runden musste er überstehen. Holm brauchte jetzt erst mal ein Bier. Schnauzbart hatte seinen Tiefpunkt überwunden und arbeitete wieder mit vollem Einsatz am Kunden. Find ich echt klasse, dass du auch gerne Weizenbier trinkst, sagte Vera Bechstein, als Schnauzbart zwei schäumende Weizenbiere servierte. Holm nickte, äußerte sich aber vorerst nicht dazu. Er bemerkte, dass er einen bedeutenden strategischen Fehler begangen hatte. Er hatte vergessen, dass Vera Bechstein aus Bayern stammte. Sie musste zweifellos annehmen, dass er das Bier nur aus Solidarität mit ihrer Herkunft trank. Auf unser Kennenlernen!, sagte Vera mit beunruhigend zuversichtlichem Blick. Sie tranken. Holm bemühte sich, länger zu trinken als Vera, er wollte verhindern, dass sie ihre Gläser wieder gemeinsam zurück auf den Tisch stellten. Aber Vera Bechstein hielt gut mit, sie trank und trank, sie trank mit geöffneten Augen, ebenso wie Holm, der auf keinen Fall den Moment des Absetzens und Hinstellens verpassen durfte. Es sah ganz danach aus, als würden sie ihr Bier mit einem Zug austrinken. Auch in diesem Fall würde vermutlich ein gemeinsames Absetzen dabei herauskommen. Entweder Holm machte auf der Stelle Schluss, oder er beeilte sich, das Glas noch vor ihr zu leeren. Weil Holm aber den seltsamen Verdacht hegte, dass hier nicht nur der Durst gelöscht, sondern darüber hinaus Grundsätzliches wie Ausdauer und Leistungsfähigkeit getestet werden sollte, beschloss er, schneller zu trinken. Dazu legte er seinen Kopf weiter in den Nacken und öffnete den Mund so weit, dass von einer Kanalisierung praktisch nicht mehr gesprochen werden konnte. Er schüttete das süßsaure Gebräu geradezu in sich hinein, wobei kleine Rinnsale aus den Mundwinkeln flossen und an den Ohren vorbei in den Kragen rannen. Holm kippte sich einen hinter die Binde. Knapp vor Vera Bechstein trank er sich über die Ziellinie und setzte das Glas erschöpft, aber erfolgreich auf den Tisch. So, sagte sie lächelnd und wischte sich den Schaum vom Mund, du bist also tatsächlich aus Berlin? Er hatte sogar noch eine Bonusinformation für Vera Bechstein. Er war aus der Stadt nur ein einziges Mal herausgekommen und plante diese Erfahrung nicht noch einmal zu wiederholen. Allein die Vorstellung, einmal fortziehen zu müssen, versetzte ihn in regelmäßigen Abständen in Panik. Find ich schon toll, wenn man immer an einem Ort wohnen geblieben ist, sagte Vera, augenscheinlich fasziniert von seiner weitgehend stationären Existenz. Ich bin eigentlich ständig umgezogen, von Amberg nach München, von München nach Mannheim, und jetzt Berlin. Mannheim?, sagte Holm, der von der Idee, dass jemand nach Mannheim zog, sofort angetan war, so wie man von einem merkwürdigen Hobby fasziniert war, zum Beispiel Ameisenzüchten. Bin auch eher zufällig dorthin gezogen, ein ziemliches Kaff, aber was soll man machen, wenn man verliebt ist?! Was ein Glück, dachte Holm, dass ich nicht verliebt bin. Obwohl er nicht an Vorsehung glaubte, empfand er es als Gewinn, genau hier an diesem Ort auf die Welt gekommen zu sein. Holm spürte auf einmal ein leichtes Schwanken im Kopf. Sein überstürzter Alkoholgenuss schien Wirkung zu zeigen. Kaum war das Bier im Magen gelandet, stieg es ihm wieder zu Kopf. Er bestellte ein neues Bier, Vera schloss sich überraschend an. Er merkte, wie ihn der Alkohol zunehmend lockerte. Was sich genau lockerte, konnte Holm zunächst nicht mit völliger Sicherheit sagen. Allgemein war festzustellen, dass seine Hände und Arme viel großzügiger Gesten verteilten. Hierher gehörte offenbar auch eine gelockerte Einstellung der beengten Platzsituation gegenüber. Was ihn eben noch störte, betrachtete er nun als erhebendes Gemeinschaftserlebnis. Eigentlich wohne ich ja ganz gerne hier, sagte Vera und steckte sich die dritte Zigarette an. Aber manchmal muss ich einfach weg. Ich reise unheimlich gerne, neulich war ich in Tokio, eine total irre Stadt, riesig groß, du kannst dir gar nicht vorstellen, wie viele Menschen da rumlaufen. Die U-Bahnen sind wirklich so voll, wie man es aus dem Fernsehen kennt, da quetschen sich so viele Leute rein, bis man kaum noch Luft bekommt. Als Frau ist es natürlich ein bisschen komisch, wenn ein Typ direkt hinter dir steht und dir in den Nacken bläst. Auch für einen Mann, dachte Holm, ist Nackenblasen in U-Bahnen nicht akzeptabel. Er überlegte, warum man sich etwas noch einmal in Wirklichkeit ansehen musste, was man bereits aus dem Fernsehen kannte. Wenn Holm eine Reisereportage über Südfrankreich sah, galt Südfrankreich damit als besichtigt. Weshalb sollte er sich der Gefahr aussetzen, dass ihm jemand unerwartet in den Nacken blies. Reist du gerne?, fragte Vera, sie blickte ihn an, als wäre seine Antwort von entscheidender Bedeutung. Ich reise überhaupt nicht!, antwortete Holm kategorisch und schüttete Bier nach. Wenn es nach mir ginge, würde ich nicht mal meinen Wohnbezirk verlassen. Ich kenne ja nicht mal das Einkaufszentrum gut genug, um ruhigen Gewissens woanders hinzufahren. Warum soll ich nach Tokio reisen, wenn ich mir auch im hiesigen Supermarkt fremd vorkommen kann? Das saß. Holm war zufrieden mit seinen Ausführungen. Nach diesen grundsätzlichen Bemerkungen würde auch Vera Bechstein zu der Überzeugung gelangen, dass sie mit Holm buchstäblich nicht weit kam. Ein Mann, der der Fortbewegung so unflexibel gegenüberstand, war kein geeigneter Partner fürs Reisen. Das ist ja total irre!, sagte Vera auf einmal begeistert. Vor Aufregung steckte sie sich die vierte Zigarette an, obwohl die dritte gerade mal bis zur Hälfte aufgeraucht war. Holm gab vorsichtshalber das dritte Bier in Auftrag. Jetzt sag bloß noch, dein Sternzeichen ist Jungfrau! Holm war sprachlos. Woher wusste sie das? Zählte die Reiseunlust möglicherweise zu den hervorstechendsten Eigenschaften dieses Sternzeichens? Ich sehe darin keine besondere Auszeichnung, sagte Holm. Eigentlich sollte ich dir das ja gar nicht erzählen, sagte Vera und sah ihn sekundenlang fordernd an, als warte sie nur darauf, dass Holm den Bericht noch verhinderte. Holm hütete sich jedoch, irgendetwas zu verhindern. Sie durfte keine Steilvorlage für spätere Vorwürfe bekommen. Derweil trank er sein drittes Bier. Vor zwei Wochen war ich bei meiner Wahrsagerin, ich hoffe, du hältst mich jetzt nicht für total bescheuert, aber ich glaub nun mal an so was, und mit Recht, was soll ich sagen, die Frau erklärt mir, dass ich in naher Zukunft einen Mann wie dich kennenlerne, mit ihm zusammenziehe und zwei Kinder haben werde. Ist das nicht irre?! Bis zu diesem Zeitpunkt war Holm davon ausgegangen, dass er die Exklusivrechte an seiner Persönlichkeit besaß, jetzt hoffte er inständig, dass es noch weitere Personen seines Schlages gab. Möglicherweise liegt eine Verwechslung vor, sagte Holm, der auf einmal wieder nüchtern war. Ausgeschlossen!, sagte Vera. Der Mann kommt aus Berlin, verreist selten und ist eine Jungfrau in deinem Alter. Wenn die Geschichte stimmte, hatte die Wahrsagerin damit tatsächlich Holm gemeint. Er fragte sich sofort, ob es überhaupt möglich war, in einer Stadt von fast vier Millionen Einwohnern einen Mann wie Holm zu entdecken. Er vermutete, dass die Wahrsage in einem großbürgerlichen Vorkriegsambiente aus schweren Teppichen, Fauteuils und Standuhren getätigt worden war. Da erschien Holm plötzlich vor dem inneren Auge der Wahrsagerin und gab sich als zukünftiger Lebensgefährte von Vera Bechstein zu erkennen. Die Lage wurde langsam brenzlig, zumal er mit keiner Gegenwahrsage aufwarten konnte. In diesem Augenblick hatte er eine fabelhafte Idee, wie er das Schicksal in der Gestalt Vera Bechsteins doch noch abwenden konnte. Die Geheimwaffe trug den unauffälligen Namen *Hedwig Rossmann*, die jetzt als letztes Mittel zum Einsatz kam. Ich wohne übrigens bei meiner Tante, sagte Holm so beiläufig wie eben möglich. Rossmann ist der Name meiner Tante. Vera Bechstein lachte laut auf und klatschte mehrmals in die Hände. Die Blicke des Rechts- und des Linksintellektuellen trafen sich über dem Tisch, wobei sie überrascht feststellten, dass sie gemeinsame Abneigungen hatten. Meine Wahrsagerin, sagte sie begeistert, hat ehrlich gemeint, dass er bei einer Verwandten wohnt, sie konnte leider nicht sehen, bei welcher. Kein Wunder, dachte Holm, ich bin ja auch nicht offiziell dort gemeldet. Es war aussichtslos, das Schicksal hatte ihn fest im Griff. In dieser Situation half nur noch der Blick auf die Uhr. Kein verschämter Blick, sondern ein gut sichtbarer, kurz: ein offensiver Uhrencheck. Zu diesem Zweck schob Holm seine rechte Hand auf die Tischplatte, wobei sich der Jackettarm langsam zurückschob und blasse, behaarte Haut freigab. Es waren sehr dunkle und lange Haare, die dem Arm ein überraschend maskulines Aussehen gaben. Erstaunt erkannte Holm, dass er seit Jahren unbemerkt mit einem ausgewachsenen männlichen Arm zusammenlebte. Es war bereits nach einundzwanzig Uhr. Musst du etwa schon gehen?, fragte Vera. Ich habe noch einen anderen Termin, sagte Holm, wenn ich jetzt nicht aufbreche, geht mir ein wichtiger Kunde durch die Lappen. Um diese Uhrzeit? Er trank den Rest Bier und winkte dem Kellner. Man trifft sich in einem sehr privaten Rahmen, fügte er geheimnisvoll hinzu, was nicht gelogen war, denn er würde Hede gleich zu Hause in der Fritz-Erler-Allee antreffen. Er zahlte. Fünf Biere und einen Milchkaffee. Obwohl der Milchkaffee nicht in seiner Gegenwart getrunken worden war, übernahm er ihn großzügig auf seine Rechnung. Sehen wir uns wieder?, fragte Vera, die ihn anscheinend noch immer nicht aufgegeben hatte. Holm spürte, dass der Zeitpunkt für ein klares Wort gekommen war. Schicksal hin oder her. Etwas beenden, was noch gar nicht angefangen hatte. Ich denke, wir sollten die Sache beobachten, sagte er. Vera lächelte zufrieden.

Als Holm das Lokal verließ, wünschte ihm Schnauzbart »noch einen schönen Abend«. Zu Hause sah er den Rest der Tagesthemen, um wenigstens ansatzweise auf dem Laufenden zu sein. Hede war bereits schlafen gegangen, auf dem

Tisch fand er eine kurze *Notiz: Möchte morgen etwas mit dir besprechen. Schlaf gut, deine Tante.* In den Nachrichten lief ein Bericht über den Nationalen Streitkräfteausschuss. Holm verstand jedoch: SCHWEIGKRÄFTEAUSSCHUSS. In diesem Ausschuss versammelten sich einmal wöchentlich Mitglieder der Bundesregierung mit dem Ziel, die wichtigsten Beschlüsse vor der Bevölkerung zu verschweigen. Es war der staatliche Versuch, die Wahrheit zu verheimlichen und die Bevölkerung im Ungewissen zu lassen. An diesem Abend beschloss der SCHWEIGKRÄFTEAUSSCHUSS mit überwältigender Mehrheit ihrer männlichen Mitglieder, die Wahrheit über das weibliche Geschlecht endgültig zu unterdrücken, um weiteren Vermutungen über dieses Thema für alle Zeiten den Boden unter den Füßen zu entziehen.

9.

Bereits um acht Uhr fünfzehn saß Holm fertig angezogen im Wohnzimmer am Frühstückstisch. Nur Tassen und Teller deuteten bislang an, dass hier in zehn Minuten ein Frühstück geplant war, offizieller Frühstücksbeginn: acht Uhr fünfundzwanzig. Ausgerechnet diesen wichtigen, möglicherweise sogar entscheidenden Tag ging Hede beunruhigend gemütlich an. Obwohl sie sich auch sonst vor der ersten Tasse Kaffee nicht unterhielten, war die Stille heute mit lauter Bedeutungen erfüllt. Wenn sie es nicht so eilig hat, dachte Holm, ist es ihr unter Umständen doch nicht so wichtig. Es könnte sich um ein allgemeines Informationsgespräch über einen für das Wochenende geplanten Ausflug handeln. Zwar hatte die Tante ein solches Gespräch vorher noch nie schriftlich angemeldet, aber dieser Fall schien eine formlose Ankündigung auf einem Küchenzettel anscheinend nötig zu machen, ein Ausflug wäre etwas Neues gewesen, denn Hede lehnte es prinzipiell ab, in die »DDR« zu reisen, weil sie sich nicht von *Kommunisten und Stasispitzeln* Kuchen servieren lassen wollte. Vielleicht hatte sie aber gerade gestern Abend überraschend den Entschluss gefasst, doch einen, wenn nicht *den* Ausflug zu wagen, und wollte Holm zu Rate ziehen, was die grobe Stoßrichtung betraf. Er las noch einmal die Notiz. *Möchte morgen etwas mit dir besprechen*. Der entscheidende Begriff lautete hier zweifellos *etwas*. Etwas konnte sehr klein sein, fast schon unbedeutend und eigentlich nicht der Rede wert, aber eben gerade noch wichtig genug, um es zur Sprache zu bringen. Etwas, in einer Kurzmitteilung erwähnt, konnte sich im persönlichen Gespräch aber auch zu einem gewaltigen Problem entwickeln.

Endlich verlagerte sich Tante Hedes Arbeitsschwerpunkt Richtung Wohnzimmer, und der Frühstückstisch nahm gewohnte Gestalt an. Hede brachte nacheinander die Kaffeekanne, den Brötchenkorb, rote und gelbe Marmelade, Butter, einen Käseteller und eine Karaffe frische Vollmilch. Jedes Produkt trug sie einzeln zum Frühstückstisch, obwohl es ihre Kräfte nicht überstiegen hätte, beispielsweise den Brötchenkorb zusammen mit der Butter zu transportieren. Offenbar hatte bei der Frühstücksplanung das reinste Chaos geherrscht. Nachdem sie die Kaffeekanne hereingebracht hatte, fiel ihr der Brötchenkorb ein, während sie den Brötchenkorb auf den Tisch stellte, dachte sie, Mein Gott, die Marmelade! Nach der Marmelade wurde ihr klar, dass Butter fehlte, kurz, Hede könnte sich mehr als die Hälfte der Gänge sparen, wenn sie den Transport vorher besser organisiert hätte. Da die Frühstücksvorbereitungen nicht in Holms Verantwortungsbereich fielen, blieben Verbesserungsvorschläge von seiner Seite natürlich aus. Sie war selber schuld, wenn sie sich schon beim Frühstück verausgabte. Holm hatte plötzlich die Antwort auf die seit langem offene Frage, wie die Tante es fertigbrachte, von früh bis spät, abgesehen von einer Pause am Mittag, ununterbrochen in Bewegung zu bleiben: Sie füllte die Zeit mit sinnlosen Sondergängen aus. Während Holm am Wochenende, nach einer kurzen, aber intensiven Bewegungsphase im Bad, sofort in eine ratlose Starre verfiel, die sich gegen Mittag ein wenig löste, um dann bis zum Abendbrot in verschärfter Form anzudauern, herrschte bei der Tante Vollbeschäftigung. Holm hingegen hatte überflüssige Arbeitsgänge rigoros wegrationalisiert. Während Holm Wochen im Voraus plante, überraschte sich Hede ständig mit neuen Ideen. Kaum hatte sich Holm einmal fünf Minuten früher als sonst an den Tisch gesetzt, bekam er direkten Einblick in die Lebensbewältigungsmaschinerie seiner Tante.

Hede schenkte den Kaffee ein. Noch immer kein Wort über ihre Notiz, die deutlich sichtbar neben seinem Teller lag. In einer knappen halben Stunde musste er aufbrechen, und sie beschäftigte sich schweigend mit einem Brötchen. Sie schwieg mit einer derart penetranten Hartnäckigkeit, dass Holm praktisch aus dem Stand heraus wütend wurde. Diese frühmorgendliche Wut, die er durch besonders zackige Bewegungen zu sublimieren versuchte – Holm steigerte sich in jede Handlung so vollständig hinein, als würde gerade die Abschiedsvorstellung aller ihm seit siebenunddreißig Jahren bestens vertrauten Handgriffe laufen, selten zuvor hatte er zum Beispiel das Gleiten des Messers durch die Butter so intensiv, beinahe schon hautnah mitempfunden –, diese scheinbar aus dem Nichts hochkochende Wut war neu. Denn das bedeutete, dass es in ihm bereits eine ganze Weile gebrodelt hatte, dass es unterschwellig vielleicht schon sein ganzes Leben brodelte, er war wütend auf die Welt gekommen, und sein Leben bestand darin, diese sinnlose Wut zu beherrschen. Wir sollten dir mal was Flottes zum Anziehen kaufen, sonst lernst du nie jemand kennen, sagte die Tante plötzlich und sah Holm munter an, als hätte sie sein Schweigen vollkommen unberührt gelassen. Holm war entsetzt. War dies etwa schon das angekündigte Besprechungsthema? Er blickte noch einmal rasch auf den Notizzettel, konnte aber keine weiteren Hinweise entdecken. Ich meine, fuhr Hede entspannt fort, möchtest du nicht mal eine nette Freundin haben, mit der du was unternehmen kannst? Sie will mich loswerden, dachte Holm.

Und was hat flotte Kleidung mit einer Freundin zu tun? Ich dachte immer, sagte er fast beleidigt, dass du gerne etwas mit mir unternimmst. Tu ich doch auch, sagte die Tante, nun ihrerseits fast beleidigt, aber ich bin nur deine Tante, ein fescher junger Mann wie du sollte sich auch mal eine Gleichaltrige suchen, es laufen doch tausende draußen herum! Immer, wenn Hede nicht ehrlich war, tauchten plötzlich süddeutsche Wörter auf. Dabei hatte sie nie in Süddeutschland gelebt und zählte auch keinen Süddeutschen zu ihrem Freundeskreis. Ihre Beziehung zu den süddeutschen Bundesländern lief ausschließlich über das Fernsehen. Seine Tante benutzte exotisch klingende Begriffe, um die Falschaussage für sich selber zu mildern und ein schlechtes Gewissen damit auf Abstand zu halten. *Fesch* hieß mit anderen Worten: Holm kam zwar nicht in die engere Auswahl einer möglichen Arche-Noah-Besatzung, war gleichwohl aber nicht völlig chancenlos beim weiblichen Geschlecht. Holm wusste, dass ihn die Natur nicht gerade bevorzugt behandelt hatte. Er war nicht im landläufigen Sinne schön zu nennen, während der Pubertät sah er zeitweilig derart fürchterlich aus, dass er nicht in den Spiegel schauen konnte. Das wächst sich schon aus, hatte Mutter ihm jahrelang Mut gemacht. Als er mit achtzehn jedoch zur Endabnahme vor den Spiegel trat, musste er feststellen, dass sich sein Körper scheinbar weitgehend ohne Beteiligung männlicher Hormone entwickelt hatte. Ein weiches, rundes Gesicht, eine unbehaarte Brust und ein klägliches Geschlecht, das selbst die verständnisvollste Frau nicht akzeptieren konnte. Seither lebte Holm in ständiger Trennung von seinem Körper. Nur mit einem hatte er nicht gerechnet: seinem Geschlechtstrieb, der beide Teile immer wieder zwangsweise zusammenführte. Ich bin siebenunddreißig Jahre ohne eine Gleichaltrige ausgekommen, sagte Holm trotzig, ich werde auch weitere siebenunddreißig Jahre ohne eine Gleichaltrige auskommen! Ein sportliches Sakko, sagte die Tante, dazu eine schicke Hose, es gibt doch tolle Sachen! Sie schien so begeistert, als würde sie die Sachen notfalls auch selber tragen. Da er nicht sportlich sei, sagte Holm, brauche er auch kein sportliches Sakko. Wenn du eine Freundin haben willst, sagte die Tante, musst du ihr schon was bieten. Vielleicht bist du sportlich und du weißt es nur nicht, beharrte die Tante, sie schlüpfte gerade wieder in ihre Lieblingsrolle als Privatpsychologin Dr. Rossmann, die ihren Langzeitpatienten Felix Holm in die Geheimnisse des Unterbewusstseins einweihte. Hast du schon mal irgendeine Sportart ausprobiert? Ich habe den Eindruck, du hast noch gar nicht herausgefunden, was alles in dir steckt! Was oder wer alles in ihm steckte, wollte Holm gar nicht so genau wissen. Am Ende käme ein Radrennprofi oder Leichtathlet zum Vorschein.

Am folgenden Wochenende gingen Holm und seine Tante ins KaDeWe, mit dem Hede durch eine Kundenkarte seit Jahren verbunden war. Als Inhaberin einer Kundenkarte fühlte sich die Tante vertraglich berechtigt, auf der linken Seite der Rolltreppe ungehindert nach oben zu gehen, während sie Linkssteher grundsätzlich als Touristen und Kartenlose beschimpfte und so heftig mit ihrer Tasche nach ihnen ausschlug, dass Holm um die Unversehrtheit der erschrockenen Kundschaft fürchtete. Auf derart feinfühlige Weise eingeführt, landete er mit der forsch ausschreitenden Tante in der Herrenabteilung. Holm kaufte nur ungern in der Öffentlichkeit Dinge, die den Verkäufern zu viele Hinweise auf sein Privatleben gaben. Bereits im Supermarkt wurde die Grenze deutlich überschritten. Offenbarte die Produktauswahl auf dem Förderband der Kassiererin nicht schon seine persönlichen Geschmacksvorlieben und intimsten Bedürfnisse? Holm war stets versucht, die Kassiererin durch eine chaotische Produktzusammenstellung so zu verwirren, dass eine Interpretation seines Geschmacks praktisch nicht mehr möglich war, unterließ es aber, Erdbeermarmelade und Thunfisch, Nussjoghurt und Eier, dazu eine Zahnbürste und Tomatenmark zu erstehen aus Rücksicht auf Tante Hedes Haushaltsplanung.

Sie durchwanderten zunächst sämtliche Bereiche – Orientierungsgang nannte die Tante das. Hede plante offensichtlich eine grundlegende Überarbeitung seines Erscheinungsbildes, denn innerhalb weniger Minuten hatten sie von der Unterwäsche bis zur Markenfreizeitkleidung fast alles gesehen. Holm konzentrierte sich auf das Personal. Nicht jeder Verkäufer kam gleichermaßen für eine so weitgehende Offenlegung seiner Daten in Frage. Holm schätzte den Typus *weibliche Verkaufskraft ohne besonderes Interesse am Kunden*, weil hier keine Übergriffe zu erwarten waren. Männer, insbesondere wenn sie als routinierte Vollzeitverkäufer in Erscheinung traten, waren dagegen oftmals eine Spur zu aufmerksam, sie interessierten sich nicht nur für die persönlichen Maße, sondern erkundigten sich zusätzlich nach dem Anlass, als gäbe es zum Beispiel für Beerdigungen Sakko-Modelle mit aufgenähten Beileidsbekundungen. Hede steuerte zielstrebig die Jackettabteilung an, wo sich bereits ein älterer Verkäufer mit Studiobräune und keck ins dunkle Haar gefönter Elvistolle in eine günstige Beratungsposition neben den Sonderangeboten brachte. Mit diesem Mann wollte er keinesfalls intime Daten besprechen. Erst im letzten Moment ließ sich seine Tante in die benachbarte Hosenabteilung umlenken. Denn dort hatte Holm eine blonde, offensichtlich stark gelangweilte und somit bestens geeignete Verkäuferin ausgemacht. Anstatt erst mal einen Blick auf das aktuelle Hosensortiment zu werfen, marschierte seine Tante zur Verkäuferin und kam sofort zur

Sache. Holm tat, als gehöre er nicht dazu. Nein, für meinen Neffen!, hörte er die Stimme der Tante plötzlich hinter sich. Im Schlepptau hatte sie die freundliche, überraschend interessiert wirkende Verkäuferin. Hallo, sagte sie etwas verunsichert, ich habe gehört, dass Sie eine schicke Hose suchen. Ob das Gerücht, Holm plane die Neuinterpretation seiner Persönlichkeit, bereits in der Stadt die Runde machte? Das ist richtig, sagte Holm, ich suche eine schicke, nicht zu lässige, eher eine unauffällig seriöse Hose. Er sucht was Flottes, herrschte die Tante dazwischen und nickte der Verkäuferin energisch zu. In welcher Farbe soll denn die Hose sein?, fragte die Verkäuferin, scheinbar unbeeindruckt vom Einwurf der Tante. Ihm stehe beige sehr gut, dolmetschte die Tante, sie dolmetschte auch Aussagen, die nie zur Sprache kamen. Und welche Größe haben Sie? Noch sah die Verkäuferin unschuldig zu ihm auf, das konnte sich aber gleich ändern, denn wenn er nicht in den nächsten fünf Sekunden eine annähernd wahrheitsgemäße Aussage machte, war der Blick nach unten nicht mehr zu verhindern. Ausgerechnet in diesem entscheidenden Moment blieb die Tante stumm, als wollte sie ihm endlich doch Gelegenheit geben, eine selbstständige Meinung zu vertreten. Holm wusste aber nicht einmal ansatzweise, welche Zahl hier gefragt war. Okay, sagte die Verkäuferin, kein Problem, dann hole ich mal eben das Zentimetermaß. Holm starrte derweil unbeirrt geradeaus und ignorierte hartnäckig alles, was sich unterhalb seiner Gürtellinie befand. Dann wollen wir mal sehen, sagte die Verkäuferin, als sie wieder zurück war, sie beugte sich vor, während sie das Maß um seine Hüften band. Vorbeischlendernde Kunden, die Holm nur von hinten sahen, mussten denken, dass die Verkäuferin gerade erotische Handlungen an ihm vollzog. Denn hier wurde das Wort Kundendienst noch mit

Überzeugung in den Mund genommen. Das habe ich mir fast gedacht, sagte sie ernst, nachdem sie sich wieder aufgerichtet hatte, fünfzig! Es klang nicht gerade optimistisch. Holm überlegte, ob er das Urteil anfechten sollte. Als Kunde durfte man sich nicht alles gefallen lassen. Notfalls könnte er sich bei der Geschäftsleitung beschweren. Nach eingehender Prüfung Ihres Falles sind wir zu der Überzeugung gelangt, dass fünfzig ein angemessenes, keinesfalls übertriebenes Urteil ist. Holm wurde daraufhin in die Abteilung für schwer vermittelbare Hosenkunden geschickt. Dort empfing ihn sogleich eine Gruppe enthemmt johlender älterer Herren. Na, sind Sie auch ein Fünfziger, höhnte ein vollbärtiger Spaßvogel in Unterwäsche, der gerade mit einem Knäuel Freizeithosen im Arm auf eine Kabine zustürzte.

Ist mit dieser Größe irgendwas nicht in Ordnung?, fragte Holm die Verkäuferin. Nein, sagte sie, fünfzig ist völlig normal, leider haben die meisten diese Größe. Ich muss mal eben sehen, ob wir beige noch in fünfzig dahaben. Die Tante nickte ihm aufmunternd zu. Holm hatte zwar immer den heimlichen Wunsch verspürt, wie die meisten zu sein, dass seine Durchschnittlichkeit nun aber in einen Zusammenhang mit der Hosengröße gebracht wurde, war dann doch etwas beleidigend. Stolz lächelnd kehrte sie mit zwei beigefarbenen Exemplaren zurück, als gebe es kaum etwas, das sie glücklicher machte. Während sie der Tante die Vorzüge der beiden Hosen erklärte, Holm wirkte als Gesprächspartner wohl nicht kompetent genug, bemerkte er auf ihrer hellblauen Bluse ein Schild mit der Aufschrift FRAU HUBER. Am besten, Sie gehen in eine Kabine und probieren die Hosen einfach mal aus, sagte Frau Huber und reichte Holm die Kleiderbügel. Etwas mal einfach ausprobieren war leicht gesagt, wenn die Kabinen praktisch kaum noch Sichtschutz boten. Lediglich Klapptüren nach Art von Westernsaloons hingen vor den winzigen Zellen. Kopf und Beine blieben von außen gut sichtbar. Offenbar sollte verhindert werden, dass sich frustrierte Kunden unbemerkt erhängten. Holm bezog die letzte Kabine in der Reihe, um nicht von hin und her laufenden Personen erkannt zu werden. Wie findest du eigentlich die junge Verkäuferin?, fragte seine Tante beiläufig über die Saloontür, während er umständlich seine Hose öffnete. Wenn ihn die Tante mit diesem Gesicht etwas beiläufig fragte, steckte meistens irgendein Plan dahinter. Ganz nett, sagte Holm und stieg in die Stretchhose. Sie war so großzügig geschnitten, dass er sich alle drei Minuten vergewissern müsste, ob er die Hose noch anhatte. Wäre das nicht eine Frau für dich?, bohrte die Tante weiter. Auf die Idee, dass auch Verkäuferinnen prinzipiell als Freundinnen in Frage kamen, wäre Holm nie gekommen. Ob Frau Huber das umgekehrt genauso sah? Glaubst du denn, fragte Holm erstaunt, dass sie mich auch mag? Das musst du schon allein herausfinden, sagte die Tante. Zunächst mal musste sich Holm vergewissern, dass *er* sie mochte, danach konnte man sich mit der Gegenseite beschäftigen. Jetzt komm schon raus und zeig dich! forderte Hede. Holm öffnete die Schwingtüren, blieb aber in der Kabine. Toll!, entfuhr es der Tante, überwältigt von spontaner Begeisterung. Das sitzt, sieht schick aus und ist gleichzeitig sportlich und lässig! Glücklicherweise fielen ihr nicht noch mehr Adjektive ein. Dazu noch ein Hemd und ein lässiges Sakko, dann sieht das schon nach was aus.

Sie gingen nach vorne. Holm hatte die Stretchhose anbehalten, um unter möglichst wirklichkeitsnahen Bedingungen ein dazu passendes Sakko auszusuchen. Frau Huber schien unterdessen leicht gewachsen zu sein, mit einigen Zentimetern Höhenunterschied blickte sie auf ihn herab. Und, wie gefällt sie Ihnen?, fragte Frau Huber. Wer?, fragte Holm, ihm wurde plötzlich heiß im Gesicht. Die Hose!, sagte Frau Huber. Ach ja, die Hose!, sagte Holm, die hätte ich beinahe vergessen. Sehr gut!, antwortete die Tante ungeduldig, die nehmen wir schon mal. Jetzt brauchen wir nur noch ein Sakko, könnten Sie uns etwas empfehlen? Irgendwas Lässiges, sagte Holm. Eigentlich bin ich dafür nicht zuständig, sagte Frau Huber, das macht mein Kollege von den Jacketts. Der Kollege von den Jacketts war jedoch niemand anderes als der homosexuelle Elvisimitator, der sich gerade an einer Herrenpuppe zu schaffen machte und ihren Schlips neu band. Eine Überweisung musste in jedem Fall verhindert werden. In diesem Augenblick erkannte Holm den Grund ihres überraschenden Größenunterschiedes: Er hatte vergessen seine Schuhe wieder anzuziehen. Holm bewegte sich auf Strümpfen durch das größte Kaufhaus Kontinentaleuropas, als wäre es sein Zuhause. Der Elvisimitator wirkte nicht gerade begeistert, als er sah, dass sein Rat weiterhin ungefragt blieb. Vielleicht sollten wir auch etwas Beiges nehmen, sagte Hede. Ein sattes Braun, ergänzte Holm und deutete auf ein Jackett. Kein Braun, sagte die Tante, eher was Ockerfarbenes. Wie die Wand dort hinten, sagte er schnell. Die ist aber mehr gelb, sagte die Tante. Ockergelb, sagte Holm. Ich werde mal was raussuchen, sagte Frau Huber und wandte sich ab. Die kurze Ablenkung nutzend, erholte sich Holm hinter den dunklen Anzügen. Als er zu den Sommerjacketts wechseln wollte, bemerkte er die abschätzigen Blicke eines übergewichtigen, stark schwitzenden Mannes, der von der hoffnungslosen Suche nach einem passenden Jackett tief getroffen wirkte. Mit einem Tuch wischte er ständig über sein fettig glänzendes Gesicht und starrte missmutig auf Holms Füße. Frau Huber tauchte unerwartet mit zwei beigefarbenen Sakkos auf. Ich habe Ihnen mal vorsichtshalber zwei verschiedene Größen mitgebracht, sagte sie, leider sind es nicht ganz die gleichen Modelle. Dabei wirkte sie fast ein wenig traurig, als würde sie diese Tatsache persönlich treffen. Das hier hat Schulterpolster, ehrlich gesagt, finde ich es ein bisschen zu förmlich, dies hier wirkt einfach viel jünger, auch durch die feinere Struktur, lässiger eben, wie Ihre Tante gemeint hat. Seine Tante befand sich zu diesem Zeitpunkt in der Abteilung für Geschäftsanzüge, also rund fünfundzwanzig Kilometer von dem Ort entfernt, wo gerade eine wichtige Entscheidung gefällt werden musste. Die Frage lautete: mit oder ohne Schulterpolster, förmlich oder flott, Vergangenheit oder Zukunft? Holm war gleich klar, weshalb sich Hede gerade jetzt in eine andere Abteilung verabschiedet hatte und so tat, als suche sie einen Geschäftsanzug. Tante wollte ihm endlich die Möglichkeit bieten, Frau Huber ein wenig näher zu kommen. Dabei war ihr Holm bereits nahe gekommen, einen halben Meter stand er von ihr entfernt und fragte sich, wie weit er noch gehen sollte. Die Frage, Schulterpolster oder nicht, stand demnach nur stellvertretend für eine viel umfassendere Frage, sie lautete: War Holm grundsätzlich bereit, mit Frau Huber zur Arterhaltung beizutragen, oder nicht? Vielleicht probieren Sie beide Sakkos mal an, dann sehen wir, ob Sie für mich in Frage kommen. Nein, das hatte sie natürlich nicht gesagt. Die Antwort wurde allgemein mit Sorge erwartet. Für welchen Weg wird sich Felix Holm entscheiden? Als er in das erste, das schultergepolsterte Sakko schlüpfte, schien die Welt für einen Moment den Atem anzuhalten. Es war an den Ärmeln etwas zu lang geraten, was man zur Not kürzen konnte. Insgesamt wirkte er jedoch darin, als habe er seine volle Körpergröße noch lange nicht erreicht, was ihn einigermaßen deprimierte. Lassen Sie sich von der Größe nicht irritieren, sagte Frau Huber und zupfte an seinen Schultern, es ist ein Sakko und keine Jacke. Holm war verblüfft. Genau das hatte er eben auch gedacht! Zwei Menschen, die sich zuvor noch nie gesehen hatten, entdeckten schon nach wenigen Minuten erste Gemeinsamkeiten. War das ein Zeichen? Hatte sich jemand in der Chefetage der Firma *Schicksal mbH* einen besonderen Coup ausgedacht? Ich finde, sagte Holm, es könnte schon etwas deutlicher werden, dass es ein Sakko ist. Das ist im Augenblick aber ziemlich modern, sagte Frau Huber, ich glaube, man nennt das *floating fashion*. Dann wäre es wohl sinnvoll, sich gleich noch einen Rettungsring dazu zu kaufen, meinte Holm. Frau Huber lachte, ein geeigneter Augenblick, persönlich zu werden. Doch wie sollte er Frau Huber zeigen, dass er privat an ihr interessiert war? Eine beiläufige Frage nach ihren Hobbys? Sammelte sie irgendetwas, bei dem Holm mitsammeln konnte?

Inzwischen war die heitere Stimmung jedoch verflogen. Holm probierte das zweite Sakko an. Wenigstens hier musste nun endlich eine Entscheidung fallen. Wenn Sie mich fragen, sagte Frau Huber, das steht Ihnen einfach besser! Und, habt ihr euch entschieden?, kam die Stimme der Tante plötzlich von hinten. Seine Tante hatte die unangenehme Eigenschaft, mit zweideutigen Äußerungen sofort eine peinliche Atmosphäre zu erzeugen. Ihr Neffe hat einen guten Geschmack, sagte Frau Huber. Ja, seufzte die Tante, aber was nützt ihm der gute Geschmack, wenn er sich nie entscheiden kann! Dafür hat man die Fachberatung erfunden, bemerkte Holm leicht verärgert. Dass sich viele Männer nicht entscheiden können, ist ja nichts Neues, meinte Frau Huber. Ja, so sind sie, sagte die Tante. Beide lachten und sahen zu Holm, der sich jedoch nicht getroffen fühlte.

10.

Holm war jetzt stark beschäftigt. Tagsüber stand er im Laden und verkaufte Zigarren, abends fuhr er ins KaDeWe. Nach sechs Tagen sprach ihn Frau Huber endlich mit Namen an. Seit einer Woche kaufte er jetzt schon Oberhemden, zunächst einfarbige mit langem Arm, dann gestreifte mit kurzem Arm, schließlich konzentrierte er sich auf kurzärmelige karierte. Trotz seines unermüdlichen Abendeinsatzes schien Holm auf dem Weg zu Frau Hubers Herz jedoch kein bedeutendes Stück vorangekommen zu sein. Er befürchtete sogar, dass sich ihre Beziehung haarscharf an privaten Gefühlen vorbeientwickeln könnte und er übergangslos als Stammkunde wahrgenommen wurde. Im schlimmsten Fall sogar als lästiger Stammkunde.

Humor habe sie bei Männern immer am meisten beeindruckt, hatte ihm Gesine einmal erklärt. Wer witzig sei und sie zum Lachen bringe, habe sie schon fast gewonnen. Leider hatte Gesine vergessen ihm mitzuteilen, wie viele Witze man ungefähr erzählen musste. Am neunten Tag trat Holm endlich in die entscheidende humoristische Phase ein. Ich dachte mir, sagte er, wieder auf die Minute pünktlich in der Abteilung erscheinend, nach so langer Zeit könnte ein neues Hemd nicht schaden. Frau Huber lachte und warf ihren Kopf zurück. Holm staunte nicht schlecht. Der Auftakt stimmte ihn zuversichtlich. Jetzt hieß es dranbleiben. An was für ein Hemd hatten Sie denn diesmal gedacht, sagte Frau Huber ein wenig spöttisch, was Holm nicht sonderlich behagte, er fühlte sich verschaukelt. Kurz- oder langärmelig? Es klang wie *ärmlich*. Gibt es auch Hemden ohne Arm?, fragte Holm. Frau Huber sah ihn verdutzt an. Als sie merkte, dass die Frage nicht ganz ernst gemeint war, musste sie schmunzeln. Ja, Holm war ein subtiler Witzerzähler, so subtil, dass er selber eine Zeit lang brauchte, um den Witz zu verstehen. Dann meinen Sie wohl Unterhemden, sagte Frau Huber, in ihrer spöttischen Art fortfahrend. Eigentlich möchte ich sie lieber darüber anziehen, versuchte Holm witzig mitzuhalten. Ein T-Shirt könnte man darüber tragen, sagte Frau Huber, aber die haben leider alle einen kleinen Arm. Das ist mir schon zu viel, wenn ich unter einem kurzärmeligen Oberhemd ein kleinärmeliges T-Shirt trage, habe ich das Gefühl, dem T-Shirt Unrecht zu tun. Eben wollten Sie das T-Shirt noch darüber anziehen, sagte Frau Huber. Kann schon sein, sagte Holm, man verändert sich eben. Frau Huber lachte. Hier hatte er es nun ganz gewiss nicht witzig gemeint, dennoch war das Zwischenergebnis nach nicht einmal zehn Minuten beachtlich: einmal ein halbes Lachen, ein ganzes Schmunzeln und jetzt ein lupenreines Gelächter. Wenn er sich anstrengte, hatte er bald ein halbes Dutzend Lacherfolge zu verzeichnen. Ändern Sie immer so schnell Ihre Meinung?, fragte Frau Huber. Das Problem ist, sagte Holm, dass ich meine Meinung fast nie ändere, ich habe praktisch zu allen relevanten Themen eine unerschütterlich feststehende Meinung. Ach so, machte Frau Huber, als wüsste sie gerade nicht, ob das witzig gemeint war. Ihre Irritation nutzend, fragte Holm sie plötzlich, ob sie Lust habe, mit ihm essen zu gehen. Frau Huber blickte ihn zunächst überrascht an, sagte eine Weile gar nichts, strich mit ihrer Hand mehrmals über das sauber gefaltete Hemd, als hoffe sie durch die wiederholte Bewegung ihre Verwirrung zu ordnen, nickte, während ihre Augen der Hand folgten, und sagte schließlich:

Ja, warum nicht, ich kann aber erst Samstagabend. Holm, der erstaunlich gefasst wirkte, immerhin war es seine erste derartige Verabredung, schlug gleich sein Stammlokal, das *Maredo* am Kurfürstendamm, Ecke Fasanenstraße, als Treffpunkt vor. Keine Experimente, hieß dieses Mal die Devise. Frau Huber stimmte sofort zu, was Holm den Rest des Tages in eine ungemütliche Stimmung versetzte.

Den ganzen Samstag blieb er vorsichtshalber zu Hause. Er wollte nicht von unvorhergesehenen Ereignissen bedroht werden. Auf einem Spaziergang im Viertel wurde er mal von einem Hund, den er nicht rechtzeitig gesehen hatte, weil er gerade mit seinen Spezialbeobachtungen beschäftigt war, grundlos angebellt, was ihn so mitnahm, dass er sich tagelang nicht getraute, die Wohnung zu verlassen. Was ihm überhaupt einfalle, seinen Hund so zu erschrecken, hatte ihn der bärtige Hundehalter wütend angeschnauzt. Er habe ja gar nichts gemacht, versuchte sich Holm zu wehren, er habe nur dagestanden und sich über die traurig wirkenden Bogenlampen gewundert. Sein Hund sei es nicht gewohnt, wenn jemand mitten auf der Straße Bogenlampen anschaue, hatte der Hundehalter weitergeschnauzt, man könne von einem Tier kein Verständnis für so ein merkwürdiges Verhalten erwarten, in Zukunft solle er sich mal vorher überlegen, was er da anschaue! Solche Begegnungen wollte Holm in jedem Fall vermeiden. Und so übte er sich bis zum Abend im Stillsitzen, sah nicht fern, las nichts, tat nichts, was ihn irgendwie beunruhigen oder die Stimmung zerstören konnte.

Der Stammplatz im *Maredo* war zum Glück nicht besetzt. Sofort stellte er die Aktentasche mit dem Fotoalbum, in dem sich eine repräsentative Auswahl von Bildern befand, auf den Tisch und faltete seine Serviette auseinander, um deutlich zu machen, dass schon jemand den Platz in Beschlag genommen hatte. Er war früh genug, um rasch noch einen kleinen Inspektionsgang zu unternehmen. Das Salatbuffet stand unverändert am selben Platz, auch die Salatauswahl war dieselbe wie immer. Allerdings konnte Holm mit dem Zustand der Dressingtöpfe keinesfalls zufrieden sein. Man musste sogar von unhaltbaren Zuständen sprechen. Irgendein ignoranter Schmutzfink, dem nichts heilig war auf der Welt, hatte sich mit einer einzigen Schöpfkelle gleich sämtlicher Soßen bedient. Das Tatwerkzeug stammte aus dem Kräuterdressingtopf, was zur Folge hatte, dass sowohl im Joghurtdressing wie auch im Thousand-Islands-Dressing kleine Kräuterpartikel schwammen. Sollte sich Frau Huber einen Salatteller genehmigen, was Holm bereits fest eingeplant hatte, würde ihr beim Anblick der Kräuterpartikel, die ertrunkenen Fruchtfliegen ähnelten, sofort der Appetit vergehen. Er sah sich kurz um, ob ihn jemand beobachtete, nahm einen Löffel und fischte die Kräuter aus Joghurt- und Thousand-Islands-Dressing. Den Löffel ließ er hinter der Maisschale verschwinden. Damit stand einem gemeinsamen Gang zum Salatbuffet nichts mehr im Wege.

In dem Augenblick, als er sich hinsetzte, kam die Bedienung. Ob er schon etwas ausgewählt habe? Holm hatte gerade erst seine endgültige Sitzposition eingenommen, da konnte er sich nicht auch noch mit dem Essen beschäftigen. Nein, hatte er nicht! Von *auswählen* konnte außerdem keine Rede sein, seine Bestellung stand schon seit langem fest. Nicht umsonst befand er sich in seinem Stammlokal. Ob sie denn nicht wisse, wen sie da vor sich sitzen habe? Die Bedienung, eine junge Frau mit rötlichen Haaren, die er hier noch nie gesehen hatte, blickte ihn hilflos an und zuckte die Schultern, als wisse sie nicht nur nicht, wen sie da vor sich habe, sondern als sei es ihr gleichzeitig vollkommen egal. Diese Einstellung machte Holm sofort sprachlos. In ihren Augen war er offenbar ein gewöhnlicher Gast, der *Hunger* hatte. Sollte er sich zu erkennen geben? Sollte er ihr beiläufig mitteilen, dass er es war, der die Ordnung am Salatbuffet wiederhergestellt hatte? Werfen Sie doch mal rasch einen Blick in Ihre Dressingtöpfe, danach reden wir weiter. Verhielt sich etwa so ein Tourist oder ein zufällig Dahergelaufener, dessen einziger Antrieb der Hunger war? Nein, hier saß jemand, der bereits bedeutende Investitionen in diesem Lokal getätigt hatte, der als Großabnehmer von Hähnchenbrüsten gelten konnte, der Mais, rote Bohnen und Krautsalat zu gefragten Produkten gemacht hatte und chilenischen Weinbauern zu Lohn und Brot verhalf. Musste er sich in dieser Position eine derart freche Frage gefallen lassen? Ich nehme schon mal ein Mineralwasser, sagte Holm, aber bitte nicht wieder aus dem Kühlschrank. Ein dezenter Hinweis, dass er hier schon andere Erfahrungen gemacht hatte. Die Frau nickte gelassen. Inzwischen war es zwei Minuten nach acht. Ob Frau Huber ihre Verabredung vergessen hatte? Holm fiel ein, dass es eine weitere Filiale am Kurfürstendamm gab, vielleicht hatte sie die Adressen verwechselt. Sollte er sie ausrufen lassen? Wenn sie nicht gleich auftauchte, musste er handeln.

Holm nahm die Speisekarte zur Hand. Wenigstens so zu tun, als würde man sich ernsthaft mit dem Thema beschäftigen. Die Bedienung durfte nicht denken, dass er den ganzen Abend nur Mineralwasser trank. Schnell wurde man verdächtigt, es nur auf ein warmes Plätzchen mit Fensterblick abgesehen zu haben. Holm, der Mann mit dem Mineralwasser. Sobald er eine der Filialen im Stadtgebiet betrat, hieß es: Der Mann mit dem Mineralwasser ist wieder da. Holm empfand die erzwungene Lektüre der Speisekarte plötzlich wie einen Rückschritt auf seinem Weg ins Leben. Es war, als müsste er die Strecke, die er bereits zurückgelegt hatte, noch einmal von vorne laufen.

Vier Minuten nach acht. Der Kurfürstendamm war voll von Menschen, die Frau Huber nicht mal ansatzweise ähnelten. Es ist schon erstaunlich, dachte Holm, wie viele Menschen das Leben auf eine so breite Straße schicken konnte, ohne auf eine weibliche Person namens Huber zurückgreifen zu müssen. Sollte er jetzt ein Glas Rotwein bestellen? Der Mann mit dem Mineralwasser scheint seine Taktik zu ändern. Nein, das kam überhaupt nicht in Frage, er hatte Rotwein noch nie vor dem Essen bestellt. Er durfte nicht den Fehler machen und wegen einer harmlosen Verspätung seine Gewohnheiten ändern. Die entscheidende Frage in diesem Zusammenhang lautete jedoch, waren seine Gewohnheiten ohne direkte Beteiligung der Tante überhaupt überlebensfähig? Sechs Minuten nach acht. Holms Toleranzgrenze für Verspätungen jeglicher Art war seit gut einer Minute überschritten. Die Vorfreude wich einer sich im ganzen Körper, vor allem aber im Gesichtsbereich rapide ausbreitenden Beleidigung, die ihn in Kürze für jeden sozialen Verkehr untauglich machte. Holm schottete sich gegen drohende Überraschungen ab. Wenn Frau Huber nicht gleich auftauchte, würde er für mindestens zwanzig Minuten in tiefes Schweigen versinken. Er winkte der Bedienung, die offensichtlich kaum noch mit einer Bestellung aus dieser Ecke gerechnet hatte. Der Wein machte ihn sofort lockerer, zehn Minuten Verspätung erschienen ihm plötzlich als hinnehmbar. Um Viertel nach acht, also pünktlich zu Beginn des Samstagskrimis, erschien Frau Huber in einem luftigen roten Sommerkleid. Es tut mir wirklich leid, sagte sie außer Atem und setzte sich wie selbstverständlich auf den Stammplatz der Tante, ich musste noch die Einkaufslisten für Montag vorbereiten, montags habe ich nämlich meinen freien Tag, und dann ist mir auch noch der Bus vor der Nase weggefahren, ich hoffe, Sie warten nicht schon zu lange auf mich. Kein Problem, sagte Holm, der diese Informationsmenge erst mal verarbeiten musste. Offiziell wartete er eine Viertelstunde, inoffiziell fast eine Dreiviertelstunde, die halbe Stunde konnte er ihr aber nicht anrechnen. Demnach kommen Sie direkt von der Arbeit, stellte Holm, mehr für sich selber, fest und schob ihr die Speisekarte entgegen. Wenn sie sich mit dem Bestellen beeilten, konnten sie die Viertelstunde problemlos wieder aufholen. Genau, es hätte sich nicht gelohnt, extra nach Hause zu fahren, ich wohne in der Feuerbachstraße in Steglitz, das wäre zu hektisch geworden. Die Feuerbachstraße befand sich etwa fünfhundert Meter von seinem Arbeitsplatz entfernt. Einen günstigeren Standort für eine eventuell in Frage kommende Umsiedelung hätte er sich kaum vorstellen können. Und wohnen Sie schon lange dort?, fragte Holm so geschickt, dass Frau Huber bei einer korrekten und vollständigen Beantwortung ihren gesamten Werdegang offenbaren musste. Insgesamt wohne ich drei Jahre in der Gegend, davon ein Jahr in dieser Wohnung, aber eigentlich komme ich aus Buckow. Und Sie? Rudow, antwortete Holm neutral; dass sie praktisch Nachbarn waren, kam so überraschend, dass es ihm schwerfiel, überhaupt zu reagieren. Erst mal abwarten, dachte er, vielleicht kommt noch mehr raus. Dann konnte man das Reagieren bündeln. Das ist ja lustig, sagte Frau Huber, wir kommen aus demselben Bezirk. Was daran genau lustig sein sollte, konnte Holm nicht erkennen, vielmehr wunderte er sich über die Anstrengungen des Schicksals, zwei Personen, die sich jahrzehntelang verfehlt hatten, gewissermaßen rückwirkend zusammenzuführen. Offenbar war das Schicksal auf seiner Seite und unterstützte sein Projekt nach Kräften. Um sicherzugehen, dass es keine zufällige Übereinstimmung war, musste er dem Schicksal noch einige konkrete Fragen stellen. Denn nichts wäre ihm unerträglicher als die Vorstellung, mit einer Frau zusammenzuleben, die eigentlich nicht für ihn bestimmt war. Wo waren Sie am 12. August 1973? fragte Holm. Frau Huber sah ihn überrascht an. 1973? Sie zuckte die Schultern. Daran kann ich mich wirklich nicht mehr erinnern, war da irgendwas Wichtiges? Holm ließ nicht locker. Denken Sie vielleicht an die Schule? An die Schule? Ich bin mit sechs eingeschult worden, müsste ein Jahr später gewesen sein. Frau Huber war demnach ein Jahr jünger als Holm. Dass Holm einmal der Ältere in einer Frauenbeziehung war, Mutter und Hede lagen seit Jahren uneinholbar vor ihm, ließ ihn innerlich sofort nachreifen. Holm spürte auf einmal Verantwortung, die seiner ganzen Person plötzlich mehr Gewicht verlieh. Alles, was Frau Huber jetzt tat oder sagte, fiel nun automatisch in seinen Verantwortungsbereich. Sollte sie etwa die Bedienung beleidigen, würde sich Holm dafür entschuldigen müssen. Sollte sie ein Glas irrtümlich auf den Boden stoßen, Holm müsste für den Schaden aufkommen. Zum Glück betrug der Altersunterschied nur ein einziges Jahr. Sind Sie auch auf die Christoph-Ruden-Grundschule gegangen, fragte Holm. Woher wissen Sie das, fragte Frau Huber erstaunt. Ein klarer Fall von Schicksal, sagte Holm, als hätte er sich jahrzehntelang intensiv mit dem Thema beschäftigt. Ich bin wirklich platt, sagte Frau Huber, wahrscheinlich sind wir jahrelang in dieselbe Schule gegangen, ohne was voneinander zu wissen. Wahrscheinlich haben wir uns sogar gesehen, sagte Holm. Echt irre, sagte Frau Huber. Stellen Sie sich vor, fuhr sie fort, wir haben auf dem Schulhof Fangen gespielt! Ja, sagte Holm, das hat sich das Schicksal gemerkt. Damit wir uns im KaDeWe treffen, schlussfolgerte Frau Huber. Eigentlich glaube ich ja nicht an Schicksal und so Sachen, aber das ist wirklich ein Knaller. Das Schicksal hatte tief in die Trickkiste gegriffen und eine Reihe von bemerkenswerten Zauberkunststücken vollbracht. Darauf sollten wir anstoßen, sagte Holm, dem der Zeitpunkt günstig erschien, endlich auch das Thema Essen ins Spiel zu bringen. Als Verantwortlicher war er dazu verpflichtet, die Dramaturgie nicht aus dem Ruder laufen zu lassen. Und die Dramaturgie des Abends sah jetzt zweifellos die Bestellung vor.

Holm empfahl einen Salatteller vom Salatbuffet und danach Hähnchenbrust mit Pommes frites und Barbecuesoße. Zu seiner Überraschung lehnte Frau Huber die Hähnchenbrust kategorisch ab, sie habe bereits heute Mittag ein wenig zu üppig gegessen, stattdessen würde sie es lieber beim Salat belassen. Holm wusste nicht, ob er beleidigt sein sollte, hatte sie etwa die Abendeinladung vergessen und deshalb mittags in der Kantine zugeschlagen? Die Bedienung notierte die leicht ungleichmäßige Bestellung ohne Verwunderung. Sie gingen zum Salatbuffet, Holm vorneweg. Ein rascher Blick auf die Dressingtöpfe. Alles lag noch so da, wie er es vor wenigen Minuten verlassen hatte. Was er erst jetzt sah und bei der Inspektion unerklärlicherweise übersehen hatte, war der Zustand der Schüsseln. Die Schüsseln mit den grünen Bohnen und den Tomaten waren fast leer, während bei den grünen Salatblättern sinnloser Überfluss herrschte. Wer aß eigentlich grüne Salatblätter? Sie waren so groß, dass bereits ein einzelnes Blatt den Teller zur Hälfte bedeckte, wenn jetzt noch Dressing über das Blatt gekippt wurde, konnte man seinen Abendanzug vergessen. Beim Thunfisch herrschte dagegen fast Ebbe, Paprika und Zwiebeln waren unangetastet, auf dem Tomaten-Mozzarella-Teller schwammen nur noch wenige Scheiben in einem Balsamicomeer, Mais, rote Bohnen und Krautsalat reichten bei einer vernünftigen Einteilung für maximal drei Personen, von denen sich gerade zwei an Ort und Stelle befanden. Kurz, das Salatbuffet wirkte stark vernachlässigt, offenbar hatte es das Personal längst aufgegeben. Jetzt bloß nichts anmerken lassen, dachte Holm, das Beste aus der Situation machen und vor allem: Frau Huber den Eindruck vermitteln, dass man es hier mit einer erstklassigen Salatauswahl zu tun hat.

Während Holm beschäftigt tat, registrierte er genau, welche Salate auf ihrem Teller landeten. Was wäre davon zu halten, wenn sich vier grüne Bohnen, ein Häufchen Thunfisch und Krautsalat auf Frau Hubers Teller verloren? War hier übertriebene Bescheidenheit im Spiel, oder zeugte die beschränkte Auswahl von einem schwierigen Essverhalten, das ihm zukünftig noch einige Probleme bereiten würde? Es kam noch schlimmer. Mit einer Greifzange schwenkte sie ein etwa elefantenohrgroßes Salatblatt auf den Teller. Und was wählte sie für ein Dressing? Joghurtdressing! Sie wählte das für ein Salatblatt wahrscheinlich unpassendste Dressing überhaupt. Hatte sie das Kräuterdressing übersehen? Stand der Topf mit *dem* klassischen Salatblattdressing nicht unmittelbar vor ihrer Nase?! Was würde als Nächstes passieren? Nahm sie einen Schluck aus dem Thousand-Islands-Dressingtopf?

Als sie an den Tisch zurückkehrten, hatte auch Frau Huber ihren Wein. Ich heiße übrigens Ulrike, sagte Frau Huber und erhob feierlich ihr Glas. Holm, überrumpelt von ihrer Initiative, die eigentlich von ihm hätte ausgehen müssen, war zwar kein Freund von überstürztem Duzen, sah in diesem Fall jedoch eine gewisse Folgerichtigkeit. Felix, sagte Holm. Sie stießen an. Dein Sakko steht dir übrigens sehr gut, bemerkte Ulrike lächelnd. Holm hatte aus gegebenem Anlass das Freizeitjackett gewählt, fühlte sich aber nicht so locker, wie es ihm von der Tante suggeriert worden war. Ja, sehr flott, sagte Holm, er wollte das Thema nicht weiter vertiefen. Du heißt also Ulrike! Diesen Namen würde er in Zukunft sehr oft aussprechen. Das ist mein Name, sagte Ulrike, gefällt er dir nicht? Doch, sagte Holm, schon, ich wollte nur mal hören, wie er klingt. Und, wie klingt er?, fragte Ulrike. Optimistisch. Optimistisch?, fragte Frau Huber beziehungsweise Ulrike, das hat mir noch nie jemand gesagt. Und das ist auch gut so, dachte Holm. Jetzt musst du mir aber endlich verraten, was du am 12. August 1973 gemacht hast, fragte Ulrike, nachdem sie die vier grünen Bohnen als Spieß verzehrt hatte. Holm wartete leicht beunruhigt auf den Moment, wo das Salatblatt an die Reihe kam, er befürchtete, dass sie das Joghurtdressing nicht unter Kontrolle hatte. An diesem Tag bin ich eingeschult worden, sagte Holm und starrte unentwegt auf ihre Gabel, die dicht über dem Salatblatt schwebte. Vor Aufregung traute er sich kaum etwas zu essen. Und daran kannst du dich noch erinnern? Die Gabel schwenkte überraschend zum Thunfisch. Problemlos, sagte Holm, er schob sich rasch etwas Mais in den Mund. Nicht nur ans Datum konnte er sich erinnern, ihm waren auch sämtliche Begleitumstände präsent. Dann muss es wohl ein wichtiger Augenblick für dich gewesen sein, sagte Ulrike. Es war eine furchtbare Enttäuschung, sagte Holm. Wieso das?, sagte Ulrike, sie aß *und* sprach. Ich habe geglaubt, in der Schultüte befinden sich entscheidende Informationen über meine zukünftige Aufgabe im Leben, eine Art Handbuch mit Bildern oder so. Hast du das wirklich geglaubt?, fragte Ulrike und balancierte blind eine Gabel Thunfisch in ihren Mund. Nein, sagte Holm, dem ihre Zirkusnummern langsam zu viel wurden, ich habe mich nur geärgert, dass ich keinen Malblock bekommen habe. Er stach energisch in seinen Krautsalat und beschloss, Ulrikes Teller eine Weile nicht zu beachten.

Eine Weile aßen sie schweigend vor sich hin. Es war jetzt fast so wie mit der Tante, während das alte Thema bewältigt und abgespeichert wurde, bereitete man neue Themen vor. Aber ein neues Thema war weit und breit nicht in Sicht. Ulrike knüllte die Papierserviette zusammen und legte sie auf den Teller. Die Serviette wurde sofort von der Restflüssigkeit vollgesogen und begann wie ein Eisberg in sich zusammenzusinken. Dieser Vorgang war zugleich indiskutabel und niederschmetternd, denn Holm wurde in diesem Moment klar, dass ihm all die Anpassungsmaßnahmen und Feinabstimmungen, die Holm und seine Tante bereits hinter sich hatten, mit Ulrike Huber noch bevorstanden.

Holm bemühte sich, den Teller zu ignorieren, und fragte sie stattdessen nach ihren musikalischen Vorlieben. Neben der Frage nach den Fernsehvorlieben war dies eine der bedeutendsten. Das sei unterschiedlich, sagte Ulrike, sie höre eigentlich alles, es komme auf ihre Stimmung an, zuletzt habe sie sehr gerne Robbie Williams und Ricky Martin gehört. Holm kannte weder den einen noch den anderen, weshalb die Antwort zunächst ohne Konsequenzen blieb. Beunruhigender war aber der Umstand, dass ihre Stimmung offenbar starken Schwankungen unterlag. Trieben sie ständig wechselnde Gefühle zu den unterschiedlichsten Musikstilen? Waren am Morgen noch sanfte Schunkelklänge angesagt, konnten gegen Mittag bereits scharfe Bässe notwendig werden. Flöteten an einem Tag leichte Melodien durchs Wohnzimmer, hämmerten am nächsten Tag schwere Kampfansagen auf sie ein. Musste sich Holm an ein täglich wechselndes Musikprogramm gewöhnen? Ob er denn bestimmte Vorlieben habe, fragte Ulrike. Holm vermied klare Aussagen. In den Achtzigerjahren sei er kurz auf der Neuen Deutschen Welle mitgeschwommen, habe sich dann aber anderen Musikstilen zugewandt. Dass diese Musikstile hauptsächlich in den klassischen Konzertsälen zu finden waren, ließ er unerwähnt. Er bevorzuge eher Musik mit einer harmonischen Klangabfolge, ein musikalisches Durcheinander sei ihm unheimlich. Sie stimme seiner Auffassung zwar grundsätzlich zu, sagte Ulrike überraschend kooperativ, es dürfe hin und wieder aber ruhig mal etwas lauter und schneller werden, besonders nach der Arbeit brauche sie harte Rhythmen zum Entspannen. Er könne diese Haltung durchaus nachvollziehen, sagte Holm, er selber habe sich nach der Schule oft bei derartiger Musik zu entspannen versucht, habe jedoch irgendwann herausgefunden, dass ihn diese Musik eher noch mehr aufregte und im Grunde das Gegenteil dessen bewirkte, was sie eigentlich bezwecken sollte. Was sie denn vom Fernsehen halte? Ulrike schien ein wenig verblüfft vom abrupten Wechsel, gab aber nach einer kurzen Pause, in der das Weinglas zum Einsatz kam, auch darüber bereitwillig Auskunft. Sie sehe zwar regelmäßig fern, habe aber keine bestimmten Vorlieben, es komme, wie es komme, wenn der Apparat erst mal angeschaltet sei, finde sich auch irgendein interessanter Film, meistens bei den Privatsendern, auf den anderen Programmen sei doch nichts los. Hier ist noch eine Menge Arbeit zu leisten, dachte Holm. Ob sie sich, fragte er unbefriedigt nach, für politische oder wissenschaftliche Sendungen interessiere? Ulrike lächelte und strich sich die Haare aus dem Gesicht, offensichtlich fühlte sie sich ertappt. Sie habe eher einen Hang zu Klatschsendungen, wie wohl alle Frauen. Auch Politik, meinte Holm, sei eine Art höherer Klatsch, der werde jedoch durch die komplizierten Formulierungen so gut versteckt, dass man kaum noch etwas davon mitbekomme. Ja, wahrscheinlich habe er sogar recht, sagte Ulrike nach kurzer Bedenkzeit, aber Politik sei nun mal nicht ihr Ding, außerdem werde sie das Gefühl nicht los, dass sich die Politiker immer nur wiederholten, sich nichts wirklich bewege, das sei irgendwie frustrierend. Natürlich wiederhole sich die Politik, sagte Holm angemessen erregt, sie müsse sich sogar zwangsläufig wiederholen, weil sich auch das Leben dauernd wiederhole, es wiederhole sich praktisch täglich aufs Neue, die Sonne gehe ja auch täglich auf und wieder unter, da könne man nicht an der Sonne herummäkeln. Was sie denn so in ihrer Freizeit mache, da wiederhole sich gewiss auch so einiges. Ulrike stimmte ihm zu, dabei blickte sie ihn an, als habe sie seine Taktik des Ausfragens längst durchschaut. Weil Holm aber keine entsprechenden Reaktionen zeigte, sie also nicht sicher sein konnte, dass es sich wirklich um eine Taktik handelte, fuhr sie mit ihren Auskünften fort. Sie habe keine speziellen Hobbys, sei aber durchaus unternehmungslustig, sonntags schlafe sie meist aus und fahre dann manchmal raus zu ihrer Schwester, die mit Mann und Tochter, ihrer Nichte Sonja, in einem Häuschen im Grünen wohne, montags gehe sie gerne einkaufen, einen Kaffee mit ihrer besten Freundin Andrea trinken und halte sich in einem Fitnessstudio in Form. Mehr sei dazu nicht zu sagen, sie würde sich aber als einigermaßen glücklich bezeichnen, nun müsse er endlich aber auch mal was von sich erzählen.

Auf diesen Moment hatte Holm nur gewartet. Er holte das Fotoalbum aus der Aktentasche und schlug unter Ulrikes erstaunten Blicken die erste Seite auf. Ich habe mal eine kleine Auswahl mitgebracht, sagte Holm mit verständlicher Nervosität, schließlich war es das erste Mal, dass er einer mit ihm nicht verwandten Person sein privates Fotoarchiv zeigte. Die Fotos stammten aus den letzten zwei, drei Jahren, Bilder seines Kinderzimmers, das er mit siebenunddreißig Jahren überstürzt verlassen musste, was ihm noch heute in den Gliedern stecke, vom Umzug in die Fritz-Erler-Allee, vom Wohnblock samt Balkon und winkender Tante, die Tante kam überhaupt sehr oft vor, Holm hatte sie in allen möglichen Situationen abgelichtet, im privaten wie im öffentlichen Rahmen, das Damenkränzchen war dokumentiert, Frau Gluck als Gastgeberin mit einer Flasche Eierlikör in der Hand, in die Kamera lachend, sämtliche Zimmer der Wohnung, der Flur, die geöffnete Wohnungstür, im Hintergrund links der Fahrstuhl, das Fahrstuhlinnere, die Briefkästen unten, die verglaste Haustür mit Blick auf den Plattenweg Richtung Einkaufszentrum, natürlich das Einkaufszentrum selber, der Supermarkt und das Miederwarengeschäft Sagorski, schließlich das Sofa und, wahrscheinlich das wichtigste Foto, Holm beim Abendbrot vor dem Fernseher. Ob er jeder gleich sein Fotoalbum zeige, meinte Ulrike nicht gänzlich unbeeindruckt von der Rundschau seines täglichen Umfeldes. Es sei ja schon ziemlich ungewöhnlich. Das finde er überhaupt nicht, sagte Holm, es sei vielmehr ungewöhnlich, dass sich zwei Menschen unterschiedlichen Geschlechts an einen Tisch setzen und sich gegenseitig unangemeldete Fragen stellen! Wieso unangemeldet, fragte Ulrike erstaunt. Es ist bekannt, sagte Holm, dass die meisten Staats- und Regierungschefs von Journalisten nur Fragen akzeptieren, die vorher eingereicht und genehmigt worden sind. Das wusste ich gar nicht, sagte Ulrike. Eben, sagte Holm, wir tun dauernd Dinge, die eigentlich nicht selbstverständlich sind. Wenn man näher hinsieht und die Sache mal für sich betrachtet, merkt man plötzlich, wie ungewöhnlich alles ist. Ganz schön unheimlich, sagte Ulrike. Finde ich auch, sagte Holm. Ulrike brach plötzlich in lautes Gelächter aus, als habe er einen besonders gelungenen Witz gemacht. Holm musste sofort an Gesines Worte über Humor denken, und da wusste er, dass er Ulrike praktisch schon auf seiner Seite hatte.

Nachdem er seine Hähnchenbrust mit Appetit aufgegessen hatte, verloren die Gespräche bald den unmittelbaren Bezug zum Thema, worauf Holm überraschend schnell ermüdete. Während Ulrike von ihrer Schwester Anne, von der kleinen Sonja, von Bootsfahrten auf dem Wannsee, von Kindergeburtstagen und plötzlichen Schwangerschaften dreier Freundinnen erzählte, überlegte Holm, wie wohl der nächste Schritt aussehen könnte. Ein weiteres Abendessen? Ein Kinobesuch? Ein Spaziergang im Zoo? Noch ehe er die Frage beantworten konnte, kam Ulrike auf ihren Geburtstag am kommenden Sonntag zu sprechen, ob er Lust habe, auch zu kommen, sie veranstalte bei sich zu Hause eine kleine Feier mit Freunden und Verwandten. Holm stimmte sofort zu, obwohl er natürlich noch nicht wisse, ob die Lust, die er gerade jetzt verspüre, eine ganze Woche lang anhalten werde, worauf Ulrike wieder lachte, sich diesmal sogar die Hand vor den Mund hielt, was Holm als positives Zeichen wertete und, erstaunt über den neuerlichen Erfolg, nun selber lächelte. Am erstaunlichsten an diesem Abend jedoch war, dass eine fremde Frau auf dem Stammplatz seiner Tante saß und Holm nicht ein einziges Mal den Eindruck hatte, irgendetwas wäre anders als sonst.

11.

Alles lief planmäßig. Holm bereitete sich auf seinen ersten konkreten Auswärtseinsatz in Ulrike Hubers Heim vor. Auf dem Weg zu Ulrike war noch zu klären, was man einer Frau eigentlich zum Geburtstag schenkte. Weil Holm sowohl Mutter wie Tante Hede mit gleichbleibendem Erfolg Seife geschenkt hatte, reifte in ihm die Gewissheit, dass Produkte aus dem Bereich Körperpflege Frauen besondere Freude bereiteten. Holm konnte also keinen Fehler machen, wenn er die Tradition der Seifengeschenke bei Ulrike fortsetzte.

Gleich am nächsten Tag nutzte er die Mittagspause, um sich ein wenig auf dem Seifenmarkt umzuschauen. In einer Parfümerie bat er die blass geschminkte Verkäuferin, ihm das aktuellste Seifenmodell vorzustellen, worauf sie bedauernd erklärte, dass Seifen heute nicht mehr so gefragt seien, was Holm mit ungläubigem Staunen zur Kenntnis nahm. Stattdessen schlug sie ihm einen Seifenspender mit flüssiger Seife vor, das sei einfach zu bedienen und dabei viel hygienischer als mit normaler Seife. Diese beiden Merkmale überzeugten Holm sofort. Er hatte ein garantiert ungefährliches und dazu noch sauber und unproblematisch zu handhabendes Geschenk, das Ulrike, und bald auch Holm, voraussichtlich ein Jahr lang begleiten würde.

Abends schaltete er nach der Tagesschau interessehalber zu den Privatsendern, wo gerade eine Gerichtsverhandlung im Gange war. Was denn plötzlich in ihn gefahren sei, meinte die Tante, ob sie denn gar nicht den Film im Zweiten sehen wollten? Holm musste ihr jedoch eine abschlägige Antwort erteilen, er verfolge ein Projekt und dafür benötige er noch einige wichtige Hintergrundinformationen. Ob er jemand kennengelernt habe, fragte die Tante, als wäre seine plötzliche Vorliebe für die Privatsender ein klarer Hinweis auf eine Freundin. Ja, sagte Holm. Und?, fragte die Tante. Und was?, fragte Holm, er wollte schon gerne die vollständige Frage hören. Kenne ich sie? Ja, sagte Holm. Die Frau aus dem KaDeWe?, kam es sofort von der Tante. Ja, sagte Holm. Er solle sich wegen ihr mal bloß nicht umbringen, sagte sie ein wenig besorgt. Daran habe er noch gar nicht gedacht, sagte Holm, es könne aber durchaus sein, dass er schon bald Selbstmord begehe, wenn sie weiter in einer derart eindeutigen Art und Weise versuche, Einfluss auf seine Zukunft zu nehmen. Davon könne ja wohl überhaupt nicht die Rede sein, sagte die Tante empört, sie wolle bloß verhindern, dass er sich übertriebene Hoffnungen mache, immerhin kenne er diese Person erst seit wenigen Tagen. Eben deshalb, antwortete er völlig gelassen, würde er sich intensiv mit ihren Vorlieben beschäftigen, um später nicht überrascht zu werden. Ob er ernsthaft glaube, ihr durch diese Gerichtsshows irgendwie näher zu kommen. Er sei fest überzeugt, die Sache in den Griff zu bekommen, sagte Holm. Ob er denn in die *Sache* verliebt sei, fragte die Tante. An der wörtlichen Wiederholung erkannte er sofort ihren ironischen Ton, den er nicht mochte, weil sie damit zu erkennen gab, dass sie es besser wusste. Holm ließ sich jedoch nicht beirren. So weit sei er noch nicht, er könne dazu erst Stellung beziehen, wenn er sich in das Thema eingearbeitet habe, man könne ja kaum jemand lieben, den man nicht kenne. Sie habe Jürgen auch erst geliebt und dann nach und nach kennengelernt, beharrte die Tante. Mit Erfolg, sagte Holm, deshalb lebe sie jetzt auch mit ihrem Neffen zusammen. Das könne er überhaupt nicht beurteilen, erwiderte die Tante beleidigt, die Trennung habe ganz andere Gründe gehabt. Von diesen Gründen wolle er gar nichts wissen, es sei grundsätzlich ihre eigene Sache, sie könne aber nicht erwarten, dass er sich an ihr ein Beispiel nehme. Wie er meine, sagte die Tante und stand auf, ab jetzt werde sie sich nicht mehr einmischen, er solle sehen, wie er glücklich werde, das sei nicht mehr ihre Angelegenheit. Darauf verschwand sie in ihrem Zimmer und knallte die Tür zu.

Ulrikes Wohnung befand sich im dritten Stock eines schmutziggrauen Mietshauses aus den Sechzigerjahren. Holm war bereits mehrere Male um den Block gelaufen, sich mit der Lage vertraut machen, dachte er, und nun stand er auf der anderen Straßenseite, gut versteckt hinter einem Lieferwagen (Wäscherei Ungereit, »Frisch gestärkt in den Tag«) und wartete auf den Einzug der Gäste. Am besten war es, nicht pünktlich, sondern etwa halbpünktlich aufzutauchen, also eher ein wenig später, aber nicht zu spät. Um sieben Uhr wartete Holm immer noch hinter dem Lieferwagen, der sich zum Glück in seiner Sonntagsparkposition befand und nichts auslieferte. Offenbar hatten die Gäste unabhängig voneinander beschlossen, ebenfalls in der mittleren Position an den Start zu gehen, nun sah es aber ganz danach aus, als würden die letzten Gäste gleichzeitig die ersten sein, was bedeutete, dass sich Holm mit der herbeistürzenden Menschenmenge quasi in die Wohnung tragen lassen musste, was wiederum bedeutete, dass er von Ulrike nicht als Einzelgast wahrgenommen werden würde, sondern im Besucherstrom unterging. Als um fünf nach sieben Uhr noch immer keine Gäste zu sehen waren, beschloss Holm, sich aus seiner Deckung zu wagen und probehalber an der Tür zu klingeln. Er war so aufgeregt, dass ihm sekundenlang sein eigener Name nicht einfiel.

Erschöpft erreichte er den dritten Stock. Die Wohnungstür stand weit offen, lautes Stimmengewirr war zu hören. Ich dachte schon, du kommst nicht mehr, sagte Ulrike, nervös auf ihn zueilend, nachdem er eine Weile im Flur darauf gewartet hatte, empfangen und abgeholt zu werden. Sie trug eine graue Hose und eine lässig über den Bund schlackernde blaue Bluse, für einen Festtag erstaunlich leger. Holm beglückwünschte sie zum Geburtstag, als wäre sie gerade eben auf die Welt gekommen. Das sei doch nicht nötig gewesen, sagte Ulrike erfreut über das Geschenk und stellte es, wie Holm missmutig erkannte, auf eine Kommode zwischen mehrere andere Geschenke, darunter eine gegen die Wand lehnende Kinderzeichnung, auf der eine blonde Frau, wahrscheinlich Ulrike, und ein glatzköpfiger Mann Hand in Hand vor der Kulisse eines unverhältnismäßig kleinen Hauses standen. Komm, sagte sie, ich stell dich den Gästen vor, und verschwand in einem Zimmer, aus dem fröhliches Gelächter drang. Vorher positionierte er sein Geschenk rasch etwas abseits, damit es nicht übersehen wurde. Als Holm zögernd ins Wohnzimmer ging, betrat er nicht nur einen Raum, sondern die Bühne seines zukünftigen Lebens.

Alle verstummten fast gleichzeitig und blickten erwartungsvoll auf den fremden Gast. Holm war nicht nur der Letzte, er war neben Ulrike in ihrer Eigenschaft als Geburtstagskind auch noch die Hauptperson. Offenbar war man schon länger als eine Viertelstunde zugange, man hielt Gläser und belegte Brötchen in den Händen und befand sich, kurz gesagt, in fortgeschrittener Gesellschaftslaune. Holm war die Attraktion des heutigen Abends, man war früher gekommen, um sich entsprechend in Stimmung zu bringen. Darf ich euch

Felix vorstellen, sagte Ulrike. Holm wusste nicht, ob er etwas sagen sollte, in der Schule mussten neue Schüler immer kurz über ihr bisheriges Leben berichten, was in Anbetracht der relativen Kürze ihres Lebens nicht anders als kurz ausfallen konnte. Man nickte und murmelte ein vielstimmiges Hallo. Holm nickte und murmelte zurück. Er bemerkte, dass die meisten der überwiegend gleichaltrigen Gäste ebenso lässig gekleidet waren wie Ulrike, mitunter sogar nachlässig. Jeans, kurzärmelige Hemden und T-Shirts. Er wurde einzeln vorgestellt. Zuerst ihrer Mutter, Mutter Huber, eine Frau im schwarzen Spitzenkleid, das Holm trotz Geburtstag doch etwas übertrieben erschien. Mutter Huber wirkte auch schon leicht angetrunken, jedenfalls fixierte sie ihn mit ihren vogelartigen, besser: raubvogelartigen Augen auf irritierende Weise. Sie sind also ein Kunde meiner Tochter, sagte Mutter Huber und schüttelte seine Hand so ausgiebig, dass Holm befürchtete, im nächsten Schritt könnte sie sich an ihm festketten. Holm nickte und murmelte wieder etwas. Mit Murmeln kommt man gut durch, dachte er. Dabei war er nicht als Kunde hierher eingeladen worden, was er Mutter Huber jedoch nicht näher erläutern wollte, sie schien augenblicklich ohnehin nicht sehr aufnahmefähig. Wo ist eigentlich Vater Huber, dachte er plötzlich. Bekam er bereits erste Einblicke in zerrüttete Familienverhältnisse? Ulrike, ein Scheidungskind? Zum Glück drängte Frau Nettelbeck, der zweite und gleichzeitig letzte Gast in der Altersklasse seiner Tante, zur Begrüßung. Frau Nettelbeck sei ihre ehemalige Klassenlehrerin, sagte Ulrike. Sechs Jahre lang! Frau Nettelbeck wirkte in Gegenwart der jüngeren Gäste, die alle ihre Schüler sein könnten, nicht sehr entspannt. Sie war auch hier eine Lehrerin, außerhalb der Schule, aber ohne Befugnisse, was sie offenbar stark belastete. Ulrikes Schwester Anne, die erste unter den Gleichaltrigen, hatte außer derselben Körpergröße so gar nichts Geschwisterliches, was erneut die Frage nach den Familienverhältnissen aufwarf, dass da etwas nicht mit rechten Dingen zugegangen war, konnte jetzt als gesichert gelten. Dunkelhaarig und von einer krummen Nase entstellt, hatte sie die Selbstdemütigung bereits derart verinnerlicht, dass es nur noch zu einem schwachen Händedruck reichte. Ihr Mann Sven, ein Hüne mit Pausbacken, man hatte vergessen, ihm ein seiner Körpergröße angemessenes Gesicht mitzugeben, schien dagegen mit sich selbst im Reinen. Na, dann mal herzlich willkommen bei den Hubers, tönte er laut und klopfte ihm kumpelhaft auf die Schulter. Plante er bereits Skatrunden mit Holm? Sonja, die fünfjährige Tochter von Sven und Anne und wahrscheinliche Herstellerin der Geburtstagszeichnung, ähnelte überraschend der Großmutter, als hätte die Natur ein Einsehen gehabt und auf diese Weise rückwirkend die Unterschiede zwischen den Schwestern korrigiert. Holm begrüßte sie besonders freundlich, hier stand später noch ein klärendes Gespräch über den Glatzkopf auf dem Programm. Die Letzten in der Reihe waren Andrea, Ulrikes beste Freundin, und ihr Freund Torsten, der sich bereits als Spaßvogel zu erkennen gegeben hatte. Holm begrüßte ihn derart knapp, dass selbst dem unsensibelsten Zeitgenossen sofort klar werden musste, dass man auf ein näheres Kennenlernen gerne verzichtete. Nach der Vorstellung kehrten die gleichaltrigen, aber auch die älteren Gäste rasch zu ihren ursprünglichen Gesprächspartnern zurück und ließen Holm in der Mitte stehen. Ulrike verschwand im Flur. Holm nutzte die Gelegenheit, um sich ein wenig im Wohnzimmer seiner zukünftigen Lebenspartnerin umzuschauen. An der Wand hingen farblich zum eidottergelben Sofa passende Blumenaquarelle, es gab ein schwarzes Bücherregal mit viel

Chrom, aber ohne Bücher, dafür eine Stereoanlage, aus der leise Musik waberte, eine Reihe CDs, gerahmte Fotos ihrer Familie, allerdings fehlte ein männliches Familienoberhaupt, vor dem Sofa stand ein Glastisch und in der Ecke neben dem Fenster der Fernsehapparat. Dort entdeckte er ihre erste Gemeinsamkeit: die Fernsehzeitschrift, es war die gleiche, die auch Holm seit Jahren kaufte. Das ist schon mal eine wichtige Grundlage, dachte er, darauf lässt sich aufbauen, wenn die Fernsehzeitschrift stimmt, gibt es sicher noch andere Gemeinsamkeiten. Viel beunruhigender war jedoch die Tatsache, dass Holm bis auf die Fotos keine persönliche Note in der Wohnung erkannte, kein Detail, das auf den unverwechselbaren Charakter der Bewohnerin hinwies. Praktisch jede andere Frau hätte hier wohnen können. Ulrike wohnte demnach nur stellvertretend für alle anderen Frauen in diesen Räumen, was ihn sofort deprimierte, denn es bedeutete, dass auch ihr wahrscheinlicher Freund Holm nur stellvertretend für seine Geschlechtsgenossen eingeladen war.

Ulrike kehrte mit einem Glas Rotwein zurück. Du kannst auch was essen, sagte Ulrike, in der Küche stehen Brote und Salate, bedien dich ruhig, es ist alles ganz zwanglos. Es war alles ein wenig *zu* zwanglos, denn niemand schien eine Idee zu haben, welche Richtung der Abend nehmen sollte. Sie ging zu Andrea und Anne, offenbar hatte sie bei ihm nur einen Boxenstopp eingelegt, um einen Gesprächsfaden wieder aufzunehmen, der durch Holms Auftritt fallen gelassen worden war. Holm bemerkte auf einmal eine bedeutende Veränderung seiner Lage. Mit dem Glas Rotwein in der Hand fühlte er sich nicht mehr nur geduldet, sondern berechtigt, an der Gesellschaft teilzunehmen. Dass ein simples Glas ausreichte, ihm ein Gefühl der Zugehörigkeit zu verschaffen, kam dann doch etwas überraschend. Um ein Missverständnis zu vermeiden, stellte er sein Glas versuchsweise auf den Glastisch und wartete, ob die Zugehörigkeit wieder erlosch. Es war nicht zu verhehlen, dass er sich deutlich verlorener vorkam als noch vor wenigen Sekunden. Er wusste nicht, wohin mit den Händen, seine gesamte Haltung verlor darauf an Standfestigkeit. Er nahm das Glas in die Hand, sofort stellte sich das Gefühl der Zugehörigkeit wieder ein. Als er merkte, dass ihn Frau Nettelbeck irritiert beobachtete, verließ er das Wohnzimmer und ging in die Küche, wo ihn ein heilloses Chaos erwartete. Alles war mit Tellern, Flaschen, neuen und gebrauchten Gläsern zugestellt. Es gab nicht mal einen Tisch, an den man sich setzen konnte. Ich sehe, du amüsierst dich prächtig, sagte plötzlich Torsten hinter ihm und griff nach einem Lachsbrötchen, obwohl Holm nur einfach dastand und das Chaos betrachtete. Wie kam er überhaupt dazu, ihn zu duzen? Wenn Holm jemanden duzte, dann geschah dies aus freundschaftlicher Zuneigung. Davon konnte hier jedoch nicht die Rede sein. Und es sah auch nicht danach aus, als ob sich in naher Zukunft irgendetwas daran ändern würde. Torsten verschlang die zweite Hälfte des Brötchens, und da Holm jeden Augenblick damit rechnete, in ein Gespräch verwickelt zu werden, griff er rasch nach dem Eierbrötchen und biss ein so großes Stück ab, dass von ihm, wenn er langsam kaute – da brauchte sich Holm gar nicht groß anzustrengen –, einige Minuten lang keine Äußerungen zu erwarten waren. Du hast Uli also auf der Arbeit kennengelernt, sagte Torsten und war im Begriff, sich erneut zu bedienen. Holm war sprachlos, nicht nur, weil er nicht sprechen konnte, sondern in einem viel tieferen oder höheren Sinn war er sprachlos. Torsten hatte seine voraussichtliche Freundin *Uli* genannt, als wäre was zwischen ihnen gewesen. War Torsten womöglich sein unmittelbarer Vorgänger? Wenn das wahr ist, dachte Holm, muss ich mir über Ulrikes Geistesverfassung starke Sorgen machen. Holm kaute sehr gemütlich, er speichelte alles ausgiebig ein, wie in der Autowaschanlage, dachte er, ein wenig irritiert über den Gedanken, und zermalmte das Brötchen zu einem breiigen Teig. Andrea hab ich auch so kennengelernt, sagte Torsten und biss in sein Brötchen. Sie arbeitet im Sonnenstudio, fuhr er mit vollem Mund fort, eigentlich gehe ich ja nicht in solche Läden, aber hin und wieder muss es eben sein, zur Stimmungsaufhellung. Torsten sah nicht danach aus, als wäre seine Stimmung jemals eingetrübt gewesen. Wenn ich ehrlich sein soll, Uli hätte mir auch gefallen, aber wie das Schicksal halt spielt. Ob sie schon irgendwelche Pläne für Silvester hätten, fragte er. Holm befasste sich gerade mit den großen Lebensbögen, checkte sozusagen die Zukunft mit Ulrike Huber ab, da konnte er sich nicht mit Silvester beschäftigen. Sie würden in eine Skihütte in die Berge fahren, das sei wirklich genial. Eine Skihütte in den Bergen war neben einer Bootsfahrt auf dem Amazonas so ziemlich das Letzte, was Holm sich als Urlaubsziel vorstellen konnte. Er nahm sofort das Lachsbrötchen in Angriff. Langsam stellte sich bei ihm ein Gefühl der Sättigung ein. Er denke, sagte Torsten und steckte sich den Rest des Brötchens in den Mund, dass das was für sie wäre. In diesem Augenblick erschien Svens hünenhafte Gestalt in der Küche. Gibt's hier was umsonst?, polterte er, nahm mit einem gezielten Griff das letzte Lachsbrötchen vom Teller und steckte es sich *ganz* in den Mund. Holm war schockiert von dem Anblick. So einer verschlingt auch ganze Tiere! Wir haben uns gerade überlegt, ob wir über Neujahr gemeinsam in die Berge fahren, sagte Torsten, Holm wie selbstverständlich mit einbeziehend. Berge?, brummte Sven, der noch mit dem Brötchen kämpfte, das aber keinerlei Chancen hatte, käme für uns nicht in Frage, wir brauchen Meer und Strand, er machte eine ausholende Armbewegung, die Sonne Italiens! Anne würde keine fünf Meter einen Berg hochlaufen, die liegt lieber in der Sonne, die Kleine hat's dort sowieso besser, kann Burgen bauen und so weiter. Außerdem, Sven wurde zum ersten Mal leiser und beugte sich vor, gibt's da scharfe Weiber, ich sag's dir, die möchtest du alle mal durchnehmen, so heiß sind diese Italienerinnen. Er lachte laut, offenbar begeistert über die Aussichten, die er sich da zusammenfantasierte. Torsten schüttelte ernst den Kopf. Ist doch todlangweilig, den ganzen Tag am Strand liegen, ich brauch irgendeine körperliche Herausforderung, sonst fühl ich mich nicht wohl. Bei dem ganzen scharfen Zeug ruhig liegen zu bleiben *ist* eine körperliche Herausforderung, betonte Sven nachdrücklich und sah triumphierend zu Holm, als habe er gerade einen besonders originellen Gedanken erwischt. Hör doch endlich mit den Frauen auf, erwiderte Torsten leicht verärgert, du weißt genau, was ich meine. Weiß ich nicht, sagte Sven unschuldig. Natürlich, beharrte Torsten, ich spreche von Sport, und da kannst du in den Bergen einfach mehr machen, von Skifahren bis zu Freeclimbing. Und am Meer kann man nichts machen, oder wie? Ich habe nicht gesagt, sagte Torsten, dass man am Meer nichts machen kann, hör doch einfach mal zu! Na also, sagte Sven, das wollte ich hören. In Wirklichkeit kann man nämlich viel mehr machen. Und das wäre?, fragte Torsten herausfordernd. Na Wasserski, Tauchen, Federball und so weiter, eben alles außer Klettern. Federball ist nicht gerade aufregend, sagte Torsten, ich meine richtigen Sport, der dich bis zum Äußersten fordert, wo du deine Grenzen als Mensch erreichst. Ehrlich gesagt, sagte Sven, steckte die Hände in die Hosentaschen und schob seinen Bauch vor, hab ich keine Lust, im Urlaub mein Leben aufs Spiel zu setzen. Glaubst du vielleicht, *ich* will mein Leben aufs Spiel setzen?, fragte Torsten empört und schüttelte den Kopf.

Und wohin fährst du in Urlaub?, fragte Sven und wandte sich unvermittelt Holm zu. Sollte er ihm erzählen, dass er eben von einer dreiwöchigen Südamerikareise zurückgekehrt sei und übermorgen Richtung China aufbreche? Aber Holm konnte nicht lügen. Er verreise nicht, sagte Holm vollkommen ernst, er konzentriere sich auf den Alltag. Wie bitte, fragte Sven, ich glaub, ich komm nicht ganz mit. Ich auch nicht, ergänzte Torsten sofort, als wolle er sich auf gar keinen Fall mehr eine abweichende Meinung leisten. Das sei nicht so schwer zu verstehen, sagte Holm, er interessiere sich hauptsächlich für Dinge, die die Menschen gerne übersähen, weil sie sich so daran gewöhnt hätten. Da gebe es eine Menge zu entdecken, beispielsweise den Supermarkt. Torsten und Sven sahen sich an und sagten daraufhin gar nichts mehr.

Im Wohnzimmer dauerten die alten Allianzen an. Mutter Huber und Frau Nettelbeck standen immer noch nebeneinander, als wären sie per Losentscheid dazu gezwungen worden. Auch Andrea und Anne schienen sich vor Beginn der Party verpflichtet zu haben, ausschließlich miteinander zu kommunizieren. Als Einzige pendelte Ulrike zwischen den Gruppen, sie hatte die Aufgabe, über die Gesprächsthemen der anderen zu informieren. Torsten hatte inzwischen den Fernseher entdeckt und verfolgte nachdenklich Werbespots, während sich Sven durch Ulrikes CD-Sammlung arbeitete, um *richtige Musik* aufzulegen, damit der Abend *in Schwung* kam. Holm, der sich an seinem Weinglas festhielt, als wäre der Abend bereits in Schwung – schwankte es nicht schon leicht wie auf einer Kreuzfahrt? –, beobachtete die kleine Sonja, die vor dem Glastisch kniete und, etwas unkonzentriert, wie ihm schien, an einer neuen Zeichnung arbeitete. Das war die Gelegenheit, sie endlich nach dem Mann auf der Geburtstagszeichnung zu fragen. Er näherte sich vorsichtig von der Seite, bloß keine zackigen Bewegungen, dachte Holm, damit sie nicht anfängt zu schreien und nach ihrer Mutter ruft. Er beugte sich über den Tisch und betrachtete das neue Werk, von dem bislang nur grobe Skizzen stark abstrahierender Natur zu erkennen waren. Als Sonja den jetzt bedenklich weit nach vorne geneigten Holm bemerkte, kritzelte sie sofort verschämt über das Blatt und sagte betrübt: Das ist heute nicht mein Tag. Holm war fassungslos. Wie konnte ein gerade mal fünfjähriger Mensch schon einen eigenen Tag erwarten? Nannte denn Holm mit seinen ausgewachsenen siebenundreißig Jahren einen Tag sein Eigen? Und welcher Tag käme da wohl am ehesten für seinen privaten Gebrauch in Frage? Aber Sonja hatte anscheinend Erfahrungen mit eigenen Tagen und ging wie selbstverständlich davon aus, dass ihr noch mehr zustanden. Und was würdest du denn an einem eigenen Tag machen?, fragte Holm ernsthaft interessiert. Sonja sah überrascht zu ihm auf, damit hatte sie nicht gerechnet. Nach kurzer Bedenkzeit sagte sie: Einen Schneemann bauen, was Holm wiederum überraschte. Hatte sie die Frage richtig verstanden? Im Sommer kann man aber keinen Schneemann bauen, sagte er langsam, der würde ja sofort schmelzen! Zuerst bräuchte man ohnehin Schnee, dachte er, aber er wollte jetzt nicht zu sehr ins Detail gehen. Mein Schneemann schmilzt aber nicht, weil es ja mein eigener Tag ist, sagte Sonja völlig unbeirrt. Dagegen war jede weitere Argumentation machtlos. Frustriert über so viel Unvernunft trank er den Rest Wein aus. Trotz *richtiger Musik*, in Holms Ohren nur Krachmusik, schleppte sich der Abend zäh dahin. Langsam fragte er sich, ob noch irgendetwas zu erwarten war, wenn das alles ist, dachte er, braucht man sich über das Arbeitsergebnis später nicht zu wundern.

Die Allianzen hielten an ihren Stammplätzen fest. Dass der Abend überhaupt fortgeschritten war, erkannte man lediglich daran, dass sich Mutter Huber und Frau Nettelbeck erschöpft aufs Sofa gesetzt hatten. Auch Torsten verfolgte jetzt sitzend eine immer wieder von Werbung unterbrochene Serie, während Sven ständig neue Musik auflegte, zwischendurch kurze Ausflüge in die Küche unternahm, um sich für seine Arbeit mit Brötchen und Bier zu stärken, offenbar hatte er an der Stereoanlage seine Aufgabe gefunden, was Holm bislang nicht richtig gelingen wollte. Seine anfängliche Befürchtung, dass er Ulrike unter diesen gesellschaftlichen Bedingungen kaum näher kennenlernen würde, sah er jedenfalls vollkommen bestätigt. Holm fand einfach keine Möglichkeit, ein privates Wort mit ihr zu sprechen. Da ihm nichts einfiel, was seine Anwesenheit rechtfertigte, verließ er das Wohnzimmer.

Holm kam nur bis zur Flurkommode, als sich Sven plötzlich zwischen ihn und die Küche stellte. Er stand so dicht vor ihm, dass Holm praktisch nur seinen Kehlkopf sah. Er müsse ihm etwas Wichtiges mitteilen, sagte Sven mit gedämpfter Stimme. Holm starrte auf den hüpfenden Kehlkopf. Bloß nicht in die Augen sehen, dachte er instinktiv. Ihn nicht reizen. Er habe noch eine Überraschung für Ulrike vorbereitet, ob er ihm helfen könne, sie abzulenken. Holm sagte zunächst gar nichts, schnell hatte man spontan etwas zugesagt, und dann hieß es auf einmal, spring aus dem Fenster und sag dabei ein lustiges Gedicht auf. Weil Svens Körpergröße eine gewisse Überzeugungskraft besaß, gab Holm grünes Licht für seine Beteiligung am Überraschungsprojekt. Wenn sie um zwölf auf ihren Geburtstag anstießen, fuhr Sven fort, müsse er sie unter irgendeinem Vorwand ins Schlafzimmer oder in die Küche locken, da werde ihm ja wohl was einfallen. Er lachte, worauf Holm zum ersten Mal hochblickte und in zwei riesige Nasenlöcher und in einen gewaltigen Mund sah. Mit so einem Mund, dachte Holm, kann man nur große Worte sprechen, dezente Andeutungen würden sofort verschluckt werden. Plötzlich wurde ihm klar, dass Ulrike erst morgen Geburtstag hatte. Dann sei ja alles klar, sagte Sven, klopfte ihm auf die Schulter und ging in die Küche, um seinen nicht nachlassenden Hunger mit zwei Brötchen zu stillen. Zurück im Wohnzimmer, sah er Ulrike unbeschwert mit ihrer besten Freundin Andrea lachen. Sie ahnt noch nicht, dachte er deprimiert, dass ihre Zukunft praktisch schon hinter ihr liegt. Und dann sollte er sie auch noch mit einem Vorwand ins Schlafzimmer locken. Holm griff nach einem halbgefüllten Weinglas im Bücherregal und trank es mit einem Zug leer.

Kurz vor Mitternacht kam schließlich doch noch Bewegung in die Gesellschaft. Die Allianzen lösten sich auf, Mutter Huber zog ihr Kleid endlich runter, das den ganzen Abend immer weiter nach oben gerutscht war und Holm beinahe zu einem kurzen Hinweis gezwungen hätte. Frau Nettelbeck konnte ungestraft auf ihre Armbanduhr blicken, was sie aus Rücksicht auf ihre Gesprächspartnerin in ihrer Eigenschaft als Mutter bisher nicht übers Herz gebracht hatte, sie schien erleichtert, dass der Abend ohne Zwischenfälle verlaufen war. Andrea forderte Torsten auf, den Fernseher abzustellen, Sven ermahnte Sonja, die Zeichnerei zu beenden, Anne wischte die Schuppen von Svens Schultern, Ulrike brachte ein Tablett mit Sektgläsern herein, Torsten erhob sich zu langsam und stellte den Fernseher nicht aus, worauf Andrea deutlicher wurde und in scharfer Form den sofortigen Abbruch verlangte. Sven warf einen komplizenhaften Blick zu Holm, den Holm mit einem knappen Nicken und einem versteinerten Gesichtsausdruck beantwortete. Eine ganze Stunde hatte er erfolglos nach einem geeigneten Vorwand gesucht, jetzt wurde die Zeit knapp. Einen Vorwand zu finden, der sie ins Schlafzimmer lockte, der in diesem Moment aber sofort seine Bedeutung verlor, war im Grunde nicht möglich. Frau Nettelbeck blickte fortwährend prüfend auf ihre Armbanduhr, offenbar fühlte sie sich verpflichtet, den Geburtstag korrekt beginnen zu lassen. Schweigend im Halbkreis aufgestellt, starrte man gebannt zu Frau Nettelbeck, die wiederum vollkommen reglos auf ihre Uhr starrte, als dürfe der Moment unter keinen Umständen versäumt werden. Auch Sonja starrte stumm zu Frau Nettelbecks Handgelenk, obwohl sie nicht völlig sicher zu sein schien, was sie da eigentlich erwartete. Einen sichtbaren Alterungsprozess, etwas Ungeheuerliches, das nur einmal im Jahr zwischen zwei Sekunden stattfand? Als Frau Nettelbeck die Hand hob, um sie in der nächsten Sekunde wie ein Linienrichter hinabfallen zu lassen, schienen plötzlich alle froh, dass sich nichts Wesentliches verändert hatte. Erleichtert umarmten sie Ulrike, Glückwünsche flogen durch den Raum, ein feierliches Happy Birthday wurde intoniert, Gläser klirrten, Sven sprach einige gewichtige Worte über die Zukunft, mit denen sich alle einverstanden zeigten. Mutter Huber war über die Bedeutung des Augenblicks so gerührt, dass ein Taschentuch notwendig wurde, während Frau Nettelbeck Ulrike die Hand schüttelte und sich wohlwollend über die Laufbahn ihres ehemaligen Schützlings äußerte. Nur Holm stand etwas unschlüssig herum und fragte sich, ob es nicht besser wäre zu schweigen, als er von hinten einen leichten Stoß gegen seinen Rücken spürte. Mutter Huber sah ihn streng an. Nun gehen Sie schon, zischte sie leise, aber nachdrücklich. Jeder Widerstand war zwecklos. Er wartete einen Moment, bis der Eindruck gelöscht war, bis er wieder das Gefühl hatte, eine selbstständige Entscheidung zu treffen, dann trat er entschlossen auf Ulrike zu. Sie sah ihn erwartungsvoll an, was Holm völlig aus dem Konzept brachte, das heißt, er hatte ja nicht mal ein Konzept, ihm wurde erst in diesem Augenblick klar, dass er keinen Plan hatte, was er ihr sagen beziehungsweise welchen Vorwand er vorschieben oder -schützen sollte, es war so, als würde er sich auf eine Frage des Klassenlehrers melden, ohne die Antwort zu wissen. Insgeheim hoffte er nämlich, dass ihn der Lehrer nicht drannahm, dabei aber sein Interesse positiv registrierte. Dann passierte etwas Unglaubliches. Ulrike, deren Erwartung offensichtlich am Erlöschen war, machte nun ihrerseits einen entschlossenen Schritt auf ihn zu und gab Holm einen schnellen Kuss auf die Wange. Hinter ihm johlten Sven und Torsten. Holm war so durcheinander, den ganzen Abend hatten sie kaum ein Wort miteinander gesprochen, und darin übersprang sie gleich mehrere Schritte, dass er die Glückwünsche vergaß und sie unter dem sehr allgemein gehaltenen Vorwand, etwas Wichtiges mit ihr besprechen zu müssen, ins Schlafzimmer bat. Ulrike nickte eifrig. Wenn sie sich da mal nicht zu viel verspricht, dachte er, denn was sollte er ihr im Schlafzimmer sagen, das er nicht auch vor Ort besprechen konnte? Es musste in jedem Fall etwas außerordentlich Wichtiges sein, das man nur im Rahmen eines abhörsicheren Ortes offenbaren durfte.

Im Schlafzimmer verschlug es ihm jedoch angesichts einer drolligen Bärenfamilie, die auf einer am Boden liegenden Matratze mit rotem Bettzeug saß, jeden weiteren Gedanken. Drei Stoffbären, wahrscheinlich Vater, Mutter und Kind, starrten ihn überrascht an, als wären sie gerade mitten aus einer Unterhaltung gerissen worden. Er wusste zunächst nicht, worüber er mehr staunen sollte, die Bären oder die Tatsache, dass seine zukünftige Lebenspartnerin auf dem Boden schlief.

Das sind Tobi, Tibbi und Tatz, stellte Ulrike die Bärenfamilie vor, ohne genauer darauf einzugehen, welcher Name zu wem gehörte. Holm nickte kurz, was ihm gleich lächerlich vorkam. In diesem Moment, also gerade rechtzeitig, fiel ihm ein, dass sie im Rahmen seines Projektes noch gar nicht spazieren gegangen waren. Ein romantischer Spaziergang im Grünen gehörte überall, wo Liebe im Spiel war, zu den wichtigsten Momenten einer jungen Beziehung. Während die Vögel schmissige Lieder pfiffen, konnte man sehen, was Mutter Natur so alles im Angebot hatte, und sich dabei Schritt für Schritt näher kommen.

Er habe sich überlegt, sagte Holm endlich nach langem Nachdenken, dass sie doch mal gemeinsam spazieren gehen könnten. Ulrike schien nicht ganz klar, wie sie darauf reagieren sollte, sie machte überhaupt nicht gerade ein begeistertes Gesicht, was auch kein Wunder war, denn er hatte ihr noch nicht mitgeteilt, *wo* sie gemeinsam spazieren gehen wollten. Nicht weit von hier gebe es einen Park, fuhr er fort, und weil sie immer noch nicht richtig begeistert wirkte, setzte er einen drauf, es ist jetzt sowieso egal, dachte er, es sei sein Lieblingspark, außer seiner Tante habe er noch keiner anderen Frau diesen Park gezeigt, für ihn, hier zog er nun endgültig den Trumpf aus dem Ärmel, sei es *persönlich* etwas ganz Besonderes, ja Einmaliges, ihr diesen Park zeigen zu können, sie dürfe sich darauf ruhig etwas einbilden. Allerdings kannte er diesen Park selber noch gar nicht. Zum Glück hatte er keinen Namen genannt. Warum nicht, sagte Ulrike, die ihre Enttäuschung nur schwer verbergen konnte, hört sich gut an. In diesem Moment bellte Svens Stimme im Flur, sie könnten herauskommen, es sei angerichtet. Wörtlich sagte er: Die beiden Turteltauben können rauskommen, was Holm das Gefühl vermittelte, an einer wichtigen Aufgabe gescheitert zu sein.

Als sie ins Wohnzimmer kamen, drehte Sven die Musik auf. Am Fenster fing ein elegant gekleideter junger Mann mit Hut – womöglich irgendein eingekaufter Student, der sich auf diese Weise sein Studium finanzierte – sofort an zu tanzen, das heißt, er bewegte seinen Körper in derart obszöner Weise, als wolle er gar nicht erst Missverständnisse aufkommen lassen, worum es ihm wirklich ging. Worum es ihm wirklich ging, war Holm im Gegensatz zu Ulrike allerdings nicht gleich klar, denn Ulrike schlug ihre Hände mit einem lauten O nein, bitte nicht! vor das Gesicht und schüttelte heftig den Kopf, als hätte sie bereits alles durchschaut, was den jungen Mann aber nicht davon abbrachte, die Sache fortzusetzen. Erst als er seinen Hut weit von sich schleuderte, das schwarze Sakko auf den Boden warf und den Gästen seinen muskulösen, braunen Oberkörper präsentierte, erkannte Holm, dass er Zeuge einer gewollt herbeigeführten Entblößung wurde. Holm war schockiert, eine solche Geschmacklosigkeit lehnte er aufs Schärfste ab. Mehr als ein missmutiges Gesicht konnte er allerdings nicht machen. Und was taten die übrigen Gäste? Was machten vor allem Mutter Huber, Frau Nettelbeck, Andrea, Sonja und jetzt auch Ulrike? Sie sahen hin! Selbst Frau Nettelbeck schien ihre moralischen Grundsätze beim Anblick dieses zweifellos gut aussehenden männlichen Exemplars spontan über Bord geworfen zu haben und betrachtete mit unverhohlener Neugierde das nackte Fleisch. Am schlimmsten ist, dachte Holm, dass sie alle das Gleiche erwarten, es gibt keine Hoffnung, dass irgendjemand etwas anderes denkt. Und dieser Gedanke ließ sich in einem einzigen Satz vollständig ausdrücken: Runter mit der Hose!

Der Mann hatte seine Hände bereits am Hosenknopf, während sein Becken kreiste, tat er so, als würde sich der Knopf nicht öffnen lassen, in Wahrheit wollte er die Stimmung nur noch mehr anheizen, was Holm sofort durchschaute. Dann war der Mann endlich am Reißverschluss angekommen. Mit einer schnellen Bewegung zog er ihn runter und steckte seine Hand in den Schlitz, als würde er etwas Bestimmtes suchen. Die Frauen schrien auf. Ja, was suchte er da bloß?! Dann rutschte die Hose. Er warf die Hände nach oben, damit sie nicht vom Hauptereignis ablenkten. Mithilfe kreiselnder Beckenbewegungen glitt der Stoff Zentimeter um Zentimeter wie eine Schlangenhaut an ihm hinab. Und was kam schließlich zum Vorschein? Zwei glattrasierte, sehnige Beine und ein praller schwarzer Beutel. Von der Größe dieses Beutels war nun selbst Holm überrascht, ob da noch mehr drin steckt, vielleicht ein Kaninchen, das er aus der Hose zaubert? Auch die Frauen starrten ein wenig ungläubig auf das pralle Überraschungspaket, fassten sich aber schnell wieder. Mutter Huber blickte ihm jetzt sogar völlig unerschrocken zwischen die Beine, die letzten Reste schamvoller Zurückhaltung waren spätestens zu diesem Zeitpunkt ungezügelter Ekstase gewichen. Was Holm allerdings sprachlos machte: Ulrike hatte ganz offensichtlich Gefallen an dieser Entblößung gefunden, ja, er glaubte sogar eine tiefe Befriedigung in ihrem Blick zu erkennen. Unverhohlene Lust! Er merkte, wie er sich anfing zu ärgern, hauptsächlich ärgerte er sich über sich selbst, dass ihn die ganze Sache vollkommen kalt ließ und dass er nicht in der Lage war, sich für Ulrike zu freuen. Doch das kam überhaupt nicht in Frage! Denn das würde ja bedeuten, dass er diese Entblößung insgeheim guthieß. Ungeduldig erwartete man den Vollzug. Das Kind, dachte Holm plötzlich, das Kind wird nicht wiedergutzumachenden Schaden nehmen. In Zukunft werden sich nur noch zweideutige Gliedmaßen auf Sonjas Zeichnungen finden, und über allem schwebte ein surreales Riesenkaninchen.

Der Mann trat aus dem am Boden liegenden Hosenwulst, hob das rechte Bein und schüttelte den Fuß so lange, bis der Schuh einfach abfiel. Laute Begeisterung, so etwas hatte man noch nie gesehen, dass da wirklich ein Fuß herauskam! Jetzt wollte man sehen, ob im zweiten Schuh ebenfalls ein Fuß steckte. Der Mann hatte jedoch keine Eile, das Geheimnis des zweiten Schuhs sofort zu lüften. Er tanzte, ließ die Muskeln spielen, rotierte wie eine riesige Schraube im Kreis, strich sich selbstverliebt über Arme und Beine, umarmte sich fest und schloss dabei seine Augen, als wäre er Mann und Frau in einer Person, wie er dem Publikum seinen Rücken zuwandte und mit den Händen die Schultern streichelte, sah es für einen Moment wirklich so aus. Das ist das eigentlich Provozierende, dachte Holm, diese Selbstverliebtheit, dass er so vollkommen überzeugt von sich ist. Auf einmal wusste er auch, was hinter alldem steckte. Holm sollte gedemütigt werden, weil er nie eine solch lockere Einstellung zu sich selber finden würde, weil sein Körper nicht vorzeigbar und er in fast allem das genaue Gegenteil dieses Mannes war, der offensichtlich sämtliche Voraussetzungen in der Kategorie »Idealtyp« mit Auszeichnung erfüllte. Ulrike wird kein Wort mehr mit mir wechseln und sich nachher gleich in die Arme dieses Siegertyps und Spitzenmannes begeben. Denn dieser muskelbepackte Glanzkörper tanzte ausschließlich für Ulrike, was er hier sah, war die reinste Werbeveranstaltung, Holm hätte es nicht gewundert, wenn er später die eine oder andere Zugabe im Schlafzimmer spendierte. Der Abend ist gelaufen, dachte Holm, während der Spitzenmann das Geheimnis des zweiten Schuhs lüftete, diesmal ließ er ihn nicht einfach herunterfallen, nein, er schleuderte ihn unter Aahs und Oohs in die Luft, wo er sich zweimal drehte, ehe er mit der Sohle wieder auf dem Boden landete. Der Mann ist auch noch ein Schuhkünstler, dachte Holm, mehr kann eine Frau nun wirklich nicht verlangen. Doch dann geschah etwas Erstaunliches: Der Mann verbeugte sich tief, griff in derselben Haltung Schuhe, Hose, Sakko und Hut und eilte, ohne irgendjemanden anzusehen, an Holm vorbei aus dem Zimmer.

Nach diesem Ereignis, das zweifellos den Höhepunkt des Abends markierte, sank die Stimmung schnell auf den Nullpunkt. Auch Svens Bemühungen um *richtige* Musik hatten nicht mehr den geringsten Erfolg. Aus Höflichkeit blieb man noch einige Minuten, wobei die plötzlich reihum einsetzende Müdigkeit kaum noch sinnvolle Gespräche ermöglichte. Auch Holm sagte nichts. Derweil überlegte er fieberhaft, was er tun sollte. Nach dieser Geschichte, dachte er, kann ich unmöglich weitermachen wie bisher. Er überlegte, wie er auf dem schnellstmöglichen Weg die Wohnung verlassen konnte, ohne den Eindruck eines fluchtartigen Aufbruchs zu vermitteln. Da kam ihm Frau Nettelbeck zu Hilfe, die sich offenbar mit letzter Kraft zu einer Aussage durchrang und Ulrike bedauernd erklärte, dass sie leider sofort aufbrechen müsse, wenn sie die letzte Bahn erreichen wolle. Diesen Gedanken griff Holm gerne auf und erklärte, Frau Nettelbeck fast ins Wort fallend, wörtlich dasselbe, allerdings mit dem Zusatz, dass er morgen arbeiten müsse, das Geschäft verlange schließlich einen ausgeschlafenen Mitarbeiter, er würde ja gerne noch, aber sie würde ihn sicher verstehen, wenn er jetzt trotz allem … Und Ulrike verstand ihn sofort, was Holm nun doch einigermaßen erstaunte, gleichzeitig aber in seiner Vermutung bestätigte, dass sie kein Interesse mehr an ihm hatte, sie forderte beide sogar auf, nur ja schnell zu gehen, manchmal kämen die Bahnen zu dieser Stunde unpünktlich, und zwar zu ihrem Nachteil. Das schien ihm allerdings etwas übertrieben, bei normaler Schrittgeschwindigkeit waren sie in fünf Minuten am U-Bahnhof Schloßstraße, sie konnten sich also ruhig etwas Zeit nehmen. Holm verabschiedete sich von den Gästen. Er hoffe, ihn bald mal wiederzusehen, sagte Sven augenzwinkernd. Torsten sagte zum Glück überhaupt nichts. An der Tür drückte ihm Ulrike völlig überraschend den zweiten Kuss auf die linke Wange, als wäre diese Ergänzung, ja Vervollständigung des vorhin eingeleiteten Vorgangs längst geplant gewesen, angesichts ihres Zustandes eine zweifellos bewundernswerte Leistung. Sie freue sich schon auf seinen Lieblingspark, sagte sie lächelnd, offenbar meinte sie es ernst. Dass sie nach dem Bewerbungstanz dieses Zuchtbullen weiterhin den Spaziergang im Programm behalten hat, ist beachtlich, dachte Holm, hier läuft irgendwas falsch, obwohl es in meine Richtung läuft. Die Frage ist, dachte er, wann stellt sie fest, dass ich kein Spitzenmann bin?

12.

Die nächsten anderthalb Wochen liefen sie praktisch ausschließlich im Kreis. Sie gingen spazieren, und zwar im nicht weit von ihrer Wohnung entfernten Botanischen Garten, der, wie Ulrike kritisch anmerkte, ja gar kein richtiger Park sei, sondern eine Ansammlung von Zierpflanzen und Gehölzen aus aller Welt, was Holm so nicht stehen lassen konnte, auch ein Garten, erklärte er, habe ab einer bestimmten Größe die Bezeichnung Park verdient, die beim Botanischen Garten nun zweifellos gegeben sei, da spiele es überhaupt keine Rolle, ob man sich in einer künstlichen Zusammenstellung beziehungsweise Verdichtung der Weltflora bewege. Und Holm bewegte sich, wie er bereits nach kurzer Zeit feststellte, gar nicht so ungern mit seiner zukünftigen Freundin in diesem Pflanzenreich. Er hatte den Eindruck, auf einmal viel mehr zu sehen, das Sprichwort, vier Augen sehen mehr als zwei, bekam plötzlich eine völlig neue Bedeutung. Ulrike war quasi eine Außenstelle Holms, eine Art Satellit, der sich auch an Orten bewegen konnte, die Holm aus naheliegenden Gründen versperrt waren, zum Beispiel Damentoiletten. Ein eigener Blick in Damentoiletten wäre mit Hilfe von Ulrikes Augen ab sofort überhaupt kein Problem mehr. Durch die Park- und Gartenlandschaft spazierend, spürte Holm jetzt sogar ansatzweise Stolz, Ulrike etwas Eigenes bieten zu können, obwohl er dieses Eigene ja selber erst vor kurzem kennengelernt hatte. Und das hatte es zweifellos in sich, wie er verwundert erkannte. Wann konnte man schon am frühen Nachmittag durch China und Russland reisen und abends im eigenen Bett schlafen? Wo sonst war es möglich, vom Himalaja nach Steglitz zu schauen oder bei einer Südamerika-Tour einen kurzen Abstecher auf den Balkan zu machen?

Während dieser bald gewohnheitsmäßigen Besuche im Botanischen Garten hatte Holm beim Durchqueren des kaukasischen Hochlandes plötzlich einen merkwürdigen Wunsch. Holm hatte den Wunsch, eine Pflanze zu sein. Keine besondere Pflanze, keine, die vom Aussterben bedroht war. Nicht mal eine besonders schöne oder aufsehenerregende Pflanze wollte er sein, die bewundert und fotografiert wurde. Das eigentlich Merkwürdige war, dass er am liebsten ein heimisches Unkraut wäre, das unbeachtet und unbenannt zwischen all den ausgezeichneten Exemplaren ferner Länder stand, fest eingewachsen im Mutterboden und gleichzeitig in der großen weiten Welt zu Hause. Ob Ulrike in ein heimisches Unkraut verliebt sein konnte? Das war überhaupt die entscheidende Frage, die sich Holm, je länger sie durch den Botanischen Garten gingen, immer öfter stellte. Wenn sie in mich verliebt ist, überlegte er, wovon allerdings stark auszugehen war – warum sollte sie sonst dauernd mit ihm spazieren gehen, umgekehrt hatte er sich noch keine endgültige Meinung gebildet –, dann könnte sie sich ja ruhig mal dazu äußern, ein klares Wort, und man könnte das dauernde Herumlaufen, das ja auch zu nichts beziehungsweise nirgendwohin führte, gleich abbrechen. Ab wann war man eigentlich genau verliebt, hatte er den Anfang womöglich verpasst? Holm wartete immer noch auf ein inneres Zeichen, von wo dies kommen sollte, wusste er aber auch nicht. Es muss bald irgendetwas passieren, dachte er, sie kann nicht ewig nur in mich verliebt sein, hier muss mal ein Schlussstrich gezogen werden, das ist auf Dauer nur schwer zu ertragen. Genauso schwer zu ertragen ist es, ständig nur im Kreis zu laufen. Ganz abgesehen von den Kosten, die dieser Kreislauf verursachte, Eintrittsgeld und Kaffeetafel im garteneigenen Restaurant strapazierten sein Budget für beziehungsfördernde Maßnahmen langsam so stark, dass er Teile des eigentlich für Tantes Wohnung vorgesehenen Haushaltsgeldes abzweigen musste, was im Grunde nicht hinnehmbar war. Außerdem befürchtete Holm, dass ihnen bald der Gesprächsstoff ausging, schon jetzt hatte er Schwierigkeiten, Themen zu finden, die noch nicht von *allen* Seiten beleuchtet worden waren.

Um auf dem Weg der Entscheidungsfindung einen Schritt voranzukommen, verfiel Holm auf die Idee, Wanda, die Putzhilfe im Laden, die so aussah, als wäre sie im Konkreten zu Hause, über einen möglichen Durchbruch zu befragen. Ein Problem, das Holm zunächst jedoch zögern ließ, war ihre schier grenzenlose Gesprächsbereitschaft. Wanda Szczypiorski, so ihr voller Name – wahrscheinlich, dachte Holm, haben die Polen ihre Namen derart mit Konsonanten verbarrikadiert, um vor den Deutschen zumindest auf einem Gebiet sicher zu sein –, Wanda S., oder kurz Wanda, gehörte zu jenen Menschen, die, einmal angesprochen, praktisch ohne Luft zu holen, alle Erlebnisse der letzten zehn Jahre samt den dazugehörigen Überlegungen aus damaliger *und* heutiger Sicht umfassend darlegen mussten, dabei aber auf die eigentliche Frage erst ganz zum Schluss zurückkamen und die Beantwortung wiederum durch zahllose, meist sachfremde Anekdoten dermaßen hinauszögerten, dass man an einer Antwort schließlich kaum noch interessiert war. Holm musste aufpassen, was er sie fragte, es durften auf keinen Fall Familienmitglieder erwähnt werden, Polen war grundsätzlich auszuklammern, auch der westliche Kapitalismus, überhaupt durfte nicht der Eindruck entstehen, dass er an einer persönlichen Meinung von ihr als Frau interessiert war, was allerdings kaum zu vermeiden war, sie konnte sich schwerlich selber unberücksichtigt lassen, gerade ihre Meinung als Frau war hier gefragt, aber er hätte es eben gern möglichst neutral, ohne persönliche Erlebnisse oder Erkenntnisse der letzten Jahrzehnte.

Während Wanda ihr Putzwerkzeug in Stellung brachte, der ganze Verkaufsraum war schon mit Eimern, Lappen, Fensterabziehern, Staubtüchern, Besen und Wedeln verstellt, als stünde die Grundrenovierung des Ladens bevor, überlegte er sich eine konkrete, möglichst mit einem Satz oder sogar einem Wort zu beantwortende Frage, es durfte nicht diskutiert werden, er wollte kein Meinungsbild, Holm wollte einfach wissen, was zu tun war, um endgültig bei Ulrike zu landen. Als er die Frage gestellt hatte, sah Wanda ihn kurz an, und dann sagte sie erst einmal gar nichts. Stattdessen begann sie geistesabwesend durch den Raum zu wedeln. Das ist schon mal schlecht, dachte Holm, je länger sie nichts sagt, desto umfangreicher wird ihr Bericht. Am liebsten hätte er seine Frage sofort annulliert, aber das hätte auch nichts gebracht, Wanda musste eine einmal geäußerte Frage praktisch zwanghaft beantworten, er hätte sie anschreien können, er hätte sie schütteln und würgen können, mit dem letzten Atemzug hätte Wanda die Frage zu beantworten versucht. Liebe ist schwer, sagte sie plötzlich und rückte das Kartenterminal auf dem Schreibtisch vor seinen Augen von links nach rechts, ohne dass er irgendeinen sichtbaren Putzvorgang erkannte. Kommt auf Frau an, manche wollen dies, manche wollen das, fuhr sie fort. Holm überlegte krampfhaft, ob er schon etwas verwerten konnte. Ich mag essen, trinken, tanzen, Freundin sagt immer, Wanda, du isst zu viel, Männer mögen nicht fette Frau, aber was soll ich machen, Zeit ist schnell zu Ende!

Sie wedelte über den aufgeklappten Laptop. Mann muss sich eben dünnere Frau suchen, wenn Mann mich zum Essen einlädt, wie sagt man, schon halbe Miete, oder? Sie nahm den Aschenbecher, kippte den Inhalt in den Papierkorb unter dem Tisch, blies einmal kräftig hinein und stellte ihn an einer völlig anderen Stelle wieder auf den Tisch. Vielleicht hat sie Schwierigkeiten mit dem Kurzzeitgedächtnis, dachte Holm, sie kann sich nicht mehr erinnern, wo der Aschenbecher gestanden hat. Für mich, sagte sie, und legte das Zigarrenetui auf die Laptop-Tastatur, wo es garantiert *nicht* hingehörte, was Wanda aber offensichtlich nicht störte, ist Mann Mann, wenn er was tut, nicht rumsitzt, Idee hat. Sie wedelte über den Tisch, Holm wartete gespannt, ob sie das Etui hinterher wieder an seinen Ursprungsort zurücklegte. Anscheinend hatte sie es aber längst wieder vergessen, denn nachdem sie den Tisch als gereinigt betrachtete, gönnte sie sich eine Zigarettenpause, um sich auf ihre Ausführungen besser konzentrieren zu können. Sie hatte etwa zehn Minuten am Stück durchgearbeitet, und schon war die erste Pause fällig. Wahrscheinlich kann sie keine persönliche Beziehung zu technischen Geräten aufbauen, dachte Holm, dem der Anblick des Etuis auf der Tastatur inzwischen so unerträglich war, dass er kaum noch irgendetwas mitbekam. Das ist ja kein Zustand, dachte er, das muss man doch sehen! Er muss sein wie Chef und wissen, wo langgeht. Hat sich nicht verändert seit fünftausend Jahre, gleiche Recht ist alles Quatsch, bei Arbeit okay, aber nicht privat. Soll Mann vielleicht unten liegen und Frau oben bei Sex? Männer wissen nicht, was los ist, sind total durcheinander, benehmen sich wie schwache Geschlecht, hören immer zu, sagen jaja und dann nichts. Ich will aber nicht hören jaja! Soll ich tätscheln dich, du armes Hündchen. Jaja, du tust mir ja soo leid.

Wanda blickte zu Boden und machte eine streichelnde Handbewegung. Holm glaubte tatsächlich einen Hund mit einem Männerkopf dort sitzen und mit dem Schwanz wedeln zu sehen. Die Sache nimmt langsam ungute Formen an, dachte er. Ich will aber kein Hündchen, fuhr sie fast wütend fort, Holm hatte nichts gesagt, er hatte nicht mal das Etui angeschaut, ich will richtige Kerl, der mit beide Beine in Welt steht. Sie nahm einen tiefen Zug von der Zigarette, darauf beruhigte sie sich wieder. Holm versuchte zu lächeln, er stellte sich vor, wie ihr Kerl knietief in der Welt steckte und nicht mehr herauskam. Was soll ich sagen, sagte sie, jede Frau will anderes. Eigentlich hatte er gehofft, dass sie mit irgendwelchen Geheiminformationen zu diesem Thema herausrückte, etwa eine Formel, die man nur aufzusagen brauchte, um unbeschränktes Zugangsrecht bei Frauen zu erhalten. Fünf mal hohes C zum Quadrat geteilt durch siebenundvierzig Komma drei. Ach so, wenn ich das früher gewusst hätte! Eins ist aber sehr wichtig, sagte Wanda, drückte die Zigarette aus und blies den restlichen Rauch durch die Nase, Frau muss warm werden, ist wie Rennpferd, mit kalte Pferd kannst du nicht Rennen gewinnen. Am besten, du gehst tanzen, jede Frau mag tanzen, ist für Gefühl, nicht für Kopf. Gefühl muss warm werden, dann kein Problem, so ist Liebe. Wenn so Liebe ist, dachte Holm, liegt noch ein hartes Stück Arbeit vor mir.

Später am Nachmittag, Wanda war fort und Holm hatte sich eben eine Partagas Lusitanias Kabinett angesteckt, eine sehr große Zigarre, die ihm das Gefühl vermittelte, alle Probleme seien innerhalb der Brennzeit prinzipiell lösbar, kam plötzlich Ulrike in den Laden. Holm mochte keine spontanen Besuche, es war ihm unmöglich, sich über etwas zu freuen, was sich nicht bereits geraume Zeit vorher angekündigt hatte. Er musste sich langsam in die Freude hineinsteigern können, nicht umsonst gab es die Vorfreude. Auch Weihnachten wurde mit ganzen vier Adventssonntagen ausgiebig vorbereitet, ein plötzlich hereinbrechendes Weihnachten Ende November hätte nur blankes Entsetzen ausgelöst. Nur knapp lächelte er sich an einem Wutanfall vorbei. Sie sei gerade auf dem Weg nach Hause gewesen und habe spontan beschlossen, ihn zu überraschen. Das sei ihr in vollem Umfang gelungen, sagte Holm unterkühlt. Sie wolle nur mal sehen, was er den ganzen Tag so treibe. Er merkte, dass es ihm schwerfiel, ein sinnvolles Gespräch anzufangen. Aber auch ein sinnloses Gespräch fiel ihm nicht ein. Weshalb fiel es ihm leichter, mit wildfremden Menschen zu plaudern, als sich mit seiner zukünftigen Lebenspartnerin Ulrike Huber zu unterhalten? Weil es ein Thema gab, und zwar die Zigarre. Die Zigarre gab die Linie vor, an der man sich locker entlangplaudern konnte. In diesem Moment wurde ihm klar, dass sein Privatleben mit Ulrike praktisch ohne Hauptthema auskommen musste. Anders formuliert: War es denkbar, vierzig Jahre zusammenzuleben, wenn man sich eigentlich nichts zu erzählen hatte? Und warum sollte man dann überhaupt zusammenleben? Hast du alle Zigarren schon mal geraucht?, fragte Ulrike und sah staunend in den Humidor. Nein, sagte Holm, ich müsste Tag und Nacht rauchen, aber dann hätte ich ja nichts mehr zu verkaufen. Erst jetzt verstand er, dass sie mit *alle* Zigarren nicht *sämtliche* Zigarren meinte. Ich rauche natürlich nur Stichproben, beeilte er sich das Missverständnis nachträglich als Witz aufzuwerten. Soll ja auch nicht so gesund sein, sagte Ulrike, die das offenbar gar nicht komisch fand. Das Leben ist insgesamt nicht gesund, sagte Holm, man kommt auf die Welt und atmet als erstes Desinfektionsmittel ein, ob das so gesund ist, möchte ich mal die zuständigen Stellen fragen. Aber das kann man doch nicht mit diesem Qualm vergleichen, erwiderte Ulrike beinahe empört. Woher denn die vielen Zigarren überhaupt kämen, sie habe gehört, irgendwo aus der Karibik. Er erklärte ihr Herkunft und kulturgeschichtliche Bedeutung der Zigarre, nannte allgemeine Zahlen und Fakten. Während Holm erzählte, war ihr Blick immer noch in den Humidor gerichtet, sie sah praktisch in den Humidor hinein und auf der anderen Seite gleich wieder hinaus, vielleicht erblickte sie da einen gemütlichen Abend zu zweit oder einen Kinobesuch, womöglich war sie aber auch ganz woanders, in einer Boutique oder einem Schuhgeschäft, wo sie sich vor dem Kinoabend, den sie möglicherweise parallel dazu sah, noch ein paar schicke Schuhe kaufen wollte. Kann man denn von so was leben?, fragte Ulrike auf einmal mitten in seine Ausführungen hinein. Holm blickte sie verdutzt an. Sah er aus, als würde ihm etwas fehlen? Ich meine, fuhr sie fort, das kostet hier bestimmt eine Menge Geld, die Einrichtung und die vielen Zigarren. Erst jetzt wurde ihm klar, dass Ulrike ihn für den Inhaber hielt, was Holm zunächst irritierte, hatte er sich doch bislang nie in einer führenden Position gesehen. Holm war praktisch das genaue Gegenteil eines Chefs. Ein Chef wusste, wo es langging, während Holm dauernd im Dunkeln tappte und sich ständig an überraschend auftauchenden Problemen stieß. Er wollte sie gerade über die wahren Verhältnisse aufklären, als er sich an Wandas Worte erinnerte: Er muss sein wie Chef! Mit er war hier zweifellos Holm gemeint. Und es hatte nicht geheißen: Er muss Chef sein, das entscheidende Wort lautete an dieser Stelle *wie!* Das änderte die Gesamtsituation natürlich beträchtlich. In dieser Lage konnte er Ulrike gleich ganz anders gegenübertreten. Und weil er schon vor ihr stand und die Gelegenheit günstig war, fragte er sie, ohne zu zögern, ob sie Lust habe, demnächst einmal mit ihm tanzen zu gehen. Ulrike sah ihn verblüfft an, mit so einem abrupten Themenwechsel hatte sie nicht gerechnet. Holm auch nicht. Immer öfter wurde er jetzt von sich selber überrascht. Eine Entwicklung, die nichts Gutes verhieß. Ich wollte dich auch schon fragen, sagte Ulrike, nachdem sie sich wieder gefasst hatte, ob du Lust hast, mit mir in die Disko zu gehen. Von Lust konnte bei Holm allerdings nicht die Rede sein, es würde sich vielmehr um einen reinen Arbeitsbesuch handeln. Für einen Arbeitsbesuch erschien ihm ein gediegenes Tanzlokal mit Sitzgelegenheit geeignet, obwohl er nicht wusste, ob ein derartiges Etablissement überhaupt existierte. Holm wusste überhaupt sehr wenig über das Freizeitverhalten seiner Altersgenossen. Seit dem Ende seiner Schulzeit hatte er kaum noch mit ihnen zu tun gehabt. Was taten diese Menschen nach Einbruch der Dunkelheit? Ob er das *First* in der Joachimstaler Straße kenne? fragte Ulrike mit leuchtenden Augen, als könne sie es kaum noch erwarten. Er kenne es nicht, ob man reservieren müsse? Reservieren? fragte Ulrike erstaunt. Nicht dass ich wüsste, man kommt einfach so rein. Mit einfach so irgendwo reinkommen hatte er bislang ungute Erfahrungen gemacht. Wenn er auf der Schloßstraße spazieren ging, geriet er unter der Autobahnüberführung am U-Bahnhof Schloßstraße meistens in die Unterschriftenaktionen irgendwelcher Tierversuchsgegner. Holm wurde stets mit beeindruckender Treffsicherheit aus der Menschenmenge herausgefragt, selbst wenn er seine Abneigung durch offensichtliches Wegsehen oder bewusstes Ausweichen kundtat, er glaubte sogar besonders raffiniert zu sein und ging hinter dem Stand entlang, wo er jedoch bis auf ein einziges Mal immer entdeckt und abgefangen wurde. Da er nicht Nein sagen konnte, unterschrieb Holm jedes ihm unter die Nase gehaltene Blatt. Sollte es jemals eine Auswertung sämtlicher Unterschriftenaktionen der letzten fünfzehn Jahre geben, Holm wäre sicherlich der am häufigsten genannte Name. Ob sie sich ganz sicher sei, einfach so reinzukommen?, fragte Holm also mit verständlicher Sorge. Hundertpro, sagte sie, wir sollten aber auch nicht zu spät hingehen, nach zwölf dauert es manchmal ein bisschen, bis man reingelassen wird. Zu dieser Uhrzeit wollte er noch nicht mal irgendwo rauskommen. Sie verabredeten sich für das kommende Wochenende vor der Diskothek. Es war Sonnabend, der Dreizehnte.

13.

Wo willst du denn *jetzt* noch hin?, fragte die Tante erstaunt, als Holm am Sonnabend, den Dreizehnten, zur besten Sendezeit in seinen Anzug stieg. Er müsse, sagte er, korrigierte sich aber rasch, er wolle mit Ulrike in die Disko gehen. So spät?, fragte die Tante. Man kann doch auch früher tanzen gehen! Nein, sagte Holm, das sei heute nicht mehr üblich, obwohl er im Grunde derselben Meinung war, das ist überhaupt das Problem, dachte Holm, dass ich mit der Tante fast immer exakt einer Meinung bin, mehr Übereinstimmung kann es zwischen zwei Menschen eigentlich kaum geben. Trotzdem muss ich hier gegen die Tante und damit auch gegen mich selber argumentieren, das ist irgendwie frustrierend, das macht mich auf Dauer nicht glücklich, wenn das so weitergeht, muss ich auf ein selbstständiges Leben eben verzichten.

Vor dem *First* standen drei Männer, die offenbar auch auf ihre Verabredungen warteten. Hoffentlich gibt es nachher kein Durcheinander, dachte Holm, der sich vorsichtshalber ein wenig abseits hielt. Liebe macht bekanntlich blind. Dazu die schlechten Lichtverhältnisse. Wie sollte man da noch Details erkennen. Holm wartete unmittelbar neben dem Eingang, der aussah, als hätte man zunächst die Tür vergessen, um sie später nachträglich durchs Mauerwerk zu rammen, ringsum ragten Backsteine heraus, die allerdings, wie Holm sich versicherte, fest verankert waren. Auch die drei anderen schienen seine Befürchtung zu teilen, sie hielten einen angemessenen Sicherheitsabstand, damit es nicht zu Verwechslungen kam. Die Tatsache, dass sich offenbar alle um dieselbe Zeit verabredet hatten, steigerte die allgemeine Spannung. Welche Freundin würde wohl als Erste erscheinen? Mit einer Viertelstunde Verspätung tauchte Ulrike schließlich auf. Ihr sei noch etwas dazwischengekommen, entschuldigte sie sich, dabei habe sie sich pünktlich auf den Weg machen wollen. Wenigstens hat sie den Weg überhaupt gefunden, beruhigte er sich, bei den anderen scheint dagegen ein Orientierungsfehler aufgetreten zu sein.

Hinter der Eingangstür erwartete sie gleich ein bulliger Mann, der Holm um mindestens zwei Köpfe überragte. Mit einer lockeren Handbewegung wies er sie sofort zur Garderobe. Da Holm nichts abzugeben hatte, er gab nie etwas ab, weil er befürchtete, es später nicht zurückzuerhalten, wartete er im Flur. Holm merkte, wie ihn der Mann musterte. Er saugte ihn praktisch mit seinen Blicken auf. Deshalb ist er auch so groß und bullig, dachte Holm, er lebt vom Anblick fremder Menschen. Holm wurde offenbar geprüft, ob er berechtigt war, die Diskothek, die man durch einen schlauchartigen Gang erreichte und von wo bereits wummernde Bässe zu hören waren, zu betreten. Nur wer seinen strengen Blicken standhielt, durfte passieren. Nach welchen Kriterien jemandem der Zutritt verweigert wurde, war streng geheim. Die Ablehnung erfolgte ohne Nennung von Gründen, er schüttelte lediglich den Kopf und zeigte zum Ausgang, damit war die Sache für ihn erledigt. Hier ist Demut angesagt, dachte Holm. Ein naiver Blick war angeraten, um die Zutrittsgenehmigung zu erhalten. Und da lag Holm unangefochten an der Spitze. Er fühlte sich schon als Sieger in einer Disziplin, von der er nicht mal gehofft hatte, dass sie in diesem Leben gefragt sein könnte. Es war nur eine Frage der Zeit, bis man sie gemeinsam durchwinkte, sofern Ulrike im Laufe des Abends an der Garderobe noch einmal fertig wurde. Holm konnte es kaum noch erwarten, er wollte nicht einfach nur durchgehen, er wollte von dem Luftzug des weit ausschwingenden Armes quasi hineingeweht werden, nicht auszudenken, wenn der Türsteher ihn in diesem entscheidenden Moment übersah, weil er Holm innerlich längst genehmigt hatte.

Als Ulrike endlich fertig war – Holm war es völlig rätselhaft, wie man mit dem Abgeben *einer* Jacke so lange beschäftigt sein konnte, wenn es nun hundert Jacken gewesen wären –, bewegten sie sich langsam Richtung Hauptraum. Holm ging extra links von Ulrike, damit er direkt am Türsteher vorbeikam, er hatte die vage Hoffnung, ein paar zustimmende, womöglich ermutigende Worte zu hören, er bewegte sich so langsam vorwärts, dass es nicht mehr zu rechtfertigen war, hatte Ulrike an der Garderobe vielleicht etwas vergessen, jetzt musste bald irgendeine sichtbare Regung von ihm kommen, er war schon beinahe vorbei, Ulrike sah sich schon ungeduldig nach ihm um. Und dann kam plötzlich das ersehnte Zeichen, der Mann nickte, und zwar nickte er so knapp – es war eigentlich kaum als Nicken zu bezeichnen, jeder andere hätte wahrscheinlich gar nichts gesehen –, als würde er Holm auf diese Weise mitteilen, dass er im Grunde nicht mehr genehmigt zu werden brauche, es ging praktisch nur noch um das Abnicken einer Selbstverständlichkeit, und das war weit mehr, als Holm vor wenigen Minuten zu hoffen gewagt hatte.

Im Hauptraum fiel sofort die Krachmusik über ihn her, was Holm zunächst aber nicht weiter störte, so sehr stand er noch unter dem Eindruck des Abnickens. Der Raum war überraschend klein, links ein schwarzer Flügel, darauf ein mehrarmiger silberner Kerzenständer mit brennenden weißen Kerzen, gleich anschließend die Tanzfläche, auf der aber niemand tanzte, ringsum spärlich besetzte Sitzecken, rechts die Bar, blaues Licht ließ die in einem Glasregal übereinanderstehenden Spirituosen wie bedeutende Kunstwerke erscheinen. Hier ist ja noch überhaupt nichts los, schrie Ulrike in sein Ohr, als sie auf die Bar zusteuerten. Holm war froh, dass nichts los war. Im Grunde fürchtete er nichts so sehr wie Orte, wo etwas los war, Jahrmärkte, Sportstadien oder Demonstrationen. Denn wenn erst mal etwas los war, war keinesfalls klar, dass es auch wieder eingefangen werden konnte. Ulrike setzte sich auf einen Barhocker, von dort hatte man den besten Blick auf die Tanzfläche, war aber gleichzeitig weit genug entfernt, um den Überblick nicht zu verlieren. Holm blieb lässig am Tresen gelehnt stehen. Waren eben noch Demut und Zurückhaltung angesagt, konnte er jetzt ruhig zeigen, dass er es geschafft hatte. Sein erhobener Kopf und der weit schweifende Blick zeigte jedem sofort: Hier stand ein Mann, der dazugehörte. Allerdings konnte er nicht die nächsten Stunden so bewegungslos am Tresen stehen und das Tanzen verweigern. Nur deshalb hatte Holm schließlich den Sonnabend geopfert, um Ulrike auf diese Weise endlich näher zu kommen. Wollen wir was trinken? schrie Ulrike, nachdem sie sich ein wenig umgeschaut hatte. Holm versuchte die Situation zu entspannen, indem er einen Fuß auf den Metallring des benachbarten Barhockers stellte, leider befand sich der Ring höher als vermutet, so dass er beinahe das Gleichgewicht verloren hätte. Okay!, schrie Holm zurück, gute Idee. Mit dem Fuß auf dem Metallring und dem Rücken zum Tresen gewandt, war es ihm aber unmöglich, einen Blick auf die Barkarte zu werfen. Er musste die Haltung also leicht korrigieren. Weißt *du* schon, was du willst?, schrie Ulrike, während sie die Karte durchblätterte. Nein, schrie Holm über die Schulter zurück, weißt du schon, was du willst? Es war sehr anstrengend, dauernd schreien zu müssen. Überall sah man schreiende Gesichter, als wären alle gleichzeitig wütend aufeinander. Sein Rücken begann zu schmerzen, so schief, wie er an der Bar stand, wurde die Lässigkeit langsam lästig. Eine zu lockere Haltung verursacht Haltungsschäden, dachte er.

Es wurde zunehmend voller, die Gäste, überwiegend Paare, strömten jetzt ununterbrochen in den Raum, vorne wurde praktisch am Fließband genehmigt, dabei gelangten Personen herein, die normalerweise nicht genehmigungsfähig wären, Männer mit weit aufgeknöpften Hemden und wuchernder Brustbehaarung oder wie aus einem Ölbad gezogene junge Burschen mit dunklen, über die Köpfe geklemmte Sonnenbrillen. Offenbar planten sie bis Sonnenaufgang zu bleiben. Holm wandte sich um und studierte die Bar-Karte. Da waren sehr viele Getränke, von denen er noch nie etwas gehört hatte. *Block Buster, Rumble Fish* oder *Sex on the Beach*, mindestens zehn Seiten mit den abenteuerlichsten Namen. Man trank nicht einfach nur Rum, es musste schon *Cuban Lover* sein. Wer von Haus aus melancholisch veranlagt war, kam bei *Finlandia* oder *Norwegian Wood* auf seine Kosten, während die härteren Typen mit *Rock me* oder *Russian Soldier* in Stimmung gebracht wurden. Ich nehme den hier, schrie Ulrike und tippte in der Rubrik *Low Alcohol* auf ein Getränk mit dem Namen *Black Forest*. Was das wohl ist, dachte er, eine Schwarzwälder Kirschtorte zum Trinken? Holm könnte sich unantastbar machen, wenn er Mineralwasser bestellte.

Von rechts drängte sich auf einmal einer der öligen Burschen an die Bar und schrie, ohne vorher einen Blick in die Getränkekarte geworfen zu haben, Wodka Tonic! Kurz darauf landete ein Glas mit viel Eis und einer kleinen Flasche Tonic auf dem Tresen. Das Getränk stand nicht einmal in der

Karte. Holm war fassungslos. Woher hatte er diese Information? Gab es spezielle Getränkekarten für Stammgäste? Obwohl der Bursche nicht so aussah, als hätte er von irgendetwas eine Ahnung, spielte er durch seinen Getränkewunsch in einer anderen Liga als Holm. Der Bursche hatte jedoch nicht damit gerechnet, dass ein gewisser Holm, obwohl er nicht so aussah, als würde er *irgendetwas* mitbekommen, alles gehört und die Bedeutung der Bestellung sofort begriffen hatte. Mit anderen Worten: Holm war im Besitz von Informationen, die er bei Gelegenheit nutzen würde, um beim Barkeeper einen nachhaltigen Eindruck zu machen. Holm lehnte sich gerade nach vorne, um dem Barkeeper seine Doppelbestellung entgegenzuschreien, als der Mann mit dem Brustpelz unerwartet neben ihm auftauchte und, den Arm weit vorstreckend und die Finger zu einem Victory Zeichen gespreizt, aus der Tiefe seiner Brust Zwei Cuba Libre! brüllte.

Die Bestellungen kamen jetzt von allen Seiten, der Tresen war vollständig umlagert, man stand bereits doppelreihig. Auch Holm wurde von einem Hintermann in einer Weise bedrängt, dass es im Grunde nicht hinnehmbar war. Er traute sich aber nichts zu sagen. Man weiß ja nie, dachte er, ob man dem Kerl später noch mal auf der Straße begegnet. Es blieb nur die Hoffnung, vom Barkeeper irgendwann gesehen zu werden, was allerdings angesichts des Massenandrangs immer unwahrscheinlicher wurde. Der Barkeeper schien kaum noch Herr der Lage zu sein, und dass die Getränke den richtigen Adressaten erreichten, grenzte an ein Wunder. In diesem Moment landeten zwei Cuba Libre vor dem Brustpelz, der offenbar nichts anderes erwartet hatte. Gelassen schob er einen Geldschein über den Tresen und wandte sich mit seiner Beute ab. Nun war zweifellos Holm an der Reihe, sofern man noch von einer Reihe sprechen konnte, hier ging schon lange nichts mehr nach der Reihe, hier zählten Lautstärke und klare Zeichen. Mit seinem Oberkörper warf er sich auf den Tresen, streckte den Arm, die Finger zum Victory-Zeichen gespreizt, nach vorne. Holm lag quasi halb auf dem Tresen, nur seine Fußspitzen hatten noch Bodenkontakt. Im Prinzip hätte er sich gleich selber bedienen können. Er holte tief Luft, wollte gerade losbrüllen, als ihn Ulrike, den Ernst der Lage offensichtlich verkennend, an der Schulter antippte und gut gelaunt, beinahe entspannt anschrie, ob er denn gar nicht gesehen habe, welches Kleid sie heute Abend trage. Holm blickte sie sprachlos an. Sah sie denn nicht, in welcher Lage er sich gerade befand? Es ging um nichts Geringeres als die Frage: Getränke oder keine Getränke? Und die Entscheidung stand unmittelbar bevor. Trotz zahlenmäßiger Überlegenheit hatte Holm den Kampf gegen seine Mitbesteller furchtlos aufgenommen, dabei leiteten ihn keinerlei persönliche Beweggründe. Holm hatte kein eigenes Interesse, in den Krieg um Getränke einzutreten. Frau Huber hatte lediglich sorglos auf den *Black Forest* getippt, und schon warf sich Holm zwecks Eroberung über den Tresen. Wie sollte er da eine seriöse Einschätzung ihres Kleides vornehmen? Ohnehin war es in dieser Position kaum möglich, mehr als ein verständliches Wort zu äußern. Und was hätte er wohl sagen können?

In diesem Augenblick merkte er, wie jemand gegen seinen Hintern drückte, und zwar so nachdrücklich, dass es empörend war. In rhythmischen Wellen wogte es gegen ihn, und als Holm sich beiläufig umdrehte, sah er einen schnauzbärtigen Mann, der mit erhobenem Arm versuchte, den Augenkontakt zum Barkeeper herzustellen, indem er andauernd Drei Schampus! Drei Schampus hierher! brüllte, dabei aber offensichtlich nicht erkannte, gegen was er da die ganze Zeit stieß. Außerdem schien es ihn nicht im Geringsten zu kümmern, dass vor ihm jemand stand, der sich zufälligerweise schon viel länger um Getränke bemühte. Holm wollte sich aufrichten und möglichst unbemerkt befreien, als er feststellte, dass er sich keinen Zentimeter von der Stelle bewegen konnte. Holm hing fest, wie eine riesige Klammer war er an den Tresen geklemmt, und angesichts der stetig von hinten nachrückenden und -drückenden Menge hatte er wenig Hoffnung, dass sich daran in den nächsten Stunden etwas Grundsätzliches änderte.

Ulrike saß derweil völlig unberührt von den Demütigungen, die Holm von zirka dreitausend Männern in aller Öffentlichkeit zugefügt wurden, auf ihrem Hocker und wartete auf ihr Getränk. Das ist ja das Deprimierende, dachte Holm, Ulrike sitzt tatenlos neben mir und erwartet, dass ich die Getränke erobere. Die Welt war seit der Steinzeit praktisch kein Stück vorangekommen. Obwohl Ulrike nur zwei Zentimeter von Holm und zwanzig Zentimeter von der Eroberung entfernt saß, kam sie nicht auf die Idee, einen Finger zu rühren. Wenn er nun nichts tat? Einfach nichts bestellte? Ulrike buchstäblich auf dem Trockenen sitzen ließ?

Haben Sie schon bestellt?, schrie ihn der Barkeeper plötzlich an. Nicht den Mann mit dem Schampus schrie er an, nicht irgendeinen anderen Tresenkämpfer schrie er an, der Barkeeper meinte zweifellos Holm. Vor Schreck hatte er jedoch vergessen, was er bestellen wollte. Sekundenlang starrte er zum Barkeeper, der seine Hände schon griffbereit hielt und nur noch auf die Bestellung wartete, was Holm aber dermaßen irritierte, dass er keinen einzigen entsprechenden Gedanken fassen konnte, man durfte Holm einfach nicht drängen, sobald er zu irgendetwas gedrängt wurde, auch wenn er es selber dringend wollte, sah er schwarz. Schwarz!, dachte Holm, jetzt erinnere ich mich. Er spreizte die Finger und schrie laut

Black Forest, worauf sich der Barkeeper umgehend ans Werk machte, obwohl Holm mit der Bestellung noch gar nicht zu Ende war. *Wodka Tonic*, schrie er noch hinterher, immerhin waren es ja zwei Finger, der Barkeeper schien ihn jedoch überhört zu haben. Man muss froh sein, dachte Holm, überhaupt angesprochen zu werden. Dankbarkeit war das Wort der Stunde. Kurz darauf landeten *zwei Black Forest* vor seiner Nase. Holm hatte es beinahe geahnt, ließ sich seinen Unmut aber nicht anmerken. Fünfundzwanzig!, schrie der Barkeeper. Fünfundzwanzig was?, schrie Holm zurück. Der Barkeeper rieb seine Finger in der Luft, der Mann meint Euro, dachte Holm erschüttert, fünfundzwanzig Euro für zwei Schwarzwälder Kirschtorten in Gläsern! Wenn er vorher gewusst hätte, welche Summen hier für Erfrischungsgetränke verlangt wurden. Widerwillig reichte er ihm das Geld, es war, wie Holm erschrocken erkannte, fast sein letztes Bargeld, lediglich fünf Euro waren ihm noch geblieben. Mit dieser Summe brauchte man hier aber gar nicht erst weiterzumachen, am besten, man verließ das Lokal, wenn man ausgetrunken hatte.

Nachdem der Schampus endlich den Drängler erreicht hatte, rutschte Holm fast automatisch vom Tresen und ließ sich erschöpft auf seinem Hocker nieder. Auf uns!, schrie Ulrike, sie stießen mit ihren Kirschtorten an. Hast du den da gesehen?, schrie ihn Ulrike plötzlich an, nachdem sie eine Weile ergebnislos auf die sich zunehmend füllende Tanzfläche gestarrt hatten. Sie deutete auf einen älteren Mann mit Anzug und Schlips, der etwas verloren neben dem Flügel stand und auf die Tanzfläche starrte. Nein, schrie Holm. Das ist Dr. Leder!, schrie Ulrike, obwohl er sie gar nicht danach gefragt hatte. Dr. Leder blickte ebenso unsicher durch die Gegend wie Holm, was ihn in seinen Augen gleich sympathisch machte. Dr. Leder war mein Lateinlehrer!, schrie Ulrike aufgeregt und schüttelte den Kopf, als könne sie es immer noch nicht fassen. Offenbar hatte Dr. Leder genug von toten Sprachen und wollte mal sehen, was die heutige Menschheit so trieb.

Anstatt seinen Blick sinnlos umherschweifen zu lassen, konzentrierte sich Holm jetzt probehalber auf die Tanzfläche, wer sich andauernd nur einen Überblick verschafft, dachte er, hat am Ende gar nichts gesehen. Und wen musste Holm da erkennen? Vera Bechstein. Das wird jetzt schwierig, dachte Holm, der nicht die geringste Lust verspürte, einem abgeschlossenen Fall noch einmal zu begegnen. Das Schicksal meinte es zweifellos nicht gut mit ihm. Die Frage lautete: Was wollte ihm das Schicksal auf diesem Wege mitteilen? Glücklicherweise hatte ihn Vera Bechstein noch nicht gesehen. Sie tanzte derart wild und ausgelassen, als wollte sie möglichen Anwärtern zeigen, was sie alles konnte. Und sie konnte offensichtlich eine Menge. Sie wirbelte mit dem Kopf, dass ihm schon vom reinen Zusehen schwindelig wurde, warf die Arme gedankenlos in die Luft, als würde sie nicht sonderlich daran hängen. Solange Ulrike ihr Glas nicht vollständig geleert hatte, war die Gefahr einer Begegnung relativ gering. Doch es sah nicht gut aus. Es sah sogar überhaupt nicht gut aus. Ihr Glas *war* beinahe leer getrunken! Noch ein Schluck und die Entscheidung wurde unausweichlich: Offenlegung seiner finanziellen Verhältnisse oder Tanzen, lauteten die beiden etwa gleich schlechten Varianten. Mit anderen Worten: Er konnte sich aussuchen, ob er sich selbst erschießen oder lieber erschossen werden wollte. Lass uns tanzen!, schrie Ulrike, rutschte im selben Moment vom Hocker und zerrte ungeduldig an seinem Ärmel. Ihr Glas war noch nicht ganz leer, und da fällte sie eine Entscheidung, die eindeutig in Holms Zuständigkeitsbereich fiel! Ulrike zog ihn durch das Gewühle und Geschubse Richtung Tanzfläche. Je näher sie der Tanzfläche kamen, desto heftiger begann Ulrikes Körper in alle Richtungen auszuschlagen, als gingen vom Boden elektromagnetische Strahlen aus, die bei Holm allerdings nicht die geringste Wirkung zeigten. Er fühlte nicht mal ansatzweise das Bedürfnis, seine Arme in die Luft zu werfen oder den Hintern kreisen zu lassen. Irgendein Schutzschild verhinderte, das Holm so etwas wie Begeisterung verspürte. Wenigstens so tun, als ob man begeistert wäre, dachte er frustriert. Irgendetwas bewegen, und sei es den Kopf, ein angedeutetes Kopfschütteln vielleicht, das hatte er schon beobachtet. Viele, die anscheinend auch nicht so genau wussten, was sie bewegen sollten, schüttelten einfach mehr oder weniger heftig den Kopf. Die Sache droht aufzufliegen, dachte Holm, wenn ich nicht wenigstens den Kopf schüttele. Und schon fing er an, seinen Kopf hin und her zu bewegen, erst zaghaft – wenn das alles ist, dachte er staunend, brauch ich mir um die Zukunft keine Sorgen zu machen –, dann zunehmend überzeugter, bald schüttelte er seinen Kopf so heftig, trat dabei mit den Füßen auf den Boden, als würde er sie an einer Fußmatte abwischen, dass es schon besorgniserregend war. Auch seine Arme kamen langsam in Fahrt. Es fehlte nicht viel, und er hätte sie in die Luft geworfen.

Ulrike hatte sich derweil unbemerkt von ihm fortgetanzt, es herrschte eine beängstigende Dynamik auf der Tanzfläche, niemand schien sich an einen bestimmten Ort gebunden zu fühlen, man tanzte ohne Sinn und Verstand, mal in die eine, mal in die andere Richtung, und wechselte dabei unaufhörlich den Tanzpartner. Das heißt, genau genommen gab es gar keine festen Tanzpartner, jeder, der gerade vor einem tanzte, war der aktuelle Tanzpartner, Holm hatte auch schon mehrmals gewechselt, in zehn Minuten hatte er schon mehr

Tanzpartner gehabt, als ihm lieb sein konnte. Ulrike schien überhaupt nicht zu bemerken, dass sie mit jemand anderem tanzte. Holm schoss der Gedanke durch den Kopf, dass sie es möglicherweise auch nicht merkte, wenn sie später mit einem anderen die Diskothek verließ. Vielleicht war es völlig egal, mit wem man sein Leben verbrachte. Holm tanzte kopfschüttelnd gegen eine Wand aus Leibern, die ihn nicht gehen lassen wollte. Wenn er nun einfach stehen blieb?

Wie ein Skilangläufer bewegte er sich jetzt auf Ulrike zu, er arbeitete sich gerade an dem öligen Burschen mit der Sonnenbrille vorbei, als ihn ein plötzlich seitlich vorstoßendes Hinterteil abdrängte. Er wurde von diesem Hintern, der, wie er gerade noch mitbekam, jenem Mann gehörte, der ihn vorhin am Tresen unsittlich bedrängt hatte, regelrecht in eine andere Himmelsrichtung katapultiert, was zur Folge hatte, dass er Ulrike abrupt aus den Augen verlor und sich auf einmal im Angesicht einer alten Blondine mit quallig aufgespritzten Lippen und sehr weitem Ausschnitt befand, die über Holms spontane Zuwendung derart erfreut zu sein schien, dass sie ihn sofort frontal antanzte. Er wollte ihr ausweichen, versuchte mal rechts, mal links an ihr vorbeizutanzen. Sie missverstand dies offenbar als besonders ungestümes Tanzverhalten und parierte jedes Ausweichmanöver mit einer Gegenmaßnahme. Ihr Ausschnitt war dermaßen weit, dass man praktisch drei Viertel der Brüste sah. Die Frau ließ nicht von ihm ab, als hätte sie sich bereits endgültig für Holm entschieden. Da Ulrike nun, wie er überrascht feststellte, direkt hinter ihr tanzte, konnte sich Holm nicht einfach umdrehen und in die Gegenrichtung weitertanzen. Wie das wohl aussähe, nun war er schon so weit gekommen, da wollte er die Sache auch durchziehen. Er tat zunächst so, als hätte er auch ein Auge auf die Blondine geworfen, behielt mit dem anderen Auge aber sowohl Vera Bechstein wie Ulrike im Blick, was gar nicht so einfach war, denn er durfte der Blondine keinesfalls den Eindruck vermitteln, dass sein Interesse nur geheuchelt war, die Frau sah nicht danach aus, als würde sie sich allzu viel gefallen lassen. Vielleicht zog sie seinen Kopf gewaltsam in ihren Ausschnitt und zerquetschte ihn dann mit den Brüsten. Gleichzeitig musste er aufpassen, Ulrike nicht zu verärgern, wenn sie bemerkte, dass er ein Auge auf eine fremde Frau geworfen hatte. Da aber Vera Bechstein ständig näher herantanzte – offenbar gab es hier Kräfte, die sich auf peinliche Situationen spezialisiert hatten –, sank Holms Blick automatisch immer tiefer und verharrte schließlich notgedrungen auf den Riesenbrüsten seiner Vortänzerin, was diese natürlich sofort und, wie ihm schien, nicht unerfreut bemerkte und sich sofort heftig zu schütteln begann. Die Brüste wogten dermaßen auf und nieder, dass Holm praktisch jeden Augenblick mit einem Überschwappen rechnete. Dieser Ausschnitt war jedenfalls für derartige Bewegungen nicht geeignet. In diesem Moment geschah etwas Unerwartetes: Von rechts tanzte auf einmal der ölige Bursche dicht an sie heran, wackelte ein paar Mal mit seinem Becken, worauf sich die Blondine, Holms zurückhaltender Art anscheinend überdrüssig, umgehend dem Burschen zuwandte, und in der Sekunde, als ihre Brüste zur Seite wegschwappten, hatte er freie Sicht auf Ulrike, die von Holms Auftauchen offensichtlich überrascht war, ihm aber trotzdem, die Arme ausstreckend, ohne zu zögern, entgegentanzte. Diese einmalige Gelegenheit sofort nutzend, warf er sich geistesgegenwärtig in ihre Arme und versteckte sein Gesicht hinter ihren Haaren. Im letzten Moment, denn wenig später tauchte Vera Bechstein wild fuchtelnd neben ihm auf.

Während Holm sich auf Vera Bechstein konzentrierte, bemerkte er plötzlich einen harten Gegenstand in seiner Hose, der unnachgiebig gegen Ulrikes Becken drückte. Einen ungünstigeren Augenblick für das Erwachen sexueller Gefühle hätte er sich kaum aussuchen können. Ob auch Ulrike etwas gemerkt hatte? Sollte er seinen Ständer einfach ignorieren und so tun, als wäre er für ihn um diese Uhrzeit völlig normal? Keine Panik, er war ein Mann, so was passierte schon mal! Wegdrehen kam jedenfalls nicht in Frage. Vera Bechstein hätte ihn sofort entdeckt. Wahrscheinlich war es ohnehin längst zu spät, Ulrike hatte seinen Ständer bemerkt und ihre Schlüsse daraus gezogen. Das Ergebnis lautete: Holm fühlt sich auch körperlich von mir angezogen. Was dies letztendlich bedeutete, war ungewiss.

Nachdem er sich kurz versichert hatte, dass Vera Bechstein gerade einen neuen Tanzpartner anvisierte, zog er den Kopf zurück und sah Ulrike ins Gesicht. Sie lächelte, sie lächelte etwa so wie die Tante, wenn sie mehr wusste, als sie zugeben mochte. Während seine Tante es jedoch meist beim wissenden Lächeln beließ, neigte sich Ulrike plötzlich vor und küsste ihn mitten auf den Mund, saugte sich sofort übergangslos an ihm fest, dass Holm nicht mal Luft holen konnte. Sie drängte ihre Zunge in seinen Rachen, rührte, wie ihm schien, suchend in der Mundhöhle herum, obwohl es da eigentlich nicht viel zu finden gab, lediglich seine Zunge, die er vorsichtshalber versteckt hielt, weil er nicht mochte, wenn jemand seine Zunge berührte, das wäre ihm nun doch etwas zu intim gewesen. Zögernd erwiderte er ihre saugenden Mundbewegungen, starrte Ulrike dabei unentwegt ins Gesicht, sie hatte ihre Augen geschlossen, als wollte sie sich den Anblick aus der Nähe ersparen. Es war nämlich wirklich nicht sehr erbaulich, was man aus dieser Entfernung so alles zu sehen bekam. Poren, Talgdrüsen und Mitesser. Als er alles besichtigt hatte, wurde ihm schnell langweilig. Warum die Menschheit ein solches Aufheben um das Küssen machte, war ihm unverständlich. Bis auf die Tatsache, dass man sich mal aus der Nähe betrachten konnte, erschien es Holm lächerlich, den Vorgang auch noch in die Länge zu ziehen, womöglich täglich zu wiederholen. Irgendwann hatte man alles gesehen. Und dafür seine Gesundheit aufs Spiel zu setzen! Wie viel Keime wohl gerade ihren Besitzer wechselten. Holm ärgerte sich über den Betrug, dem die Menschheit anscheinend seit Jahrtausenden erlag. Wenn ich das früher gewusst hätte!, dachte er missmutig saugend. Endlich hatte Ulrike auch genug, Holm kam es so vor, als hätten sie mindestens eine halbe Stunde aneinander gehangen, sie löste sich von ihm und öffnete in derselben Bewegung ihre Augen. Vollkommen reglos standen sie inmitten der hüpfenden Menge und starrten sich unentwegt an. Wer zuerst aufgab, musste sagen, was als Nächstes zu tun war.

14.

Die Bären staunten nicht schlecht, als Holm um zwei Uhr nachts mit Anzug und Schlips im Schlafzimmer auftauchte. Er hatte Ulrike noch nach Hause begleitet, an der Haustür hatte man sich aber nicht trennen können, das heißt, Holm hätte sich durchaus von Ulrike getrennt, wenn Ulrike nicht immer neue Geschichten, auch völlig abwegige Themen, zur Sprache gebracht hätte, so dass es Holm praktisch unmöglich war, eine geeignete Lücke zur Verabschiedung zu finden, was schließlich seitens Ulrikes zu dem Vorschlag führte, das Gespräch, das hauptsächlich monologischen Charakter besaß, bei einem Becher Tee in ihrer Wohnung fortzusetzen. Obwohl Holm zu dieser Uhrzeit eigentlich nichts fortsetzen, sondern das meiste grundsätzlich abschließen wollte, konnte er sich nicht dazu durchringen, an dieser Stelle einen vorläufigen Schlussstrich zu ziehen, um die positive Entwicklung ihrer Beziehung nicht zu gefährden. Im Übrigen trank Holm zu dieser Uhrzeit keinen Tee, spätestens ab siebzehn Uhr nahm er keine Getränke mit aufputschender Wirkung mehr zu sich, ab einundzwanzig Uhr dreißig trank Holm überhaupt nichts mehr, damit die Nachtruhe nicht vom Harndrang gestört wurde. Diese Ordnung war jetzt natürlich nicht mehr herstellbar, es war im Grunde alles schon so durcheinandergeraten, dass es nun auch egal war, ob er Tee trank oder nicht.

Eine Dreiviertelstunde saßen sie auf dem Sofa, hörten leise

Musik und tranken Beuteltee. Er konnte sich aber nicht auf die Musik konzentrieren und gleichzeitig ein sinnvolles Gespräch führen. Und da war noch die Frage, über was man sich unterhalten sollte, wenn er nicht mal wusste, wie viel Zeit für Gespräche vorgesehen war. Große Themen aus den Bereichen Politik und Wirtschaft, die einen ganzen Abend verbraucht hätten, waren deshalb besser zu meiden. Kurzmeldungen aus der Rubrik VERMISCHTES oder AUS ALLER WELT konnten dagegen so zügig abgehandelt werden, dass man ständig nachlegen musste, um einen halbwegs flüssigen Gesprächsverlauf zu gewährleisten.

Holm trank Unmengen von Tee. Kaum war der Beutel aus dem Becher gezogen und mithilfe eines Löffels abgetropft, hatte er den ersten Schluck getrunken, wobei ihn nur die Hitze des Getränks davon abhielt, gleich alles auf einmal zu trinken, denn sobald der Becher leer war, ging Ulrike in die Küche, um Wasser aufzukochen, was jedes Mal eine Unterbrechung von mehreren Minuten bedeutete. In dieser Zeit konnte sich Holm drei oder vier neue Themen ausdenken, die einen Teebecher lang vorhalten mussten. Auf diese Weise trank Holm anderthalb Liter Tee. Die Folgen waren sehr bald zu spüren: Holm musste dringend auf die Toilette. Dabei stand ihm jedoch seine Abneigung gegen fremde Toiletten im Weg. Da es jetzt aber zu spät war, nach Hause zu gehen, das heißt, er hätte sofort aufbrechen und nach Hause stürzen müssen, was in Anbetracht des Pegelstandes seiner Blase, die vermutlich bei der kleinsten Erschütterung sofort platzen würde, völlig undenkbar war, eine vorzeitige Erleichterung an Baum oder Strauch wäre nicht zu umgehen gewesen – da jetzt also die Entwicklung eindeutig auf Ulrikes Toilette hindeutete, war es nur noch eine Frage von Minuten, bis ihn die Verhältnisse zum Handeln zwangen. Leider hatte er versäumt, Ulrike rechtzeitig über den Toilettengang zu informieren. Bis vor kurzem hatte er nämlich gemeint, das Blasenvolumen reiche aus, um spielend nach Hause zu gelangen. Erschwerend hinzu kam ihr ebenso plötzliches Anlehnungsbedürfnis, der Harndrang wurde quasi von Ulrikes Anlehnungsbedürfnis flankiert, womöglich sogar eingeleitet und gefördert. Sie hatte die Arme um seinen Hals gelegt und ohne Ankündigung begonnen, Schläfe und Wangen zu küssen, ein Ende war nicht abzusehen, wenn sie erst mal in Schwung kommt, dachte er, hört sie nicht so schnell wieder damit auf. In dieser Situation abrupt aufzuspringen hätte jedoch zu einer Fehlinterpretation führen können. Vollkommen versteift saß Holm auf dem Sofa und starrte, krampfhaft nach einem Ausweg suchend, zur Stereoanlage mit der unruhig flackernden Silhouette grüner Säulendiagramme.

Ob er denn nicht auch müde sei, hauchte ihm Ulrike auf einmal ins Ohr, was Holm sofort mit dem Hinweis auf seinen Teekonsum verneinte, worauf Ulrike erklärte, dass der Früchtetee fast kein Teein enthalte und eher eine beruhigende Wirkung habe, was Holm mit der Bemerkung konterte, dass selbst geringste, kaum noch nachweisbare Mengen Teein ausreichten, um ihn in anhaltende Erregung zu versetzen, worauf Ulrike überraschend kicherte und meinte, dass sie ja nicht gleich schlafen müssten.

Holm war sprachlos. Offenbar, dachte er, verfolgt die Teeeinladung ein völlig anderes als von mir angenommenes Ziel. Und dieses Ziel befand sich keine fünf Meter Luftlinie vom Sofa entfernt im Schlafzimmer. Holm fühlte sich arglistig getäuscht. Der Tee war also nur ein Vorwand gewesen, um ihn in die Wohnung zu locken. Und was würde die Tante sagen, wenn er am Morgen nicht auf dem Sofa lag? Sie würde erst die Polizei und danach die Feuerwehr rufen, denn Holm war noch nie eine ganze Nacht lang fortgeblieben. Ein Rückzieher war jetzt aber nicht mehr möglich, wollte er Ulrike nicht vor den Kopf stoßen. Die Sache war praktisch unumkehrbar.

Holm fing am ganzen Körper an zu schwitzen. Im Prinzip musste er sofort aufspringen. Aber wenn er jetzt aufsprang, würde Ulrike denken, dass er es kaum noch erwarten konnte, was bis zu einem bestimmten Punkt auch stimmte. Holms Weg würde allerdings direkt aufs Klo führen. Er müsse mal rasch ins Bad, sagte Holm mit der ganzen ihm noch zur Verfügung stehenden Konzentration. Ulrike nickte freudig, wobei Holm nicht ganz klar war, was genau sie an dieser Aussage in fröhliche Stimmung versetzte. Holm bewegte sich langsam aus dem Wohnzimmer, beschleunigte dann aber auf dem Flur, erreichte das Bad mit hoher Geschwindigkeit, warf die Tür hinter sich zu, drehte alle verfügbaren Wasserhähne auf Volldampf, drückte die Toilettenspülung und erleichterte sich sitzend in die Schüssel. Wie ein Ballon, aus dem die Luft entwich, sackte er leise stöhnend in sich zusammen. Während er langsam wieder zu sich fand und die ersten vernünftigen Gedanken produzierte (»Ich bleibe einfach so lange hier sitzen, bis sie mich vergessen hat und allein ins Bett geht« – »Ich werde plötzlich ohnmächtig«), bemerkte er auf dem Wannenrand vier Enten, die ihn unentwegt anstarrten. Ihre Neigung, Tiere an strategisch ungünstigen Orten in der Wohnung zu verteilen, hat etwas Beunruhigendes, dachte Holm, dem es unangenehm war, vor den Augen der Entenfamilie, wenn es sich überhaupt um eine Familie handelte, aufzustehen und seine Hosen wieder hochzuziehen. Die Enten waren derart realistisch, dass er nur noch darauf wartete, bis sie vor Empörung, oder welche Gefühle Enten üblicherweise zur Verfügung standen, laut zu schnattern anfingen und Ulrike dadurch veranlassten, besorgt an die Tür zu klopfen, weil sie glaubte, Holm ertränke die wehrlosen Tiere im Badewasser, das derweil eine beachtliche Höhe erreicht hatte. Offensichtlich steckte der Stöpsel im Abfluss, sehr lange konnte er jedenfalls nicht mehr dort sitzen bleiben, wollte er keine allgemeine Überschwemmung riskieren.

Holm blieb sitzen. Ringsum plätscherte das Wasser wie in einer Brunnenanlage. Er blickte sich um, nur nicht zu den Enten, als hoffe er, dass sie irgendwann die Lust verloren und woanders hinsahen. Er sah nach links und nach rechts, nach oben und unten. Unten sah er sich die flauschige, froschgrüne Auslegeware ein wenig genauer an. Bald wurde ihm aber langweilig, so viel gibt es da ja auch nicht zu sehen, dachte Holm, als er plötzlich die Idee hatte, sich langsam nach vorne kippen zu lassen, den Enten somit jeden Blick auf die nackten Tatsachen verwehrte, sie würden praktisch nur den nach vorne gebeugten Rücken zu sehen bekommen, um dann rasch die Hosen nach oben zu ziehen. Er zeigte sich weiterhin interessiert am froschgrünen Bodenbelag, sah noch einmal genauer hin, als hätte er eine bedeutende Entdeckung gemacht, beugte sich tief hinab, hob in derselben Bewegung langsam den Hintern, ließ die Arme herabbaumeln, als wolle er nach etwas greifen, griff dann jedoch unerwartet nach dem Hosenbund und zog die Hose, sich aufrichtend, blitzschnell nach oben.

Damit hatten die Enten nicht gerechnet! Holm lächelte, ein unmissverständliches Siegerlächeln, drehte die Wasserhähne wieder zu und verließ gut gelaunt das Badezimmer. Im Flur verflog die gute Laune jedoch rasch. Es war dunkel. Auch im Wohnzimmer war es dunkel. Die einzige ernstzunehmende Lichtquelle befand sich im Schlafzimmer. Ulrike hatte seine Abwesenheit offenbar dazu genutzt, ihn vor vollendete Tatsachen zu stellen. War Holm vielleicht gefragt worden, ob er vom Badezimmer direkt ins Schlafzimmer wechseln wollte? Er hatte sich nicht mal ansatzweise in dieser Richtung geäußert, mit keinem Wort hatte er Ulrike von seinem Projekt, in dem ihr zweifellos eine wichtige Rolle zugedacht war, irgendetwas erzählt. Allerdings wusste er auch, dass sein Projekt ohne die gemeinsame Übernachtung nicht als vollendet betrachtet werden konnte. Wie sich Europa nicht ohne den Fall der Berliner Mauer hätte vereinigen können, konnten auch Holm und Ulrike keine ordentliche Beziehung führen, wenn vorher nicht auch zwischen ihnen irgendetwas fiel. Holm war natürlich sofort klar, dass damit die Hüllen gemeint waren. Mit einem Satz: Es ging jetzt ums Ganze!

Wo bleibst du denn?, rief Ulrike auf einmal ungeduldig aus dem Schlafzimmer. Holm war bei der Frage stecken geblieben, ob es eine Möglichkeit gab, die Entwicklung noch in letzter Sekunde zu stoppen. Er sah den ratlosen Günter Schabowski 1989 auf dem Podium sitzen, wie er auf die Frage eines Journalisten, wann die Reisefreiheit in Kraft trete, hilflos stotternd antwortete: Das trifft nach meiner Kenntnis … ist das sofort, unverzüglich.

Im Schlafzimmer erwarteten ihn die neugierigen Bären. Ulrike lag mit der bis zum Hals hochgezogenen Bettdecke auf der Matratze und blickte etwas verwundert zu Holm. Ich dachte, du hast dich ausgezogen, sagte sie. Holm zuckte die Schultern. Er habe im Bad keine passende Ablage gefunden, antwortete er und sah sich im Zimmer um. Häng die Sachen doch über den Stuhl, drängte Ulrike, als sei keine Zeit mehr zu verlieren. Holm wollte sich aber nicht drängen lassen, es war seine freie Entscheidung, wo und wann er seine Kleider ablegte. Über dem Stuhl hingen bereits Ulrikes Kleider, und zwar, wie er beunruhigt feststellte, *sämtliche* Kleider. Das bedeutete aller Wahrscheinlichkeit nach, dass Ulrike nackt war.

Und wenn Ulrike nackt war, konnte sich Holm nicht in Unterhose zu ihr begeben. Wenn Ulrike nun aber nicht vollständig nackt war, sondern vorsichtshalber eine Unterhose anbehalten beziehungsweise eine so genannte Nachthose aus hygienischen Gründen neu angezogen hatte, wie er es von Mutter kannte, die immer sehr stark auf hygienische Verhältnisse während der Nachtruhe achtete und damit stets gut gefahren war, obwohl mit einer baldigen Nachtruhe in diesem Fall nicht gerechnet werden konnte, sollte Ulrike also eine Unterhose anbehalten oder neu angezogen haben, würde sie Holms totale Entblößung möglicherweise entsetzen. Er konnte sie jetzt aber auch nicht fragen, ob sie noch irgendetwas Bestimmtes angelassen hatte, um keinen Fehler zu begehen. Im Grunde war es völlig egal, ob er mit oder ohne Unterhose ins Bett stieg, in jedem Fall würde er einen Fehler machen. Denn worum ging es hier eigentlich? Im Prinzip ging es um die vorbereitenden Maßnahmen für eine Fortpflanzung. Mutter Natur hatte hier die Regie übernommen, dabei hatte Mutter Natur allerdings übersehen, dass es schon seit längerer Zeit nicht mehr in erster Linie um die Fortpflanzung ging. War es nicht viel wichtiger, sich gedanklich und seelisch erst einmal näher zu kommen, ehe man miteinander ins Bett stieg? Was wusste er denn schon von Ulrike? Nach Auffassung von Mutter Natur reichten die wenigen Fakten aber bereits aus, um sich für die Fortpflanzung zu qualifizieren.

Unberührt von diesen Gedankengängen lag Ulrike im Bett und erwartete, dass Holm den Regieanweisungen von Mutter Natur widerspruchslos Folge leistete. Holm riss sich den Schlips vom Hals, knöpfte verärgert das Hemd auf, als er merkte, dass er von acht Augen aufdringlich beobachtet wurde. Das sind genau acht Augen zu viel, dachte Holm. So geht das nicht! In jedem Fall musste das Licht aus. Unter diesen Lichtverhältnissen sah sich Holm nicht in der Lage, seine Entblößung fortzusetzen. Ich mach mal eben das Licht aus, sagte Holm, und schon war er an der Stehlampe und suchte nach einem Schalter, den er aber nicht sofort finden konnte. Ob er sich etwa schäme?, fragte Ulrike schnippisch. Natürlich nicht, antwortete Holm ein wenig zu scharf, aber wenn es zu hell ist, komme ich nicht in Fahrt. Du traust dich wohl nicht, stichelte Ulrike, was Holm aber überhörte. Keine Sorge, ich bin schon einiges gewöhnt, ergänzte sie nüchtern. Das hätte sie besser nicht sagen sollen. Bedeutete dies etwa, dass er nur ein weiterer Mann auf ihrer kaum noch überschaubaren Liste von Männern war, von denen einer auch auf den Namen Felix Holm hörte? Fand hier in Wirklichkeit ein Partnertest unter dem Vorsitz einer dreiköpfigen Bärenjury statt?

Ganz dunkel war es allerdings noch immer nicht. Von draußen schien das Licht von den Straßenlampen durchs Fenster. Hinzu kamen einige hell erleuchtete Wohnungen gegenüber. Ob da auch gerade getestet wurde? Holm zog auch noch die Vorhänge zu. Auf einmal war es so dunkel, dass Holm schwarz vor Augen wurde, sekundenlang meinte er, ohnmächtig zu werden, blieb jedoch wider Erwarten bei vollem Bewusstsein. Was hast du eigentlich vor?, fragte Ulrike nun doch ein wenig verunsichert aus der Tiefe des schwarzen Raumes. Das wirst du schon noch sehen, sagte Holm, obwohl es unwahrscheinlich war, dass sie sich bis zum Tagesanbruch überhaupt wiedersahen. Und das ist auch gut so, dachte er, während er versuchte, vom Fenster zurück zum Stuhl zu gelangen, was sich überraschend schwierig gestaltete, denn er konnte nicht mal die eigene Hand vor Augen sehen, so schwarz war es.

Die Situation geriet außer Kontrolle. Einen Moment überlegte er, die Vorhänge wieder einen Spalt zu öffnen. Inzwischen war er jedoch ein gutes Stück vorangekommen, so dass an eine Umkehr nicht mehr zu denken war. Holm hatte ohnehin längst die Orientierung verloren, er wusste nicht mal, wohin er sich hätte umdrehen sollen. Er hatte sich offenbar verlaufen, jedenfalls war er dem Stuhl, seinem vorläufigen Etappenziel, nicht wieder begegnet. Vielleicht hatte er den Stuhl um wenige Zentimeter verfehlt oder war irrtümlich in eine andere Richtung gelaufen. Solange der Stuhl aber nicht auftaucht, dachte er, kann ich meine Sachen nicht ablegen, und wenn ich meine Sachen nicht ablegen kann, kann ich mich nicht ausziehen, und wenn ich mich nicht ausziehen kann, kann ich mich nicht zu Ulrike ins Bett legen, und wenn ich mich nicht gleich zu Ulrike ins Bett lege, schläft sie ein. So einfach waren manchmal die Zusammenhänge. Das wird mir langsam ein bisschen unheimlich, sagte Ulrike, deren Stimme aus einer Ecke kam, wo er sie nicht vermutet hatte. Statt von rechts, kam sie von hinten links, anscheinend hatte er einen Bogen gemacht, oder er war im Zickzack gelaufen, oder er stand einfach nur falsch herum, was jetzt so schnell nicht zu klären war. Der Stuhl blieb jedenfalls bis auf weiteres verschwunden. Das wird mir jetzt auch ein bisschen unheimlich, dachte Holm. Gibt es irgendwelche bislang nicht entdeckten Nischen im Raum? Eine weitere Tür, womöglich eine Falltür, wo Männer auf Nimmerwiedersehen verschwinden? Entweder du kommst jetzt, oder ich mache das Licht an, forderte Ulrike streng. Der Zeitpunkt der Entblößung nahte, ob mit oder ohne Stuhl. Ich habe eine Überraschung für dich, sagte Holm, ohne zu wissen, welche Überraschung er damit gemeint haben könnte. Na, da bin ich aber gespannt, sagte sie kühl.

Holm stieß plötzlich gegen etwas Hartes. Vorsichtig tastete er sich über eine breite, glatte Fläche, die leider nicht die geringste Ähnlichkeit mit einem Stuhl aufwies. Da dies weit und breit das einzige für eine Kleiderablage geeignete Möbelstück war, legte er seine Sachen notgedrungen auf dieses nicht identifizierbare stehende Objekt. Als er sich umdrehte, hörte er, wie etwas zu Boden rutschte. Er war jetzt nackt. Und die Dunkelheit verstärkte die Nacktheit erstaunlicherweise noch, weil er ihr praktisch hilflos ausgeliefert war. Er hatte sogar das Gefühl, sich bedecken zu müssen, was natürlich völlig absurd war. *Die Dunkelheit hüllte ihn gnädig ein,* so einen Unsinn konnten nur Dichter zusammendichten. Von Ulrike war kein Ton zu hören, nicht das geringste Geräusch wies ihm den korrekten Weg zu ihrem Bett. Sollte er zufällig am Fenster vorbeikommen, könnte er sich noch mal überlegen, ob er den Vorhang doch einen Spalt weit öffnete.

Plötzlich hörte er etwas Verdächtiges. Sein Herz. Es schlug so laut, dass man es vermutlich noch auf der anderen Straßenseite mitbekam. Hast du das gehört, Jürgen? Was? Da pocht irgendwas! Holm atmete tief durch, er versuchte ruhig zu bleiben, Ulrike durfte von seiner Nervosität nichts erfahren. Die Landung des Holm-Shuttles auf dem Planeten Frau stand unmittelbar bevor. Auf diesem Planeten herrschte jedoch totale Finsternis, so dass mit einer Bruchlandung gerechnet werden musste. Die entscheidende Frage aber lautete: Was machte er nach der Landung? Sich erst mal orientieren und die Landessitten beobachten? Man muss vorsichtig sein, dachte er, während er sich Schritt für Schritt durch die Dunkelheit tastete, manche voreiligen Entdecker sind schon in den Kochtöpfen der Eingeborenen gelandet. Er wurde von einem massiven, offenbar mannshohen Hindernis unerwartet gestoppt. Nach kurzem Abtasten war klar, dass er vor einer Wand stand. Das Zimmer hat vier Seiten, überlegte Holm, und an einer Seite stehe ich. Die drei anderen Seiten waren klar. Dort hatte er bereits unterschiedliche Erfahrungen gesammelt. Es gibt nur zwei Möglichkeiten: rechts oder links. Holm entschied sich spontan für links, obwohl er eher nach rechts tendierte. Man soll immer das Gegenteil von dem tun, was einem das Gefühl sagt, und es dann knallhart verfolgen. Schon nach wenigen Schritten stieß er gegen die Matratze. Ich dachte, du kommst gar nicht mehr, sagte Ulrike frustriert. Das hätte sie mal früher sagen sollen, dachte Holm, dann wäre es etwas schneller gegangen. Auf allen vieren kroch er über das Bett und kam endlich neben ihr zu liegen.

Unter der Decke herrschten tropische Temperaturen. Ob man mal kurz lüften sollte? Eine Weile lagen sie still nebeneinander. Holm spürte, dass das noch nicht alles sein konnte. Er erkannte, dass ein direkter Handlungsstrang vom Oberhemdenkauf hierher ins Bett führte. Holm hatte die vielen Oberhemden praktisch nur deshalb gekauft. Doch was sprach eigentlich dagegen, still nebeneinander liegen zu bleiben? Zwei Menschen verschiedenen Geschlechts lagen einfach nicht untätig nackt nebeneinander im Bett. Unglücklicherweise hatte ihm jedoch niemand erzählt, was an dieser Stelle genau zu tun war. Es wurde nie mitgeteilt, was vorher geschah, *bevor* man sich aufeinander stürzte, womit Holm in den nächsten Minuten zweifellos rechnen musste. Im Fernsehen zeigten sie immer nur, wenn sich die Protagonisten bereits ineinander verkeilt hatten. Was vorher geschah, unterlag offenbar strengster Geheimhaltung. Wahrscheinlich wollte man den jüngeren Zuschauern eine Orientierung unmöglich machen.

Und, schlafen wir schon?, sagte sie spitz und stieß aufmunternd gegen seinen Fuß. Holm verstand die Frage nicht sofort. Nein, antwortete er. Schön, sagte sie, dann bin ich ja beruhigt. Nach einiger Zeit wurde ihm klar, dass Ulrike mit der Gesamtsituation offenbar nicht ganz zufrieden war. Schläfst *du* schon?, fragte er vorsichtshalber zurück. Ich dachte, du wolltest mich überraschen?! Ihr Fuß lag immer noch gegen seinen gekippt. Hatte sie ihn vergessen? Wollte ich das?, gab sich Holm unwissend. Ja, quengelte sie, du hast eben gesagt, dass du mich überraschen willst! Überraschend war, dass zwei Menschen, die siebenunddreißig Jahre nichts voneinander gewusst hatten, auf einmal nackt nebeneinander im Bett lagen! Das musste erst mal verkraftet werden. Ulrike schien da jedoch anderer Ansicht zu sein, ruhig neben ihm zu liegen genügte ihr offenbar nicht. Oder hab ich vielleicht irgendwas verpasst? sagte sie. Was verpasst?, fragte Holm. Die Überraschung!, sagte Ulrike. Nein, ich glaube nicht, sagte er. Du weißt es nicht?, fragte sie. Doch, sagte Holm. Ich glaube, es gibt gar keine Überraschung! Es gibt sie, beharrte Holm. Und warum zeigst du sie mir nicht?, fragte sie zunehmend ungeduldiger. Weil man sie nicht zeigen kann!, sagte er. Aber wie soll man dann merken, dass es eine Überraschung ist? Man merkt es nicht, sagte Holm, das ist die Hauptüberraschung. Das heißt, du willst nicht?, sagte Ulrike, jetzt deutlich abgekühlt. Ich will was nicht?, fragte Holm. Mit mir schlafen! Aber wir schlafen doch schon fast zusammen, sagte er etwas ratlos. Eben, sagte Ulrike enttäuscht, ich hab mir das irgendwie anders vorgestellt. Zum Beispiel?, fragte er. Zum Beispiel?, sagte sie. Zum Beispiel könnten wir uns ja mal anfassen. In diesem Moment wackelte die Matratze, als würde ein Walross darüber robben. Er spürte Ulrikes Körper eng an seinen geschmiegt, ihre Hand lag auf Holms Brust. So zum Beispiel, sagte es plötzlich dicht über seinem Gesicht. Ein leichter Luftzug blies in regelmäßigen Abständen auf sein linkes Auge. Holm musste an den Japaner denken, der Vera Bechstein in der U-Bahn in den Nacken geblasen hatte. Die Situation war hier im Grunde ganz ähnlich. Neben ihm befand sich auch eine Art Japaner.

Ihre Nase hängt direkt über meinem Auge, dachte Holm beunruhigt, das könnte schiefgehen. Er wandte den Kopf ein wenig zur Seite, vielleicht hätte man doch das Licht anlassen sollen, dachte er. Liebst du mich denn gar nicht?, hauchte Ulrike, nun ins Ohr. Die ständige Luftzufuhr wurde ihm langsam zu viel. Doch!, rief er in eine andere Richtung. Holm war nicht ganz klar, was das eine mit dem anderen zu tun hatte. Dann fass mich doch mal an!, sagte Ulrike leicht entnervt. Er fasste sie an. Leider war er sich nicht ganz sicher, wo seine Hand gerade gelandet war. Er hatte sie im hohen Bogen durch die Luft geschickt und war auf einem Körperteil gelandet, der sich nicht gleich zu erkennen gab. War es der Arm, die Hüfte, der Rücken oder der Oberschenkel? Zwischen Füßen und Stirn hätte es beinahe alles sein können. Da er es nicht wagte, seine Hand zu bewegen – Ulrike hätte denken können, er befinde sich erstmals auf der nackten Oberfläche einer Frau –, ließ er die Hand einfach dort liegen, vielleicht wurde sie ja irgendwann vergessen. *Vor kurzem wurde eine fremde männliche Hand auf dem Körper von Ulrike H. entdeckt (Foto). Der Besitzer möge sich bitte unter der Rufnummer … bei ihr persönlich melden.* Das brachte Holm auf die Idee, auch seine zweite Hand auf dem Körper von Ulrike H. zu platzieren und dort nach einer angemessenen Übergangsfrist zu vergessen. Wir sollten morgen weiter nach den Händen suchen, jetzt ist es zu spät. Holm konnte seine zweite Hand jedoch gerade nicht finden. Wahrscheinlich lag sie unter Ulrikes Körper. Man kann mich auch streicheln, sagte Ulrike auf einmal so dicht an seinem Gesicht, dass er fast zusammengezuckt wäre. Er roch ihren Körper, Vanille und verdorbenes Fleisch, dachte er irritiert, die Verbindung von Lust und Verwesung. Zögerlich bewegte er die noch bewegungsfähige rechte Hand auf und ab, das heißt, er bewegte sie von einer Senke auf eine Anhöhe, dort machte sie einen großen Bogen und verschwand in einer anderen Senke. Die Sache war nicht uninteressant. Vielleicht entdeckte er noch eine neue Tierart. Holm fuhr die Strecke mehrmals ab, tastete sich prüfend über die Unebenheiten und jähen Abbrüche und versuchte seinen ungefähren Standort zu lokalisieren, kam aber auch nach mehrmaligen Exkursionen zu keinem überzeugenden Ergebnis. Bislang hatte er angenommen, dass der weibliche Körperbau dem des Mannes in wesentlichen Punkten entsprach. Einen solchen Fremdkörper hatte er jedenfalls nicht erwartet. Gefällt er dir?, fragte Ulrike mit einer hellen Mädchenstimme, die offenbar immer dann zum Einsatz kam, wenn es intimer wurde. Wer?, fragte Holm, erneut über den Bogen fahrend. Na, mein Hintern!, sagte sie künstlich entrüstet. Holm hätte die Hand beinahe zurückgerissen. Dass er sich gleich auf den größten Posten gestürzt hatte. Hat es dir die Sprache verschlagen?, drängte Ulrike ungeduldig. Wie findest du ihn denn nun? Anscheinend war ihr der Hintern sehr wichtig. Eine runde Sache, sagte Holm, dem sich die Frage, ob man einen Hintern gut oder schlecht finden konnte, nie gestellt hatte. Ist er dir zu dick? Nein, sagte er, ich würde sagen, es ist ein klassischer Hintern. Ein klassischer Hintern? Was soll denn das heißen? Ein klassischer Hintern, sagte Holm, der in den Hintern beziehungsweise in das Thema nicht noch tiefer eindringen wollte, es wurde schon zu viel darüber geredet, wenn das nun bei jedem Körperteil so geht, dachte er, kommen wir nie zum Ziel. Ein klassischer Hintern, wiederholte er, hat deutlich herausgearbeitete Proportionen, die nicht der Wirklichkeit entsprechen, dadurch aber umso wirklicher erscheinen. Also ist er dir doch zu dick!, sagte Ulrike seufzend, hab ich mir fast gedacht. Nein, schob Holm rasch nach, ich finde ihn ausgesprochen gelungen, warum hast du ihn bloß so lange versteckt? Du Blödian, sagte Ulrike, was wohl nicht ernst gemeint war, denn plötzlich begann sie heftig an seinen Lippen zu saugen, Holm hatte kaum Gelegenheit, Luft zu holen, sie rührte gleich so intensiv mit der Zunge in seiner Mundhöhle, als wollte sie jetzt endlich wissen, wo er seine Zunge versteckt hatte. Und Holm hatte auf einmal nichts mehr dagegen, dass sie die Zunge fand. Er fing ebenfalls an zu saugen, mal an der Ober-, mal an der Unterlippe, immer abwechselnd, er kaute sich regelrecht fest, als hätte er ein besonders schmackhaftes Stück Fleisch im Mund, und während er saugte und kaute, merkte er, wie er eine Erektion bekam, die sich unaufhörlich auf Ulrikes Bauch zubewegte. Es war zweifellos keine gewöhnliche Erektion, wie er sie im privaten Rahmen von Tantes Badezimmer erlebt hatte. Dort war es lediglich ein halbentschlossener Ständer, der von Mal zu Mal milder über die Schmutzhefte ragte. Hier entwickelte sich jedoch momentan eine repräsentative Erektion, die es mit den Erektionen weltweit aufnehmen konnte und vor der er sich nicht zu verstecken brauchte.

Holm nahm diese überraschende Entwicklung zum Anlass, um endlich selber tätig zu werden. Er stützte sich mit den Ellenbogen ab, drückte Ulrike, langsam nach links rollend, auf den Rücken, ließ währenddessen keine Sekunde von den Lippen ab, auch in dem heiklen Moment, als Ulrikes Kopf auf das Kissen zurücksank, hielt er den Kontakt aufrecht, obwohl Holm eigentlich mit einem vorübergehenden Verlust gerechnet hatte, stattdessen wurde hier ohne vorherige Probe eine professionelle Linksrolle bei gleichzeitigem Saugen und Kauen hingelegt, dass Holm sich schon fragen musste, wie er zu diesen beeindruckenden Fähigkeiten gekommen war.

Die neue Lage veränderte zunächst nicht viel, noch immer saugten sie aneinander herum, allerdings lag seine Hand jetzt der Einfachheit halber auf Ulrikes Brust, irgendwo muss er sich schließlich abstützen, dachte Holm, der auf einmal ihre Hand an seinem nunmehr voll aufgerichteten Glied spürte, sie umschloss es fest und bewegte sich vorsichtig vor und zurück. Dass es sich ausgerechnet um Ulrikes rechte Hand handelte, die in ihrem Leben vermutlich schon mehrere Dutzend Hände geschüttelt hatte, Kundenhände, Verwandtenhände und sonstige Hände, machte ihm zunächst etwas zu schaffen. Schließlich ignorierte er die Kunden und begann rhythmisch vorzustoßen. Und als wäre das alles nicht genug, kreiste Holms Hand auch noch auf Ulrikes Brust, sie kreiselte wie ein Teller auf ihrer Brustwarze, die sich gummiartig versteifte. Oben wurde gekaut und gesaugt, unten rhythmisch gestoßen, seitlich auf der Brust gekreiselt, wenn er jetzt noch das rechte Bein hob, konnten sie im Zirkus auftreten.

Auf einmal ließ Ulrike von ihm ab und drehte sich abrupt zur Seite, als wäre sie zur selben Zeit wie Holm zu dem Ergebnis gelangt, dass die Angelegenheit irgendwie ins Stocken geraten war. Holm hoffte schon, dass sie sich zur Nachtruhe bettete, vielleicht war sie müde – angesichts dieses eintönigen Gekreisels auch kein Wunder –, Holm selbst hatte Mühe, wach zu bleiben, fühlte sich aber ständig zum Handeln gedrängt. Aber nein, Ulrike hatte sich doch noch nicht schlafen gelegt, mit den Worten, Ich glaube das brauchst du jetzt, knisterte sie unmittelbar vor seinem Gesicht herum. Holm assoziierte sofort etwas Essbares. Vielleicht ein Betthupferl? Um Ulrike nicht zu enttäuschen, immerhin war es nett gemeint, ihre Fürsorge rührte ihn sogar, nahm er das Geschenk dankend an, was etwas länger dauerte, denn es war nicht ganz leicht, ihre Hand zu orten. Als er das Geschenk endlich in der Hand hielt, ging ihm sofort ein Licht auf. Es war kein Keks, sondern ein Präservativ. Warum war er nicht gleich darauf gekommen? Dass Ulrike so etwas griffbereit liegen hatte, stimmte ihn allerdings nachdenklich. Ihre Pläne schienen weit ausgereifter zu sein als seine eigenen. Hinzu kam, dass er keine Ahnung hatte, wie so etwas zu benutzen war. Sein Wissen basierte auf einem einzigen Versuch, der auch noch kläglich gescheitert war. Am Ende hatte das Ding wie die Zipfelmütze eines Betrunkenen schief und knittrig auf seinem rasch welkenden Geschlechtsteil gehangen, das die brutale Behandlung offenbar übel genommen hatte.

Zum Glück war es dunkel. Er musste das Gummi nur blitzschnell rüberziehen und den ersten Schock ausnutzen, ehe seinem Glied klar wurde, was da passierte. Inzwischen hatte sich die Lage jedoch dramatisch verschlechtert. Offenbar beeinflusst von den trüben Gedanken, hatte sein Ständer die ursprüngliche Höhe überraschend verlassen und befand sich in einem dramatischen Sinkflug. Das war nicht zu tolerieren. In diesem entscheidenden Moment, dem wahrscheinlichen Wendepunkt der Beziehung zu Ulrike, schlappzumachen konnte von Holm nicht einfach tatenlos hingenommen werden. Vor Wut riss er die Plastikhülle entzwei und stellte sich eine besonders erregende Handlung mit der Supermarktkassiererin vor. Es ging sofort zur Sache: von vorne, von hinten, seitenverkehrt und im Stehen. In der Küche, im Bad, im Wohnzimmer und im Flur. Doch nichts passierte. Während sich sonst alles sehr schnell zu seiner Zufriedenheit löste, war jetzt nicht mal ein Zucken zu spüren. Bist du bald fertig?, hörte er auf einmal Ulrikes ungeduldige Stimme. Gleich, sagte Holm, der längst fertig war, und zwar mit der Kassiererin. Es musste rasch Ersatz gefunden werden. Aber welche Frau sollte man wählen, wenn hunderte attraktive Gesichter nur darauf warteten, in Holms Privatvorstellungen mitspielen zu dürfen? Er musste sich auf eine bestimmte Frau konzentrieren. Zu seiner Überraschung bot sich Wanda S., die Putzhilfe, an. Er nahm sie gleich im Laden. Während sie nach vorne gebeugt war und Holm hart von hinten in sie eindrang, bemerkte er verblüfft, wie sie sich dabei, mit dem Staubwedel wedelnd, durchs Geschäft bewegte, was ihn offenbar dermaßen erregte, dass die Erektion rasch wieder ihre ursprüngliche Höhe erreichte. Blitzschnell streifte er das Gummi über. Keine Zipfelmütze, sondern eine imposante Pickelhaube stand bereit, um Holm den Weg durch unbekanntes Gelände zu bahnen.

Er beugte sich über Ulrike, die leicht zusammenzuckte, als er mit der Nase gegen ihre Brustwarze stieß, wo er eigentlich den Mund erwartet hatte. Um nicht den Eindruck von Desorientierung zu erwecken, verweilte er dort ein wenig und begann mit der Zunge ihre Brustwarze zu kitzeln, was Ulrike jedoch keineswegs zum Lachen animierte. Vielmehr hörte er jetzt ein leises Stöhnen, ihre Brust hob und senkte sich, als habe er zufällig den Punkt getroffen, der die ganze Sache in Bewegung setzte. Jetzt wird es ernst, dachte Holm. Die Brustwarze schmeckte salzig, obwohl er eher mit einer süßen Geschmacksrichtung gerechnet hatte. Während er Ulrike geschickt ablenkte, stieg er langsam über sie, zwängte sich vorsichtig zwischen ihre Beine, verschaffte sich so eine halbwegs gesicherte Ausgangsposition, von der aus er tun konnte, was zu tun war. Es schien, als würde es jeden Augenblick losgehen, er hatte die Brustwarze bereits verlassen, küsste und leckte sich aufwärts, Holm dachte unentwegt an Wanda S. und den Staubwedel. Jetzt bloß nicht auf den letzten Zentimetern noch einen Fehler begehen, dachte er. Seine Schultern schmerzten von der ungewohnten Haltung. Lange geht das so nicht mehr! Was um diese Uhrzeit noch alles von ihm erwartet wurde, es war schon beachtlich, zu was der Mensch in der Lage war, wenn er mal richtig gefordert wurde. Ulrikes

Beine öffneten sich und klappten zur Seite weg. Ihr Stöhnen wurde zunehmend lauter, beinahe schon unangenehm laut. Er hatte inzwischen den Hals erreicht. Der Geruch von Vanille stieg ihm in die Nase. Holm dachte an Weihnachten. Er versuchte durch den Mund zu atmen, hörte sich dabei aber merkwürdig keuchen, als würde er keine Luft mehr bekommen. Was Ulrike wohl von ihm dachte? Dass er keine Luft mehr bekam und jeden Moment über ihr zusammenbrach? Holm war kein Leichtgewicht, das musste mal klar gesagt werden. Er hatte sogar einige Kilo zuviel. Ob sich Ulrike der Gefahr bewusst war, die da in wenigen Zentimetern Abstand über ihr schwebte?

Sein Rücken krümmte sich, er presste die Knie gegen ihre Schenkel, schaukelte mit dem Becken vor und zurück, unter ihm schwankte die Wünschelrute auf der Suche nach einer Wasserader, zuckte auf einmal abwärts, verhakte sich, stieß ohne Vorwarnung zu, drang überraschend tief hinein, ein lang gezogenes, fast klagendes Stöhnen kam aus Ulrikes Mund. Trotzdem stieß er unentwegt nach, als wollte er immer tiefer eindringen. Holm stand der Schweiß auf der Stirn, er hielt den Kopf waagerecht, versuchte sich nichts anmerken zu lassen, er hatte nichts damit zu tun, kein Ton war von ihm zu hören, nichts, was auf ein zustimmendes Verhalten hindeutete. Neutralität war hier angesagt, er wollte sich später nicht vorwerfen lassen, dass er die Sache auch noch lautstark unterstützt hatte. Wie lang soll das denn noch gehen, dachte er, er konnte sich kaum noch auf den Händen halten. Ulrike stöhnte nicht mehr, sie schrie. Er glaubte irgendein Wort herauszuhören, konnte es aber in keinen sinnvollen Zusammenhang bringen. Wahrscheinlich hörte die ganze Nachbarschaft, was hier in diesem Augenblick passierte, eine Vorstellung, die ihn entsetzte. Holm spürte ein leichtes Kitzeln im

Becken, als würde Sand rieseln, der Sand rieselte zwischen seine Beine und sammelte sich im Schritt. Wie ein Sandsack, so schwer fühlte es sich an. Ulrike umklammerte seine Arme, schien ihn zu sich runterziehen zu wollen. Sein ganzer Körper fing plötzlich an zu zittern. Ihre Schreie verwandelten sich in dumpfe, grunzende Tierlaute, wie ein Wurm bog sie sich unter ihm, krallte sich an ihm fest, bohrte die Fingernägel tief in sein Fleisch. Auf einmal verkrampfte sie sich, erstarrte sekundenlang, als wäre sie von einem Stromschlag getroffen worden. Holm rührte sich nicht, wagte sich nicht zu bewegen, der Sand rieselte immer noch, drückte von innen gegen seine Lenden. Er merkte, wie es ihm kam. Es kam ihm! Mitten hinein in Ulrikes von einem Stromschlag erstarrten Leib, der sich im selben Augenblick löste, ihre Finger entkrampften sich, sie schien aus großer Höhe plötzlich von ihm abzufallen, und mit einem lauten Seufzer entwich die Spannung aus ihrem Körper, der wie leblos unter ihm liegen blieb.

Nachdem ihre Körper wieder auseinandergeklappt waren, schmiegte sich Ulrike an ihn, legte ihre Hand auf seine Brust und atmete tief durch. Sie sagte nichts, keinen Kommentar zu dem Thema. Es gab keinen Wutausbruch, aber auch keine Worte des Dankes. Keinen Tadel, aber auch keine erste Einschätzung. Sie schmiegte sich einfach an ihn und legte die Hand auf seine Brust, als wäre damit alles gesagt.

Teil Zwei

15.

Zwei Wochen später zog Holm mit zwei Lederkoffern in Ulrikes Leben ein. Seine Tante hatte unmittelbar nach der Bekanntgabe jede Äußerung verweigert. Sie wischte Staub und saugte das Wohnzimmer, obwohl sie sonnabendnachmittags noch nie Staub gewischt und das Wohnzimmer gesaugt hatte. Sie wischte und saugte mit einer Vehemenz durch die Wohnung, als versuchte sie sämtliche Spuren ihres Neffen Holm restlos zu beseitigen, obwohl es da eigentlich nicht viel zu beseitigen gab. Einmal am Sofa entlanggesaugt, und Holm war praktisch Geschichte.

Schließlich fand sie doch noch die Sprache wieder. Ob er sich die Sache wirklich gut überlegt habe, ob es nicht besser sei, alles zunächst einmal in Ruhe anzugehen und nicht voreilig zu handeln, er stünde ja nicht unter Zeitdruck. Er habe sich, antwortete Holm, die Sache nicht nur gut, sondern, wie es seine Art sei, sogar sehr gut überlegt, die letzten siebenunddreißig Jahre habe er praktisch ausschließlich gedacht und überlegt, damit müsse nun aber endlich mal Schluss sein, die Zeit verlange ein tatkräftiges Vorwärtsschreiten, sein Leben erwarte den finalen Zugriff. Wenn er sich also dafür entschieden habe, sagte die Tante streng, müsse er auch bereit sein, die Konsequenzen zu tragen, er dürfe nicht damit rechnen, von ihr wieder aufgenommen zu werden, falls die Sache wider Erwarten doch schiefgehe. Ihm müsse klar sein, dass sein Schritt hinaus in die Welt ein endgültiger sei, denn wer

A sage, sagte Hede, müsse auch B sagen, und wer einmal B gesagt habe, dürfe nicht meinen, er könne problemlos wieder zu A zurückkehren. Er sei ein erwachsener Mann, sagte Holm, und als solcher mit den Grundkenntnissen des Alphabets vertraut, er sei willens und fähig, die Sache bis zum Ende durchzubuchstabieren, sollte er irgendwann bei Z anlangen, würde er sie selbstverständlich sofort davon in Kenntnis setzen.

Und so trat Holm, nachdem er der Tante mit einer unmissverständlichen Geste den Wohnungsschlüssel überreicht hatte, um sechzehn Uhr dreiunddreißig hinaus in die Welt. Von Tantes Sofa mitten hinein ins tosende Leben. Noch am selben Abend bekam Holm von Ulrike eine eigene Schrankhälfte zugeteilt, die unterste Schublade der Schlafzimmerkommode, ein *persönliches* gelbes Handtuch und den kleineren Teil der Ablage im Badezimmer. Auf seinen Wunsch hin wurde die Entenfamilie in die Küche umgesiedelt, bei den Bären Tobi, Tibbi und Tatz wurde eine ähnliche Bitte, sie ins Wohnzimmer zu verfrachten, jedoch ohne Nennung von Gründen abgelehnt. Dafür durfte er auf der bärenlosen Seite der Matratze schlafen. Im Wohnzimmer bekam er die linke Seite des Regals für eigene Bücher und CDs, obwohl er bis auf ein Buch und eine Reinhard-Mey-CD fast keine persönlichen Gegenstände besaß. Wenigstens das Bild der Tante konnte er noch dazustellen. Vom Sofa aus, wo ihm allerdings kein gesonderter Platz zugewiesen wurde, das sitzt sich noch ein, dachte Holm, konnte er bequem seine Regalseite betrachten und so den Eindruck bekommen, ein wichtiger Bestandteil der Wohnung zu sein. Jeder Gast musste sofort erkennen: Hier wohnt zweifellos ein weiterer Mensch. Holm tauchte erstmals als eigenständige Persönlichkeit auf und hinterließ klar erkennbare Spuren. Überall dort, wo seine Privatsachen standen oder lagen, der Schlafanzug auf dem Bett, das Kräuterhandbuch der Tante auf dem Wohnzimmertisch – er hatte es in einem Anfall von Wehmut einfach mitgenommen –, Rasierwasser und Zahnbürste im Badezimmer, wirkten sie automatisch auf das Wohnungsbild und vermittelten ihm zunehmend das Gefühl, angekommen zu sein.

Wie es zuging im richtigen Leben, in der Welt da draußen, konnte Holm gleich am nächsten Tag ausführlich studieren. Nachdem sie endlich doch noch aufgestanden waren – genau anderthalb Stunden zu spät, wie er missmutig feststellte, aber es war schließlich der erste offizielle Tag ihrer gemeinsamen Partnerschaft, da konnte man es ruhig einmal etwas lockerer angehen lassen, dabei schlief Ulrike gar nicht richtig, sondern lag einfach nur faul herum, wälzte sich ruhelos von einer auf die andere Seite, bemerkte dort zufällig Holm und begann, ihn an sehr unterschiedlichen Stellen, die sich allesamt unter der Gürtellinie befanden, anzufassen, kurz: unsittlich zu berühren, was Holm starr über beziehungsweise unter sich ergehen ließ, glücklicherweise hatte er seine Schlafanzughose bis zum Bauch hochgezogen, so dass nicht allzu viel passieren konnte, was Ulrike mit dem Ausspruch, Du willst wohl gar nicht kuscheln, fast beleidigt kommentierte – nachdem sie also gegen halb zehn endlich aufgestanden waren, führte Holms Weg zunächst in die Küche. Während er sich im Schlafanzug einen ersten Überblick verschaffte, verschwand Ulrike für längere Zeit, beinahe schien es für immer, im Badezimmer.

Das Frühstücksangebot war, wie er sofort erkannte, außerordentlich mager. Denn außer einigen Scheiben Toast, zwei Gläsern Orangenmarmelade und einem Glas Erdnussbutter war der Kühlschrank auf ein angemessenes Sonntagsfrühstück in keiner Weise vorbereitet. Es fehlte normale Butter, es fehlte Käse, es fehlte Quark, es fehlten Eier, es fehlte eigentlich alles, was aus Holms Sicht zu einem angemessenen Frühstück notwendig war. Noch in derselben Minute beschloss Holm, die Einkäufe künftig selber zu übernehmen und die Wohnung ingesamt auf Vordermann zu bringen. Organisation gehörte offensichtlich nicht zu den hervorstechenden Stärken Ulrikes. Hier fehlt ganz einfach das Management, dachte er. Bei dieser Gelegenheit stellte er fest, dass ein seriöses Frühstück in der Küche nicht möglich war. Es fehlte ein Tisch. Wollten sie ihr erstes gemeinsames Frühstück etwa im Bett zu sich nehmen? Diese Aussicht war so deprimierend, dass er am liebsten ganz aufs Frühstück verzichtet hätte. Eine Nahrungsaufnahme im Bett kam für Holm nicht in Frage. Hier mussten gewisse Personen aus der Studentenbewegung als unrühmliche Vorbilder gelten. Freie Liebe, Terrorismus und Frühstücksgelage in überdimensionierten Betten waren die Symbole einer aus den Fugen geratenen Zeit. Wer im Bett frühstückte, dem waren auch Geiselnahmen nicht fremd.

Da Ulrike weiterhin im Badezimmer verschwunden blieb, entschloss sich Holm gegen seine Gewohnheit, im Schlafanzug Kaffee zu machen. Er setzte gerade das Wasser auf, als Ulrike völlig überraschend nackt in der Küche erschien und ihn ohne Vorwarnung von hinten umarmte. Schön, dass du uns Frühstück machst, hauchte sie ihm ins Ohr. Holm versuchte die Sache locker zu sehen. Doch hatte ihn die Tante jemals im Evakostüm umarmt? Er reagierte nicht und tat, als hätte er nichts bemerkt, worauf Ulrike von ihm abließ und ins Badezimmer zurückkehrte, aus dem sie wenige Minuten später vollständig angekleidet wieder herauskam. Das hatte er kommen sehen. Während Holm den Eindruck erweckte, die ersten Hausarbeiten des Tages grundsätzlich im Schlafanzug zu absolvieren, war Ulrike bereits ausgehfertig. Hier musste von einer klaren Fehlentwicklung gesprochen werden. Auf einmal fing sie laut an zu lachen, konnte sich kaum noch einkriegen und gluckste, nach Atem ringend, unter dem Türrahmen, als würde sie Holms Schlafanzug erst in diesem Moment in aller Klarheit erkennen. Was ist denn das da? sagte sie und deutete auf sein Oberteil, auf dem ein großes, plastisch wirkendes Segelschiff abgebildet war. Holm hatte es vor längerer Zeit von seiner Mutter zu Weihnachten geschenkt bekommen. Seit Jahren bekam er regelmäßig Schlafanzüge geschenkt. Sein Wunsch, einmal keinen Schlafanzug geschenkt zu bekommen, wurde schlicht ignoriert und konnte sie nicht davon abhalten, weiterhin Schlafanzüge, vorzugsweise mit Motiven aus der Luft- und Seefahrt, zu kaufen. Inzwischen besaß er wahrscheinlich die weltweit vollständigste Schlafanzugkollektion, die sich ausschließlich den Themen Luft- und Seefahrt widmete. Seine Mutter meinte, auch im Bett könne man schick aussehen, was Holm mit der Bemerkung konterte, dass es dunkel sei und er die Nacht hauptsächlich schlafend verbringe, worauf seine Mutter erklärte, dass man nie wissen könne, wer einen nachts plötzlich aus dem Bett klingele, worauf Holm feststellte, dass er nachts grundsätzlich keine Tür öffne, auch wenn seine Mutter höchstpersönlich davorstehe und sich den Finger wund klingele, worauf sie beleidigt schwieg. Ein Segelschiff, sagte Holm jetzt, ohne Ulrike anzusehen, das ist ja wohl deutlich zu erkennen. Sie musste erneut lachen, was bei Holm ratloses Kopfschütteln verursachte.

Sie frühstückten im Wohnzimmer am Couchtisch. Immerhin sitzen wir, dachte Holm, der lediglich Kaffee trank und dazu ein trockenes Stück Toastbrot aß. Ob er denn gar keinen Hunger habe, fragte Ulrike, genüsslich auf ihrem Erdnussbutter-Orangenmarmeladen-Toast kauend. Holm verneinte sofort, er esse morgens eigentlich nie. Eine Lüge, die zweifellos das Ende seines regulären Frühstücks bedeutete. Denn wollte er konsequent sein, durfte er in Zukunft nie mehr als eine trockene Scheibe Toast essen. Aber heute Mittag isst du doch was, oder?, fragte Ulrike, sie verdrückte bereits ihr zweites Brötchen. Meine Schwester hat uns nämlich zum Mittagessen nach Hause eingeladen, und Sven ist ein toller Koch, du wirst sehen. Heute Mittag ist in genau anderthalb Stunden, dachte Holm, der jetzt keinen Fehler machen und sich auch noch um das Mittagessen bringen wollte. Er bejahte, obwohl ihn die Aussicht, den Sonntag mit der Schwester, Sven und der kleinen Sonja zu verbringen, nicht gerade euphorisch stimmte. Sonntag war der Tag des Müßiggangs, der Tag, um endlich mal mehrere Zeitungen hintereinanderweg zu lesen, es war der Tag vage umherschweifender Gedanken. Ulrike hätte ihn einen Tag vorher darüber informieren können, er wollte rechtzeitig, also mindestens vierundzwanzig Stunden im Voraus, eingeweiht werden, wenn Verabredungen getroffen wurden, die einen Eingriff in seinen Lebensrhythmus bedeuteten. Schließlich galt es, sich mental auf diesen Besuch vorzubereiten.

Holm trug seinen besten Anzug und einen nagelneuen, champagnerfarbenen Schlips. Mit ihrem Wagen, einem roten, etwas ungepflegten Golf, fuhren sie die Schloßstraße Richtung Süden. Schon wenige Minuten später erreichten sie einen mausgrauen Flachbau, umgeben von Ruhe und Hecken. Mittendrin Einfamilienhäuser aus der Nachkriegszeit, die sich im Laufe des Wirtschaftswunders immer weiter aus der Deckung herausgetraut hatten und schließlich jedem mitteilten, dass man sich nicht mehr zu verstecken brauchte. Holm spürte sofort, dass er in der falschen Gegend war. Er war ein Angestellter, der sich in die Chefetage des Lebens verirrt hatte.

Neben der Haustür hing ein buntes Keramikoval. *Hier wohnt die Familie BROCKMANN*. Nicht einfach nur Brockmann, es musste klargestellt werden, dass hier gleich eine ganze Familie Platz gefunden hatte. Hier lebte kein schrulliger Einzelgänger namens Brockmann, der im Wohnzimmer Ameisen züchtete und das Haus nur an geraden Tagen verließ, sondern eine normale Familie mit Standardhobbys. Holm stellte sich vor, wie es aussah, wenn dort stattdessen *Hier wohnt die Familie HOLM* stünde. Es sah aus, als hätte sich jemand einen Scherz erlaubt.

Die kleine Sonja öffnete freudig strahlend die Tür. Ulrike wechselte sofort in eine quäkende Kinderstimme, als könnte die kleine Sonja den Inhalt des Gesagten andernfalls nicht begreifen. Dabei war der Inhalt so dürftig, dass die normale Sprechweise völlig gereicht hätte. Im Innern schien vor kurzem eine Bombe explodiert zu sein, in der sich Kinderspielzeug befunden hatte. Eine Schneise der Verwüstung zog sich quer durch die Wohnung.

Da seid ihr ja schon, sagte Ulrikes Schwester Anne, sie kam gerade aus dem Schlafzimmer, wo Holm ein zerwühltes Ehebett bemerkte. Sven ist noch am Kochen, fuhr sie, die Haare zu einem Zopf bindend, fort. Während sie die Arme hob, konnte er erkennen, dass sie unter dem T-Shirt keinen BH trug. Vielleicht fielen die Hüllen später ganz. Geht doch schon mal ins Wohnzimmer, sagte sie, während sie wieder im Schlafzimmer verschwand. Ulrike zog ihre Schuhe aus und bat Holm, das Gleiche zu tun. Wegen Sonja, meinte sie. Sonja schien weniger ein Mensch als eine seltene, vom Aussterben bedrohte Tierart zu sein. Auch im Wohnzimmer hatte die Bombe ganze Arbeit geleistet. Überall lagen Puppen, Legosteine und Malstifte herum. Vorm Fenster stand ein Schaukelpferd, es hatte einen panischen Gesichtsausdruck, als wollte es jeden Augenblick die Scheibe durchbrechen. Im Fernseher lief ein Zeichentrickfilm, falls sich die kleine Sonja einmal drei Sekunden langweilen sollte. Nur die Sofaecke hatte die Explosion weitgehend unbeschadet überstanden. Auf dem Couchtisch lagen bereits vollendete oder noch in Arbeit befindliche Kunstwerke von Sonjas Hand. Wenn sie groß genug war, würde sie ihre Eltern zweifellos sofort aus dem Haus werfen.

Guck mal, rief Sonja und zog Ulrike zum Tisch. Hab ich eben gemalt! Sie deutete stolz auf ein Bild, das drei magere Personen vor einem Weihnachtsbaum zeigte. Die mittlere trug blonde Zöpfe und überragte die beiden anderen um Haupteslänge. Das bin ich, sagte sie und zeigte auf die Zopfträgerin. Und das sind Mama und Papa. Sie hat die Lage durchschaut, dachte Holm. Die Frage war, ob auch ihre Eltern die Lage durchschauten. Deine Bilder werden ja immer toller, quakte Ulrike anerkennend und setzte sich auf die Couch. Stimmt doch, oder?, fragte sie zu Holm aufblickend, ohne ihre Stimme zu verändern. Sollte er vielleicht auch seine Stimmlage ändern? Holm betrachtete die Zeichnung. Es waren keinerlei Qualitätssprünge seit dem letzten Mal zu entdecken. Haben wir denn schon Weihnachten? fragte er, als wüsste er es gerade selber nicht genau. Das spielt doch jetzt keine Rolle, sagte Ulrike, abrupt in ihre normale Ulrikestimme wechselnd. Doch, sagte Holm, man kann im Spätsommer keinen Weihnachtsbaum malen, das ist ja wohl etwas zu früh! Lass dir von ihm nichts erzählen, beschwichtigte Ulrike wieder quäkend, mir gefällt es. Aber das ist doch gar kein Weihnachtsbaum, sagte Sonja beleidigt. Ein Baum mit Kerzen, beharrte Holm, ist in jedem Fall ein Weihnachtsbaum, da gibt es keine Diskussionen. Das sind aber Tannenzapfen, versuchte ihn Sonja zu überzeugen. Tannenzapfen wachsen nach unten und nicht nach oben! Holm war nicht bereit, solchen Unsinn kommentarlos hinzunehmen. Daraufhin drehte Sonja die Zeichnung einfach auf den Kopf. So, sagte sie störrisch. Ein schreckliches Familiendrama, dachte er, drei Menschen stürzen samt Tannenbaum aus dem zehnten Stock in den Tod. Das war wenigstens realistisch.

Es gibt Ossobuco alla milanese, kam plötzlich Annes Stimme aus dem Esszimmer, das von einer halbhohen Wand vom Wohnzimmer getrennt war. Sie brachte eine Flasche und drei Gläser. Es dauert nicht mehr lange, sagte sie, aber ihr könnt euch schon freuen! Du trinkst doch auch Apfelsaftschorle, fragte Anne, zu Holm gewandt, während sie die Gläser füllte. Ja, auch Holm trank Apfelsaftschorle. Ihm gefiel das Wort Schorle nicht, es klang, als würde es den Apfelsaft lächerlich machen. Holm nickte. Ohne ihn weiter zu beachten, vertieften sich die Frauen sofort übergangslos in ein Gespräch. Anscheinend setzten sie ein Thema fort, das sie vor einigen Tagen lediglich unterbrochen hatten. Dass man so leicht an etwas anknüpfen konnte, verwirrte ihn. Holm merkte rasch, dass er überflüssig war. Hier fand ein Gespräch statt, das vor ihm begonnen hatte und dessen Ende noch lange nicht abzusehen war. Stärker denn je verspürte er den Wunsch, irgendwo von Anfang an dabei zu sein. Dass er bei seinem eigenen Leben auch nicht von Beginn an mit vollem Bewusstsein dabei war, machte die Sache nicht besser. Eines Tages hatte er beim Duschen bemerkt, dass er existierte, da war er bereits seit acht Jahren auf der Welt. Die entscheidende Frage war: Wie konnte man mit einer Frau zusammenleben, die vermutlich auch noch mit anderen Personen seit längerem laufende Gespräche unterhielt?

In diesem Moment sah er, wie ihn die kleine Sonja nachdenklich anblickte. Ob sie ahnte, dass der Mann mit der

Apfelsaftschorle von der ganzen Situation überfordert war, dass ihm zu diesem Themenkomplex einfach nichts einfallen wollte? Holm hatte plötzlich das Gefühl, erkannt worden zu sein. Er lächelte, worauf sich Sonja abrupt abwandte und ihrem zeichnerischen Werk widmete. Jetzt hieß es, Haltung zu bewahren. Man durfte keinesfalls zu erkennen geben, dass man hier nichts Wichtiges zu tun hatte. Die Aufgabe lautete: *Besichtigung der Kunstdrucke*. An den Wänden hingen Kopien berühmter Gemälde aus renommierten Museen. Holm kannte sie schon, beschloss sein Wissen aber wieder einmal aufzufrischen. Er ging von Bild zu Bild, arbeitete sich an den Wänden entlang, betrachtete Hoppers *Nighthawks* so intensiv, als verberge sich eine von allen Experten bislang übersehene Botschaft darin.

Unterdessen beobachtete ihn Sonja, immer wieder von ihrer Zeichnung aufblickend, als erwartete sie jeden Augenblick irgendetwas Grundlegendes, das Holm als Fremden sofort disqualifizierte. Dass er Bilder von der Wand riss und darauf herumtrampelte, dass er Anne überraschend als Geisel nahm und die Herausgabe von Wertgegenständen forderte. Oder dass er laut furzte. Tatsächlich war ihm in letzter Zeit öfter ein unkontrollierter Furz entwichen. Wenn er spazieren ging, klang er mitunter wie ein altes Auto, er musste aufpassen, dass er sich nicht aus der menschlichen Gemeinschaft hinausfurzte. Selbst bei der Tante waren ungestörte Fernsehabende zuletzt kaum noch möglich gewesen. Bemerkte er rechtzeitig, dass sich etwas entwickelte, stand er auf und ging langsam, jede plötzliche Bewegung vermeidend, ins Badezimmer, knotete den Bademantel um die Hüften und setzte sich vorsichtig in den Wäschekorb, wo das Geräusch, von Tantes Blusen stark gedämpft, verpuffte. Je länger er darüber nachdachte, desto unausweichlicher wurde sein Drang zu furzen.

Er befand sich kurz vor einem gewaltigen Furz. Der Begriff *menschliche Bombe* bekam hier gleich eine ganz neue Bedeutung. Ulrike und Anne ahnten noch nicht, dass jeden Augenblick die Katastrophe eintreten konnte, dass eine Offenbarung ins Haus stand, die Holms Aufenthalt im Kreise der Brockmanns sofort fragwürdig erscheinen ließ. Nur Sonja war aufgefallen, dass sich Holm bereits geraume Zeit bewegungslos vor Monets *Seerosen* aufhielt, obwohl es dort eigentlich fast nichts zu sehen gab. Eine noch eingehendere Betrachtung war jedenfalls nicht mehr zu rechtfertigen.

Holm schob sich in kleinen, starren Schritten langsam vorwärts. Wie ein Roboter bewegte er sich zwischen Sofa und Wand entlang, obwohl ein Durchgang dort sicher nicht vorgesehen war. In seiner Lage hätte er jedoch unmöglich vor dem Sofa entlanggehen können. Mehr Platz erforderte zweifellos größere Schritte, und die waren gegenwärtig einfach nicht drin. Er befand sich nun unmittelbar hinter Anne, mit seinem Gesäß gefährlich dicht an ihrem Kopf. Wenn es jetzt losgeht, dachte er, kann ich gleich einpacken. Gab es hier eigentlich noch irgendetwas zu besichtigen? Holm blickte sich um. Die Wand war leer. Ausgerechnet an dieser entscheidenden Stelle waren den Verantwortlichen die Ideen ausgegangen. Nicht mal zu einem Wandteppich hatte es gereicht. In diesem Augenblick wurde Holm klar, dass er nicht wusste, wo sich das Badezimmer befand. Und ob dort ein Wäschekorb für Notfälle wie diesen bereitstand? Ohne einen Wäschekorb brauchte er aber gar nicht erst ins Badezimmer zu gehen. Ob er mal Anne fragen sollte? Aber er durfte jetzt kein Aufsehen erregen. Musste seinen Weg ums Sofa einfach langsam fortsetzen. Sein neues Ziel hieß Garderobe. Mit dem Rücken gegen die Mäntel gedrückt, würde der Effekt ein ganz ähnlicher sein.

Die Hälfte des Sofas war geschafft, als er plötzlich Sonjas grinsendes Gesicht bemerkte. Die kleine Sonja stand vor dem Couchtisch und grinste ihn an. Sie glaubte anscheinend, Zeugin eines originellen Spiels zu sein. Wer es schaffte, in fünf Minuten unbemerkt ums Sofa zu kommen, hatte gewonnen. Am besten, man sieht gar nicht hin, dachte Holm und beschleunigte seinen Gang. Wenn man sie nicht beachtet, wird sie in wenigen Sekunden die Lust verlieren. Doch anstatt sich ihrem zeichnerischen Werk zu widmen, schlich sie auf Zehenspitzen auf die andere Seite des Sofas, hielt den Zeigefinger vor die fest verschlossenen Lippen und begann sich ebenfalls an der Wand entlangzuschieben. Die Sache gerät außer Kontrolle, dachte er und schlich weiter, ehe Sonja zu ihm aufschließen konnte. Er hatte das Ende erreicht und ging Richtung Garderobe. Noch zehn Meter. Das Spiel war erst zu Ende, wenn man die Garderobe erreicht hatte. Auf dem Flur gab es zwei Türen. Eine davon führte aller Wahrscheinlichkeit nach ins Bad. Sollte er die Spielregeln kurzfristig ändern? Leider war die Wäschekorbfrage nicht hinreichend geklärt. Erst jetzt erkannte er, dass die Jacken an der Garderobe für sein Vorhaben viel zu kurz waren. Die längste reichte ihm gerade bis zu den Hüften. Sonja hatte das Sofa umrundet und war ihm dicht auf den Fersen. Vielleicht zieht das Unwetter ja vorüber, dachte er und presste sich, an der Garderobe angekommen, sofort rücklings gegen die Jacken. Holm konzentrierte sich, während Sonja auf Zehenspitzen herannahte und sich schließlich auch mit dem Rücken gegen die Wand stellte. Sonja versuchte sich ebenfalls zu konzentrieren, wirkte dabei jedoch wie eine schlechte Schauspielerin, die ihr großes Vorbild lediglich imitierte. Auf was kann sich ein Kind in diesem Alter schon konzentrieren, dachte Holm, der weiterhin hoffte, dass nichts passierte. Es passierte so deutlich nichts, dass er die Gefahr bereits vorüber wähnte und sich ein wenig entspannte. In diesem Augenblick kam er: ein satter, gemütlicher Herrenfurz. Er blickte starr geradeaus und gab sich unbeteiligt. In den Augenwinkeln sah er, wie Sonja die Augen geschlossen hatte und sich mit größter Willenskraft auf etwas konzentrierte. Hatte sie womöglich nichts gehört? Oder, viel schlimmer, wurde im Hause Brockmann öfter zwanglos gefurzt und sie fand gar nichts Besonderes dabei? Gehörten diese Äußerungen zur normalen Geräuschkulisse, vor der ihr Alltag stattfand? Dann geschah etwas Unglaubliches: Auch Sonja furzte, ein heller, fragender Kinderfurz entwich ihrem unschuldigen sechsjährigen Körper. Dieses Ergebnis begeisterte sie dermaßen, dass sie sofort gelöst auf und ab hüpfte und laut in die Hände klatschte. Und was machen wir jetzt?, fragte sie und lächelte Holm an.

Sven Brockmann stand vor dem Herd und rührte in mehreren Töpfen gleichzeitig. Wäre echt klasse, wenn du mir helfen könntest, sagte er, von einem Schlachtfeld zum nächsten springend. Zum Beispiel nachher den Tisch draußen decken! Die Lässigkeit, mit der er die unterschiedlichsten Vorgänge gleichzeitig bewältigte, deprimierte Holm sofort. Er fühlte sich augenblicklich an seine eigene Unfähigkeit erinnert, das Leben anders als chronologisch wahrzunehmen. Sven Brockmann machte nicht den Eindruck, als ob ihn irgendetwas aus der Ruhe bringen konnte. Er hatte die Sache im Griff, was angesichts des herrschenden Durcheinanders, dem man nicht ansehen konnte, ob später mal ein halbwegs genießbares Gericht daraus entstehen würde, als bedeutende Leistung betrachtet werden musste. Wer aus diesem Chaos als Sieger hervorgeht, dachte Holm, dem muss das Leben wie eine permanente Freizeitveranstaltung erscheinen.

Wie es mit Ulrike so laufe?, fragte er beiläufig und warf

einige Knoblauchzehen in den Topf. Er könne noch nicht viel dazu sagen, sagte Holm, es sei gerade erst angelaufen. Sven sah ihn verwundert an. Du kannst sie ruhig ein bisschen anpacken, sagte er, sich wieder den Töpfen zuwendend. Ulrike braucht manchmal eine starke Hand, genauso wie ihre Schwester! Wenn du mich fragst, sagte er heftig rührend, die Weiber sehnen sich doch heimlich nach Ordnung. Und die können ihnen nur wir Männer geben. Dieser ganze Emanzenkrampf ist doch eigentlich idiotisch. Warum dürfen denn Frauen nicht einfach Frauen sein, frage ich dich?

Hier war offenbar seine Meinung als Mann gefragt. Womit er kaum noch gerechnet hatte, ein Gespräch auf gleicher Augenhöhe, quasi von Mann zu Mann. Beim Thema Ordnung fühlte sich Holm erstmals in der Lage, eine selbstständige Position zu vertreten. Ich denke, sagte er, es muss mal wieder ordentlich aufgeräumt werden, es geht einfach nicht… Genau, sagte Sven, den Hauptgedanken brutal abschneidend, es muss mit dem Vorurteil aufgeräumt werden, dass die Frauen früher unter den Männern gelitten hätten. Jeder wusste, wo er hingehörte, heute will jeder überall hingehören. Keiner weiß doch mehr, was los ist! Holm hatte seinen Hauptgedanken inzwischen vergessen, aber vielleicht kamen ja noch weitere Fragen auf ihn zu. Eigentlich, sagte Sven, sind wir doch heute die Deppen. Er griff nach einem Glas Rotwein und nahm einen großen Schluck. Erst jetzt bemerkte Holm eine fast vollständig geleerte Flasche Rotwein neben dem Herd. Nun wurde ihm einiges klar. Sven Brockmann trank. Es war Sonntagmittag und Sven Brockmann hatte bereits eine Flasche Rotwein intus. Er konnte das Chaos um ihn herum nur unter ständigem Alkoholeinfluss ertragen. Wenn er abends nach Hause kam und die Spielzeugberge sicher passiert hatte, führte ihn sein Weg sofort in die Vorratskammer.

Selbst bei der Arbeit konnte er inzwischen nicht mehr auf Alkohol verzichten. Die Vorstellung, abends in ein Haus zurückzukehren, wo die kleine Sonja längst den letzten Rest persönlicher Freiheit vernichtet hatte, Anne in einem viel zu großen T-Shirt herumlief, das praktischerweise gleich als Nachthemd diente, ließ ihn schon mittags zur Flasche greifen. Während seine Arbeitskollegen die Mittagspause in der Kantine verbrachten, trieb es Sven Brockmann unter dem Vorwand, spazieren zu gehen, zum Kofferraum seines Wagens, wo immer eine Auswahl leichter italienischer Rotweine griffbereit lag. Dabei musste er eines Tages feststellen, dass auch andere Kollegen ihre Mittagspause zum *Spazierengehen* nutzten. Pünktlich um zwölf öffneten sich reihum die Heckklappen der auf dem firmeneigenen Parkplatz stehenden Autos, und man sah verheiratete Männer, glückliche Familienvater und stolze Hausbesitzer aus Plastikbechern diverse Spirituosen in sich hineinschütten.

Inzwischen glaube ich, sagte Sven und sah Holm ernst an, dass wir Männer heute das unterdrückte Geschlecht sind. *Wir* müssen uns von den Frauen emanzipieren, so sieht es doch aus! Die Weiber haben uns doch längst im Griff, nur will das noch niemand wahrhaben. Er kippte den Rest Wein runter. Entweder man wird schwul oder Angestellter einer Frau, das ist die volle Wahrheit!

Sven machte ein Gesicht, als wäre ihm plötzlich klar geworden, in welch auswegloser Lage er sich befand. Offensichtlich hoffte er auf ein klärendes Wort von Holm. Sven Brockmann, seines Zeichens Hausbesitzer und Familienvater, der in einem Leben angekommen war, das er ursprünglich gar nicht erreichen wollte, wartete darauf, dass sich ein gewisser Felix Holm, der eben noch gemütlich auf Tantes Sofa gelebt hatte, dessen Hintern quasi noch sofawarm war, zu Wort meldete und ihm einen Weg aus seiner Sackgasse wies. Doch selbst Holm, der sich zu allen möglichen Themen schon den einen oder anderen Gedanken gemacht hatte, war auf diesem Gebiet noch nicht allzu weit vorgedrungen. In Wahrheit lag er mit seinen Gedanken Jahre hinter den Ereignissen zurück. Mitunter fielen ihm erst heute Lösungen für Probleme ein, vor die ihn Klassenkameraden in der Mittelstufe gestellt hatten.

Ich halte die Einführung des Schleiers letztlich für unausweichlich, sagte Holm völlig überraschend. Solange die Fronten nicht geklärt sind, müssen eben größere Zeichen für eine klare Trennung sorgen. Sven Brockmann lachte. Er rührte und lachte. Tolle Idee, sagte er, ich werde Anne gleich mal fragen, ob sie was dagegen hat, wenn sie in Zukunft einen Schleier trägt. Nur vorübergehend, sagte Holm, bis die Leute wieder zu sich gefunden haben! Und du meinst, das funktioniert?, fragte Sven. Ja, sagte Holm. Die werden sich wundern.

Er deckte den Tisch. Sven hatte sechs Teller, sechs Gabeln, sechs Messer und sechs Gläser auf die Anrichte gestellt. Aber sooft Holm auch nachrechnete, er kam immer nur auf fünf anwesende Personen. Kam etwa noch ein Überraschungsgast? Im Hintergrund plauderten die Frauen in einem nicht nachlassenden Eifer, als müssten die wichtigsten Themen noch vor dem Essen behandelt werden. Nachdem er fertig war, überlegte er sich schon mal die Sitzordnung, was vor allem auf die Frage hinauslief, wo Holm am günstigsten saß. Keinesfalls durfte Sonja neben ihm sitzen. Womöglich dachte sie sich neue Furzspiele aus. Schließlich entschied er sich für die Kopfseite, von dort waren Küche, Flur und Wohnzimmer bequem zu überblicken. Aber wie sollte er sicherstellen, diesen Platz auch wirklich zu bekommen? Sich jetzt schon hinsetzen, einfach so lange warten, bis das Essen aufgetischt wurde? Eine Aufbruchstimmung Richtung Mittagstisch war jedoch nirgends zu erkennen. Ohnehin konnte vom Mittagessen noch kaum die Rede sein. Die Uhr zeigte halb zwei. Vor drei würde man sicher nicht zum Besteck greifen. Ob er dann bis zur Tagesschau wieder ausreichend Hunger fürs Abendbrot hatte, war mehr als fraglich.

Holm drehte eine Runde im Flur, horchte beiläufig in das Gespräch der Frauen, ob Worte wie *Hunger, Essen* oder *Sven* fielen. In diesem Fall würde er sofort zum Tisch eilen. Man war gerade beim Thema Friseur. Bleichmittel und Strähnen hießen die unverdächtigen Stichworte. Ulrike, *seine Freundin*, wie er sich immer wieder in Erinnerung rufen musste – es war schon reichlich sonderbar, dass da so einfach jemand zu ihm gehörte, den er erst vor wenigen Wochen kennengelernt hatte, es war praktisch unfassbar –, Ulrike sprach über eine besonders schonende Art des Haarefärbens, man müsse nur aufpassen, sagte sie, die Grundfarbe nicht radikal zu verändern, eine leichte Tönung sei angesagt, der Eindruck des Natürlichen müsse in jedem Fall gewahrt bleiben, ihr neuer Friseur habe da eine echt geniale Methode entwickelt. Holm hörte aufmerksam zu. Das sind jetzt auch meine Themen, dachte er irritiert, damit muss ich mich auch beschäftigen, wenn ich mitreden will. Er verspürte eine sonderbare Befriedigung, Ulrike zuzuhören. Sie redete über Dinge, die ihm fremd waren, aber sie sprach doch auch für ihn, redete in seinem Sinn. Alles, was sie sagte, kam in gewisser Weise auch aus seinem Mund. Es war, als würde er in diesem Moment selber über Strähnen reden. Allerdings musste er aufpassen, dass ihre Perspektiven nicht irgendwann durcheinandergerieten. Bei seinen Großeltern, die über fünfzig Jahre verheiratet waren, waren persönliche Meinungen schließlich nicht mehr erkennbar gewesen. Man redete nur noch mit einer Stimme, und die hatte zweifellos die Stimmlage seiner Großmutter.

Da gegenwärtig keine Gefahr drohte, ging Holm noch mal rasch auf die Toilette. Sein Blick fiel sofort auf den überquellenden Wäschekorb. Also doch, dachte er ein wenig verärgert, obwohl es sich bei dem Korb um einen orangefarbenen Plastiktrog handelte, und der wäre für seine Zwecke denkbar ungeeignet gewesen. Holm lenkte gerade seinen dürftigen Strahl in die Schüssel, als es an der Haustür klingelte. Die sechste Person! Er dachte an seinen Sitzplatz, befürchtete sofort, dass der Überraschungsgast seinen Platz einnahm und für Einwände nicht mehr zugänglich war. Er hielt die Luft an, knöpfte die Hose zu und stürzte aus der Tür. Den Flur überquerend, sah er von rechts, Sonja und Anne im Schlepptau, eine große, grauhaarige Frau mit Brille und einer gewaltigen Halskette auf sich zukommen. Das ist meine Schwiegermutter, sagte Anne. Sie streckte ihm freudig die Hand entgegen. Ich habe schon viel von Ihnen gehört, sagte die Frau, die gewisse Ähnlichkeiten mit Alice Schwarzer aufwies. Sie schüttelte ihn, als dachte sie nicht daran, in naher Zukunft je wieder von ihm abzulassen. Vielleicht wirft sie gleich die Kette nach mir aus, dachte Holm.

In diesem Augenblick fiel ihm ein, dass er sich nicht die Hände gewaschen hatte. Holm reichte einer zweifellos nichts ahnenden, ihm freundlich gesonnenen Frau jene Hand, die vor wenigen Sekunden mit seinem Penis in Berührung gekommen war. Er befürchtete sofort, dass sie etwas bemerkte. Einen leicht säuerlichen Geruch, der von ihrer Hand aufstieg. Endlich ließ sie ihn doch noch los. Dabei sah sie ihn an, als hätte sie gerade eine außergewöhnliche Erfahrung gemacht. Holms Hand verschwand unbemerkt in der Hosentasche. So schnell würde er sie nicht mehr herausrücken.

Sie gingen ins Wohnzimmer, Holm dicht neben Sven Brockmanns Mutter. Er hatte plötzlich das Gefühl, sie ablenken zu müssen. Sie durfte ihre Hand auf keinen Fall zum Gesicht führen. Anne reichte ihr ein Glas Apfelsaftschorle. Damit war die Hand erst mal beschäftigt. Auf die Liebe, sagte sie, das Glas hebend, und blickte Ulrike, vor allem jedoch Holm an, der keine Miene verzog und sich unbeteiligt gab.

Endlich wurde das Mittagessen serviert. Weil er dauernd Mutter Brockmanns Hand im Auge behalten musste, hatte er den Moment verpasst, seinen Platz rechtzeitig einzunehmen, mit dem Ergebnis, dass er nun Sven Brockmanns Mutter und Sonja gegenübersaß. Sie tranken auf das Wohl des Kochs. Holm nahm einen großen Schluck, leerte das Glas bis auf einen Fingerbreit. Na, schmeckt es dir?, sagte Ulrike und sah ihn strafend an. Ja, sagte Holm, er verstand nicht, was sie mit dieser Frage bezweckte. Lass ihn doch, mahnte Sven und schenkte sofort großzügig nach. Ein italienischer Syrah, ergänzte er stolz, als wäre er für die Herstellung persönlich verantwortlich gewesen. Nicht schlecht, meinte Mutter Brockmann. Dir dürfte er eigentlich zu kräftig sein, schob Sven hinterher. Was ist Syrah?, fragte Sonja, sie sprach es wie Sira aus. Süra, korrigierte Sven, das ist eine Traubenart. Wächst hauptsächlich im Süden, sie liebt es, wenn es besonders heiß ist. Sira, Sira, alberte Sonja. Ich liebe es auch, wenn das Essen noch heiß ist, sagte Sven Brockmanns Mutter energisch und schaufelte sich Fleisch auf den Teller. Tatsächlich sah sie Alice Schwarzer zum Verwechseln ähnlich. Es war Alice Schwarzer! Und sie hatte Holms Schwanzgeruch an der Hand!

Rate mal, wie viel der gekostet hat?, fragte Sven, zu Holm gewandt. Holm hatte keine Ahnung von Weinen, merkte aber, dass er sich irgendwie dazu äußern musste. In diesen

Kreisen unterhielt man sich eben gerne über Rebsorten und Preise. Er tat, als würde er nachdenken. Man darf allerdings auch nicht zu lange nachdenken, dachte er, ab einem bestimmten Punkt sieht es so aus, als würde man wirklich raten. Zehnneunundneunzig!, sagte er plötzlich. Falsch, rief Sven, glatt sechs! Er blickte ihn triumphierend an. Das ist doch jetzt egal, sagte Anne gequält, warum musst du immer die Preise nennen? Wenn ich nicht aufs Geld achten würde, donnerte Sven, könnten wir uns das alles hier nicht leisten! Er machte eine ausholende Armbewegung, als hätte er sich das Haus allein durch preisgünstige Weine ertrunken. Versalzen ist es jedenfalls diesmal nicht, sagte Alice Schwarzer nachdrücklich und stach in ein Stück Fleisch. Daraufhin begannen auch die anderen zu essen.

Holm war der Appetit inzwischen vergangen. Um Viertel vor drei hatte er einfach keinen Hunger mehr. Lieber hätte er ein Stück Kuchen gegessen. Wieso heißt Sonntag eigentlich Sonntag, fragte Sonja plötzlich ernst in die Runde. Alle blickten erstaunt hoch. Auf diese Frage schien niemand vorbereitet zu sein. Was dieses Kind auch immer für Fragen stellte! Alice Schwarzer stopfte sich noch rasch den Mund voll. Holm musste sich vorsehen, sie nicht mit Frau Schwarzer anzureden, betrunken wie er inzwischen war. Anne sah eindringlich zu Sven, als erhoffte sie von ihm eine nachvollziehbare Antwort. Ulrike machte ein nachdenkliches Gesicht, sah aber nicht zu Holm. Die reinste Notlösung, sagte Holm in die erstaunte Runde. Aus dieser Richtung hatte man wohl keine Erklärung erwartet. Anscheinend waren auch die Erwachsenen an dieser Frage stark interessiert. Wieso Notlösung?, fragte Sven, der sich von solchen Kinderfragen offenbar überfordert fühlte. Am siebten Tag, sagte Holm, hat sich der Schöpfer überlegt, wie er nun den letzten Tag der Woche benennen soll. Ich hab jetzt solche Tage und so 'ne, dachte er bei sich, und weil ihm kein passender Name einfallen wollte, nannte er den Tag einfach Sonntag.

Sonja blickte ihn ungläubig an. Da Holm jedoch völlig ernst wirkte, musste sie ihm schließlich doch glauben. So einfach ist das manchmal, sagte Anne erleichtert. Und wer ist der Schöpfer?, fragte Sonja. Wieder betretenes Schweigen. Derart grundsätzliche Fragen waren im Rahmen eines Mittagessens einfach nicht vorgesehen. Man wollte nicht mit Fragen konfrontiert werden, die nicht klar zu beantworten waren. Langsam wurde es ungemütlich. Der Schöpfer, sagte Holm jetzt zunehmend entspannter, hat die Welt in sechs Tagen geschaffen. Auch Oma?, fragte sie neugierig, hier schien sich nun endlich mal die Gelegenheit zu bieten, die rätselhafte Herkunft ihrer Großmutter zu klären. Auch Oma, antwortete Holm. Am siebten Tag ... – Sonntag! rief Sonja begeistert dazwischen. Am Sonntag, fuhr er fort, hat er sich gefragt, was das Ganze eigentlich soll, und hat Montag gleich noch mal von vorne begonnen. Deshalb wiederholt sich alles ständig, weil der Schöpfer bis heute keine vernünftige Antwort darauf gefunden hat.

Was machen Sie eigentlich beruflich?, fragte Alice Schwarzer, die mit ihrer Herkunft aus Gottes Hand offensichtlich nicht vollständig einverstanden war. Ich arbeite in der Tabakbranche, sagte er ein wenig lustlos. Ihm gehört ein Zigarrengeschäft, ergänzte Ulrike. Man kehrte langsam in den vertrauten Gesprächsfluss zurück, während es bei Holm wieder zu stocken begann. Einen Augenblick dachte er sogar daran, alles auffliegen zu lassen. Ulrike mitzuteilen, dass er nur ein gewöhnlicher Angestellter war, der es auch in zwanzig Jahren zu keinem eigenen Geschäft bringen würde, weil er für dieses Thema einfach nicht genügend Leidenschaft mitbrachte.

Weil er im Grunde für kein Thema ein Gefühl entwickeln konnte, für das das Wort Leidenschaft auch nur ansatzweise zutreffend war. Außer vielleicht für Reinhard Mey.

Solch grundsätzlichen Klärungen schien die Runde jedoch gegenwärtig nicht gewachsen zu sein. Das ist ja interessant, sagte Alice Schwarzer, die offenbar nichts damit anfangen konnte. Und was machen Sie da so? Zigarren verkaufen, antwortete Holm denkbar knapp. Das Klackern des Bestecks skandierte die allgemeine Ratlosigkeit. Neulich habe ich was Spannendes in der Zeitung gelesen, sagte Sven nach einer Weile, als habe er endlich ein Thema gefunden, das die Runde für die nächsten drei Minuten beschäftigen würde. Die grassierende Kinderlosigkeit führe zu einer geistigen Verarmung. Schön, sagte Holm, dann brauchen wir nicht mehr so viel nachzudenken. Alle sahen ihn verwundert an. Und warum willst du nicht mehr nachdenken?, fragte Ulrike besorgt. Weil das sowieso zu nichts führt, sagte Holm, wenn wir *nach*denken, ist das Wesentliche ohnehin schon passiert. Gar nicht so dumm, sagte Sven. Das heißt also, sagte Ulrike, der in diesem Moment die Konsequenzen klar wurden, du willst keine Kinder haben? Wenn sichergestellt ist, dadurch geistig abzubauen, ja! Und weshalb wollen Sie unbedingt verarmen?, fragte Alice Schwarzer besorgt. Weil mir alles zu viel wird, sagte Holm, mir schwirrt schon der Kopf. Das ist der Alkohol, sagte Sven. Mach dir mal keine Sorgen, das geht wieder vorbei. Eine Freundin hat mir mal erzählt, sagte Anne schnell, um drohenden Ärger abzuwenden, dass Tierärzte immer viele Kinder haben wollen, ist das nicht komisch? Wenn das stimmt, sagte Holm, werde ich Kinderarzt, die wollen bestimmt viele Tiere! Es wurde herzlich gelacht. Nur Alice Schwarzer schüttelte ratlos ihre graue Zottelmähne und stocherte orientierungslos auf dem Teller herum.

Der Wein löste die Zungen und schuf eine entspannte Atmosphäre, die Holm angesichts der fortgeschrittenen Nachmittagsstunde nicht gutheißen konnte. Man streifte Themen, behandelte Probleme lediglich unter anekdotischen Gesichtspunkten und bemühte sich, in fünf Sätzen mindestens drei Pointen unterzubringen. Holm fühlte sich unwohl, er meinte den Ansprüchen dieser Unterhaltung nicht gewachsen zu sein. Alles wurde nur eben so angetippt, als habe man Angst vor der eigenen Unfähigkeit, ein Thema ganz zu erfassen. Die Gespräche waren wie Appetithappen, man konnte sie nur genießen, wenn man keinen Hunger mehr hatte.

Nach dem ersten Unterhaltungsschwung kam der musikalische Teil. Ich leg mal was Flottes auf, sagte Sven und ging ins Wohnzimmer. Holm wusste nicht, wie viele Teile es noch gab, er wusste nur, dass ihm die Stimmung hier langsam zu gemütlich wurde. Die Uhr zeigte kurz vor vier, gefühlsmäßig war es aber schon weit nach Mitternacht. Und Ulrike sah leider nicht danach aus, als würde sie nur anstandshalber weiter ausharren. Offensichtlich schmeckten ihr diese Häppchen. Alice Schwarzer musterte ihn stumm über den Teller hinweg. Was Ulrike uns da bloß wieder für einen Vogel angeschleppt hat! Aus dem Wohnzimmer kam laute Krachmusik. Ich wusste, dass er das auflegt, sagte Anne und verdrehte die Augen. Ulrike bewegte rhythmisch ihren Oberkörper, während Alice lediglich mit dem Kopf nickte, als wollte sie zu erkennen geben, dass sie prinzipiell wusste, worum es ging. Holm saß starr auf seinem Platz, er wollte nichts zu erkennen geben. Sven ist nämlich ein Beatles-Experte, fuhr Anne fort und blickte zu Holm, der sich davon völlig unbeeindruckt zeigte. Du kannst ihn alles darüber fragen! Holm hatte aber dazu keine Fragen. Viel lieber hätte er auf etwas geantwortet, das hier leider nicht gefragt war. Zum Beispiel die Frage, weshalb man im Urlaub ständig Kirchen besichtigen musste, die man zu Hause keines Blickes gewürdigt hätte. Anne übertreibt ein bisschen, sagte Sven, der mit einer bauchigen Flasche und zwei Gläsern zurückkehrte. Aber ich finde die Jungs nun mal spitze, hör dir mal den Bass von Paul McCartney an! Holm hörte zu, neigte sogar den Kopf etwas zur Seite, fand aber, dass der Bass in keinster Weise bemerkenswert war. Ist doch rattenscharf, oder?!, berauschte sich Sven und füllte schwungvoll die beiden Gläser. Frag ihn doch mal was, mahnte Ulrike, als wäre Sven Brockmann ein begabter Papagei mit dem Schwerpunkt Beatles. Aber sosehr er auch nachdachte, ihm wollte einfach nichts einfallen. Wie heißt die Erstbesetzung der Beatles?, fragte sie stellvertretend für Holm. Wenigstens eine, die Spaß an Ratespielen hatte. Pete Beste, John Lennon, George Harrison, Paul McCartney, Stu Sutcliffe, kam es aus der Hüfte geschossen. Reihum anerkennende Blicke. Wie heißt der Club, in dem sie in Hamburg aufgetreten sind?, fragte Anne rasch hinterher, damit die Sache nicht wieder einschlief. Star Club natürlich, das sind ja Kinderfragen, sagte Sven abwinkend. Was sind Kinderfragen?, fragte die kleine Sonja, die zwischenzeitlich Köpfe auf einen Zettel gemalt hatte. Das sind Fragen, sagte Sven, die nur Kinder stellen dürfen und von Erwachsenen beantwortet werden müssen. Das hab ich jetzt aber überhört, entrüstete sich Anne. Die Frage ist, dachte Holm, wer beantwortet dann die Erwachsenenfragen? Das sei eben ein Hobby von ihm, sagte Sven, und zu Holm: Hast du auch irgendein Hobby?

Alle sahen ihn erwartungsvoll an. Er spürte, dass er ein Hobby benötigte, das seinem Leben einen farbigen Hintergrund gab. Ihn im Leben verankerte wie in einem sicheren Hafen. Mit Reinhard Mey durfte man in dieser Runde jedenfalls gar nicht erst kommen. Aber was dann? Er konnte alle Tatort-Kommissare der letzten zwanzig Jahre der Reihe nach aufzählen. Er konnte den Tag so organisieren, dass er in der Lage war, die Uhrzeit durch die jeweilige Tätigkeit zu bestimmen. Er konnte drei Stunden aus dem Fenster starren, ohne dass ihm langweilig wurde. Doch das waren keine hobbywürdigen Leidenschaften. Für so was habe er keine Zeit, sagte Holm. Damit hatte nun niemand gerechnet. Aber irgendwas muss man doch machen, sagte Anne irritiert. Du könntest Klavier spielen, schlug Ulrike vor. Nein, antwortete Holm, ich habe keine Lust, mit vierzig noch Anfängerstücke zu spielen. Ich weiß, was für ein Hobby er hat, sagte Sven auf einmal. Für einen Augenblick hatte Holm die verrückte Hoffnung, Sven könnte endlich eine Leidenschaft in ihm entfachen, die ihm bis zum Ende seines Lebens das Herz erwärmte. Sein Hobby ist Ulrike! Daraufhin brach die Runde in schallendes Gelächter aus. Ulrike umarmte ihn liebevoll, nur Holm war nicht zum Lachen zumute. Jetzt trinken wir erst mal einen Whiskey, sagte Sven und drückte ihm das Glas in die Hand.

Vier Stunden später, nachdem ihm Sven praktisch alles, was es zum Thema Beatles zu sagen und zu zeigen gab, gesagt und gezeigt hatte, sämtliche Platten- *und* CD-Ausgaben, Videos und DVDs, alle verfügbaren Bücher von *und* über die Beatles in deutscher und englischer Sprache, Plakate, Devotionalien und Autogrammkarten, verließen Ulrike und Holm den Flachbau der Familie Brockmann. Vom Alkohol und Sven Brockmanns ununterbrochener Begeisterung erschöpft, sah Holm auf der Heimfahrt nur stumm aus dem Fenster. Dass es draußen fast nichts zu sehen gab, weil es zu dunkel war, beruhigte ihn. Am liebsten hätte er zwei Tage weder etwas gehört noch gesehen. Auch Ulrike sprach die ganze Zeit über kein Wort. Erst als sie in die Feuerbachstraße einbogen, sagte sie zufrieden seufzend, Das war wirklich ein schöner Tag! Holm blickte sie fassungslos an.

16.

Anstatt ein ruhiges Leben zu führen, musste Holm nun jeden Tag neue Entdeckungen machen. So stellte er abends fest, dass Ulrike kurz vor dem Einschlafen regelmäßig auf seine Bettseite rollte, die Hand auf seine Brust legte und munter anfing von den Erlebnissen des Tages zu berichten. Und zwar rollte sie immer dann auf seine Seite, wenn er kurz vorm Einschlafen stand, was sehr bald zur Folge hatte, dass Holm den Einschlafvorgang nicht eher in die Wege leitete, bis Ulrike auf die Seite gerollt und ihre Geschichten losgeworden war, wobei er nie sicher sein konnte, wie viele Geschichten an dem Abend, oder besser gesagt: in der Nacht, zur Sprache kamen. Manchmal hatte er schon gemeint, alles Notwendige zu einem Thema wäre gesagt, als sich Minuten später und ohne jede Vorwarnung eine kleine Nachzüglergeschichte, die sich von Fall zu Fall auch zu einer Haupterzählung ausweiten konnte, meldete und seinen gerade hoffnungsvoll vorwärts treibenden Ermüdungsprozess abrupt unterbrach. Nach einer Woche hatte er jedoch herausgefunden, dass zwischen den Geschichten nie länger als fünf Minuten Schweigen herrschte, danach musste er davon ausgehen, dass Ulrike eingeschlafen war. Dabei hatte der Großteil der zu diesen fortgeschrittenen Abend- oder Nachtstunden erzählten Geschichten keine Bedeutung, die ein Wachbleiben über die entscheidende Elf-Uhr-Marke hinaus rechtfertigte. So wurde ihm beispielsweise eines Nachts, er hatte gerade von den neuesten Entwicklungen auf dem Modemarkt erfahren und war eigentlich davon ausgegangen, dass es danach nichts mehr zu sagen gab, völlig überraschend und ohne jeden nachvollziehbaren Zusammenhang mitgeteilt, dass Maria wegen einer anderen Sache zum Arzt gegangen sei und sich während der routinemäßigen Untersuchung herausgestellt habe, dass sie in der sechsten Woche schwanger sei, dass sie etwa zehn Minuten lang nicht gewusst habe, ob sie Hannes davon berichten oder lieber gleich abtreiben solle, ob es mit Kind überhaupt eine Zukunft bei NT-Networks gebe, ob er, also Holm, sich eigentlich vorstellen könne, wie einer jungen Frau, die im Begriff war, eine Karriere als Webdesignerin zu machen, zumute sei, ein Kind zu bekommen. Holm konnte sich das alles natürlich nicht vorstellen, vor allem deshalb nicht, weil er keine Ahnung hatte, wer diese Frau namens Maria überhaupt war. Denn die entscheidenden Informationen blieben ungenannt. Welchen schweren Lebensweg hatte Maria zurücklegen müssen, dass ihr ein derartiges Unheil passieren konnte? Wie kam es, dass eine Frau, vermutlich in ihren besten Jahren, eine Altersangabe wurde nicht gemacht, von einem Mann namens Hannes an ihrer beruflichen Entwicklung in einer solch hinterhältigen Weise gehindert wurde? Und wer war eigentlich dieser Hannes? Hatte er ihr das Blaue vom Himmel heruntergelogen und ihr glaubhaft versichert, weiterhin ein selbstständiges Leben führen zu können und ihrem beruflichen Ehrgeiz in keinster Weise im Wege zu stehen? Diese für das Verständnis der Gesamtsituation notwendigen Details wurden mit keinem Wort einer Erwähnung für würdig befunden, als ginge sie wie selbstverständlich davon aus, dass er sich die entscheidenden Informationen bereits in einer Vorbereitungsphase beschafft habe. Um diese Uhrzeit wagte er aber auch nicht mehr nachzufragen, weil er befürchtete, sie zu einer weit ausholenden biographischen Nacherzählung anzuregen, deren Ende nicht vor ein Uhr morgens zu erwarten war. Vielmehr lag Holm stumm auf dem Rücken und wartete angestrengt darauf, dass ihr Elan irgendwann erlahmte. Anfangs hatte er noch gebrummt, was so viel bedeutete wie: Holm war am Leben und hörte zu. Doch je ausführlicher die Berichterstattung wurde, desto seltener gab er Lebenszeichen von sich, bis er schließlich vollständig verstummte, worauf Ulrike, in ihrer Erzähllaune offenbar gebremst, erstaunlich rasch die Lust an weiteren Geschichten verlor. Das brachte Holm auf die Idee, abends einige Zeit, mindestens aber eine Viertelstunde *vor* Ulrike ins Bett zu gehen, was den Nachteil hatte, dass er sich keinen Film mehr bis zum Ende ansehen konnte, meist die spannendsten Stellen versäumte und der Fernsehabend schon im Vorfeld einen ungemütlichen Anstrich bekam. Im Bett liegend, war es ihm jedoch unmöglich, gleich einzuschlafen, denn ohne es zu wollen, versuchte er nun zwanghaft die Auflösung des Films wenigstens zu hören, was ihn dermaßen in Anspruch nahm, dass der ursprüngliche Sinn dieser Aktion bedeutungslos wurde. Vorsichtshalber lag er schon mal starr wie ein Toter, die Hände über dem Bauch gefaltet, und bemühte sich minutenlang um eine lautlose Atmung, so dass Ulrike sofort klar werden musste: Mein Freund schläft bereits tief und fest, da störe ich ihn besser nicht mit meinen Geschichten. Da Ulrike aber, hatte sie den Ausknopf an der Fernbedienung schließlich doch gefunden, meist mit unüberhörbarer Lärmbegleitung ins Schlafzimmer trampelte, wäre ein Verharren in der Schlafstellung nur bei vollständiger Leugnung seiner Hörfähigkeit möglich gewesen. Zuvor wurde allerdings noch ein längerer Zwischenstopp im Badezimmer nötig. Dabei bereitete sich Ulrike natürlich keineswegs auf eine mehrwöchige Auslandsreise vor. Schon früher hatte sich

Holm gefragt, was Mutter oder die Tante morgens, vor allem jedoch abends zu derart exzessiven Badezimmeraufenthalten trieb. Leider hatten sowohl Hede wie auch seine Mutter die Türen stets hermetisch verriegelt, als fänden dahinter streng geheime Alterungsabwehrtests statt. Dagegen stand Ulrikes Tür erstaunlicherweise weit offen, als habe sie Holms Anwesenheit zwischenzeitlich vergessen, was Holm einige Male beinahe veranlasst hätte, auf die Toilette zu rennen und wichtige Tätigkeiten vorzuschieben, um Ulrike zu einer Schließung der Tür zu zwingen. Ihre Vergesslichkeit, vielleicht auch das Fehlen jeglicher Hemmungen, was ihren Körper betraf, begünstigte jedoch die Aufklärung der Frage, was Frauen im Badezimmer andauernd trieben. Eines Nachts, Holm war gerade erfolglos damit beschäftigt, in einen plötzlichen und unwiderruflichen Schlaf zu fallen, verließ er deshalb heimlich das Bett und schlich in den Flur. Im Spiegel an der dem Badezimmer gegenüber befindlichen Wand konnte er endlich sehen, was Frauen in der Abgeschiedenheit einer Nasszelle so ausgiebig beschäftigte. Holm erkannte sofort, dass keine planmäßige Abwicklung notwendiger Tätigkeiten erfolgte, sondern ein unvorhersehbares Hinauszögern und In-die-Länge-Ziehen von Verrichtungen, die ingesamt keine zehn Minuten in Anspruch genommen hätten. Minutenlang stand sie nackt vor dem Badezimmerspiegel, betrachtete bei ständig wechselnden Kopfstellungen ihr Gesicht, schnitt wirre Grimassen und fuhr tastend mit dem Zeigefinger über Stirn, Nase und Kinn, als suche sie nach haarfeinen Rissen, kaum sichtbaren Vorboten des Alters, die sie gegebenenfalls mithilfe der etwa dreißig verschiedenen Cremes abdecken konnte. Doch offenbar gab es nichts abzudecken, jedenfalls strich sie sich so ausdauernd übers Gesicht, dass von einer Überprüfung bald keine Rede mehr sein konnte. Sie liebkoste es geradezu, massierte Wangen und Nasenflügel, dass Holm beinahe eifersüchtig wurde. Hatte er je das Bedürfnis verspürt, sein Gesicht zu liebkosen? Holm hatte den Körper immer nur als unumgängliche Begleiterscheinung seiner Existenz betrachtet. Wenn er seinen Körper berührte, mussten schon gute Gründe vorliegen. Zwanghaftes Onanieren war eine Form der täglich zu leistenden Gebühr, die sein Körper von ihm verlangte. Das Leben stellte ihm seinen Körper nur leihweise zur Verfügung und forderte ihn nach siebzig Jahren wieder zurück. Holms Problem bestand darin, dass er sich nicht mit etwas identifizieren konnte, das ihm nie gehören würde. Er konnte keine persönliche Beziehung zu einem Gegenstand aufbauen, der ihm jederzeit grundlos wieder weggenommen werden konnte. Ulrikes Liebkosung war nichts anderes als die unkritische Zustimmung zu ihrem Leben.

Als Ulrike ihre Begutachtung auf Busen und Po ausdehnte, dachte er: Jetzt geht es zu weit! Hatte Holm jemals seinen Hintern angesehen? War es überhaupt zumutbar, jemandem in die Augen zu blicken, der seinem Gesäß eine derartige Aufmerksamkeit schenkte? Nachdem die Körperbetrachtung vorerst abgehakt war, ging es vom Hinterteil, man musste schon sagen, bruchlos zum Zähneputzen, als gebe es zwischen Gesäß und Zähnen eine logische, dem männlichen Körperbenutzer allerdings unbekannte Verbindung. Während sie sich die Zähne putzte, spazierte sie im Badezimmer umher. Sie kontrollierte nicht die ordentliche Durchführung der Zahnpflege im Spiegel, sondern widmete sich gleichzeitig Tätigkeiten, die mit dem Zähneputzen in keinem kausalen Zusammenhang standen. Wischte mit einem Lappen über die Duscharmaturen, suchte im Wandschrank nach irgendetwas, das sie nicht fand, befühlte die Heizung, goss den Farn auf dem Fensterbrett, ging wieder zum Schrank, offenbar entschlossen, irgendetwas anderes zu finden. Fand eine Klopapierrolle, die sie auf dem Spülkasten deponierte, als plante sie bereits größere Einsätze auf der Toilette, kehrte schließlich zum Waschbecken zurück und gurgelte, während das Wasser nur so aus dem Hahn schoss, mindestens zwölfmal. Und weil das Wasser schon mal lief, konnte man gleich noch verwandte Tätigkeiten wie Hände- und Gesichtwaschen einbauen. Dabei ließ sie sich sehr viel Zeit, andernorts hätten Großfamilien ein ganzes Jahr von diesen Wassermengen leben können. Plötzlich stellte sie den Hahn ab und rannte ohne Vorankündigung auf die Toilette, wo es im selben Moment, sozusagen auf den letzten Drücker, losstrullte und plätscherte, dass Holm ernsthaft überlegte, ob sich der Harndrang bei Frauen irgendwie anders, abrupter bemerkbar machte, gleich einem Naturereignis, dem man hilflos ausgeliefert war.

Bei der Tante hatte er einmal etwas Ähnliches beobachtet. Sie saßen im Bus, fuhren von Buckow, wo sie von einer Cousine zum Mittagessen eingeladen waren, auf der Johannisthaler Chaussee Richtung Gropiusstadt, plauderten gerade locker über einige Marotten ihrer Cousine, als die Tante auf einmal ohne Vorwarnung erklärte, dass sie augenblicklich müsse. Holm und seine Tante befanden sich nicht auf einer dreitägigen Busreise von Berlin nach Istanbul, sie waren exakt sechs Minuten von zu Hause entfernt, eine Zeitspanne, die die Tante offenbar für unüberbrückbar hielt. Beim nächsten Halt stiegen sie aus. Holm konnte noch dankbar sein, dass Hede den Busfahrer nicht gezwungen hatte, auf offener Strecke anzuhalten. Nun war die Johannisthaler Chaussee nicht unbedingt für ihre öffentlichen Toiletten bekannt. Weit und breit gab es keinen Ort, wo man auf halbwegs gepflegte Weise sein Wasser ablassen konnte. Aber Not machte nicht nur erfinderisch, sie rückte auch Objekte ins Blickfeld, die sich unter normalen Umständen niemals für eine solch intime Handlung angeboten hätten. Eine frisch rasierte Hecke war der Ort, den die Tante für ihre Zwecke als geeignet befand. Ihre Handtasche zügig an Holm überreichend, verschwand sie staksig schreitend im Grünen. Mit Hedes Damenhandtasche am Arm wartete Holm geduldig an der stark befahrenen Straße und bemühte sich, entspannt zu wirken. Doch in einem sozialen Klima, wo bereits geringfügige Abweichungen von allgemein für gültig erachteten Normen als politisch unkorrekt galten, blieb ein seriös gekleideter Herr mittleren Alters mit einer Damenhandtasche nicht lange unbeachtet. Insbesondere dann, wenn dieser Herr zehn Meter *neben* einer Bushaltestelle stand und offensichtlich nicht auf eine normale Beförderung wartete. Die Frage, die sich irritierten bis alarmierten Autofahrern zu stellen schien, lautete: Auf wen wartet dieser Mann dort mit der Damenhandtasche? Gibt es sexuell desorientierte Personen, die sich an geschlechtlich nicht klar definierten Menschen erregen? Und warum ist ausgerechnet die Johannisthaler Chaussee Schauplatz dieser Interessenvertreter? Erstaunlich daran war, Holm fühlte sich in dieser Aufmachung keineswegs unwohl, er empfand sogar eine Art geschlechtlicher Entlastung, traute sich jedoch nicht, diesem Gefühl durch dauerhaftes Tragen von Damenhandtaschen weiter nachzugeben.

Wenn die nächtlichen Monologe ausfielen, war meistens Sex angesagt. Holm hatte inzwischen herausgefunden, wann es wieder so weit war. Anstatt zu reden, seufzte sie. Ulrike lag reglos neben ihm im Bett und seufzte. Da sich Holm ebenfalls nicht bewegte und auch nicht vorhatte, sich zu bewegen, platzierte Ulrike nach einer bestimmten Frist, innerhalb deren sie durch anhaltendes und sogar zunehmend lauter werdendes Seufzen noch hoffte, dass Holm sich selbstständig bewegen würde, ihre Hand mit klarer strategischer Absicht auf seinem Geschlecht und begann locker daran herumzuspielen. Das konnte Holm nun beim besten Willen nicht mehr ignorieren. Denn selbst wenn *er* es ignoriert hätte, hätte dies auf sein Geschlecht nicht den geringsten Eindruck gemacht. Dass Holm und sein Geschlechtsteil gänzlich unterschiedliche Ziele verfolgten, wäre bei Ulrike zu dieser fortgeschrittenen Stunde aller Wahrscheinlichkeit nach auf kein größeres Verständnis gestoßen. Sie ging einfach davon aus, dass sich ein erigiertes Glied in völligem Einklang mit seinem Träger befand. Ein Irrtum, den er gerne einmal bei passender Gelegenheit berichtigt hätte. Dass Holm morgens hin und wieder mit einer Erektion erwachte, auf die er zweifellos keinen Einfluss haben konnte, war wohl Beweis genug. Was ihn aber am meisten empörte, war die Tatsache, dass er dieses Spiel auch noch aktiv begleiten musste. Holm musste handeln und Vorstöße unternehmen, obwohl ihm nichts ferner lag, als zu handeln und irgendwohin vorzustoßen. Während Ulrike die Sache auf sich zukommen lassen konnte, es mit sich geschehen ließ, musste Holm den Feldherrn geben. Im Bette unbesiegt! Ulrike erwartete das Leben sozusagen mit gespreizten Beinen. Dagegen musste sich Holm das Leben jeden Tag hart erarbeiten. Und weil der Tag für Ulrike jeden Morgen wie ein unverhofftes Geschenk durch die Ritzen des Vorhangs leuchtete, wurde es für Holm immer schwieriger, seine Planung ohne Abstriche fortzuführen.

Während er pünktlich um Viertel nach acht seinen Tagesdienst begann, schien Ulrike noch unentschlossen, was sie mit dem neuerlich geschenkten Tag anfangen sollte. Sollte sie zuerst ins Bad, in die Küche oder ins Wohnzimmer gehen? Ihre Antwort darauf wechselte je nach Tageslaune. Holm waren Stimmungsschwankungen unbekannt. Nur bei Ulrike schwankte es praktisch täglich. Mal tendierte sie Richtung Wohnzimmer, saß im Schlafanzug auf der Couch und blätterte in einer Illustrierten. Ein anderes Mal ging sie sofort in die Küche, drehte das Radio auf und kochte Kaffee. Manchmal besuchte sie Holm im Bad. Sie kam einfach unangekündigt herein und beobachtete ihn interessiert, was eine konzentrierte Fortsetzung seiner Tätigkeit unmöglich machte. Da die Tür nicht abzuschließen war – offenbar hatte das Haus ein Anfänger entworfen, denn während man die Küche in einen Hochsicherheitstrakt verwandeln konnte, gab es in der Badezimmertür nicht mal ein Schlüsselloch –, musste er sich Strategien ausdenken, die solche Überraschungsbesuche in Zukunft verhinderten. Um Ulrike für längere Zeit an einen Standort zu binden, sorgte er für eine breit gefächerte Auswahl von Illustrierten, die nicht nur ihre morgendliche Raumwahl erleichterte, sondern gleichzeitig sicherstellte, dass er seine Badezimmeraktivitäten ungestört beenden konnte. Mehrmals wöchentlich kaufte er die neuesten Ausgaben einschlägiger Glamour- und Frauenmagazine, eine Tätigkeit, die wiederum eine ausgeklügelte Logistik verlangte, denn er wechselte in regelmäßigen Abständen die Läden, um bei den Verkäufern nicht den Eindruck zu erwecken, er befasse sich hauptsächlich mit Klatsch- und Frauengeschichten. An insgesamt vier Orten, großzügig über die Schloßstraße verteilt, kaufte er ein. Zur Verwirrung des Personals kaufte er manchmal auch Garten- oder Reitsportmagazine, Bastel- oder Computerfachzeitschriften. Mitunter sogar Comichefte. Auf diese Weise gelang es ihm bald, Ulrike, die für die umfassende Belieferung sämtlicher in Deutschland erhältlicher Glamour- und Frauenmagazine natürlich hocherfreut war – das habe noch kein Mann vor ihm getan! –, jeden Morgen problemlos ins Wohnzimmer zu dirigieren.

Beim Frühstück, das sie zwar gemeinsam im Wohnzimmer einnahmen, Holm aber durch seine anfängliche Festlegung nur als kaffeetrinkender Teilnehmer, lief Krachmusik. Die aktuellsten Hits, die ihn schließlich schon um Viertel nach neun aus der Wohnung trieben. Zeit genug, das Frühstück in einem nahe gelegenen Schnellrestaurant nachzuholen. Während er den Double Cheeseburger in sich hineinstopfte, bemerkte er an den Nebentischen Männer in dunklen Anzügen, die ebenfalls Double Cheeseburger aßen. Ob die auch alle Freundinnen hatten?

Wenn er abends kurz nach sieben nach Hause kam, war er allein. Ulrike kehrte meist erst gegen Viertel vor neun von der Arbeit zurück, so dass ausreichend Zeit blieb, seine Schmutzwäsche zu waschen. Holm konnte sich nämlich nicht überwinden, seine Unterhosen gemeinsam mit Ulrikes Unterhosen in den Wäschekorb zu werfen. Schon die Vorstellung, Ulrike könnte einen Blick auf seine gebrauchte Intimwäsche werfen, ließ ihn vor Scham erröten. Was bei der Tante gerade noch akzeptabel war, man kannte sich schließlich seit vielen Jahrzehnten, war bei Ulrike völlig undenkbar. Während die unverfänglichen Teile im Wäschekorb landeten, sammelte er seine Unterhosen in einer separaten Tüte, die er in wechselnden Verstecken hortete. Einmal wäre seine Heimlichtuerei jedoch fast aufgeflogen. Holm saß im Wohnzimmer in einem Sessel, der sich nach und nach als *sein* Sessel herauszukristallisieren begann, da Ulrike das Sofa aus alter Tradition als *ihr* Sofa betrachtete – eine Doppelbelegung kam für ihn nicht in Frage –, und verfolgte eine Dokumentation über Heuschreckenplagen im nördlichen Afrika. Ein Thema, das ihn zunächst nicht interessiert hatte, dann aber überraschend dermaßen in seinen Bann zog, dass er sich schon nach den ersten Minuten ernsthaft überlegte, ob es nicht als Hobby in

Frage käme. Holm als Heuschreckenexperte oder vielmehr als *der* deutsche Heuschreckenexperte. Wenn sich irgendwo auf der Welt mehr als zehn Heuschrecken zusammenrotteten und saftigen Weidegründen entgegenhüpften, um die überlebensnotwendigen Nutzpflanzen eines rein landwirtschaftlich orientierten Landes mit ihren messerscharfen Schneidewerkzeugen zu wertlosem Gestrüpp zu zerhäckseln, tauchte Holm als maßgeblicher Experte in sämtlichen Nachrichtensendungen auf und erklärte einem ratlosen Millionenpublikum den Grund dieser Fress- und Zerstörungsorgie. Im weiteren Verlauf wurde ihm jedoch klar, dass ein und erst recht *der* maßgebliche deutsche Heuschreckenexperte – wollte er auf der wissenschaftlichen Höhe seiner Zunft bleiben –, regelmäßig in die betroffenen oder gefährdeten Gebiete reisen musste. Womöglich wäre sogar ein Forschungsstützpunkt in Afrika notwendig geworden, was für Holm allerdings unvorstellbar war; in brütender Hitze zwischen halbnackten Eingeborenen Feldstudien zu betreiben, wäre dann doch etwas zu viel verlangt.

In diesem Augenblick kam Ulrike ins Wohnzimmer, in der Hand ein Knäuel gebrauchter Unterhemden, und fragte ihn vorwurfsvoll, ob er eigentlich keine Unterhosen trage, sie habe in der Wäsche jedenfalls keine entdecken können. Holm, von der Heuschreckenplage noch völlig gefangen, wusste zunächst nichts darauf zu antworten, erklärte dann aber, dass er seine gesamte Unterhosenkollektion aufgrund von Materialermüdung eben erst in die Mülltonne geworfen habe und sich schon morgen eine neue zulegen wolle, was Ulrike ein wenig ungläubig zur Kenntnis nahm und mit einem knappen Aha, das eher wie ein gequältes Soso klang, quittierte. Holm sah sich daraufhin gezwungen, am nächsten Tag ein Dutzend neuer Unterhosen zu kaufen. Eine für die Intimwäsche zuständige Verkäuferin in Holms Alter, die er notgedrungen zu Rate ziehen musste, brauchte ihm nur zwei Sekunden auf den Schritt zu sehen und sagte ohne jeden Zweifel, Größe acht müsste Ihnen passen! Über dieses fachkundige Urteil erstaunt, fragte er sich sofort, ob sie möglicherweise noch mehr Details über ihn wusste, etwa, dass er grundsätzlich Unterhosen mit Eingriff trug. Am besten, dachte er, man hält sich von Fachpersonal prinzipiell fern. Zu Hause warf er nur die neuen Unterhosen in den Wäschekorb und bewahrte die alten weiterhin in der Tüte auf.

Ein Vorteil von Ulrikes später Heimkehr war, dass Holm alte Traditionen aus der Fritz-Erler-Allee ohne Kompromisse vollständig übernehmen konnte. Denn Ulrike – seine *Freundin* Ulrike, wie er sich immer wieder in Erinnerung rufen musste – hatte keinerlei Verständnis für seine Vorliebe, bei der Tagesschau Abendbrot zu essen. Warum er sich eigentlich dauernd so etwas Langweiliges anschauen müsse, fragte sie, die mehr zu den ironisch-lässigen Nachrichten der Privatsender tendierte. Weil er das Trockene dem Nassforschen grundsätzlich vorziehe, antwortete Holm, er möge nun mal diese humorlose Art, wo ein Augenaufschlag mehr aussage als eine halbe Stunde Geschwätz bei den Privaten. Ulrike betrachtete das Fernsehen nur unter dem Gesichtspunkt der Unterhaltung, während sich Holm den einen oder anderen nützlichen Hinweis für sein Leben erhoffte. Wenn sie abends nach Hause kam, betrat sie noch in Straßenbekleidung das Wohnzimmer und fragte als Erstes, ob es irgendetwas Interessantes im Fernsehen gebe. Sie fragte nicht etwa nach dem Befinden ihres Freundes Holm, ob er möglicherweise erkrankt sei oder an unlösbaren Problemen laboriere. Nein, die erste Frage zielte direkt auf das Fernsehprogramm. Ulrike wollte von den Bildern erobert, den schnellen Schnitten quasi übermannt werden. Du hast eine Minute, mich zu überzeugen, sonst zappe ich weiter! Das ging schließlich so weit, dass Holm auf das Fernsehen eifersüchtig wurde, angesichts der rasanten Bilder und der ständigen wechselnden Perspektiven musste er Ulrike grau und langweilig vorkommen, so wie er da ungeschnitten im Sessel saß. Ob er vielleicht mal den Platz wechseln oder hektisch die Arme schwenkend herumlaufen sollte?

Als Gegenmaßnahme sah er deshalb besonders gerne alte Filme aus den Dreißiger- oder Vierzigerjahren, lange Einstellungen und quälend ausführliche Dialoge, auch deutsche Autorenfilme aus den Siebziger- und Achtzigerjahren kamen hierfür in Frage, der frühe Wim Wenders als Garant kunstvoller Langeweile. Erwartungsgemäß wurde Ulrike bald unruhig, sie beschäftigte sich mit ihrer Frisur, fuhr sich in immer kürzer werdenden Abständen durch die Haare, obwohl es da gar nichts zu ordnen und zu glätten gab. Gerne hätte er Ulrike gefragt, wie lange sie noch ungefähr vorhabe, sich durch die Haare zu streichen, aus seiner Sicht könne er nämlich keine größere Unordnung feststellen. Das sah wohl auch Ulrike irgendwann ein, denn auf einmal ließ sie abrupt davon ab und griff, noch im Schwung der Bewegung, nach dem Telefonhörer, um eine Freundin anzurufen und ihr Geschichten zu erzählen, die sie für Holm später im Bett noch einmal wiederholte.

Eines Tages machte er eine bedeutsame Entdeckung. Während er im Wohnzimmer staubsaugte, merkte er, wie er sich immer tiefer in ein vertrautes Gefühl hineinsaugte. Er dachte an seine Tante, an ihre Wohnung in der Fritz-Erler-Allee, er dachte sogar an Frau Gluck und erblickte zu seinem Erstaunen eine attraktive ältere Dame, die in hautengen Bluejeans auf Tantes Sofa saß und Holm schöne Augen machte. Das ging nun wirklich zu weit! Nur weil er saugte, war das kein

Grund, dass sich die Vergangenheit plötzlich verselbstständigte. Er saugte gerade leicht verärgert unter der Couch, als er meinte, einen Haufen Kieselsteine durchs Rohr klackern zu hören, was er an dieser Stelle doch etwas merkwürdig fand. Sofort stoppte er die Maschine, öffnete die Klappe und entnahm den Staubbeutel, dessen Inhalt er vorsichtig auf den Couchtisch kippte. Neben dichter Haarwolle, Stofffasern, Brotkrümeln, Eierschalen, Farnblättern und Stanniolpapier entdeckte er mehrere sichelförmige Fußnägel, die zweifellos von Ulrike stammten. Holm war schockiert. Kaum saugte er mal etwas gründlicher, machte sich die Mühe, in die Tiefe des Raumes vorzustoßen, kamen Dinge zum Vorschein, die sofort ein neues Licht auf Ulrike warfen. War ihre Sorglosigkeit, die sich bei der Tagesplanung bereits andeutete, der beherrschende Charakterzug?

Holm legte die Nägel der Größe nach auf den Tisch, fast zwei Füße kamen dabei zum Vorschein, und wartete auf Ulrikes Heimkehr. Als sie ins Wohnzimmer kam und bemerkte, dass der Fernseher nicht lief, fragte sie sofort, ob etwas mit dem Apparat nicht stimme. Ihre Verblüffung ausnutzend, fragte Holm, auf die Nägel deutend, wie er das zu verstehen habe? Woher er die Nägel überhaupt habe, fragte sie, seine Frage einfach ignorierend, und wie sie dazu komme, ihm Auskunft über ihr Tun und Lassen geben zu müssen? Was sie alles lasse, sagte Holm, interessiere ihn nicht, sehr wohl gehe ihn aber ihr Tun etwas an. Und das, fügte er rasch hinzu und deutete auf die Beweisstücke, sei für ihn inakzeptabel! Was er sich eigentlich dabei denke, in ihrem Leben herumzuschnüffeln? Die Sache wird langsam grundsätzlich, dachte er. Sie verbarrikadiert sich mit Fragen vor der nicht mehr zu leugnenden Wahrheit, die ihr Nachlässigkeit im Umgang mit Körperabfällen attestiert. Er *schnüffele* nicht, sagte Holm, vielmehr sauge er in ihrem Leben herum, und das sei anscheinend auch notwendig, er habe die Nägel bei einer routinemäßigen Säuberung unter dem Sofa aufgesaugt, ob sie, fragte er sachlich, so etwas regelmäßig hinter Möbeln entsorge? Und ob noch weitere Entdeckungen auf ihn zukämen?

Ulrikes Gesicht wurde schlagartig rot, im selben Moment sprang sie auf, als versuchte sie den Eindruck, ertappt worden zu sein, durch eine abrupte Reaktion zu entwerten. Sie glaube nicht, sagte sie, dass sie sich ihm gegenüber irgendwie rechtfertigen müsse, außerdem, und dabei blickte sie Holm scharf an, sei das immer noch ihre Wohnung und sie könne so viel hinter Möbel werfen, wie sie Lust habe. Damit trampelte sie an ihm vorbei und knallte die Tür hinter sich zu. Holm blieb ruhig sitzen, er blieb erstaunlich ruhig und gelassen sitzen, legte den Kopf zur Seite und ließ die erste gemeinsame Auseinandersetzung noch einmal langsam Revue passieren, als müsste er sich vergewissern, dass Ulrikes Wut ihm persönlich gegolten hatte. Das war, nachdem er mehrere Details überprüft und wiederholt durchdacht hatte, zweifellos der Fall. Verwundert stellte er fest, dass Holm in der Lage war, heftige Reaktionen auszulösen. Ihre Wut erschien ihm wie eine hohe Auszeichnung, die ihm erstmals das Gefühl vermittelte, von seiner Freundin als gleichwertiger Partner anerkannt zu werden.

17.

Am Tag darauf fand Holm im Laden einen an ihn adressierten Brief: *In Anwesenheit des Bundeskanzlers Gerhard Schröder erweist uns Seine Hoheit Sheikh Hamdan bin Zayed Al Nahyan, Stellvertretender Ministerpräsident, die Ehre, den Deutsch-Arabischen Wirtschaftsgipfel zu eröffnen. Aus diesem Anlass beehrt sich der Botschafter der Vereinigten Arabischen Emirate, Ali Mohammed Al Zarouni,* HERRN FELIX HOLM *und Gattin zu einem Empfang ins Hotel Intercontinental einzuladen.*

Holm glaubte zunächst an einen schlechten Scherz, beziehungsweise glaubte er, nachdem er den Brief sechsmal durchgelesen hatte, nicht er, sondern sein Chef sei gemeint. Da in der Einladung aber deutlich lesbar *Felix Holm*, und sogar HERRN FELIX HOLM, stand, war ein Missverständnis absolut ausgeschlossen.

Nur, was sollte Holm auf dem deutsch-arabischen Wirtschaftsgipfel? Hatte er sich ohne sein Wissen um die deutsch-arabische Völkerfreundschaft verdient gemacht? Wollte ihm der stellvertretende Ministerpräsident die Grüße des Herrscherhauses übermitteln und bei dieser Gelegenheit das Angebot unterbreiten, Zigarrenberater des obersten Scheichs zu werden? Versehen mit einem monatlichen Grundgehalt, das für den Erwerb einer Flugzeugflotte reichte. Gab es überhaupt ein solches Herrscherhaus, und was sollte Holm mit einer eigenen Flugzeugflotte? Fragen, die diese Einladungskarte unbeantwortet ließ. Viel wahrscheinlicher war es jedoch, dass er durch einen Irrtum auf die Einladungsliste geraten war. Denn Holm wurde prinzipiell nicht eingeladen. Die letzte Einladung musste in seiner Jugend stattgefunden haben. Dass ihm nun gleich die persönliche Einladung des Botschafters der Vereinigten Arabischen Emirate ins Haus flatterte, kam dann doch etwas plötzlich. Bei dieser Gelegenheit könnte er jedoch Ulrike, als *Gattin* an seiner Seite, beiläufig mitteilen, in welcher Liga sie ab sofort mitspielte. Sonntagnachmittage in grauen Flachbauten bei undefinierbaren italienischen Eintopfgerichten zu sitzen und das Fachwissen von Sven Brockmann abzufragen gehörte jedenfalls nicht zu Holms bevorzugter Freizeitbeschäftigung. Holm beschloss, die Einladung im Badezimmer vor ihren Zahnputzbecher zu stellen und die Reaktion gleichgültig abzuwarten.

Am späten Nachmittag, Holm sortierte gerade neue Zigarrenkisten ein, klingelte das Telefon. Ulrike. Sie habe heute zwei Stunden früher Schluss, ob er Lust habe, sich mit ihr zu treffen, sie müsse nur schnell was besorgen? Kein Wort über den gestrigen Abend. Als wäre nie etwas passiert! Noch am Morgen waren sie wortlos auseinandergegangen, hatten das Frühstück getrennt eingenommen. Holm hatte seinen Kaffee sogar im Badezimmer getrunken, doch inzwischen schien die Sache vollständig vergessen zu sein. Wenn er mit seiner Tante Ärger hatte, blieb die Lage bis zur klärenden Aussprache gespannt. Danach war die Sache endgültig vom Tisch. Hier hatte er jedoch den Eindruck, dass das Problem immer noch auf dem Tisch lag, von Ulrike aber übersehen wurde. Gleichzeitig ärgerte er sich, dass sein Plan damit hinfällig wurde. Die Überraschung drohte auf eine mittlere Neuigkeit zusammenzuschrumpfen.

Sie hatten sich auf der Tauentzienstraße verabredet, dort, wo das Gewusel aus hektischen Tütenträgern und unentschlossenen Bummlern, die mit ihrer Unentschlossenheit alles blockierten, zwei Stunden vor Ladenschluss am größten war. Aus den bunten Billigläden plärrte Krachmusik, die obszönen Sirenengesänge des Konsums. Holm glaubte überall nur Zeichen des Untergangs zu erkennen, das letzte Aufglimmen einer kraftlosen Welt. Hinter den Fassaden warteten bereits die Insolvenzverwalter.

Ulrike wartete vor einer Parfümerie. Als sie ihn sah, strahlte sie übers ganze Gesicht. Holm konnte sich gerade noch ein schwaches Lächeln abringen. Die Straße überforderte ihn mit ihren Angeboten, er fühlte sich ihr so stark unterlegen, dass er sofort schlechte Laune bekam. Als Erstes gingen sie in die Parfümerie. Während sich Ulrike von einer blassgeschminkten Verkäuferin, die ihm irgendwie bekannt vorkam – vielleicht arbeitet sie fürs Fernsehen, dachte er irritiert –, beraten ließ, betrachtete er die Herrenparfums. Es war ihm ein Rätsel, wie man bei dieser Auswahl den richtigen Duft für sich herausfinden sollte. Womöglich trugen die meisten Männer ihr Leben lang Düfte, die nichts mit ihnen zu tun hatten. Dies hatte automatisch zur Folge, dass sich die falschen Frauen von ihnen angesprochen fühlten. Man zog zusammen, gründete eine Familie, und am Ende fragte man sich, wie es dazu kommen konnte.

In diesem Augenblick wurde er von einer jungen, ebenfalls blassgeschminkten Verkäuferin angesprochen. Ob sie ihm mal was Schönes zeigen solle, fragte sie freundlich, was er gar nicht gewohnt war. Eigentlich habe er seinen Duft schon gefunden, antwortete er vorsichtig, er wollte es sich mit ihr nicht verderben. Seit zwanzig Jahren, fuhr er fort, benutze er denselben Duft, vermutlich würde er sich selbst nicht mehr wiedererkennen, wenn er jetzt plötzlich die Marke wechsle. Dass er Sorge hatte, andere Frauen könnten sich spontan für ihn interessieren, erwähnte er natürlich nicht. Seit zwanzig Jahren?, fragte die Verkäuferin ungläubig staunend, als könne sie sich überhaupt nicht vorstellen, dass es vor ihrer Zeit auch schon Leben auf der Erde gegeben hatte. Holm erkannte, dass er wirklich alt wurde. Dabei beunruhigte ihn vor allem die Tatsache, dass er, kaum ins Leben hineingewachsen, auf der anderen Seite auch schon wieder herauswuchs. Ob er nicht mal was Zeitgemäßes auflegen wolle, sagte die Verkäuferin, nachdem sie sich wieder gefasst hatte. Er fühle sich im Grunde gut aufgelegt, sagte Holm, man ändere ja auch nicht seine Ansichten, wenn sie sich als vernünftig herausgestellt hätten, nur weil irgendwo gerade andere Ansichten zu haben waren. Vielleicht habe er ja zwanzig Jahre den falschen Duft getragen, beharrte die Verkäuferin. Woher man denn wisse, fragte er, welcher der richtige sei? Das müsse man eben ausprobieren, antwortete die Verkäuferin.

Sie drehte sich um und schien nach etwas Bestimmtem zu suchen. Wenn man das auch mit dem Leben so machen könnte, dachte Holm, verschiedene Leben vorher mal kurz ausprobieren, ehe man sich für eines entscheidet. Dies könnte etwas für Sie sein, sagte die Verkäuferin und zeigte ihm ein blaues Fläschchen. Strecken Sie mal Ihre Hand aus. Holm streckte ihr sofort die Hand entgegen. Hoffte er plötzlich, ein anderer Mensch zu werden? Sie sprühte zweimal kurz aufs Handgelenk. Sie müssen es jetzt mit der anderen Hand verreiben, sagte sie. Er mochte, wie sie ihm freundlich Befehle erteilte. Er würde gerne dauernd etwas befolgen. Er roch an seinen Handgelenken. Holm war schockiert, ihm gefiel der Geruch auf Anhieb. Er erinnerte ihn an den alten Ledersessel seines Großvaters. Und?, fragte die Verkäuferin. Nicht übel, sagte er. In Geschäftsdingen durfte man nicht sofort Zustimmung signalisieren. Riecht nach Leder. Sandelholz, sagte die Verkäuferin. Sie beugte sich vor und schnupperte an seiner Hand. Ich finde, er passt wirklich gut zu Ihnen, sagte sie überzeugt. Holm hatte auf einmal den Eindruck, seit zwanzig Jahren in die falsche Richtung gelebt zu haben. War er jahrelang fremden Vorstellungen gefolgt, die nichts mit seinen wirklichen Bedürfnissen zu tun hatten? Dass ihm mal etwas AUF ANHIEB gefallen hatte, machte ihn fertig. Er werde den Duft nehmen, sagte Holm, nachdem er sich wieder gefangen hatte. Fünfzig oder hundert Milliliter?, fragte die Verkäuferin. Hundert, antwortete er sofort. Er hatte plötzlich Angst, dass es die letzte Flasche sein könnte. Einen Augenblick überlegte er sogar, sämtliche Flaschen aufzukaufen, falls demnächst die Produktion eingestellt würde.

Ob er was gefunden habe?, fragte Ulrike, als sie seine Tüte bemerkte. Nein, sagte Holm, ich bin gefunden worden. Sie gingen weiter Richtung Gedächtniskirche. Verwirrt vom Geruch und den dauernd wechselnden Straßenszenen, die jeden Gang auf ungewohntem Terrain für Holm so schwierig machten – er glaubte nichts verpassen zu dürfen und hielt seinen Kopf ständig in Bewegung, dass ihm schwindelig wurde –, fiel sein Blick auf das Werbeplakat einer Versicherungsfirma. Dort las er: JETZT ALLE VORURTEILE SICHERN, was ihm etwas merkwürdig vorkam. Er fragte sich, welche alten Vorurteile er noch rasch sichern konnte, denn ab dem 1. Januar galten bereits die neuen Vorurteile. Holm erkannte, dass er gar keine alten Vorurteile besaß. Niemand hatte ihm mitgeteilt, dass man nur mit alten Vorurteilen in den Genuss neuer Vorurteile kam. *Bitte teilen Sie uns bis zum genannten Stichtag Ihre alten Vorurteile mit, andernfalls können wir den Zugang zu neuen Vorurteilen nicht gewähren. Ihre Bundesanstalt* für *Sitte und Doppelmoral. Als er den Satz noch einmal las, merkte er, dass er sich verlesen* hatte. JETZT ALLE VORTEILE SICHERN stand dort.

Ulrike ging in beinahe jedes Geschäft hinein und kam mit wenigstens einer Tüte, die sie Holm sofort überreichte, wieder heraus. Von *schnell was besorgen*, wie sie ihm noch am Telefon glaubhaft versichert hatte, konnte jedenfalls keine Rede mehr sein. Holm wartete jedes Mal im Eingangsbereich, neben den elektronischen Kontrollbügeln, die Tüten hinter sich gestapelt, und sah zunehmend verärgert auf die nicht nachlassenden Kundenströme. In einer knallgelb gestrichenen Boutique, die ausschließlich Faschingskostüme zu führen schien, derart bunt ging es in den Regalen zu, wartete er fast zwanzig Minuten neben dem Eingang. Bald schon wurde er von einigen Kunden als Mitarbeiter betrachtet. Eine junge Frau mit Nasenring sprach ihn an, ob er wisse, wo sich die Sonderangebote befänden. Holm zuckte die Schultern. Er sei neu hier und habe sich noch nicht orientieren können. Das war immerhin nicht gelogen. Die Frau sah ihn verärgert an. Ein toller Service sei das ja, sagte sie noch, während sie kopfschüttelnd weiterzog. Eine andere wollte wissen, ob sie Bademode führten, was Holm mit dem Hinweis, dass er für die Bademode nicht verantwortlich sei, klar beantwortete. Erstaunlicherweise reagierte auch diese Frau ähnlich ungehalten und fragte ihn, ob sich hier überhaupt jemand für etwas verantwortlich fühle. Hätte er sie vielleicht anlügen und die gesamte Verantwortung auf sich nehmen sollen? Als er merkte, dass ihn die Rolle des Mitarbeiters zu demütigen begann, fing er an, die Rolle zurückzudemütigen. Holm schickte die Kunden einfach wahllos irgendwohin. Röcke? Gehen Sie geradeaus und dann scharf links! Hosenanzüge? Quer durch und dann nach rechts halten. Leggings? Bitte eine Treppe höher! Die dankbaren Blicke der Kunden deprimierten ihn jedoch bald so sehr, dass er die Tüten nahm und sich vor die Tür stellte.

Am Ende des Tauentzien, auf Höhe der Gedächtniskirche, war Holm mit Tüten derart beladen, dass er Ulrike fragte, ob sie ihn eigentlich nur als Packesel mitgenommen habe. Er könne nicht einsehen, weshalb er alles, sie aber gar nichts trage, worauf Ulrike erstaunt erwiderte, dass er als Mann ja wohl die Aufgabe habe, sie zu unterstützen, ob er etwa verlange, dass sie sich mit den Tüten abschleppe? So weit komme es noch! In diesem Augenblick, als sie auf den Kurfürstendamm einbogen, wurde ihm schlagartig bewusst, dass er für Ulrike in erster Linie ein Mann war. Und zwar täglich, ohne Feierabend und Wochenende. Eine Dauerbelastung, bei der jede Gewerkschaft zum Massenprotest aufgerufen hätte. Millionen von Männern, die gegen ihre Ausbeutung demonstrierten. Denn es hatte nicht geheißen, Holm habe die Aufgabe, sie zu unterstützen, sondern *als Mann* sei er quasi dazu verpflichtet, ihr zu helfen. Dass dieser Mann einen Namen hatte, der ihn von anderen Geschlechtsgenossen unterschied, spielte anscheinend überhaupt keine Rolle. Genauso gut hätte er Rolf heißen können. Rolf-Georg Müller! Was sie wohl dazu gesagt hätte? Dass hinter Holm eine Persönlichkeit steckte, die vollkommen unabhängige Ansichten vertrat, war für Ulrike offenbar neu.

Holm betrachtete die anderen Männer. Ob die auch alle im Vierundzwanzigstundeneinsatz waren? Während er darüber nachdachte und sich fragte, ob er da je wieder herauskam, klingelte Ulrikes Handy. Mit dem Apparat am Ohr, dabei lässig weiterwandernd, als bereitete ihr diese Doppeltätigkeit nicht die geringsten Probleme, wandte sie sich zu Holm, ob er Lust habe, mit Maria und Hannes im *Keno* etwas zu trinken? Kein Wort über das Wo und Wann. Da er sich zu großen Diskussionen nicht mehr fähig fühlte, stimmte er wortlos zu. Wir kommen, rief Ulrike strahlend in den Hörer. In diesem

Moment hatte Holm das Gefühl, von diesem *Wir* unwiderruflich verschluckt zu werden.

Das *Keno* lag in einer Seitenstraße des Kurfürstendamms. Es sah aus, als hätten sich die Inhaber nicht einigen können, ob sie ein Café, eine Bar oder ein Restaurant betreiben wollten. Der ganze Raum war in ein helles Orange getaucht, es herrschte ein permanenter Sonnenuntergang. Die Tischreihen im Restaurantteil waren bereits gut gefüllt. Man saß sehr dicht, so dass nicht gleich zu erkennen war, wo eine Gruppe aufhörte und die nächste begann. Hoffentlich wussten die Gruppen es selber. Ulrike steuerte sofort auf einen Tisch am Fenster zu, wo Maria und Hannes auf sie warteten. Obwohl er sie aus Ulrikes Bettmonologen bereits kannte, war es für Holm doch ein wenig überraschend, dass sie tatsächlich existierten. Nachdem Ulrike ihn vorgestellt hatte – Holm bemerkte sofort an ihren verwunderten Blicken, dass Ulrike seinen Namen noch kein einziges Mal erwähnt hatte –, setzten sich jeweils die Männer und die Frauen wie selbstverständlich einander gegenüber.

Rechts neben Holm saß ein Paar, das stumm die Nahrungsaufnahme vollzog. Er könne die Gnocchi empfehlen, sagte Hannes sofort, als habe er schon mit der Küche Rücksprache gehalten. Eigentlich seien sie nur zum Trinken gekommen, meinte Holm mit einem Seitenblick zu Ulrike, die aber plötzlich Gefallen an dem Vorschlag zu finden schien. Man könne ja was Kleines essen, zu Hause hätten sie sowieso nichts im Kühlschrank. Das stimmte nicht, denn Holm hatte gerade erst gestern Käse, Wurst und Schwarzbrot gekauft. Ob Aufschnitt denn *nichts* sei, fragte er beleidigt. Doch, meinte Ulrike, sie habe jetzt aber Lust auf was Warmes. Sie müsse auch einmal am Tag warm essen, schlug sich Maria auf Ulrikes Seite. Deshalb sitzen die Frauen wohl auch getrennt von den Männern, dachte Holm, damit es leichter ist, anderer Meinung zu sein. In letzter Zeit esse sie sowieso wie ein Scheunendrescher, bemerkte Hannes, zu Maria gewandt, er könne überhaupt nicht verstehen, dass sie nicht dicker werde. Ulrike und Maria sahen sich vielsagend an. Holm erinnerte sich an Marias Schwangerschaft und blickte daraufhin ebenfalls vielsagend zu Maria, was diese jedoch nicht zu verstehen schien. Ob Hannes noch immer nichts wusste? Mit seinem modischlockeren Äußeren und der über jeden Selbstzweifel erhabenen Art wirkte er wie ein Mann, für den es auf dieser Welt keine Geheimnisse mehr gab. Das werde sich dann ja wohl bald ändern, sagte Holm mit flotter Zunge, worauf ihn Ulrike unsanft gegen den Fußknöchel trat, dabei aber keines Blickes würdigte. Wie er das meine?, fragte Hannes erstaunt. Er meine es genauso, wie er es gesagt habe, antwortete Holm schon deutlich weniger flott. Der Fußtritt beschäftigte ihn. Er meine nie mehr, als er sage, fuhr Holm ungeachtet der Tatsache, dass sich niemand für solchen Unsinn zu interessieren schien, fort, aber jeder glaube, dass etwas dahinterstecken *müsse*, was er also meine, sei lediglich, dass man erst nach Wochen die eigentliche Wirkung der Völlerei erkennen könne.

Man blickte sich ratlos an. Zum Glück kam die Bedienung. Das heißt, vielmehr bemühte sie sich, sich zwischen den Stühlen bis zu ihnen vorzuarbeiten. Oft wird sie das nicht wiederholen, dachte Holm, am besten, man bestellt gleich alles bis zum Nachtisch durch und ordert sofort die Rechnung. Alle sahen ungeduldig Richtung Bedienung, als erhoffe man, durch sie wieder Anschluss an ein normales Gespräch zu finden. Selbst das Paar am Nebentisch wartete angestrengt, seit sich Holm haarscharf an einer Katastrophe vorbeierzählt hatte. Nur Hannes war die lähmende Stille ringsum offenbar entgangen. Als die Bedienung schließlich vor Ort eintraf und die Menükarten verteilen wollte, lehnte er sich genüsslich zurück und erklärte, als habe er nur auf diesen Moment gewartet, vier Mal Gnocchi und eine Flasche von Ihrem roten Hauswein! Holm konnte sich nicht erinnern, ihm seine Zustimmung für eine Gesamtbestellung gegeben zu haben, ja, er hatte nicht mal ansatzweise den Wunsch verlauten lassen, ebenfalls Gnocchi nehmen zu wollen, ganz zu schweigen von dem roten Hauswein. Doch die Bedienung, von solcher Kennerschaft offensichtlich beeindruckt, zog die Karten sofort wieder zurück, noch ehe Holm eine davon in die Hand bekam. Fast hätte er sie um eine persönliche Empfehlung gebeten, um deutlich zu machen, dass eine abweichende Entscheidung jederzeit möglich war.

Gnocchi seien nämlich das Einzige, sagte Hannes, nachdem die Bedienung den Rückweg angetreten hatte, was man hier essen könne. Alles andere sei völlig unzumutbar, und er wisse, wovon er spreche. Ulrike und Maria hatten ihre Lähmung inzwischen überwunden und den Gesprächsfaden wieder aufgenommen. Gerade neulich sei er mit Geschäftspartnern im besten Restaurant der Stadt essen gewesen, fuhr er so laut fort, dass man es auch an den Nachbartischen gut hören konnte, ein wahres Gaumenerlebnis sei das gewesen, leider könne er das nicht mehr so häufig machen, seit die Spesen nicht mehr bezahlt würden. Er schüttelte den Kopf, als verstünde er nicht, dass man ihm so etwas überhaupt zumutete. Niemand könne verlangen, dass er diese Summen aus der eigenen Tasche bezahle. Aber bei bestimmten Geschäften sei es nun mal notwendig, in einer angenehmen Atmosphäre zu speisen, er könne mit diesen Leuten schließlich nicht in irgendeine Imbissbude gehen.

Holm bemühte sich, interessiert zu wirken. Hannes' Redefluss durfte auf keinen Fall versiegen, denn er hatte keine Ahnung, was man mit so einem Menschen besprechen konnte. Falls es doch einmal stockte, musste er sich eine Notfrage ausdenken, eine Frage, die sich nach Ablauf von zwanzig Sekunden praktisch selbstständig stellte. Sollte er vielleicht das Thema *Mann* anschneiden? Wann er entdeckt habe, dass er für Frauen im Grunde nur als Mann zähle. Hannes sah jedoch nicht danach aus, als würde ihm das irgendwelche größeren Probleme bereiten. Holm hoffte auf das Eintreffen der Gnocchi.

Als Vorspeise, sagte Hannes, dem das Essen mit seinen Geschäftspartnern anscheinend keine Ruhe ließ, gab es Gänseleber mit Wachtelbrust, danach Seezunge mit einem Artischocken-Kapern-Fond und Sardinenbruschetta, ein Gedicht, sag ich dir, sagte Hannes und hob genüsslich die Augenbrauen, die Seezunge zerging auf der Zunge. Er lachte, offenbar ganz hingerissen von seinem Wortspiel. Aber dann kam der Hammer, fuhr er fort, ein Filet vom Saalower Kräuterschwein mit Kartoffelmousseline. Einfach umwerfend! Am liebsten hätte ich den Teller abgeleckt.

Holm fragte sich, was Bruschetta war. Er mochte das Wort, es klang wie ein riesiger Schredder, der alles, was man oben hineinwarf, zerschmetterte. Geben Sie jetzt die Gänseleber gemeinsam mit der Wachtelbrust, der Seezunge und dem Filet vom Saalower Kräuterschwein in Ihren Bruschetta und drücken Sie den roten Hebel so lange, bis unten die Mousseline rauskommt. Hannes redete und redete und kam dabei unweigerlich auf Weine zu sprechen. Wer einmal beim Thema Essen ist, dachte Holm, dem ist auch Wein kein Fremdwort. Während er über die verschiedenen französischen Weinanbaugebiete referierte, zu denen sich bald auch italienische und spanische gesellten, hier wurden bereits erste Vergleiche mit der Neuen Welt fällig, ein Sprung über den Großen Teich war demnach abzusehen, merkte Holm, dass ihnen das Paar am Nebentisch aufmerksam zuhörte. Nachdem sie ihr Essen beendet hatten und damit der einzige Vorwand, sich nichts erzählen zu müssen, entfallen war, wandten sie sich verzweifelt dem Nachbartisch zu. Das ging nun wirklich zu weit. Holm war nicht bereit, für die Unterhaltung von Paaren zu sorgen, die offensichtlich nicht mehr in der Lage waren, ein eigenes Unterhaltungsprogramm zu entwickeln. Ein kurzer, vielsagender Blick nach rechts brachte nicht den gewünschten Erfolg. Vielleicht sagte sein Blick einfach zu viel, so dass man die Kernaussage nicht richtig verstand. Der Mann war deutlich älter als seine Frau oder Freundin, an deren schlanken Fingern Holm zahllose Goldringe bemerkte. Wie Orden, dachte er, verliehen von ihrem Mann für das geduldige Ausharren an der Seite eines Langweilers. Wenn sie noch länger zusammenblieben, müsste sie die Ringe bald an die Nase hängen.

Glücklicherweise kamen in diesem Augenblick die Gnocchi. Lecker, sagte Maria, noch ehe sie etwas gegessen hatte. Wie kannst du sagen, dass es lecker ist, wenn du noch gar nicht probiert hast, fragte Hannes. Weil es lecker aussieht, antwortete Maria knapp. Ich finde, erklärte Hannes fachmännisch, dass es überhaupt nicht lecker aussieht. Eine gelbe Pampe, was meinst du? Er blickte zu Holm, der sich gerade die Serviette um den Hals band und noch nicht viel dazu sagen konnte. Wenigstens passt es zur Raumfarbe, antwortete Holm. Aber du hast es doch ausgesucht, ergänzte Maria vorwurfsvoll. Weil man hier nichts anderes essen kann, sagte Hannes. Also, mir gefällt es, sagte Ulrike und sah ernst zu Holm, der sich aber diesmal nichts hatte zu Schulden kommen lassen. Er hatte lediglich die Farbabstimmung bemerkt. Am besten war es wohl, er löste sich in Luft auf. Ihr seid mir Feinschmecker, sagte Hannes und hob sein Glas. Auf die Freundschaft!

Sie aßen. Holm hatte ständig den Mund voll, damit er nichts sagen konnte. Er aß so langsam, dass er schließlich der Letzte war. Während die Frauen das Thema Kindererziehung angingen, kehrte Hannes zu seinem Hauptthema zurück: sich selbst. Die Firma, die er in ein, zwei Jahren übernehmen wolle, ließe ihm kaum noch Zeit für gemeinsame Abende mit Maria. Er sei eigentlich dauernd irgendwo anders, auf Empfängen und bei Vorträgen, Holm könne sich gar nicht vorstellen, wie langweilig es sei, immer irgendwo mit Sektgläsern herumzustehen und Smalltalk zu machen. Er wisse schon nicht mehr, wo er welche Leute getroffen habe. Holm konnte sich *noch* nicht vorstellen, wie es auf Empfängen zuging, denn in diesem Augenblick fiel ihm der Deutsch-Arabische Wirtschaftsgipfel wieder ein. Eine gute Gelegenheit, dachte er, Hannes beiläufig mitzuteilen, ab welchem Niveau er anfing, Einladungen anzunehmen. Holm erkannte die Sprengkraft dieser Information, die Hannes, den Feinschmecker und professionellen Egozentriker, sofort auf die hinteren Ränge verweisen würde. Holm ließ es sich schmecken. Hannes war nur noch wenige Gnocchi von seiner Degradierung entfernt und ahnte nicht mal ansatzweise, welcher Schlag ihm da drohte. Ein gezielter Satz, eine knapp formulierte Information, ein sachlicher Hinweis am Rande, und Hannes' Selbstbewusstsein würde sich so schnell nicht wieder davon erholen.

Holm wurde lockerer, auch den Nachbartisch betrachtete er jetzt wohlwollender. Holm erkannte, dass die dauernden Monologe von Hannes nur dazu dienten, sich vor Maria als Mann zu beweisen. Und es gab tägliche Beweispflicht. Wurden angemessene Beweise verweigert, konnte das weibliche Interesse ausgesetzt, schlimmstenfalls sogar eingestellt werden. Doch während es Männer gab, die aus Furcht vor einer plötzlichen Einstellung alles auffuhren, was ihnen von Natur und Biographie mitgegeben wurde, gab es andere, stillere Wesen, die sich zunächst einen Überblick verschafften und dann im geeigneten Moment eine Information platzierten, die sie für Tage von jeglicher Beweispflicht entband. Vor diesem Hintergrund stellte sich der Abend gleich in einem viel freundlicheren Licht dar.

Holm hatte noch drei Gnocchi auf seinem Teller, Zeit, um vor dem letzten Löffel, der zweifellos der entscheidende war, noch mal rasch pinkeln zu gehen. Er musste völlig entspannt sein, wenn der Wirtschaftsgipfel zur Sprache kam. Auf der Toilette sah er einen jungen Mann, der vor einem Automaten stand und in seinem Portemonnaie nach Kleingeld suchte. Holm wollte gerade in der Kabine verschwinden, als ihn der Mann überraschend ansprach. Kannst du mir vielleicht mal Geld wechseln? Holm war sprachlos. Hatte er sich verhört? Nur weil sie sich zufällig gemeinsam auf der Herrentoilette befanden, hieß das noch lange nicht, dass es weitere Gemeinsamkeiten gab. Auf dieser Ebene kam man nicht zusammen. Ich brauch nur ein paar Münzen, sagte er beinahe verzweifelt, als er Holms ablehnende Haltung bemerkte. Obwohl er die Zigarettenindustrie grundsätzlich nicht unterstützte, sah er sich gegenwärtig in einer Position, die ein Zugehen auf solche dem schnellen Konsum zugeneigte Menschen ohne Gesichtsverlust erlaubte. Er vergaß die Beleidigung und wechselte ihm großzügig einen Fünf-Euro-Schein. In der Kabine schoss ein so mächtiger, fast beängstigend kraftvoller Strahl in die Schüssel, dass er Mühe hatte, die Richtung zu halten. War ihm jahrelang nur ein unentschiedenes Plätschern gelungen, das ihn zur sitzenden Verrichtung zwang, reichte der Druck jetzt aus, um die obszönen Sprüche an der Kabinenwand gleich mit abzustrahlen. Ein kurzer Schwenk nach rechts und die Schweinereien würden keinem unbescholtenen Bürger mehr die Schamesröte ins Gesicht treiben. Er könnte sich auch auf die Klobrille stellen und seinen Strahl über die Tür dirigieren. Oder bei geöffneter Kabinentür aus drei Meter Entfernung locker ins Pissoir treffen. Das sollte man ihm erst mal nachmachen! Als er seine Hände wusch, bemerkte er, dass es sich nicht um einen Zigaretten-, sondern einen Kondomautomaten handelte. Wenn er das vorher gewusst hätte, hätte er diesen Burschen nicht unterstützt. Womöglich war er auch für die Schweinereien verantwortlich.

Zurück am Tisch, sah er, dass die Teller bereits abgeräumt waren, was ihn kurzzeitig aus dem Konzept brachte. Hannes blätterte in seinem Terminkalender. Sie habe auch vor, sich eine Zimmerpflanze anzuschaffen, hörte er Ulrike zu Maria sagen. Am besten Hydrokultur, ergänzte Maria, falls man mal verreise. Dies war das passende Stichwort für Hannes. Und was macht ihr so?, fragte er, als habe es keine minutenlange Unterbrechung gegeben. Dass er mit ihm im Plural sprach, als könnte Holm selber gar nicht mehr tätig werden, ärgerte ihn. Es war jetzt endlich an der Zeit, seinen Coup zu landen. Er entspannte sich, versuchte locker zu sein, wirkte aber sofort erschöpft, so dass er seine ursprüngliche Haltung augenblicklich wieder einnahm. Er sei demnächst beim Deutsch-Arabischen Wirtschaftsgipfel, sagte Holm ein wenig zu angespannt, eine Einladung des Botschafters der Vereinigten Arabischen Emirate, der Bundeskanzler sei ebenfalls anwesend. Hannes blickte ihn erschrocken an, er hatte Mühe, nicht sofort die Fassung zu verlieren. Wie er denn dazu komme?, fragte er schon deutlich zurückgenommen. Holm konnte förmlich sehen, wie alles in ihm zu bröckeln begann, nur der Taschenkalender gab ihm noch Halt. In der Branche, meinte Holm, komme man eben mit wichtigen Persönlichkeiten in Kontakt, wenn er sich nicht irre, sei der Bundeskanzler ein passionierter Zigarrenraucher. Das sei ja wirklich interessant, sagte Hannes, der nichts weniger ausstrahlte als Interesse. Nur der Anstand und die Tatsache, dass er mit Maria da war, hinderten ihn daran, sofort aufzuspringen und das Lokal zu verlassen. Wo die Veranstaltung denn stattfinde?, fragte er angestrengt. Im Interconti, sagte Holm, als wäre das seine Stammadresse. Und wo bleibe ich?, rief Ulrike plötzlich dazwischen. Ihr Gespräch war offenbar so angelegt, dass alle ihre Beziehung betreffenden Themen jederzeit mitgehört werden konnten. Du bist natürlich auch eingeladen, sagte Holm großzügig, worauf Ulrike triumphierend in die Runde lächelte. Danach brach die Stimmung abrupt zusammen. Hannes sah auf die Uhr und erklärte, dass morgen ein schwerer Tag sei, er müsse noch einige Akten vorbereiten, daher müsse er, beziehungsweise müssten sie jetzt aufbrechen, was Maria erstaunt, angesichts der unerwarteten Wendung des Geschehens jedoch unkommentiert hinnahm. Sie nickte folgsam. Er freue sich aber, meinte Hannes, während er es sich nicht nehmen ließ, die ganze Rechnung zu bezahlen – wenigstens in einer Sache wollte er als Sieger hervorgehen –, ihn kennengelernt zu haben, und hoffe sehr auf ein baldiges Wiedersehen. Holm trank den Rest Rotwein aus. Am Nachbartisch sah er, wie der Mann, von der allgemeinen Aufbruchsstimmung offenbar angesteckt, ebenfalls bezahlte, sich schnell erhob und der Frau, die überraschend sitzen blieb, einen angenehmen Abend und viel Erfolg beim Warten auf ihren Ehemann wünschte.

Auf dem Heimweg sprach Holm kein Wort. Ulrike brachte eine ausführliche Zusammenfassung des Abends, immer wieder unterbrochen von persönlichen Kommentaren und Einschätzungen. Vermutlich würde die Berichterstattung erst gegen Mitternacht enden. Im Türrahmen des Hauses drehte sie sich um und stellte mit einem glücklichen Gesicht fest: Ich bin so stolz auf dich! Wie man sich derart täuschen kann, dachte Holm.

18.

Das Wochenende kam, kein Zweifel, und Ulrike hatte eine neue Idee, wie man den Sonntag in seine Einzelteile zerlegte. Die Vorstellung, den Tag am Stück, also zu Hause zu erleben, hatte für sie offenbar etwas Furchteinflößendes. Seitdem er bei Ulrike wohnte, spielten Wettervorhersagen eine wichtige Rolle in Holms Leben. Sobald Mittwoch die ersten vagen Prognosen fürs Wochenende auftauchten, fing er an, sich Gedanken über den Sonntag, ihren traditionellen Unternehmungstag, zu machen. Bei anhaltender Schönwetterlage, die bezeichnenderweise meist weibliche Namen trug, war die Gefahr plötzlicher Eingebungen und spontaner Entscheidungen am größten. Diese führten sie in der Regel bis zum frühen Nachmittag in irgendwelche abgelegenen Frühstückslokale, auf überfüllte Trödelmärkte oder in angesagte Ausstellungen. Im schlimmsten Fall hintereinander. Nahte dagegen ein männliches Tief, das bis zum Wochenende Dauerregen und Abkühlung versprach, konnte er mit einiger Sicherheit davon ausgehen, dass sie zu Ulrikes Schwester fuhren und den Tag im Wesentlichen dort verbrachten. Holm hatte sich sogar fast schon daran gewöhnt. Die Furzspiele mit Sonja und seine Beratungstätigkeit bei Sven waren inzwischen eine Institution und verdienten den Zusatz *unverzichtbar*. Selbst Alice Schwarzer zeigte sich grundsätzlich bereit, Holm in den Rahmen verwandtschaftlicher Beziehungen aufzunehmen. Am bedrohlichsten waren jedoch jene Vorhersagen, die täglich etwas Neues verhießen. Wurde am Mittwoch noch heiteres Wetter prognostiziert, konnte sich schon am Donnerstag überraschend ein Sturmtief ankündigen, das am Freitag zur Hälfte zurückgenommen wurde, ehe es am Sonnabend aus ungeklärten Gründen vollständig vom Satellitenschirm verschwand und Sonntag wieder alles möglich erschien. Spätestens Freitag war Holm dermaßen mit den Nerven fertig, dass er kaum noch am täglichen Leben teilnehmen konnte und den Sonntag wie einen Schicksalstag erwartete.

An einem dieser Sonntage strahlte wider Erwarten heller Sonnenschein durch die Ritzen des Schlafzimmervorhangs, obwohl die Wetterdienste des Ersten wie des Zweiten Deutschen Fernsehens am Abend zuvor begründete Hoffnungen auf Dauerregen geschürt hatten, was Ulrike noch im Bett auf die beunruhigende Idee brachte, einen Ausflug ins Umland zu unternehmen. Im *Umland* war Holm nämlich nie gewesen, allein die Vorstellung, in ein Land zu fahren, in dem bis vor wenigen Jahren regelmäßig Aufbau- und Arbeitergesänge angestimmt wurden, versetzte ihn in milde Panik. Und wie sich die einheimische Bevölkerung einem ehemaligen und – für Holm keine Frage – weiterhin überzeugten Bewohner Westberlins gegenüber verhielt, war in keinster Weise vorauszusehen. Es war eine nicht zu leugnende Tatsache, dass Holms bald dreißigjährige Abneigung gegen das Reisen von seiner Abneigung gegen die ostdeutsche Bevölkerung noch weit übertroffen wurde. Wenngleich er Ostdeutsche bislang hauptsächlich aus dem Fernsehen kannte und obwohl sie dort keineswegs unsympathisch oder bedrohlich wirkten, hatte er doch die Befürchtung, sie könnten ihn, sobald er ihnen den Rücken zukehrte, aus einem plötzlichen Hassgefühl heraus erschlagen, um sich für die Demütigungen der letzten Jahre zu rächen. Die erste und gleichzeitig letzte Reise hatte beim jungen Holm den Grundstein für seine anhaltende Natur- und Landschaftsfeindlichkeit gelegt. Was von seinen Eltern als *Erholungsurlaub auf einem original Kärntner Bauernhof* angekündigt worden war, erwies sich schon bald als zweiwöchige Tortur: Ziegen, die seine Hosenbeine als Weide betrachteten, ohrenbetäubend quiekende Ferkel, Kühe mit Reibeisenzungen, aus allen Ecken unvermutet hervorschießende Hunde, die es ausschließlich auf Holm abgesehen hatten, und Bauernlümmel, die ihre derben Späße mit ihm trieben, verwandelten ihn schon nach zwei Tagen in ein nervliches Wrack. Aber auch auf den zahllosen Ausflügen kam Holm nicht zur Ruhe. Von Fliegenschwärmen umwölkt, rannte er die meiste Zeit hakenschlagend und mit wild wedelnden Armen vor seinen Eltern her, die ihn ständig von den landschaftlichen Reizen zu überzeugen versuchten.

Holm war also gewarnt, als sie die Stadt in südwestlicher Richtung verließen. Vorsichtshalber hatte er belegte Brote, Äpfel und mehrere Flaschen Wasser griffbereit hinter dem Sitz verstaut, so dass sie ostdeutschen Boden praktisch nicht zu betreten brauchten. Für den Notfall lag eine Landkarte auf seinen Knien, sollte etwas passieren, das sie zu einer sofortigen Rückkehr zwang, konnte er jederzeit Fluchtwege ermitteln. Allerdings stellte er bald fest, dass er unfähig war, ihren genauen Weg auf der Karte zu orten, verheimlichte dies aber vor Ulrike. Mit einem Mann, der nicht in der Lage war, seinen Standort zu bestimmen, hätte sich Ulrike gewiss nicht ins Auto gesetzt. Die entscheidende Frage lautete also: Gab es ein bestimmtes Ziel, das sie ansteuerte? Ulrike hatte immer nur von Ausflug gesprochen. Als sie den Wannsee passierten, fragte er unauffällig, ob sie schon eine Idee habe, wohin die Reise gehe, was Ulrike, die das Radio auf unerträgliche Lautstärke gedreht hatte, lediglich mit einem schwachen

Schulterzucken beantwortete. Es war kaum zu glauben, seit einer Viertelstunde fuhren sie praktisch ziellos durch die Gegend! In wenigen Minuten würden sie im Osten, der eigentlich westlich lag, ankommen und sich dort vermutlich sofort verlieren. Ob sie nicht wenigstens ungefähr wisse, wohin sie fuhren, fragte er. Irgendwo, wo es schön sei, meinte Ulrike gleichmütig, was zweifellos keine zufrieden stellende Zielbeschreibung war. Schön war es nämlich fast überall. Deshalb brauchte man aber noch lange nicht überall hinzufahren. Vielleicht an die Havel, ergänzte sie, ihren Oberkörper rhythmisch bewegend. Weil die Havel aber ein Fluss war, der sich, wie Holm beim Blick auf die Karte erschüttert erkannte, durch den halben Osten schlängelte, ehe er in der Elbe verschwand, kam man hier auch nicht viel weiter. In diesem Moment fiel ihm die Pfaueninsel ein. Die Pfaueninsel lag nicht nur an, sondern, wie es der Name bereits andeutete, in der Havel. Auch beim Aspekt Schönheit gab es die volle Punktzahl. Was sie denn von der Pfaueninsel halte, fragte er, es war jetzt keine Zeit mehr zu verlieren, in der Ferne tauchte schon das vertraute Hinweisschild auf. Stinklangweilig, meinte Ulrike, er hatte das Gefühl, dass sie aufs Gaspedal trat. Hier sollten wohl Fakten geschaffen werden. Da würden doch nur Rentner und Touristen hinfahren, erklärte sie. Dass sich Holm im Umfeld alter Menschen ausgesprochen wohl fühlte, behielt er lieber für sich. Als sie die Glienicker Brücke überquerten und am Ortsschild *Potsdam* vorbeifuhren, sank Holm tief in seinen Sitz und ergab sich dem Unvermeidlichen.

Zunächst überraschend war, dass im Radio immer noch dieselbe Musik lief. Nicht mal ein kurzes Knacken war zu hören gewesen, als sie die Grenze überfuhren. Dies stimmte ihn nachdenklich, bedeutete es doch, dass auch zu Mauerzeiten Westmusik gehört werden konnte. Während Holm Brahms' dritte Sinfonie hörte, hörte man zwei Kilometer weiter ebenfalls Brahms' dritte Sinfonie. Dass er womöglich jahrzehntelang dasselbe gehört hatte wie die Ostdeutschen, musste er erst mal verdauen.

Sie fuhren an lauter frisch renovierten Häusern vorbei, die ihn an eine Zeit erinnerten, die er nur aus historischen Filmen kannte. Erinnerte ihn der Westen immer nur an die Sechzigerjahre, wurde er hier mit einer Vergangenheit konfrontiert, zu der er keinen persönlichen Zugang besaß. Als sie an einer mehrspurigen Kreuzung hielten und Holm sah, wie sich der Verkehr auf durchaus westliche Art und Weise verzweigte, als wäre dies schon immer so gewesen, begann er sich vorsichtig zu entspannen.

Draußen hörte er plötzlich wummernde Bässe. Dicht neben ihnen bemerkte er ein Auto mit zwei jungen Männern, die sich für die Ausflügler zu interessieren schienen und neugierig ins Fenster starrten. Holm durfte jetzt keinen Fehler machen und ihre Blicke erwidern. Vermutlich wollten sie provoziert werden, ein kurzer Augenkontakt, und die Burschen würden sich veranlasst sehen, hier mal rasch nach dem Rechten zu sehen. Ihr Sonntag bestand nämlich hauptsächlich darin, westlichen Ausflüglern durch dichtes Heranfahren und aggressive Blicke deutlich zu machen, dass sie im Osten nicht erwünscht waren. Oder sie hatten vergangene Nacht vergeblich versucht, in diversen Großraumdiskotheken Mädchen aufzureißen, und planten nun in ihrer Verzweiflung, in Frage kommende Autos anzuhalten, gegebenenfalls sogar zu verfolgen, bis sie ihr Ziel erreicht hatten. Nicht auf Holm, sondern auf Ulrike hatten sie es abgesehen, eine Entwicklung, die männliches Handeln erforderte. Es war nicht hinnehmbar, Ulrike einfach wildfremden Männern, zumal ostdeutscher Herkunft, kampflos zu überlassen. Ich sehe, Sie interessieren sich, beziehungsweise, ihr interessiert euch – hier durfte man ruhig schon mal duzen, um den Leuten zu zeigen, auf welchem Niveau man mit ihnen verkehren wollte –, ich sehe, ihr interessiert euch für meine Freundin, fahrt doch mal rasch rechts ran, dann regeln wir die Sache auf meine Art.

Was sollte er tun? Die Scheibe herunterkurbeln und einen ordentlichen Sicherheitsabstand fordern? Ansonsten würde er nämlich schnell die Fassung verlieren, und dann konnte er für nichts mehr garantieren. Allerdings war zu befürchten, dass daraufhin auch die Männer ihre Fassung verloren und für nichts mehr garantierten. Die Frage war, welche Maßnahmen konnte Holm ergreifen? Um sich vor Handgreiflichkeiten zu schützen, musste zunächst die Tür verriegelt werden. In Zeitlupe bewegte er seinen Ellenbogen nach oben und ließ ihn wie zufällig auf den Türknopf fallen. Bei dieser Gelegenheit stellte er fest, dass der am Fenster abgestützte Ellenbogen eine nicht zu unterschätzende Außenwirkung besaß. Holm sah aus wie ein Mann, den nichts so schnell aus der Ruhe bringen konnte. Schon gar nicht zwei halbstarke Ostdeutsche! Er beschloss, jetzt öfter den Arm irgendwo lässig abzustützen, um klarzumachen, dass er wusste, worum es ging. Zum Glück hatte Ulrike nicht bemerkt, in welcher Gefahr sie schwebte. Am besten ist es, dachte er, die Sache auszusitzen, alles an sich abgleiten zu lassen. Er dachte an Helmut Kohl. Helmut Kohl hatte dem Ostblock gezeigt, dass es sich lohnte, ruhig abzuwarten, nicht überstürzt zu handeln. Mit dieser Einstellung hatte er den Osten praktisch ohne sein Zutun in die Knie gezwungen. Mit Helmut Kohl wartete es sich gleich viel leichter vor der Ampel, die offensichtlich nur einmal pro Stunde auf Grün sprang.

In diesem Augenblick passierte es. Neben ihm wurde die Scheibe runtergekurbelt, der Fahrer streckte seinen Kopf aus dem Fenster und fuchtelte wild mit den Armen herum. Holm rührte sich nicht, sah einfach starr geradeaus. Man musste so tun, als würde man nichts bemerken, man konzentrierte sich auf die Ampel. Man beschäftigte sich aus Prinzip nie mit Ereignissen, die irgendwo nebenan stattfanden. Man sah geradeaus, immer Richtung Westen. Der Mann will was von dir, sagte Ulrike auf einmal und blickte treuherzig zum gegnerischen Auto. Kann ich mir nicht vorstellen, sagte Holm, weiterhin unbeirrt geradeaus starrend. Nun sei doch nicht so unfreundlich, sagte Ulrike vorwurfsvoll, was Holm nicht verstehen konnte, schließlich gab es kein Gesetz, dass man vor roten Ampeln besonders freundlich sein musste. Ich will dich nicht beunruhigen, erklärte Holm, aber ich halte die Situation für gefährlich. Gefährlich?, sagte Ulrike erstaunt. Blödsinn, der Mann zeigt die ganze Zeit auf einen Zettel, wahrscheinlich will er dich nur was fragen! Der Mann, sagte Holm, ist wahrscheinlich taubstumm, deshalb haben sie auch die Musik voll aufgedreht. Vermutlich standen auf dem Zettel eindeutige Forderungen, Überlass uns deine Freundin und den Wagen, sonst knallt's! Vielleicht will er nur den Weg wissen, sagte Ulrike erregt, mach jetzt endlich das Fenster auf, immerhin ist das mein Auto! Er will uns eins über die Rübe hauen, sagte Holm. Und dazu braucht er einen Zettel, oder wie? Ja, weil er nicht sprechen kann. Öffne das Fenster, ich will dir eins über die Rübe hauen, steht drauf.

Ulrike schüttelte entnervt ihren Kopf. In diesem Moment sprang die Ampel auf Grün, die Wagenkolonne setzte sich langsam in Bewegung. Holm sah, wie der Wagen nach rechts abbog, auf dem Nummernschild prangte ein großes M für München.

Schweigend fuhren sie weiter durch die Stadt. Sie wirkte wie ausgestorben. Vielleicht sind alle längst in den Westen geflohen, dachte Holm. Diejenigen, die man im Fernsehen zu sehen bekommen hat, waren von der Bundesregierung bezahlte Statisten. Die Frage ist, wo leben die Ostdeutschen jetzt? Womöglich hatte er es bereits seit Jahren ohne sein Wissen mit Ostdeutschen zu tun. Sie sahen zwar aus wie Westdeutsche, sprachen dieselbe Sprache, meinten aber etwas völlig anderes. Auch bei Ulrike hatte er Ähnliches bemerkt. Auch sie sagte manchmal Dinge, die sie später ganz anders gemeint haben wollte. Stammte sie womöglich aus Ostdeutschland? Zwar war sie wie Holm in Buckow zur Schule gegangen, aber das hieß noch lange nicht, dass sie in Buckow auch geboren war. Hatte sie die prägenden Kinderjahre etwa in der DDR verbracht? War sie in den frühen Siebzigerjahren fahnenschwenkend durch die Potsdamer Innenstadt marschiert und hatte kommunistische Kampflieder gesungen? Hatte sie gemeinsam mit ihren linientreuen Eltern der Staatsführung zugejubelt? Und wie kam es eigentlich, dass ihre Eltern überraschend in den Westen, nach Westberlin, gezogen waren? Auf einmal glaubte er auch den Grund ihres Ausflugs zu kennen. Ihm wurde klar, weshalb sie sich der Pfaueninsel so vehement verweigert hatte, ja, praktisch an ihr vorbeigerast war. Ulrike Huber wollte die Orte ihrer Kindheit aufsuchen und nebenbei überprüfen, ob eine Rückkehr für sie prinzipiell in Frage kam.

Wir müssen tanken, sagte Ulrike, bevor sie Potsdam wieder verließen, und steuerte im selben Augenblick eine Tankstelle an. Holm fühlte sich durch das *Wir müssen tanken* keineswegs persönlich angesprochen, schließlich handelte es sich um ihr Auto, wie sie eben erst richtig bemerkt hatte. Er war jedenfalls nicht bereit, ostdeutschen Boden zu betreten. Die Tankstelle sah zu Holms Erstaunen wie die reinste Westtankstelle aus und glich eher einem multifunktionalen Einkaufszentrum mit Supermarkt, Stehcafé und Snackbar. Dass man nebenher noch tanken konnte, musste als besondere Serviceleistung betrachtet werden. Als sie an der Zapfsäule hielten und Ulrike den Motor abgestellt hatte, blieb Holm stur sitzen. Da sich auch Ulrike nicht bewegte, konnte man von der Snackbar aus beobachten, wie zwei Ausflügler reglos in ihrem Wagen saßen und offenbar vergessen hatten, welcher Grund sie hierhergeführt hatte. Holm war bereit, notfalls bis morgen früh auf seinem Platz zu verharren. Brot und Wasser waren ausreichend vorhanden, in drei Stunden käme ein frühes Abendbrot in Betracht. Wenn er es recht bedachte, hatte er noch nie getankt. Holm wusste zwar, wo sich die Tanköffnung befand, nämlich ausgerechnet auf der rechten, also der Beifahrerseite, das war dann aber auch schon alles. Was es wohl für einen Eindruck machte, wenn er ausgerechnet an einer Osttankstelle den Ahnungslosen geben musste?

Nachdem sie etwa zehn Minuten reglos im Auto gesessen hatten, gab Holm seine sture Haltung resigniert auf. Man wollte schließlich nicht den ganzen Tag in einer Tankstelle zubringen. Holm betrat ostdeutschen Boden.

Zunächst musste er den Deckel öffnen. Nachdem er den Deckel ohne Zwischenfälle sicher herausgedreht hatte, wandte er sich zur Zapfsäule. Zu seinem Entsetzen erkannte er, dass gleich vier verschiedene Kraftstoffe angeboten wurden: Diesel, Benzin, Super und Super Plus. Holm dachte nach. Dabei sah er an einer benachbarten Zapfsäule einen Mann, der sein Auto (mit dem Kennzeichen P für Potsdam) mit gewöhnlichem Benzin betankte. Wenn man sich in dieser Gegend mit Benzin zufriedengab, lief in Berlin unter Super praktisch gar nichts. Holm entschied sich für Super Plus. Wenn schon tanken, dann im großen Stil! Während der Kraftstoff nur so in den Tank gurgelte, dass die Zählmaschine kaum hinterherkam, überlegte er, wie es wäre, als Tankwart zu arbeiten. Den ganzen Tag bräuchte er nur Autos abzufüllen: einfach den Stutzen in die Öffnung halten, wortlos zudrücken und hinterher abkassieren. Die Vorstellung gefiel ihm.

Als er vollgetankt hatte, stellte er sich an die Kasse, wo bereits eine Schlange wartete. Die meisten trugen Körbe voller Lebensmittel. Anscheinend gehörte er zu den wenigen, die lediglich getankt hatten. Im Grunde war er sogar der Einzige ohne Korb, was ihn ein wenig beunruhigte. Offenbarte er sich damit als Ausflügler? Vielleicht würde der Kassierer eine reine Tankbezahlung gar nicht akzeptieren und wortlos auf ein unübersehbares Schild am Eingang deuten: TANKEN NUR IN VERBINDUNG MIT EINKAUFEN GESTATTET.

Er griff sich einen Einkaufskorb. Ob eine Tafel Schokolade genügte, um die Vorschriften zu erfüllen? Er wollte nicht den Eindruck erwecken, als Westberliner mit den neuesten Entwicklungen nicht vertraut zu sein. Holm fühlte sich plötzlich berufen, die Ehre des Westens zu retten. Holm stand praktisch stellvertretend für den gesamten Westen an dieser Tankstelle und kaufte ein. Da durfte es bei einer Tafel Schokolade natürlich nicht bleiben. Er kaufte zehn Tafeln Schokolade, dreimal Vollmilch, zweimal Marzipan, zweimal Joghurt, zweimal Nougat und einmal Nuss. Dazu eine Prinzenrolle, drei Packungen Landjäger, ein ganzes Weißbrot, drei Tüten Chips und zwei Dosen Ravioli. Und weil er immer noch nicht genug hatte, irgendetwas Entscheidendes schien noch zu fehlen, etwas, das dem Einkauf sozusagen die Krone aufsetzte und seine Miteinkäufer sofort weit hinter sich ließ, legte er noch eine Flasche Mumm-Sekt obendrauf. Das hätte hier wohl niemand gedacht! Der Kassierer schien jedoch nicht überrascht, als er die Produkte abscannte, was Holms Stimmung ein wenig trübte.

Ob er einen Krisenfall erwarte, fragte Ulrike, als er die beiden Tüten auf den Rücksitz wuchtete. Holm schwieg erschöpft. Er betrachtete die Landschaft, die jetzt vorüberflog. Inzwischen hatte er jegliche Orientierung verloren. Die Orte waren zu klein, als dass sie auf der Karte erwähnt wurden. Sie fuhren an Häusern vorbei, die offiziell praktisch nicht existierten. Ob die Wirklichkeit oder die Karte fehlerhaft war, konnte er nicht entscheiden. Ulrike wirkte vollkommen entspannt. Sie seufzte, sagte innerhalb von zehn Minuten viermal Ach, ist das schön hier, was Holm unerklärlich war, draußen lauerten Fliegen-, angesichts von zahlreichen Seen wahrscheinlich sogar Mückenschwärme, Zecken hockten im Gras und hofften auf frisches Blut, Ameisen bereiteten sich auf dunkle Hosenbeinmärsche vor, und die Vögel warteten nur darauf, friedlichen Spaziergängern in den Nacken zu kacken. Was daran schön sein sollte, würde er gerne mal näher erläutert bekommen.

In einer Linkskurve entdeckte Ulrike plötzlich einen Korbwarenstand auf einem Parkplatz, den sie, mit einem gewagten Manöver schräg über die gegenläufige Fahrbahn schießend, anfuhr. Sie wolle nur mal rasch schauen, sagte sie und parkte den Wagen vor Bergen geflochtener Körbe, Korbstühle, Korbtische, Korbtaschen, Korbsessel und Korbhocker. Was das bedeutete, wusste er schon. Ein älterer Mann, offenbar der Korbverkäufer, schreckte von einem Korbstuhl hoch. Kunden hatte er wohl schon länger nicht mehr gesehen. Er trug ein verschlissenes graues Sakko, Jeans und helle Gesundheitsschuhe. Vermutlich hatte er irgendwann begonnen, sich ein seriöses Verkäuferimage zuzulegen, das Projekt dann aber auf halber Strecke abgebrochen.

Wenn er ihnen behilflich sein könne, sagte der Mann freundlich, aber unangemessen forsch, sollten sie sich direkt an ihn wenden. Ob er Sorge hatte, dass man sich auch an jemand anderes wenden könnte, war nicht zu erkennen. Der Anblick dieser unvollendeten Existenz, die auf dem Weg zu einem ganzen Verkäufer buchstäblich in der Kurve hängen geblieben war, deprimierte Holm. Während Ulrike die Angebote durchging, verließ Holm, die Wagentür vorsichtshalber weit offen lassend, das Auto, um sich die Beine zu vertreten, die ihm sonst eingeschlafen wären, was unter keinen Umständen passieren durfte. Obwohl Holm keinerlei Interesse am Verkaufsstand bekundete, ja, bewusst in eine ganz andere Richtung blickte, versuchte der Mann, Kontakt zu ihm aufzunehmen, indem er sich in scheinbar absichtslosen Schlangenlinien langsam näherte, um dann plötzlich wie zufällig neben Holm zu stehen. Schon immer hatten sich Verlierertypen, Einzelgänger und Verwirrte auf unerklärliche Weise zu ihm hingezogen gefühlt. In der Schule wurde er über Jahre von Personen verfolgt, die durch ihr unvorteilhaftes Äußeres, schwache schulischen Leistungen oder seltsame Hobbys praktisch nicht integrierbar waren, mit dem Ergebnis, dass auch Holm, obwohl er in keiner Weise auffällig genannt werden konnte, bald im Zusammenhang mit diesem der menschlichen Gemeinschaft fernstehenden Personenkreis gesehen wurde und dadurch zwangsläufig selber verloren, einzelgängerisch und verwirrt werden musste.

Der Mann hatte sich so dicht neben Holm gestellt, dass er glaubte, seine Gedanken hören zu können. Und was dachte der Mann in diesem Augenblick? *Gibt es ein Thema, das diesen Herrn zum Kauf meiner Korbwaren veranlassen könnte.* Holm tat, als habe er etwas Wichtiges auf der gegenüberliegenden Wiese zu beobachten. Ihre Frau sucht wohl was Bestimmtes, sagte er auf einmal in völliger Verkennung der Tatsachen. Holm wollte ihn gerade in den beiden wesentlichen Punkten korrigieren, als er jedoch sah, wie sehr er sich bemühte, ein halbwegs vernünftiges Gespräch aufzubauen, nahm er rasch davon Abstand. Gut möglich, sagte Holm ein wenig gequält. Beide sahen zu Ulrike, als versuchten sie herauszufinden, ob diese Frau tatsächlich etwas Bestimmtes suchte. Frauen wollen ja immer ein Nest bauen, sagte er, bereits ein vages Verkaufsgespräch einleitend, was Holm natürlich sofort erkannt hatte. Und mit einem Korbstuhl holt man sich ein bisschen südliche Atmosphäre in die Wohnung, nicht wahr?

Vermutlich wusste er nicht mal, worüber er sprach. Jedenfalls sah er nicht danach aus, als hätte er seinen Parkplatz jemals in südliche Richtung verlassen. Ich bin ja nie im Süden gewesen, sagte der Mann, als könnte er ebenfalls Gedanken lesen, was Holm gleich zu der Vermutung veranlasste, hier benutze ein ehemaliger Stasi-Spitzel seine über Jahre trainierten Spitzelfähigkeiten einfach weiter. Jetzt wurde ihm auch klar, weshalb er so dicht neben ihm stand. Das Abhören war nur aus einer maximalen Entfernung von einem Meter möglich. Bevor Holm einen weiteren Gedanken andachte, trat er einen Schritt zur Seite. Sie sind sicher schon im Süden gewesen, fuhr er, sofort wieder aufschließend, fort. Holm machte einen deutlichen Schritt zurück, ehe er sich die Frage stellte, woher der Mann wusste, dass er aus dem Westen kam. Gab es Bewegungen, die ihn zweifelsfrei als Westmenschen identifizierten? Die Art, wie er dastand, die Hände in den Hosentaschen vergraben? Was sollte er ihm darauf antworten? Natürlich sei er schon einmal im Süden gewesen, als Westdeutscher sei man quasi dazu verpflichtet, seinen Urlaub in Spanien oder Italien zu verbringen. Sonne, Zitronen und Olivenhaine, wer kannte das nicht? Toskana oder Marbella? Ein Eselsritt durch Andalusien? Alltag im Leben eines bundesrepublikanischen Bürgers! Eine Weile habe man sogar mit der Übersiedelung auf ein italienisches Landgut geliebäugelt, war dann aber nach langem Hin und Her wieder davon abgekommen, die Infrastruktur, insbesondere die Qualität der Krankenversorgung, entspreche einfach nicht dem aus Deutschland gewohnten Standard. Ja, sagte Holm endlich, was nach dieser Verzögerung fast schon wie Nein klang. Wissen Sie, sagte der Mann und schloss erneut zu ihm auf, was Holm mit einem neuerlichen Schritt zur Seite beantwortete, nach der Wende sind ja alle sofort fluchtartig in die Welt gereist. Er machte eine kurze Pause, als wollte er dieser Erkenntnis die nötige Bedeutung verleihen. Ehrlich gesagt, ich reise nicht so gerne, er schloss wieder auf, Holm trat fast gleichzeitig zurück. Mir genügt dieses kleine Stückchen Welt, es gibt einen Himmel, es gibt Wasser und Luft zum Atmen, mehr braucht man doch eigentlich nicht. Hier ist alles drin, die ganze Welt, aber die meisten Leute sehen das in ihrem Fernreisewahn wohl nicht. Fernreisewahn, das Wort hätte von Holm stammen können! Ob *er* mal einen Schritt auf ihn zu machen sollte? Doch dies ging nun eindeutig zu weit. Der Mann war ein Ostdeutscher, in seinem früheren Leben verdiente er sich seinen Unterhalt als Stasi-Spitzel, *IM Korbstuhl*. Er arbeitete, wenn man hier überhaupt davon sprechen konnte, auf einem staubigen Parkplatz fernab jeglicher Zivilisation und vertrat erstaunlicherweise Ansichten, die mit Holms Meinungen vollkommen identisch waren.

Zum Glück kam in diesem Augenblick Ulrike, ehe die Beitrittsgespräche in eine unzumutbare Verbrüderung mündeten. Und, nichts gefunden?, fragte der Mann ein wenig enttäuscht. Ulrike schüttelte den Kopf. Sie verabschiedeten sich rasch. Ziemlicher Schrott, sagte Ulrike, als sie langsam vom Parkplatz rumpelten. Holm sah dem Mann nach, wie er immer kleiner wurde und schließlich mit seinen Korbwaren verschmolz.

Schweigend fuhren sie an immer neuen Seen vorbei. Rechts tauchte ein Kirchturm auf, er schien über dem Wasser zu schweben. Die ständig wechselnden Perspektiven machten es für Holm sehr schwierig, sich auf irgendetwas für längere Zeit zu konzentrieren. Weißt du, sagte Holm, auf die Armaturen starrend, um sich von den vorbeirasenden Ansichten zu erholen, was das Schwierige am Leben ist? Ulrike zuckte gleichgültig die Schultern. Dass es ständig ist! Ständig?, fragte sie, als hätte sie dieses Wort noch nie gehört. Ja, sagte Holm, man lebt siebzig Jahre ohne Unterbrechung. Und was soll daran schwierig sein?, fragte Ulrike. Offenbar konnte sie mit diesem Gedanken nichts anfangen. Es ist so, versuchte Holm die Sachlage zu erklären, als würdest du siebzig Jahre am Stück arbeiten. Das ist ja wohl was anderes, sagte sie, dann arbeitest du ja. Oder ist das hier vielleicht gerade Arbeit? In gewisser Weise ja, antwortete Holm, bemüht, nicht nach draußen zu sehen. Ulrike schüttelte den Kopf. Und was schlägst du vor? Ein, zwei Tage Pause wären nicht schlecht, sagte er, ein Wochenende ohne Leben, da könnte man sich mal ein bisschen erholen, vielleicht auch mal was ganz anderes machen. Also mir gefällt das Leben, sagte Ulrike, die nicht gewillt oder fähig schien, seinen Gedanken zu folgen. Außerdem, stellte sie beleidigend sachlich fest, gibt es nichts anderes als Leben. Oder hast du eine andere Idee? Eigentlich ist es unglaublich, dachte er, dass es keine Alternative zum Leben gibt. Man hat Dutzende Fernsehprogramme zur Auswahl, aber kann nicht mal eine andere Existenzform wählen. Vielleicht wäre er gerne ein Geist geworden. Für ein Wochenende mal durch die Gegend spuken! Das Problem war, wie kam man dann an sein Abendbrot?

Ulrike drückte aufs Gaspedal, als wollte sie möglichst viel Landschaft hinter sich bringen. Seit sie die Stadt verlassen hatten, schien sie einen Großteil der Verkehrsregeln vergessen zu haben. Der Ausflug tut ihr nicht gut, dachte Holm. Je weiter sie sich von Berlin entfernten, desto größer wurde Holms Sorge, dass sie abends nicht rechtzeitig wieder nach Hause zurückkehrten. Wenn sie nun irgendwo übernachten mussten? Eine Pension mit Etagenbad und fließend Kaltwasser. In den durchgelegenen Betten hatte schon die Rote Armee auf ihrem Feldzug nach Berlin so manche einheimische Tochter vergewaltigt. Zum Frühstück statt Kaffee Bier, der Wirt betrunken am Stammtisch dösend. Lieber würde er im Auto übernachten!

Überraschend hielten sie auf dem Parkplatz einer Gärtnerei. SPEZIALITÄTEN AUS DEM HAVELLAND vermerkte ein Schild über dem Eingang. Neben den Gewächshäusern ein gelber Neubau mit Laden und Kaffeeausschank. Ob sie jetzt jeden Laden ansteuern müsse, fragte Holm. Es gebe hier frisches Obst und Gemüse, meinte Ulrike fröhlich. Holm hatte in ihrer Wohnung noch keinen einzigen Apfel gesehen. Das Gemüse importieren sie aus Holland, sagte er, und vermarkten es als einheimische Spezialität. Weshalb er alles immer so negativ sehen müsse?, fragte sie empört. Das sei nun mal die Wahrheit, antwortete Holm, er könne auch nichts dafür, bemühe sich aber täglich um eine positivere Sichtweise. Ulrike ging in den Laden, er wartete draußen. Holm war nicht bereit, die holländische Obst- und Gemüseproduktion zu unterstützen. Als Ulrike mit einer Tüte zurückkehrte, drückte sie ihm eine kleine Flasche in die Hand. Sanddornschnaps, sagte sie, die machen hier alles mit Sanddorn!

Er hatte Hunger. Mittag war lange vorbei, es war längst Kaffeezeit. Trotzdem hatte er überraschend Lust auf eine Currywurst. Das war ihm jetzt auch egal. Weil ohnehin alles durcheinanderging, war zur Kaffeezeit eben mal Currywurst angesagt. Sie fuhren in einen Ort namens Werder, den er erstmals auch auf der Karte entdeckte. Bestürzt stellte er fest, wie weit sie sich bereits von Berlin entfernt hatten. Ulrike steuerte ein Fischlokal an, als habe sie dieses Ziel schon längere Zeit im Auge gehabt. Hier gibt es bestimmt keine Currywurst, dachte er missmutig und folgte Ulrike an stinkenden Öfen vorbei. Das Lokal war in erster Linie ein Freiluftlokal, zum Wasser hin Bänke, an denen Busladungen voller Ausflügler tafelten. Boote blubberten vorbei. Zwischendrin Kindergeschrei und kläffende Hunde. *Ich* werde jetzt was essen, sagte Ulrike und ging zielstrebig auf die Fischbude zu. Ein dicker Mann schaufelte aus einem Kessel Fischsuppe auf einen Teller und reichte ihn seinem Kollegen an der Ausgabe weiter. Weil es außer Fischbrötchen ohnehin nichts anderes gab, nahmen sie die Fischsuppe. Ulrike balancierte mit ihrem Teller Richtung Wasser, während Holm die Getränke beschaffte. Als er bei einer anderen Bude zweimal Limonade bestellte, sah ihn die Frau hinterm Tresen beleidigt an und erklärte trotzig, dass sie hier nur Fassbrause hätten. Obwohl Holm nirgends ein Fass entdecken konnte, stimmte er schließlich zu. Man darf die Leute nicht unnötig provozieren, dachte er. Die Frau, die sich von ihrer Beleidigung immer noch nicht vollständig erholt hatte, ob sie sich überhaupt jemals davon erholte, schien fraglich, schenkte nun Brause aus einer gewöhnlichen Flasche in zwei Gläser. Holm sah sie entgeistert an. Es hatte *Fass*brause geheißen und nicht *Flaschen*brause. Dass sie glaubte, er bemerke nicht, wie sie ihn in aller Öffentlichkeit versuchte übers Ohr zu hauen, machte ihn derart wütend, dass er seine Zurückhaltung augenblicklich vergaß und erklärte, dass sie offenbar gerade dabei sei, einen Fehler zu begehen, sie hätten sich eben erst auf Fassbrause geeinigt. Ob mal jemand das Fass mit der Brause holen könne, rief die Frau plötzlich laut zu ihren Kolleginnen, was diese mit lautem Gelächter quittierten. Fassbrause, belehrte ihn die Frau, heiße zwar so, sei aber nur in Flaschen erhältlich. Weshalb man nicht gleich von Flaschenbrause sprach, war ihm schleierhaft.

Doch wie sollte er zwei Gläser und einen Suppenteller transportieren? Tabletts waren offensichtlich nicht vorhanden. Entweder, dachte er, ich lasse ein Glas zurück und hole es später nach, oder, und dies schien ihm schließlich die bessere Lösung zu sein, ich trinke mein Glas noch vor Ort aus. Denn ein zurückgelassenes Glas Fassbrause würde sofort die Schnorrer und Lokaldiebe auf den Plan rufen. Holm stürzte die Brause hinunter und lächelte triumphierend zur Tresenfrau, die ihn jedoch nicht zur Kenntnis nahm.

Während er Teller und Glas zum Wasser trug, musste er zweimal laut rülpsen, was eine junge Frau mit Kind auf dem Arm zu einem empörten Kopfschütteln nötigte, während ihn das Kind fröhlich anlächelte. Ja, Holm war ein lustiger Geselle, da konnte man noch was lernen. Das Lokal war weitläufiger, als es zunächst den Anschein gehabt hatte. In Terrassen ging es hinunter zum Wasser. Selbst auf einem Steg standen noch Bänke. Vor lauter Menschen konnte er Ulrike nicht gleich entdecken. Holm suchte eine blonde Frau Mitte dreißig, was aber gar nicht so einfach war, denn es gab sehr viele blonde Frauen in dieser Altersklasse. Ob er sich irgendwo dazusetzen sollte? Er befürchtete auf einmal, Ulrike nie mehr wiederzufinden. Man hatte sich in einem Fischlokal verloren und angesichts der Auswahl an gleichaltrigen Geschlechtsgenossen einfach neu orientiert.

Je länger er seinen Blick über die Köpfe schweifen ließ, desto geringer wurde erstaunlicherweise sein Wunsch, Ulrike wiederzufinden. Mit einem Mal erschien es ihm voreilig, sich nur auf eine Frau zu konzentrieren. Vielleicht gab es ja welche, die seine Vorliebe für öffentlich-rechtliche Fernsehprogramme teilte.

Weiter unten, am Ende der vorletzten Ebene, sah er eine blonde Frau mit Zopf und Sonnenbrille. Obwohl sie Ulrike ähnelte, erkannte er sie nicht sofort. Erst in dem Augenblick, als sie eine bestimmte Handbewegung über die Haare machte, war er sich sicher. Entsetzt bemerkte er, dass sie rauchte. Der Ausflug lockerte nicht nur ihre Einstellung gegenüber Verkehrsregeln, sondern brachte auch noch Vorlieben ans Tageslicht, die er vermutlich nie kennengelernt hätte, wenn sie zu Hause geblieben wären. Ein Grund mehr, dachte Holm, die gewohnte Umgebung nicht zu verlassen.

Mit der Zigarette in der Hand wirkte Ulrike plötzlich wie eine Fremde. Ihm schien, als würde sich ihre Persönlichkeit erst nach und nach vor seinen Augen entfalten. Was wohl noch alles zum Vorschein kam? Er hatte auf einmal Sorge, bislang nur einen Bruchteil von ihr zu kennen. Hier saß nicht mehr die Frau, die in der Herrenabteilung Hosen und Hemden zusammenlegte, sondern Marlene Dietrich kurz vor ihrem Auftritt in einem amerikanischen Soldatencamp. Eigentlich war es ungeheuerlich, mit einem Menschen zusammenleben zu müssen, von dem man nicht *alle* Seiten kannte.

Wo er denn die ganze Zeit geblieben sei, fragte Ulrike, nachdem er sich endlich zu ihr vorgearbeitet hatte. Sie habe schon mal mit der Suppe angefangen, setzte sie, ohne seine Erklärung abzuwarten, hinzu und inhalierte den Rauch. Auf ihrem Teller waren nur noch Reste zu sehen. Holm beschlich plötzlich die Vermutung, dass er sie nie *vollständig* kennenlernen würde. Mit halben Sachen gab er sich aber nur ungern zufrieden. Sie befanden sich beide in einem Alter, wo die prägenden Erfahrungen bereits hinter ihnen lagen. Was jetzt noch kam, war lediglich die Verwaltung und Organisation dieser Erfahrungen.

Ulrike schien seine irritierten Blicke zu bemerken. Wenn ich rausfahre, sagte sie, muss ich immer eine rauchen. Schweigen. Keine weiteren Erläuterungen, keine nachvollziehbaren psychologischen Begründungen, die ihm den Griff zur Zigarette verständlich machten. Es war, als hätte ihm die Tante beim Frühstück beiläufig erzählt, dass sie sich hin und wieder ein Zubrot als Prostituierte verdiente. Holm war der Appetit restlos vergangen.

Neben ihm saßen zwei gelangweilte Jungen, die mit ihren Messern fechten übten und Holm dabei gefährlich nahe kamen. Die Eltern schien die Tatsache, dass ihre Sprösslinge jeden Augenblick einen Gast erdolchen konnten, nicht im Geringsten zu beunruhigen. Vermutlich bliebe sein Tod sogar von Ulrike unentdeckt. Zumindest so lange, bis sie neue Aufträge an ihn erteilte. Sie hielt ihr Gesicht in die Sonne und rauchte schon die zweite Zigarette. Ob er hier saß oder nicht, spielte anscheinend keine Rolle. Was fanden sie eigentlich aneinander? Die Frage kam so überraschend, dass er sie nicht mehr rechtzeitig verhindern konnte. Holm war schockiert. Solche nicht angekündigten Fragen waren neu. Er bevorzugte Probleme zunächst mit kleinen Fragen einzukreisen, das Problem quasi langsam zu ermüden, um es dann mit einer großen Frage schlagartig zu erledigen. Eine Frage dieses Ausmaßes, die gleich alle Lebensbereiche berührte, traf ihn nicht nur unvorbereitet, sie traf ihn rückwirkend bis zu dem Punkt, als er Ulrike kennengelernt hatte. Die Frage musste also lauten: Weshalb hatte er ausgerechnet diese Frau in der Hemdenabteilung angesprochen und nicht eine andere, beispielsweise in der Schuh- oder Buchabteilung? Bei der Suche nach der Antwort tauchte unversehens die Tante vor seinem inneren Auge auf. War sie es nicht gewesen, die ihm die Möglichkeit einer Annäherung angedeutet hatte? Hatte Hede nicht ihre wurstförmigen Finger im Spiel, als sie ihm Frau Huber als mögliche Freundin nahezubringen versuchte? Mit anderen Worten: Musste Holm sein restliches Leben in grauen Flachbauten, Frühstückscafés und Ausflugslokalen verbringen, nur weil ihm seine Tante einen offensichtlich nicht bis ins letzte Detail durchdachten Vorschlag gemacht hatte? Dieser Gedanke deprimierte Holm so, dass er ihn sofort abbrach, ehe er noch Schlimmeres anrichten konnte.

Ulrike sprach kaum ein Wort. Wenn sie etwas sagte, dann nur Variationen zu dem Thema, wie gut es ihr hier gefalle. Ihre Sätze wiesen bereits Abnutzungserscheinungen auf, und niemand anderes als Holm schien dies zu bemerken. Auch die Eltern nebenan waren nach fünfzehn Ehejahren fast verstummt. Sie hatten sich lediglich zur Kindererzeugung zusammengeschlossen, und nachdem die Sprösslinge aus dem Gröbsten heraus waren, blieb man irrtümlich weiter zusammen, wusste aber nicht mehr genau warum.

Plötzlich musste Ulrike auf die Toilette. Sie schreckte aus ihrer Sonnenanbetung hoch, als hätte sie es Sekunden zuvor noch nicht mal geahnt. Holm, mit dem Rücken zum Wasser sitzend, sah auf eine dichte Hecke, in der sich unsichtbare Vögel laut zwitschernd vergnügten. Es ärgerte ihn auf einmal, dass da jemand einfach grundlos Spaß am Leben hatte. Er war so in seine Heckengedanken vertieft, dass er nicht bemerkte, wie sich eine ältere Wandersfrau in Kniebundhosen, den leeren Platz erspähend, daranmachte, Holm Gesellschaft zu leisten. Holm, von diesem dreisten Verhalten empört, wusste zunächst nicht, wie er den Vorgang stoppen sollte. Es war beinahe zu spät, angemessen zu reagieren, als er plötzlich ruhig erklärte: Personen über siebzig sind an diesem Tisch nicht erwünscht. Die Frau, mit einem Bein bereits über der Bank, blickte ihn sprachlos an. Als sie sich wieder gefangen hatte, antwortete sie: Ich bin aber erst dreiundsechzig! Macht nichts, sagte Holm, Personen ab siebzig oder wie siebzig aussehend, je nachdem, was eher eintritt.

Später fuhren sie einen anderen Weg zurück. Holm war überraschend gut gelaunt. Ulrike summte wieder irgendeinen Hit. Beinahe hätte er mitgesummt. Als die Landschaft sich in vorstädtische Siedlungen zu zerstückeln begann, war er froh, wieder nach Hause zu kommen. Er wollte sich erst mal einige Tage von den Strapazen erholen. Völlig verstummen und keine Ansprüche erfüllen müssen, dachte er. Da fiel ihm ein – die Stadt war schon in Sichtweite –, dass dies ja gar nicht ging. Holms Zuhause befand sich in Ulrikes Wohnung, von Erholung konnte also keine Rede sein. Es geht immer so weiter, dachte er. Heute Abend kämpfe ich wieder um die Tagesschau und morgen werde ich andere Gewohnheiten dafür opfern.

19.

Holm fühlte sich krank. Es war Montagmorgen, es war neun Uhr, und Holm fühlte sich eine Stunde vor Arbeitsbeginn dermaßen krank, dass er schließlich schweren Herzens den Entschluss fasste, seinen Chef anzurufen und von seinem Fernbleiben zu unterrichten.

Das war ihm noch nie passiert. Solange er lebte, war Holm niemals ernstlich krank gewesen. Wann immer eine Grippewelle durchs Land rollte, die Bekannte und Verwandte tagelang außer Gefecht setzte, blieb Holm davon unberührt. Wenn andere unter Kopfschmerzen, Winterdepressionen oder Gliederschmerzen litten, ging es Holm blendend. Sein Eindruck, nicht vollständig am Leben beteiligt zu sein, setzte sich auch auf diesem Gebiet fort.

Was ihn also hoffnungsvoll hätte stimmen müssen, endlich von einem bundesweit tätigen Virenstamm angegriffen worden zu sein, versetzte ihn jedoch in Unruhe. Denn eine Grippewelle war weit und breit nicht in Sicht. Holm wusste nicht, woran er litt. Er hatte weder Kopf- noch Gliederschmerzen, er hustete oder schnupfte nicht, er hatte kein Fieber oder Schüttelfrost, er hatte lediglich das Gefühl, krank zu sein. Doch wie sollte man sich verhalten, wenn man sich krank fühlte, aber offensichtlich nicht krank war? Gab es spezielle Anleitungen für Menschen ohne eindeutig identifizierbare Krankheitssymptome? *Wege in die Krankheit*.

Im Badezimmerspiegel sah er einen Mann, der sich verzweifelt bemühte, klare Signale von seinem Körper zu empfangen. Ob sie den Notarzt rufen solle, fragte Ulrike, als er sich deutlich leidend zurück ins Schlafzimmer schleppte. So weit sei es noch lange nicht, antwortete Holm, merkte dann aber, dass sie ihn nicht ernst nahm. Was er nun eigentlich habe, fragte sie ungeduldig. Anscheinend wollte sie Fakten haben. Er könne sich noch nicht abschließend dazu äußern, meinte Holm, er werde ja nicht dauernd von derselben Krankheit heimgesucht. Er stellte sich vor, wie ihn eine Krankheit besuchte und sich sofort heimisch fühlte. Du hast bloß einen Kater, sagte Ulrike. Tatsächlich hatte er am Abend zuvor den Sanddornschnaps ein wenig überstürzt in sich hineingeschüttet. Mit dieser Erklärung konnte er sich jedoch keinesfalls zufrieden geben. Ausgeschlossen, antwortete Holm etwas zu energisch, das hätte ich ja wohl bemerkt! Dann geh halt zum Arzt, drängte Ulrike, als könnte sie seine Unentschlossenheit nicht mehr mit ansehen. Sie kenne einen in der Alsenstraße, sagte sie, Dr. Köpke. Wie der frühere Tagesschau-Sprecher, dachte Holm, Karl-Heinz Köpke. Fast hätte er einem Besuch sofort zugestimmt. Vielleicht später, sagte er erschöpft und sank schwer atmend auf die Matratze.

Wieder im Bett, merkte er, dass er musste. Meist musste er genau in dem Augenblick, wenn er die Bettdecke unter seinen Körper geklemmt hatte und fest eingewickelt dalag wie eine Leberwurst. Weil sich der Harndrang regelmäßig verspätet meldete, hatte er es sich seit seinem siebzehnten Geburtstag zur Gewohnheit gemacht, kurz vorm Zubettgehen noch einmal die H-Frage zu stellen. Da Holm zu dieser morgendlichen Stunde aber noch nie ins Bett gegangen war, hatte sich die H-Frage erst gar nicht gestellt.

Anstatt sofort aufzuspringen und die Sache hinter sich zu bringen, blieb er zu seiner eigenen Überraschung jedoch liegen und wartete ab. Hoffte er vielleicht, dass sich der Harndrang abschwächen und auf einmal ganz verschwinden würde? Das war zweifellos keine ernstzunehmende Perspektive. Erstmals in seinem Leben hatte er den konkreten Wunsch, ins Bett zu pinkeln. Was wohl Ulrike dazu sagen würde, wenn sie sah, dass ihr Freund ein Bettnässer war? Käme ihre mütterliche Seite zum Vorschein? Holm hörte, wie sie in der Küche arbeitete. Aber die Geräusche ergaben kein Bild ihrer Arbeit.

Wenig später erschien sie überraschend mit einem Glas Früchtetee. Damit er wieder auf die Beine komme, meinte sie. Dass Früchtetee nun so ziemlich das Letzte war, was er in seiner Lage brauchte, traute er sich nicht zu sagen. Du zitterst ja, sagte sie zum ersten Mal leicht beunruhigt. Hast du Fieber? Sie fühlte seine Stirn. Einen Augenblick vergaß er den Harndrang und erinnerte sich an seine Mutter, wie sie mit ihrer rauen Hand sein Gesicht berührt hatte. Plötzlich war ihm sein Wunsch, ins Bett zu machen, peinlich. Du gehst heute zu Dr. Köpke, versprochen? Holm nickte folgsam, mehr war auch nicht möglich, jedes Wort hätte für seine Blase verheerende Folgen gehabt.

Er war kurz davor, sein Geschäft in die auf der Fensterbank stehende Vase mit den Trockenblumen zu machen, als Ulrike die Wohnung verließ, so dass Holm, mit einer Hand sein Geschlecht umfassend, gerade noch rechtzeitig ins Bad rennen und sich im letzten Moment in die Wanne erleichtern konnte. Während Holm litt, traf sich Ulrike wieder einmal mit einer Freundin. Sie schien unzählige Freundinnen zu haben, die sie je nach Laune, Anlass und Tageszeit aus ihrem Adressbuch hervorzaubern konnte. Wenn es möglich wäre, dachte Holm, dem im Bett langsam langweilig wurde – ohne konkrete Krankheit wirkte dieses Herumliegen doch ein wenig absurd –, sich als Generalfreundin ins Gespräch zu bringen, würde Ulrike keinen Grund mehr für ihre Treffen haben und könnte sich dann vermehrt um mich kümmern. Wäre es überhaupt denkbar, seine Rolle als Mann gegen die der Generalfreundin zu tauschen? Holm hatte nämlich schon seit längerer Zeit den Eindruck, sich in erster Linie für Themen zu interessieren, die mit ihm als Mann nur wenig, eigentlich sogar überhaupt nichts zu tun hatten. Weshalb, fragte er sich, soll ich mich dauerhaft von Themenkomplexen ausschließen, nur weil ich ein Mann bin? Während er die klassischen Hausfrauenarbeiten übernahm, staubsaugte, die Wohnung aufräumte, einkaufte, Abendbrot machte und Wäsche wusch, sich praktisch mehrere Stunden am Tag als Frau durch die Gegend bewegte, wurde er abends und am Wochenende wieder auf seine Rolle als Mann reduziert. Ein Wechsel, der nicht spurlos an ihm vorüberging und womöglich die Ursache seines rätselhaften Leidens war. Es gab nur eine Möglichkeit, Ulrike auf seine, man durfte ruhig sagen, dramatische Lage aufmerksam zu machen: Er musste sich weigern, mit ihr zu schlafen.

Die Praxis von Dr. Köpke befand sich drei Gehminuten von der Wohnung entfernt. Ob er einen Termin beim Doktor habe, fragte eine untersetzte, bulldoggenartige Frau in ihrem Empfangskoben, was Holm mit Bedauern verneinen musste. Er habe sich, erklärte er, kurzfristig zu einem Besuch durchgerungen, nachdem seine Krankheit selbst zu keinem überzeugenden Durchbruch gelangt sei. Eine Mitteilung, die die Frau offenbar vollkommen kalt ließ. Ob er schon Kunde bei ihnen sei, fragte sie sachlich, was Holm ein wenig verwunderte. Anscheinend war der Bedarf an Grundleiden in den westlichen Spaßgesellschaften inzwischen so groß, dass immer mehr Praxen eröffneten, wo Menschen nach einer fachlichen Beratung eine ihren Lebensgewohnheiten angemessene Krankheit erwerben konnten.

Holm verneinte erneut. Ob das irgendwelche Auswirkungen auf die Diagnose habe, fragte er. Keine Reaktion. Die Frau hielt verbissen an dem einmal angeschlagenen Ton fest und forderte Holm auf, indem sie ein Formular über den Tresen schob, sorgfältig alles zu beantworten und danach wieder an sie heranzutreten.

Er füllte das zweiseitige Formular aus. Bei Herkunft, Geburtstag, Ehestand und Beruf ging es ihm noch locker von der Hand. Als er jedoch Fragen nach Krankheiten, von Mumps bis Röteln, persönlichen Gewohnheiten, zum Beispiel ob er rauche oder trinke, und nach allergischen Reaktionen beantworten musste, begann es zu stocken. Bis aufs Rauchen und die eine oder andere bekannte Kinderkrankheit konnte er praktisch nichts ankreuzen, es sah fast so aus, als hätte er die Fragen nicht richtig verstanden. Vielleicht sollte er trotzdem hier und dort Häkchen machen, damit nicht der Eindruck entstand, er sei zu gesund. Mit halbleeren Blättern kann ich jedenfalls nicht wieder herantreten, dachte er. So was würde die Frau zweifellos nicht hinnehmen.

Holm begann in lockerer Abfolge Krankheiten anzukreuzen, die jedem klar machen mussten: Dieser Mann hat eine schwere Kindheit gehabt! Dass er sich gelegentlich eine Flasche Sanddornschnaps genehmigte, reichte schon locker für ein Kreuz bei *Regelmäßiger Alkoholkonsum*. So kam am Ende doch noch eine stattliche Anzahl von Kreuzen zusammen. Damit hatte sich Holm für Dr. Köpke zweifellos qualifiziert.

Schön, sagte die Frau beim Blick auf die Seiten, offensichtlich froh, endlich mal einen schweren Fall reinbekommen zu haben. Gehen Sie bitte ins Wartezimmer, Sie werden aufgerufen. Im Wartezimmer wartete bereits ein junges Paar, das ihn sofort intensiv musterte, als wollte es herausfinden, woran er litt. Holms Leiden war jedoch so versteckt, dass äußerlich nichts zu bemerken war. Um sie zusätzlich zu verwirren, setzte er sich völlig entspannt auf den Stuhl, schlug lässig ein Bein über und blätterte gleichgültig in einer Illustrierten. Enttäuscht wandten sie sich schon nach wenigen Sekunden von ihm ab.

Der junge Mann wirkte übermüdet. Während ihm seine Freundin die Hand streichelte, fielen ihm ständig die Augen zu. Vielleicht war er früh um vier aus dem Schlaf geschreckt und hatte mit ungewöhnlicher Schärfe erkannt, dass er und seine Freundin noch immer kein gemeinsames Problem hatten, das ihre Beziehung dauerhaft zusammenhielt. Denn der Grund für die hohe Trennungsrate war, dass es den meisten Paaren nicht gelang, gemeinsame Probleme zu entwickeln. Stattdessen schlug sich jeder mit seinen Privatproblemen herum, was dazu führte, dass man sich untereinander nicht wirklich nahe kam.

Holm wurde auf einmal klar, dass er kein Problem suchte, um es mit Ulrike zu teilen. Er war auf der Suche nach einem Problem, an dem ausschließlich er leiden konnte. Die Vorstellung, Dr. Köpke könnte ein Leiden diagnostizieren, das jedem frei zugänglich war, war nicht hinnehmbar.

Noch vor dem Paar wurde Holm ins Behandlungszimmer zwei gerufen. Womöglich hatte man die Schwere seines Falls erkannt und wollte keine Zeit mehr verlieren. Dr. Köpke saß hinter einem Schreibtisch und studierte aufmerksam seine Krankengeschichte. Leider hatte er keinerlei Ähnlichkeiten mit Karl-Heinz Köpcke, dem ehemaligen Tagesschau-Sprecher. Vielmehr sah er aus wie Helmut Kohl, in der Brusttasche seines Arztkittels steckten drei Kugelschreiber, ein schwarzer, ein roter und ein gelber. Dr. Kohl hatte die Politik endgültig an den Nagel gehängt und widmete sich den Opfern seiner Regierungszeit.

Wo drückt uns denn der Schuh, sagte er, als wäre er unter Umständen bereit, mitzuleiden. Ich fühle mich seit einiger Zeit matt und lustlos, sagte Holm, der etwas verloren mitten im Raum stand. Sollte er sich schon mal die Ärmel hochkrempeln? Matt und lustlos, wiederholte der Arzt und blickte ihn nachdenklich über seine Brille hinweg an, als überlegte er sich bereits eine passende Krankheit. Haben Sie Schmerzen? Nein, antwortete Holm. Ob es besser war, Schmerzen zu haben, wenn man sich lustlos fühlte? Fühlen sich Ihre Gliedmaßen schwer an? fragte er. Seine Gliedmaßen fühlten sich nicht schwerer an als sonst auch, was ihm plötzlich seltsam vorkam. Nein, sagte er. Holm hoffte, dass er bald auch mal etwas positiv beantworten konnte. Ist Ihnen manchmal schwindelig?, bohrte er weiter. Holm war vor gut zwölf Jahren einmal ohnmächtig geworden, als er einen Luftballon aufgeblasen hatte. Womöglich war das ein erstes Anzeichen für seine spätere Lustlosigkeit. Er bejahte sofort. Aha, sagte Dr. Köpke und stand im selben Moment auf. Anscheinend hatte er eine Idee. Öffnen Sie mal den Mund und strecken Sie die Zunge raus, sagte er und öffnete selber seinen Mund, als würde Holm es sonst nicht begreifen. Mit einem Holzspatel drückte er die Zunge nach unten und leuchtete mit einer Taschenlampe in den Rachen. Er schien etwas Bestimmtes zu suchen, vielleicht ein Organ, das für die Umwandlung der Gedanken in sinnvolle Sätze erforderlich war. Hatte er nicht immer das Gefühl gehabt, falsch verstanden zu werden? Schon nach wenigen Minuten stellte sich heraus, dass ihm etwas Wesentliches fehlte. Mutter Natur hatte ihn nicht vollständig ausgeliefert. Holm fiel ein, dass er drei Wochen zu früh auf die Welt gekommen war. Drei entscheidende Wochen, in denen die lebensnotwendigen Details nicht mehr eingebaut werden konnten. Holm bewegte sich seit siebenunddreißig Jahren als Mängelexemplar durch die Welt, und erst jetzt wurde der Fehler im Rachen entdeckt.

Dr. Köpke schloss die Rachenuntersuchung ohne ein Wort der Erklärung ab und wandte sich zu den Ohren. Befand sich in den Ohren nicht der Gleichgewichtssinn? Vielleicht hatte man auch diesen vergessen, Holm war sich sogar sicher: Schwankte er nicht von jeher unentschlossen durchs Leben? Dr. Köpke hatte auf Anhieb erkannt, woran es Holm im Wesentlichen mangelte, und er brauchte ihm dafür nur in Rachen und Ohren zu sehen.

Machen Sie bitte Ihren Oberkörper frei, sagte er. Die Ohren hatten ihn in seiner abschließenden Diagnose offenbar nicht bestärkt. Letzte Gewissheit würde die Brust bringen. Holm zog Hemd und Unterhemd aus. Er merkte, dass es ihm leichter fiel, sich vor einem fremden Mann auszuziehen, als vor seiner eigenen Freundin. Atmen Sie tief ein, sagte Dr. Köpke. Das Stethoskop hüpfte wie ein orientierungsloser Frosch über seine Brust. Holm hielt die Luft an. Ausatmen, befahl Dr. Köpke gerade noch rechtzeitig. Er wunderte sich, dass er jahrzehntelang ohne Anweisung ein- und ausgeatmet hatte. Wir machen jetzt zur Sicherheit noch ein Belastungs-EKG und ein kleines Blutbild, sagte Dr. Köpke und hängte sich das Stethoskop um den Hals. Er wollte sein bereits feststehendes Urteil ganz offensichtlich mit einigen zusätzlichen Tests untermauern. Ich sage Frau Heilmann Bescheid, danach kommen Sie wieder zu mir.

Frau Heilmann, die Frau vom Empfang, wie er erstaunt erkannte, schien keineswegs überrascht, im Flur einen halbnackten Mann zu entdecken. Vermutlich betrachtete sie entblößte Männer nur noch unter dem Gesichtspunkt von Belastungs-EKGs. Was wohl Herr Heilmann dazu sagte?

In einem Nebenraum, einer Art Hobbykeller mit Sportgeräten, musste er sich auf ein Fahrrad setzen. Bevor er losradeln durfte, platzierte sie eine ganze Froschfamilie auf Brust und Rücken und verkabelte sie mit einem Gerät, das aussah wie ein großer Verstärker. Vielleicht quakte es gleich aus irgendwelchen Lautsprechern. In drei Schwierigkeitsgraden radelte er sich den Schweiß aus den Poren. Frau Heilmann ermahnte ihn, nur so lange zu fahren, wie es ihm möglich sei, was Holm, dem ein vorzeitiger Abbruch wie ein Eingeständnis von etwas erschien, das zweifellos ungünstige Auswirkungen auf das Gesamturteil haben würde, jedoch nur als Herausforderung begriff, und so legte er sich noch zusätzlich ins Zeug, mit dem Ergebnis, dass er schließlich dermaßen erschöpft war, dass ihn Frau Heilmann stützen musste, als er zitternd vom Fahrrad stieg.

Sie führte ihn in einen weiteren, deutlich kleineren Raum, wo er sich auf einen Stuhl setzen und einige Minuten erholen durfte, was ihm angesichts der Folterwerkzeuge, die er neben sich auf dem Tisch entdeckte, Spritzen und vakuumverpackte Kanülen, völlig unmöglich war. Eigenes Blut hatte er seit seiner Jugend nicht mehr gesehen. Lieber würde er sich noch mal aufs Fahrrad schwingen und einige Strafrunden drehen, als eine kalte Spritze in sein Fleisch gebohrt zu bekommen. Wenig später kehrte Frau Heilmann mit einem Gummiriemen zurück. Sie wirkte plötzlich beunruhigend gut gelaunt. Kam sie erst richtig in Fahrt, wenn fremdes Blut floss? Machen Sie bitte eine Faust, sagte sie und begann seinen Arm abzutasten. Mal sehen, ob wir eine Vene finden. Hieß das, sie wusste nicht, wo Holms Venen zu finden waren? Und er solle sich an der Suche beteiligen? Die liegen ja ziemlich versteckt, meinte sie, nachdem sie praktisch den ganzen Arm abgeklopft hatte und wieder von vorne begann. Mit gutem Grund, dachte er, schließlich soll nicht jeder sofort mein Blut abzapfen können. Gibt es eigentlich nachher belegte Brote?, fragte Holm, dem gerade einfiel, dass Blutspendeorganisationen immer mit Häppchen warben, um die Leute in ihre fliegenden Wagen zu locken. Ich glaube, ich hab eine, sagte Frau Heilmann, sie reagierte wohl nur auf sachbezogene Fragen. Sie band das Gummi um den Oberarm und zurrte es, wie es schien, extra fest. Sein Arm schwoll sofort an und wurde rasch taub. Sie desinfizierte die Fundstelle mit einem Spray. Jetzt piekst es ein bisschen, sagte sie, als die Kanüle schon auf der Haut angesetzt war, dass Holm sein Gesicht gerade noch abwenden konnte. Er spürte lediglich ein kurzes Ziehen. Das war's schon, sagte Frau Heilmann zufrieden und reichte ihm ein Stück Wundgaze, das er auf den Arm drückte, bis die Blutung gestillt war.

Zwanzig Minuten später wurde er in Behandlungszimmer eins gerufen. Bis auf den Schreibtisch, der viel größer war als in Behandlungszimmer zwei – es sollte gleich klar werden, dass die Ergebnisse hier umfassend analysiert wurden –, war der Raum identisch. Tja, sagte Dr. Köpke, nahm seine Brille ab und faltete die Hände, ehrlich gesagt, ich habe nichts gefunden, Sie sind topfit, ein Mann Ihres Alters könnte keine besseren Werte haben. Ich wünschte, ich könnte das von allen meinen Patienten behaupten! Holm sah ihn betroffen an. Irgendwie wurde er den Verdacht nicht los, dass man ihm nicht die Wahrheit erzählte. Vielleicht weil der Mann aussah wie der Altbundeskanzler. Erschöpft verließ er die Praxis.

Die Schloßstraße war voller Menschen, die ihn einmal mehr daran erinnerten, dass das Leben ohne Unterbrechung weiterlief. Leider war nicht zu erkennen, ob man etwas Wesentliches verpasst hatte. Obwohl kerngesund, schleppte sich Holm an den Schaufenstern vorbei, als könnte er seinem Gefühl den wahren Zustand noch eine Weile verheimlichen. Er merkte, dass es ihm Spaß machte, sich selbst zu betrügen.

Vor ihm stockte es plötzlich, ohne dass irgendein Grund erkennbar war. Holm wurde sofort wütend, was ihn wiederum maßlos ärgerte, offenbar hatte er sich nicht mehr unter Kontrolle. Als er schließlich die Ursache des Auflaufs sah, ein Mann, der sich mitten auf dem Bürgersteig in aller Seelenruhe die Schnürbänder band, konnte er es kaum glauben. Wie man sich einfach hinhocken und den ganzen Betrieb aufhalten konnte, war ihm ein Rätsel.

Holm ging weiter. Auf einmal verspürte er das starke Bedürfnis, im Laden vorbeizuschauen und Gesine Mugsch einen kurzen Besuch abzustatten. Mal sehen, dachte er, wie der Laden ohne mich läuft. Er ging schneller, rannte beinahe, überquerte bei Rot die Kreuzung, was ihm die Rüge einer Mutter mit Kind einbrachte. Er wollte gerade schwungvoll den Laden betreten, als ihm im letzten Moment einfiel, dass er krankgeschrieben war. Holm blieb abrupt stehen.

Gesine saß auf seinem Platz hinter der Kasse und blätterte in einer Zeitung. Kaum war er mal einen Tag nicht da, machte es sich Gesine auf seinem Platz gemütlich, als wäre er schon vergessen. Doch er hatte sich nicht über viele Monate seinen Stammplatz mühsam erarbeitet, um ihn nach einer unangemessen kurzen Zeit wieder zu verlieren. Obwohl er Gesine als Arbeitskollegin und Frau, insbesondere jedoch als Arbeitskollegin, schätzte, war das ein Schritt in die falsche Richtung. Ein Kunde, der neu in den Laden kam, musste ja denken, Gesine säße traditionell auf diesem Stuhl.

Holm stand deutlich sichtbar vor dem Schaufenster, doch Gesine schien ihn nicht zu bemerken, was Holm plötzlich auf den merkwürdigen Gedanken brachte, Gesine sei gar nicht Gesine, sondern heiße in Wirklichkeit Hildegard Weber. Hildegard Weber arbeitete seit zwanzig Jahren allein im Laden und las eben zu dieser Uhrzeit ihre Zeitung. Einen Mitarbeiter namens Holm kannte sie nicht. Diese Vorstellung erschütterte ihn derart, dass er sofort weiterging.

Sein Magen knurrte. Den ganzen Tag hatte er praktisch noch nichts gegessen. Wahrscheinlich deliriere ich, dachte er. Er wusste nicht, ob das ein gutes Zeichen war. Es war bereits Nachmittag und für ein Mittagessen zu spät. Er überquerte die Straße. Während er an Imbissbuden und Bäckereien vorbeiging, überlegte er, was er essen konnte, damit er fürs Abendbrot wieder ausreichend Hunger hatte. Nichts Fettes, dachte er, es darf mich auf keinen Fall sättigen. Eine Wurst wäre fatal. Aber auch Kuchen kam nicht in Frage. Der lag ihm dann schwer im Magen und verstopfte alles. Obst, dachte er, ein Apfel, oder zwei.

Am Titania-Palast bemerkte er eine Frau, die ihn an Frau Gluck erinnerte. Ihre roten Haare, die Brille, der forsche Gang. Sie trug eine rosa Strickjacke, die ihm allerdings unbekannt war. Frau Gluck machte Besorgungen in der Schloßstraße. Brauchte sie ein wenig Abwechslung, nachdem sie in der Gropiusstadt alles abgegrast hatte? Dass er ihr ausgerechnet jetzt begegnete, konnte kein Zufall sein. Weil Holm nicht in sein altes Leben zurückgekehrt war, kehrte sein altes Leben einfach zu ihm zurück.

Da er nichts zu tun hatte, beschloss er, ihr zu folgen. Mit angemessenem Abstand ging er hinter ihr her. Sie durfte ihn keinesfalls entdecken. Wenn sie sah, dass Holm an einem Montagnachmittag ohne erkennbare Aufgabe durch die Gegend streunte, würde es seine Tante noch vor der Tagesschau wissen. Und natürlich würde sie sich sofort in ihrer anfänglichen Befürchtung bestätigt sehen, dass Holms überstürzter Einzug in Ulrikes Leben ein gravierender Fehler gewesen war.

Ihr Neffe ließ sich schon wenige Wochen später am helllichten Tag ziellos durch die Stadt treiben und verfolgte alleinstehende ältere Frauen.

Frau Gluck, das wurde ihm schnell klar, hatte die weite Reise zur Schloßstraße nicht unternommen, um sich über die neuesten Modetrends im Berliner Südwesten zu informieren, sie steuerte in Marschgeschwindigkeit auf ein bestimmtes Ziel zu, das ihr bereits beim Verlassen der Wohnung deutlich vor Augen gestanden hatte. Und Holm, eben noch unschlüssig, was beziehungsweise ob er überhaupt etwas essen sollte, hatte mit einem Mal wieder eine klare Aufgabe. Zwar kannte er das Ziel noch nicht, aber wenigstens folgte er jemandem, der es zweifellos kannte. Es ging ihm gleich besser.

Frau Gluck sah weder nach rechts noch nach links. Er mochte, wie sie den Verlockungen der Warenwelt widerstand, selbst Schuhgeschäfte hatten nicht die geringste Chance angesichts ihres unverbrüchlichen Willens, das Ziel auf schnellstmöglichem Weg zu erreichen. Hier war eine Frau, die sich nicht irritieren ließ. Die eine Mission zu erfüllen hatte. Die seit sieben Uhr auf den Beinen war und es kaum erwarten konnte, in die Schloßstraße zu fahren.

Frau Gluck steuerte auf Karstadt zu. Ihr Ziel lag in dem bekannten Warenhaus namens Karstadt. Nur dort konnte sie ihr Werk vollenden. Nicht bei Wertheim oder im Forum Steglitz, es musste Karstadt sein. Aber was gab es bei Karstadt, das ihr Wertheim nicht bieten konnte? Weshalb beachtete sie das Forum Steglitz nicht und marschierte unbeirrt auf Karstadt zu? Sie wollte den Geschäftsführer sprechen. Sie hatte einen Termin beim Geschäftsführer von Karstadt, Schloßstraße. Frau Gluck hatte sich vor einigen Tagen eine hochwertige Strumpfhose gekauft und bereits nach einmaligem Tragen eine Laufmasche entdeckt. Und anstatt sich mit ahnungslosen Verkäuferinnen ohne Entscheidungsbefugnis herumzuärgern, beschritt sie den direkten Weg in die Chefetage.

Sie passierte, die Sonderangebote beidseitig ignorierend, die Blusen und Röcke, durchmaß die Strumpfabteilung mit erhobenem Kopf und fuhr, zu Holms Erstaunen, mit der Rolltreppe ins Untergeschoss. Die Chefetage schien im Keller zu liegen. Nicht ohne Grund saß der Geschäftsführer in einem unauffindbaren, bunkerartigen Raum: um sich vor unzufriedenen Kunden zu schützen. Nur durch ihre unnachgiebige Art, die täglichen, schließlich nervtötenden Telefonanrufe, war es Frau Gluck gelungen, einen Termin beim Geschäftsführer zu erhalten, von dem selbst langjährige Mitarbeiter nicht sicher wussten, ob er tatsächlich existierte.

Im Untergeschoss befand sich wider Erwarten die Lebensmittelabteilung. Vielleicht hatte man sich zu einem Glas Wein verabredet, um das Problem in entspannter Atmosphäre zu lösen. Sie griff sich einen Korb und ging ohne Zögern sofort in den hinteren Bereich. Frau Gluck wollte dem Geschäftsführer damit demonstrieren, dass sie trotz ihres Ärgers prinzipiell zu weiteren Einkäufen in seinem Haus bereit war. Auch Holm griff sich einen Korb. Er wollte demonstrieren, dass er überhaupt zu Einkäufen bereit war. Brot, Gemüse und Milchprodukte interessierten sie an diesem wichtigen Tag nicht, Frau Gluck steuerte mit sicherem Gang auf die Spirituosenabteilung zu. Wartete der Geschäftsführer bereits mit einem Präsentkorb teurer französischer Rotweine?

In der Spirituosenabteilung war kein Mensch. Holm versteckte sich hinter dem Rumregal. Aber was machte Frau Gluck? Wurde sie ungeduldig, weil der Geschäftsführer, weder mit noch ohne Präsentkorb, immer noch nicht aufgetaucht war? Wandte sie sich verärgert an einen Verkäufer, um sich über diese neuerliche Frechheit lautstark zu beschweren? Frau

Gluck tat nichts dergleichen, sie ging zu den Sonderangeboten, zu den großen, silbernen Schüsseln, in denen sich stark reduzierte Schnapsflaschen stapelten. Sie nahm nicht eine, nicht zwei, Frau Gluck zog fünf Flaschen Korn aus der Schüssel und verstaute sie vorsichtig in ihrem Korb. Holm konnte es kaum glauben. Ihr Ziel war offensichtlich nicht der Geschäftsführer, ihre Mission lautete schlicht: Einkauf billiger Schnäpse! Nur aus diesem Grund war sie hierhergekommen. Frau Gluck hing an der Flasche, und weil man sie in der Gropiusstadt kannte, organisierte sie sich den Stoff an möglichst weit entfernten Orten. Und heute war eben Steglitz angesagt. Redete sie deshalb am laufenden Band, geradezu zwanghaft, weil sie ständig beschwipst war? Der Eierlikör nach dem Kuchen war möglicherweise nur der süße Abschluss einer bereits zum Frühstück begonnenen Alkoholisierung.

Holm wusste nicht, wem er noch trauen konnte. Er stand am Rand einer abgrundtiefen Verzweiflung, gegen die sein morgendliches Leiden eine leichte Erkältung war. Er beschloss, in die Fleischabteilung zu gehen und eine Wurst zu essen. Es war ihm auf einmal egal, ob er zur Tagesschau Hunger hatte oder nicht. Vielleicht sollte er sich einmal zur Kaffeezeit richtig satt essen.

Vor dem Wursttresen stand eine junge Frau mit ihrem Kind. Nachdem sie das Wurstpaket in den Korb gelegt hatte und gehen wollte, reichte der Verkäufer eine dicke Scheibe Gelbwurst über den Tresen. Damit du nicht verhungerst, wenn deine Mama einkauft, sagte er freundlich zum Kind, das die Scheibe nahm und sofort in den Mund steckte. Bedank dich mal bei dem Herrn, forderte die Mutter das Kind auf. Danke, sagte es mit vollem Mund und lächelte verschämt. Holm hatte plötzlich den Wunsch, auch eine Wurstscheibe überreicht zu bekommen. Auch er wollte sich beim Verkäufer mit vollem Mund bedanken. Womöglich wurde er von der Mutter dann adoptiert.

Abends lag Holm auf dem Sofa und sah einen Bericht über eine vom Aussterben bedrohte Schmetterlingsart, von der nur noch wenige Exemplare in den Weinbergen der Mosel lebten. Er stellte sich vor, wie der Umweltminister einen neuen Slogan erfand: Trinken Sie Moselwein zum Erhalt des Falters aus Winningen! Endlich konnte man sich betrinken und dabei auch noch was für die Umwelt tun. Gegen halb zehn kam Ulrike nach Hause. Und, was hat Dr. Köpke gesagt? Holm drehte schwach seinen Kopf zur Seite. Es ist hoffnungslos, sagte er. Na, dann ist ja alles in Ordnung, sagte sie gut gelaunt und verschwand in der Küche.

20.

Das Hotel Intercontinental befand sich in der Budapester Straße, nur wenige hundert Meter vom Zoologischen Garten entfernt. Holm trug einen schwarzen Anzug und eine schwarze Krawatte, was Ulrike zu der Bemerkung veranlasste, ob er auf eine Beerdigung gehen wolle, was Holm erst Minuten später, sie fuhren bereits Richtung Zoo, mit dem Hinweis konterte, im Gegensatz zu ihr wisse er sich jedenfalls angemessen zu kleiden, worauf ihn Ulrike anblaffte, dass er sich ja eine andere Freundin suchen könne, wenn er mit ihrem Kleid, immerhin von *Anna von Griesheim,* wie sie betonte, nicht einverstanden sei. Er kenne diese Anna aus Griesheim nicht, sagte Holm, schlage aber vor, sich demnächst lieber doch etwas weniger staatstragend zu kleiden, ihr werde schließlich nicht das Bundesverdienstkreuz verliehen, das sei außerdem einfacher, als sich eine neue Freundin zu suchen. Du hast echt null Ahnung, erwiderte Ulrike tonlos und verstummte daraufhin bis zum Hotel. Sie mussten schließlich in einer dunklen Nebenstraße parken, nachdem Ulrike mehrmals erfolglos versucht hatte, vor das Hotel zu fahren, und dabei von zwei hektisch armwinkenden Angestellten fortgescheucht worden war, offenbar glaubte man, sie hätten sich in der Adresse geirrt.

In der Hotellobby herrschte ein unbeschreibliches Chaos. Sprachen aus allen Weltregionen schwirrten durch die lang gestreckte Halle. Sprachen, die Holm noch nie gehört hatte, die schnell und vernuschelt oder gemütlich und melodiös klangen. Man musste dankbar sein, seine eigene Sprache zu haben. Doch vielleicht lösten sich Holms Probleme auch schlagartig auf, wenn er nur noch Indisch redete.

Ob sie hier eigentlich auf irgendetwas Bestimmtes warten, fragte Ulrike, die die Begutachtung und vergleichende Einschätzung ihrer näheren Umgebung offensichtlich abgeschlossen hatte und auf Veränderung drängte. Holm hatte keine Ahnung, ob sie in diesem Moment überhaupt warteten. Niemand hatte ihm erzählt, wie so ein Empfang genau aussah. Am Ende war dies bereits der Empfang. Immerhin befand man sich in der Empfangshalle. Ob man mal jemanden fragte? Aber mit Deutsch kam man hier wohl nicht weit. Im Übrigen durfte er Ulrike gegenüber nicht den Eindruck erwecken, dass er zum ersten Mal auf einem Empfang war. Als Mann musste er schließlich wissen, ob sie warteten oder nicht.

Weiter hinten entdeckte er eine lange Schlange. Und weil Schlangen meistens irgendwohin führten, steuerte Holm sofort auf das Ende zu. Die anderen schienen nämlich dieselbe Idee zu haben. Auch die Inder und Angelsachsen, oder wo immer diese Menschen herkamen, dachten sich, diese Schlange muss es zweifellos sein. Sämtliche Inder und Angelsachsen stürzten sich geradezu dankbar auf diese Schlange. Zunächst erleichtert, der ziellosen Warterei entkommen zu sein, fragte sich Holm schon nach kurzer Zeit, ob sie sich an der richtigen Schlange angestellt hatten. Denn, so überlegte er, was haben Inder und Angelsachsen eigentlich beim Deutsch-Arabischen Wirtschaftsgipfel zu suchen? Vielleicht führte die Schlange zur Damentoilette. Man habe sich eben irgendwo einreihen wollen.

Vor Holm stand ein Mann in grauer Uniform. Nach allem, was Holm über Uniformen wusste, und das war nicht besonders viel, schien es sich hier um einen Soldaten der Bundeswehr zu handeln. Nur, was suchte die Bundeswehr auf dem Wirtschaftsgipfel? Holm erkannte noch andere Uniformen, blaue und braune, Männer, deren Oberkörper mit einer farbigen Palette Orden praktisch flächendeckend versiegelt war. Man konnte sie auch als Puzzle verwenden. Anders geordnet, ergaben sie vielleicht aussagekräftige Bilder, Sonnenuntergänge oder röhrende Hirsche vor Bergkulissen. Führte diese Schlange etwa in die Jahrestagung der Nato-Staaten? Holm wurde langsam nervös. Um sich Klarheit zu verschaffen, zog er seine Einladungskarte langsam aus der Brusttasche, und zwar so weit, dass ihn der Soldat, sollte er zufällig ein Auge auf ihn werfen, sofort über seinen Irrtum aufklären konnte. Oder er nickte ihm freundschaftlich beziehungsweise kameradschaftlich zu und gab damit indirekt zu erkennen, dass man im gleichen Boot saß.

Doch der Soldat nahm Holm nicht mal zur Kenntnis. Er ignorierte ihn geradezu. Hatte er mit einem knappen Blick erkannt, dass Holm nicht gedient hatte? Dass er in der direkten Nachbarschaft eines lupenreinen Zivilisten stand? Als die Bundeswehr nach der Wende wieder nach Berlin zurückgekehrt war, hatte Holm jahrelang auf einen Einberufungsbefehl gewartet. Reihum erreichten Musterungsbescheide seine ehemaligen Klassenkameraden, aber Holm war nicht dabei. Er wollte ja dienen, er wollte an der verantwortungsvollen Aufgabe der Landes- und Vaterlandsverteidigung beteiligt werden. Dass man ihn offensichtlich nicht für fähig hielt, sein Land zu verteidigen, deprimierte ihn.

Da geht ja gar nichts voran, sagte der Soldat plötzlich empört zu Holm gewandt, wissen Sie, ob ich hier richtig stehe? Er zeigte ihm seine Einladungskarte, die Holm sofort als die des Deutsch-Arabischen Wirtschaftsgipfels identifizierte. Sie stehen richtig, erklärte Holm lässig und nickte ihm freundlich, aber keineswegs überschwänglich zu. Ob er den Mann kenne, flüsterte ihm Ulrike von hinten ins Ohr. Ja, sagte Holm. Es sei alles so neu für sie, meinte sie aufgeregt und wischte ihm die Schuppen von der Schulter. Das könne er gut verstehen. Sehr gut sogar, dachte Holm.

Zehn Minuten später standen sie vor der Garderobe und gaben ihre Mäntel ab. Was geschieht eigentlich, wenn wir drin sind?, fragte Ulrike und zupfte ihr Kleid zurecht, während sie auf eine neue Schlange, die in Wirklichkeit die alte war, zusteuerten. Offenbar wartete man jetzt auf den Saaleinlass. Diese Frage hatte sich Holm auch schon in anderen Zusammenhängen gestellt. Praktisch sein ganzes Leben hindurch hatte er sich immer dieselbe Frage gestellt, war aber nie zu einer überzeugenden Antwort gelangt. Holm hatte seine Eltern immer dafür bewundert, wie sie die Kraft fanden, jeden Morgen aufs Neue in den Alltag einzusteigen, als gäbe es einen geheimen Auftrag, den sie bis an ihr Lebensende erfüllen mussten. Er hatte den Eindruck, als speiste sich diese Kraft aus einer Quelle, die ihm einfach nicht zur Verfügung stand.

Es wird einiges geschehen, sagte Holm, da macht man sich gar keine Vorstellungen, was auf Empfängen so alles geschieht. Ulrike blickte ihn erwartungsvoll an. Er musste konkreter werden. Hier mussten Fakten auf den Tisch. Aber dann sagte sie überraschend: Toll, ich bin schon so gespannt, wenn ich das morgen Maria erzähle, wird sie ziemlich neidisch sein. Obwohl die Schlange die alte war, hatte sich die Ordnung derart verändert, dass sie tatsächlich wie eine neue Schlange aussah. Der Zwischenstopp an der Garderobe hatte ihm einen neuen Vordermann beschert. Der Soldat war indes um sechs Plätze nach vorne gerückt und stand eingeklemmt zwischen zwei dunkelhäutigen Männern, die allerdings auch nicht danach aussahen, als hätten sie jemals irgendwo gedient.

Holm erkannte jetzt immer mehr dunkelhäutige Menschen, die angesichts des bevorstehenden Saaleinlasses offenbar Morgenluft witterten. Männer mit Bärten und buschigen Augenbrauen, in weite, wallende Umhänge gehüllte arabische Märchengestalten. Wahrscheinlich trugen sie Krummdolche unter ihren Gewändern. Auch die Frauen waren verschleiert, was Holm, wie er zugeben musste, gar nicht so schlecht fand. Es genügte vollkommen, zu wissen, dass sich Personen weiblichen Geschlechts darunter befanden. Mehr brauchte man gar nicht zu sehen. Kein Mann starrte auf Hintern oder Taille, weil es dort einfach nichts zu sehen gab. Was zählte, waren ihre Meinungen, ihre Gedanken über das Leben, ihre Persönlichkeit erschien in reiner, von Äußerlichkeiten völlig unbeeinflusster Gestalt. Ob er sich auch mal so einen Schleier überwerfen sollte?

Die Schlange rückte nur sehr langsam vorwärts, so langsam, dass sich Holm zu fragen begann, weshalb man nicht einfach hineinging. Vermutlich war das bereits ein wesentlicher Teil des Empfangs, man ging nicht lässig hinein, sondern erarbeitete sich den Eintritt durch geduldiges Anstehen. Holm befürchtete sogar, dass dies schon der Hauptteil, der heimliche Höhepunkt war, was von den meisten aber offensichtlich nicht erkannt wurde. Ach so, das war's schon, ja wenn ich das vorher gewusst hätte!

Am Saaleingang erblickte Holm eine Reihe von fünf Männern, die jeden Gast persönlich begrüßten. Die Männer hatten sich offensichtlich der Rangfolge nach aufgestellt. Ihre Bekleidung wurde nach hinten immer aufwändiger, vom einfachen Anzug, über Uniformen bis zum weißen Gewand mit Kopftuch, gleichzeitig verringerte sich die Körpergröße proportional zu ihrer Bedeutung. Auch Holm, das wurde ihm nun schlagartig klar, würde in wenigen Minuten die Hände dieser Männer schütteln. Doch er hatte nicht die geringste Ahnung, wem er da eigentlich die Hand gab. War der erste mit seinem Schnauzbart, in einen unauffälligen grauen Anzug gekleidet, womöglich der Geheimdienstchef, dem man zunächst sein Codewort sagen musste, ehe man sich zum Botschafter vorschütteln durfte?

Unruhe erfasste ihn. Sollte man besser umdrehen, ehe die Sache aufflog? Holm hatte kein Codewort. Auch auf der Einladungskarte, die er sich rasch noch mal durchlas, war nirgends ein persönliches Kennwort erwähnt. Hatte es eine telefonische Codewortverteilung gegeben? Ein kurzer Anruf im Laden, eine dunkle, offenbar verstellte Männerstimme, die nur ein Wort in den Hörer bellte. Dschihad! Und dieser Anruf hatte natürlich zu einem Zeitpunkt stattgefunden, als Holm nicht im Laden war. Gesine Mugsch hatte das Codewort, das Holm und Ulrike erst den endgültigen Durchbruch zum Botschafter ermöglichte, als sexuelle Belästigung interpretiert und den Hörer sofort wieder aufgelegt, ohne Holm darüber zu informieren. Holm trat der Schweiß auf die Stirn. Sollte er es wagen, den Geheimdienstchef mit einem zünftigen Dschihad! zu begrüßen? Und was sagte man eigentlich dem Botschafter? Ein persönliches Wort der Verbundenheit mit dem arabischen Volk? Ich stehe auf der Seite der arabischen Sache. Das könnte er allerdings missverstehen. Später kämpfte man noch in irgendwelchen Befreiungskriegen. Ein Gruß an die Gemahlin? Geht es Ihrer Frau gut, man hört ja nichts Gutes. Welche Frau meinen Sie, ich habe acht? Sprach er überhaupt Deutsch? Alles Fragen, auf die Holm nicht vorbereitet war.

Holm durfte sich keinesfalls anmerken lassen, dass er

illegal in der Schlange stand. Vor ihnen war jetzt nur noch ein Mann, ein älterer Herr im noblen Zweireiher. Holm versuchte aufzuschnappen, was er dem Geheimdienstchef sagte. Metzger, sagte er, und dann noch: Thank you for your kind invitation, worauf der Geheimdienstchef freundlich nickte. Es war das entscheidende Nicken! Das ist es, dachte Holm. Jetzt wusste er endlich sein Codewort. Es lautete: *Cigarier*. Cigarier und thank you for your kind invitation, wiederholte er fünfmal und blickte den erfreut lächelnden Herren ernst in die Augen. Dass Ulrike versehentlich ihren Nachnamen nannte, schien sie allerdings auch nicht weiter zu stören.

Sie waren drin. Holm und Ulrike standen mitten im Saal und staunten. Vor allem Holm staunte. Er staunte über die Größe des Saals, die vielen Menschen, eine ganze Weile stand er einfach nur staunend da und rührte sich nicht vom Fleck. Holm meinte auf einmal etwas anfassen zu müssen. Wenn ich nicht gleich was anfasse, dachte er, komme ich aus dem Staunen nicht mehr raus. Dann würde er den Rest des Abends wie angewurzelt dort verharren und allen Gästen klar zu verstehen geben, dass er das, was um ihn herum passierte, nicht verstand.

In diesem Augenblick lief eine Bedienung mit einem Tablett Getränken vorbei. Holm griff ohne zu zögern nach einem Glas Orangensaft und stürzte den Inhalt sofort gedankenlos in sich hinein. Der Saal schien auf einmal menschlicher zu werden. Ob er eigentlich auch mal an sie denke, sagte Ulrike mit Blick auf sein leeres Glas. Er hatte sie völlig vergessen. Er denke an kaum etwas anderes, sagte Holm, was Ulrike offenbar als Kompliment auffasste, denn sie nickte zufrieden. Sie hätte auch gerne einen Orangensaft, sagte sie mit erhobenen Augenbrauen und verschränkte ihre Arme hinter dem Rücken, als wollte sie Holm damit zu verstehen geben, dass sie das Glas nur aus seinen Händen in Empfang nehmen würde. In Gesellschaft verwandelte sie sich – das war Holm schon aufgefallen – in eine Frau, die von ihrem Begleiter ritterliches Verhalten erwartete. Wenn er ihr zu Hause ungefragt Abendbrot machte oder ein Glas Wasser hinstellte, reagierte sie jedes Mal beleidigt, sie könne sich auch allein helfen! Dieser abrupte Wechsel machte ihn ganz fertig.

Weil die Bedienung nirgends zu sehen war, erklärte er sich bereit, ihr sofort ein Glas Orangensaft zu organisieren. Sie dürfe sich aber unter keinen Umständen von der Stelle bewegen. Die Getränkebeschaffung gestaltete sich schwieriger als angenommen. Denn es schwebten zwar überall volle Tabletts durch die Menge, aber es wurden offensichtlich nur Leute bedient, die standen, möglichst in einer Gruppe. Wer ziellos herumirrte, auch wenn er mit klaren Absichten einem Tablett hinterherlief, wurde vollständig ignoriert. Einmal hätte er fast ein Glas Orangensaft erwischt, er hatte schon die Hand danach ausgestreckt – deutlicher konnte man seine Absichten kaum bekunden –, als es ihm im letzten Moment von einer schwergewichtigen Dame mit einer bunten Steinsammlung an ihren Fingern – sie hatte sich ihr Zugriffsrecht vermutlich hart erwartet – in aller Ruhe weggenommen wurde. Deshalb beschloss er, sich ebenfalls hinzustellen und abzuwarten. Still stehen und ein wenig durstig in die Gegend blicken, dachte er. Nach einigen Minuten Warterei bemerkte er, dass die Getränkeversorgung, absichtlich, wie er meinte, an ihm vorbeilief. Immer dann, wenn sich eine Bedienung auf wenige Meter genähert hatte, schwenkte sie unvermittelt zur Seite und hielt das Tablett einem anderen unter die Nase. Vielleicht gab es beim Personal Absprachen, wer bereits in den

Genuss eines Erfrischungsgetränks gekommen war. Und da hatte Holm zweifellos schlechte Karten. Er konnte nur noch auf die Eröffnung des Buffets hoffen.

Der Botschafter schüttelte weiterhin Hände, ein nicht nachlassender Strom von Gästen drängte herein, im Saal verklumpte er jedoch rasch zu einfarbigen Gruppen, Araber, Deutsche, Inder und Angelsachsen blieben größtenteils unter sich. Holm wartete auf ein Zeichen, dass der Empfang endlich begann. Er wartete, dass irgendetwas geschah, das dem Herumstehen und Warten einen Rahmen gab. Er wartete auf ein Zeichen von außen. Um ihn herum lief der Empfang womöglich auf Hochtouren, und Holm wartete immer noch, dass es losging. Um ihn herum wurden bereits knallharte Geschäftsgespräche geführt, während Holm noch an den Erfrischungsgetränken arbeitete. Wenigstens bei der Bufferöffnung wollte er jetzt der Erste sein. Anstelle eines gewöhnlichen Erfrischungsgetränks würde er Ulrike mit einer Portion Hähnchenbrüsten überraschen. Damit hatte nämlich niemand gerechnet: Während die anderen noch an Getränken festhielten, eröffnete Holm bereits das Buffet und katapultierte sich damit an die Spitze des Empfangs.

Am Buffet, das die gesamte Kopfseite des Saales einnahm, sofern man hier überhaupt von Kopfseite reden konnte, war außer den Köchen, die hinter Bergen von Salaten, Fischen, Geflügel, Pasten und Teigwaren ungeduldig hin und her liefen, erwartungsgemäß kein Gast zu sehen. Niemand wagte die Getränkephase einfach zu überspringen. Holm war kurz davor, der Veranstaltung eine unerwartete Wendung zu geben, den Empfang in seinem Sinne zu beschleunigen. Denn sobald jemand irgendwo mit Hähnchenbrüsten auftauchte, würden die Gespräche sofort abbrechen, die Geschäftskontakte abrupt abreißen, die Verklumpungen würden sich wieder verflüssigen, nur weil sich niemand nachsagen lassen wollte, nicht auf der Höhe der Zeit zu sein.

Langsam schritt er das Buffet ab, verschaffte sich zunächst einen Überblick, las die Beschriftungen vor den Schüsseln und Töpfen, hier ein Linsensüppchen, dort ein Hammeleintopf, verharrte etwas länger vor Gerichten, die in die nähere Auswahl kamen, ging weiter, kam wieder zurück, ging erneut weiter, stellte bei dieser Gelegenheit fest, dass sich die Auswahl ab der Mitte des Buffets spiegelbildlich wiederholte. Hatte man, von links kommend, die Salate, Fische, Geflügel, Pasten und Teigwaren abgeschritten, schritt man nun alles in der umgekehrten Reihenfolge noch einmal ab: Teigwaren, Pasten, Geflügel, Fische und Salate. Aber Holm hatte diesen Betrug natürlich bemerkt, das heißt, er hatte ihn nicht sofort bemerkt, auch er hatte sich zunächst von der Fülle des Angebots täuschen lassen, war dann jedoch nach mehrmaligem Auf-und-Ab-Schreiten zu der Erkenntnis gelangt, dass hier lediglich der Anschein von Fülle erweckt werden sollte. Nur gut, dachte er, dass ich der Erste bin und die Lage vorab geklärt habe. Während er, das Geflügel näher betrachtend, den Köchen sein Interesse bekundete, ihnen sogar mit einer leicht vorgebeugten Haltung zu verstehen gab, dass seine Entscheidung praktisch endgültig gefallen war, sah er zu seinem Erstaunen, dass sich die Köche für diesen einsamen Gast, den Buffet-Eröffner Holm, nicht zu interessieren schienen. Man musste sogar von einer klar ablehnenden Haltung sprechen. Niemand beachtete ihn. Wirkte er vielleicht nicht hungrig genug? Erkannte man in ihm womöglich keine ernstzunehmende Persönlichkeit, die für die offizielle Eröffnung des Buffets in Frage kam? Sollte er sich ein weißes Tischtuch über den Kopf hängen und mit hektischen Armbewegungen, unverständliche Worte murmelnd, auf das Geflügel zeigen?

Holm beschloss, einfach stur stehen zu bleiben und die Eröffnung durch seine körperliche Anwesenheit zu erzwingen. Er konnte dermaßen stur sein, dass es ihm selber unangenehm war. Wenigstens bin ich der Erste in der Schlange, dachte er. Die Nummer eins, der Frontmann. Er durfte als Erster zulangen.

In diesem Augenblick fiel ihm ein, dass Ulrike noch immer auf ihrem Platz stand und auf ihr Getränk wartete. Sie konnte nicht ahnen, dass sich Holm zwischenzeitlich neu orientiert hatte und bereits einen Schritt weiter war. Doch wie sollte er seine Spitzenposition in der minütlich zu erwartenden Schlange kenntlich machen? Seinen Hut auf den Boden werfen? Aber er hatte ja keinen Hut. Seinen Schlips vors Geflügel hängen? Das könnte als origineller Zierrat interpretiert werden. In Arabien hängte man sich Schlipse nicht um den Hals, sondern verwendete sie als Tafelschmuck. Jedes Land hat eben seine Traditionen. Holm könnte seine Schuhe ausziehen und vor das Buffet stellen. Hier hat sich ein Mann seinen Platz reserviert und ist noch mal rasch auf Toilette gegangen. Auf Strümpfen durch den Saal zu laufen war allerdings auch keine überzeugende Lösung. Obwohl er dem Botschafter die Hand geschüttelt hatte, berechtigte es ihn noch lange nicht, in Strümpfen durch den Saal zu laufen.

Zielstrebig, aber durchaus nicht hastig, sich ständig rückversichernd, ob jemand seinen Platz in Beschlag nahm, bahnte er sich einen Weg durch die Menge zurück zu Ulrike. Und sah plötzlich zu seiner Rechten, nur wenige Meter von ihm entfernt, Claus H. Löhlein! Mit einer überlangen Zigarre in der Luft herumfuchtelnd, stand er an einem der Stehtische und versuchte die Gunst einer jungen, rothaarigen Frau zu erringen. Claus H. Löhlein, Teilhaber der Rechtsanwaltskanzlei Löhlein & Hengstenberg, selbsternannter Zigarrenexperte mit Vorliebe für auffällige Formate, der mit seinem BMW Sportcoupé regelmäßig verkehrswidrig vor dem Laden parkte, der selbst bei kühler Witterung ohne Verdeck fuhr, war so ziemlich der Letzte, den Holm an diesem Ort begegnen wollte. Claus H. Löhlein war nicht nur eine von jedem Selbstzweifel befreite Persönlichkeit, sondern auch ein Duzfreund seines Chefs, und der durfte unter keinen Umständen erfahren, dass nicht er, sondern Holm aus Sicht der Vereinigten Arabischen Emirate zu den Spitzen der deutschen Wirtschaft zählte. Ebenfalls verhindert werden musste, dass Claus H. Löhlein Ulrike begegnete. Denn hatte er einmal seinen Blick auf eine attraktive Frau geworfen, war er felsenfest davon überzeugt, dass sie seinem unwiderstehlichen Charme zwangsläufig erlag. Angesichts seiner ständig wechselnden Beifahrerinnen schien sogar etwas Wahres daran zu sein. Holm war also gewarnt. Er musste ihn im Auge behalten.

Die Gäste als natürliche, mitunter mobile Versteckmöglichkeiten nutzend, bewegte er sich langsam an ihm vorbei, verharrte hinter einem Rücken, wenn Claus H. Löhlein mit der Zigarre im Mund aufblickte, ging zügiger, sobald ihm eine neue Heldentat eingefallen war, mit der er, auf dem Weg in das Bett der offenbar noch nicht vollständig überzeugten Rothaarigen, auftrumpfen konnte. Fand sich auf einmal interessiert lauschend in einer Gruppe indischer Militärs wieder, versteckte sich minutenlang hinter einer schwarz verschleierten Frau, was ihrem ebenfalls schwarz umhüllten Ehemann schließlich zu viel wurde: Mit einer herrischen Geste jagte er Holm fort, worauf der kurzzeitig die Orientierung verlor und bemerkte, wie ihn zwei junge Männer in schwarzen Anzügen aufmerksam beobachteten. Sie hatten Knöpfe im Ohr, von denen spiralförmige Kabel wie Nudeln in ihre Hemdkragen führten. Als regelmäßiger *Tatort*-Zuschauer wusste Holm natürlich, um wen es sich bei diesen kräftig gebauten Männern handelte. Es waren Personenschützer, womöglich war es die Vorhut eines ganzen Leibwächtergeschwaders, und sie hatten niemand anderen als Holm ins Visier genommen. Ein Mann, der sich auf zweifelhafte Weise hinter Rücken entlangbewegte, scheinbar grundlos stehen blieb, abrupt die Richtung änderte, machte sich automatisch verdächtig. Und weil er kein Getränk in der Hand hielt, war für die Sicherheitsleute sofort klar, dass hier die freiheitliche Grundordnung der Bundesrepublik Deutschland auf dem Spiel stand. Wenigstens hatte er seine Schuhe anbehalten.

Sich weiterhin unauffällig zu benehmen war in Anbetracht der neuen Lage unmöglich. Egal, wie unauffällig er ging oder schlenderte, wie gleichgültig oder ausdrücklich desinteressiert er durch den Saal blickte, es gab kein Entrinnen mehr. Dass Holm, der sich nichts hatte zu Schulden kommen lassen, der sein Leben lang bemüht war, ein normales Mitglied der menschlichen Gemeinschaft zu werden, der bei jeder Bundestagswahl Punkt acht Uhr morgens das Wahllokal aufsuchte, als könnte er es kaum erwarten, sein Kreuz neben jene Partei zu machen, die seit seinem achtzehnten Geburtstag zuverlässig Christlich-Demokratische Union hieß, der Steuern zahlte und Mülltrennung praktizierte, dass dieser Bürger nun plötzlich eine Gefahr für den Bundeskanzler darstellen sollte, kam dann doch etwas überraschend. Alles, was er jetzt tat oder nicht tat, vor allem aber nicht tat, war für die Organe ein weiteres Stück in dem Puzzle, das sich schließlich zu dem Gesamtbild eines potentiellen Attentäters verdichtete.

Holm sah auf einmal keinen anderen Weg mehr, als den Kanzler zu attackieren. Er konnte die Leibwächter, die nun endlich eine klare Aufgabe hatten, einfach nicht enttäuschen.

Eine Kette unglücklicher Zufälle ließ den bislang unbescholtenen Bürger Felix H. zum eiskalten Attentäter werden.

Sie folgten ihm, schlenderten mit einigem Abstand hinter ihm her. Es durfte bei Holm nicht der Eindruck entstehen, dass er erkannt worden war. In jedem Fall durften die Gäste nicht vorzeitig in Panik versetzt werden. Die Angelegenheit musste besonnen, am besten vollkommen unbemerkt, erledigt werden. Das war Holm auch lieber so, schließlich befand sich Claus H. Löhlein im Saal. Weil man ihn erkannt hatte, brauchte Holm seine Motivation nicht länger zu verstecken. Damit sie sahen, wie ernst er es meinte, näherte er sich von hinten einer aufwändig gekleideten arabischen Frau. Ihr mit Goldglitter und handbestickten Mustern versehener Schleier hob sich deutlich von den übrigen, meist einfarbigen Gewändern ab. War es die Frau des Botschafters, womöglich sogar die des Stellvertretenden Ministerpräsidenten, die sich bei einem Glas Wasser von den Reisestrapazen erholte?

Holm blieb stehen, blieb einen Meter hinter der Frau stehen und blickte sich prüfend um. Die Leute schienen nichts zu bemerken, ahnten nicht, dass sich ein Mann mit einer falschen Einladungskarte Zugang zum Wirtschaftsgipfel verschafft hatte. Er hob langsam seine Hand, schob sie vorsichtig in die Innentasche, stoppte, ballte seine Faust, machte noch einen Schritt auf die Frau zu, sah jetzt die beiden Männer, die wie erstarrt dastanden und sich gegenseitig anblickten. So eine Entwicklung hatten sie wohl nicht erwartet! In diesem Moment brach Holm den Vorgang ab. Denn was sollte er mit der Frau des Botschafters, wenn er noch nicht mal konkrete Forderungen formulieren konnte?

Die Männer atmeten erleichtert auf und zogen ihre Anzüge straff. Fünf Meter weiter sah er auf einmal Ulrike, sie hatte ein Glas Wasser in der Hand und war mit einem fremden Mann in ein offensichtlich angeregtes Gespräch verwickelt. So hatte er sie noch nie erlebt. Worte und Gegenworte, ein unablässiger Schlagabtausch, interessierte Blicke. Holm wurde sofort neidisch. Warum konnte sie nicht einmal mit ihm so reden? Holm wollte sich schon abwenden, als ihm einfiel, dass er es war, der mit Ulrike hierhergekommen war. Als sich der Mann kurz wegdrehte, um sein Glas auf dem hinter ihm stehenden Tisch abzustellen, nahm Holm spontan seinen Platz ein, als könnte er die bruchlose Fortsetzung des Gesprächs mit ihr erzwingen. Stattdessen sagte sie nur: Na, Schatz, gab es nichts mehr zu trinken? Holm, der gerade zu einer weit ausholenden und möglichst umfassenden Erklärung ansetzen wollte, wurde jedoch von dem plötzlich neben ihm erscheinenden und von der Platzwegnahme, wie es schien, verärgerten Mann unterbrochen. Das ist Herr Holm, erklärte Ulrike schnell, ehe der Mann, ein wahrer Hüne, zu unangenehmen Maßnahmen greifen konnte. Die Art, wie sie ihn vorstellte, war nicht nur ein wenig seltsam, sondern erregte in Holm auch den Verdacht, nicht als ihr Freund, sondern als ein Freund, mit anderen Worten, als irgendein Freund, deren sie natürlich viele hatte, ins Spiel gebracht zu werden, um sich nicht gleich alles zu verbauen. Aber wer oder was sollte hier eigentlich verbaut werden?

Ich habe schon viel von Ihnen gehört, sagte der Mann und drängte ihm begeistert seine Hand auf, die Holm nach einigem Zögern schließlich annahm. Schneider, brüllte er in sein Ohr und wollte Holms Hand, da er sie endlich in die Finger bekommen hatte, so schnell nicht wieder loslassen. Herr Schneider koordiniert die Fachgespräche zwischen Deutschland und den Emiraten, sagte Ulrike. Dass sie ihn auch noch *Herr Schneider* nannte, machte die Sache nicht besser. Was Herr Schneider, der Holms Hand offenbar inzwischen in seiner vergessen hatte, so alles über ihn gehört hatte, hätte Holm zu gerne gewusst. Sie haben ein Zigarrengeschäft, wurde mir gesagt, fuhr er mit derselben Lautstärke fort. Holm sah beunruhigt zu Claus H. Löhlein, der die Rothaarige anscheinend nicht für sich einnehmen konnte und jetzt eine Brünette in Arbeit hatte. Ja, sagte Holm, dem langsam die Hand zu schmerzen begann. Ich rauche auch hin und wieder mal eine Zigarre, sagte Herr Schneider, aber ehrlich gesagt, er holte ein Päckchen Zigaretten aus der Tasche, bei dieser Gelegenheit fiel sein Blick zufällig auf die andere Hand und ließ daraufhin endlich los, diese hier rauche ich lieber. Zigarren muss man genießen, sagte Holm. Eben, sagte Herr Schneider, dafür ist aber meine Zeit zu knapp, ich bin dauernd auf irgendwelchen Meetings, wenn ich da mit so einem Kolben ankomme, er deutete mit den Händen ein Format an, das es nicht gab, dazu lachte er laut, als hätte er einen unanständigen Witz gemacht. Die Araber sind ja ganz wild nach Zigarren, sagte er, denen kann es gar nicht teuer genug sein. Wenn ich drüben bin, und ich bin ziemlich oft drüben, sehe ich dauernd neue Zigarrengeschäfte. Unglaublich, was da alles verpafft wird. In den Luxushotels, wo ich absteige, gibt es Ladenpassagen mit manchmal zwei Zigarrengeschäften. Die Läden müssen eine Goldgrube sein. Geld spielt dort keine Rolle! Solange das Öl fließt, sage ich immer, kann man mit den Arabern jedes Geschäft machen, Hauptsache, es ist nicht zu preiswert! Er lachte erneut. Anscheinend hatte er die Lage durchschaut. Handeln Sie drüben mit Zigarren, oder was treibt Sie hierher?

So eine Frage hatte Holm befürchtet. Er konnte ihm schlecht erzählen, dass er nur irrtümlich hier war. Ich handle vorwiegend mit Irrtümern, kleine Irrtümer gibt's schon ab zweihundert Euro. Ulrike sah ihn durchdringend an, als erwartete sie auch von ihm endlich mal eine großartige Antwort. Es läuft nicht schlecht, sagte er unentschlossen. Er muss sogar noch jemanden einstellen, sagte Ulrike, ihm ins Wort fallend, was Herrn Schneider aber nicht übermäßig zu beeindrucken schien. Dass es sich nur um eine Urlaubsvertretung handelte, von der ihr Holm irgendwann mal erzählt hatte, ignorierte sie völlig. Sie hörte etwas und drehte es so lange herum, bis es ihr passte. Hier läuft was falsch, dachte Holm, konnte aber nichts dagegen unternehmen. Der ganze Abend hatte unter falschen Voraussetzungen begonnen, und es war längst zu spät, noch eine Kurskorrektur vorzunehmen. Dann wenigstens mit voller Fahrt gegen die Wand fahren, dachte er. Wir sind mit den Arabern gut im Geschäft, sagte Holm. Ulrike nickte zufrieden. Was Sie nicht sagen, sagte Herr Schneider. Er wirkte erstaunt, als habe er seine Frage eben nur rhetorisch gemeint. Er griff nach der Zigarettenschachtel und bot sie Holm an, riss sie aber im selben Moment kopfschüttelnd weg und nahm sich selbst eine raus. Die Arbeit, erklärte er, ich kann einfach nicht abschalten. Wenn man ihn jetzt abschalten könnte, dachte Holm, hätte man am Buffet vielleicht noch eine Chance. Und wie kommt das, sagte Herr Schneider und zog nervös an der Zigarette. Offenbar gab es Geschäfte, die an ihm vorbeikoordiniert worden waren. Ich meine, fuhr er fort, verstehen Sie mich nicht falsch, aber ich halte es für ziemlich schwierig, als Einzelner in die nahöstlichen Handelsstrukturen einzudringen. Ohne persönliche Kontakte und ein bisschen Bakschisch läuft da gar nichts. Mit *schwierig* meinte er zweifellos unmöglich. Holm kannte sich zwar mit Bakschisch nicht aus, aber in irgendwelche Strukturen drang er praktisch ständig ein, hauptsächlich in solche, in die er gar nicht hineingehörte. Ich verfüge über persönliche Kontakte, sagte Holm. Ihm war alles egal.

Was Sie nicht sagen, sagte Herr Schneider erneut. Holm war sogar bereit, noch mehr zu sagen, er konnte ihm Informationen liefern, im Vertrauen, versteht sich, die dem Koordinator die Schuhe ausziehen würden. Ich kenne den Botschafter, sagte Holm beiläufig. Sie kennen den Botschafter?, sagte Herr Schneider und zog derart heftig an seiner Zigarette, als wollte er sie mit einem Zug in Asche verwandeln. Ja, antwortete Holm, am liebsten hätte er sich auch eine Zigarette angesteckt. Der Botschafter ist ein guter Kunde von mir. Stimmt das wirklich?, fragte Ulrike erstaunt, das schien wohl selbst ihr ein bisschen übertrieben. Weshalb sollte das nicht stimmen?, fragte Holm kühl zurück. Ich meine ja bloß, sagte Ulrike. Jetzt ist natürlich alles klar, sagte Herr Schneider. Ich wusste allerdings gar nicht, dass der Botschafter raucht. Im Ernstfall sachlich bleiben, dachte Holm und fuhr unbeirrt fort. Hauptsächlich große Formate, man muss wirklich sagen, der Mann hat Geschmack. Er kauft keine teuren Marken, aber sehr gute, was das Preis-Leistungs-Verhältnis betrifft. Holm versuchte sich vorstellen, wie der Botschafter im Humidor auf der Leiter stand und sich preisgünstige Zigarren heraussuchte. Keine teuren Marken?, sagte Herr Schneider verblüfft, sein Weltbild begann deutlich zu wanken. Ist ja doll! Nein, erwiderte Holm, er wisse ziemlich genau, dass die teuersten nicht unbedingt die besten sind. Herr Schneider schien am Ende seiner Aufnahmefähigkeit angekommen zu sein. Hektisch drückte er seine Zigarette aus und wandte sich um.

In den Saal kam auf einmal Bewegung. Das Gemurmel verebbte, man reckte die Köpfe Richtung Eingang, wo bereits ein Pulk Fotografen Aufstellung genommen hatte. Sie kommen, sagte Herr Schneider, und im selben Moment verschwand er grußlos in der Menge. Lass uns gucken gehen, sagte Ulrike aufgeregt. Holm wusste nicht, was es dort zu gucken gab, den

Bundeskanzler kannte man schließlich aus dem Fernsehen. Es wäre besser gewesen, *jetzt* zum Buffet zu gehen.

Aber Ulrike war schon auf dem Weg zum Eingang. Er folgte ihr missmutig. Das Gedränge war so groß, dass von Sicherheitsabständen keine Rede mehr sein konnte. Holm stand mit Menschen im Körperkontakt, denen er unter normalen Umständen nicht mal die Hand geschüttelt hätte. Außerdem war vor lauter Köpfen und hochgehaltenen Kameras kaum etwas zu sehen. Eigentlich war überhaupt nichts zu sehen. Während die anderen erregt wippend auf Zehenspitzen standen, stand Holm bequem und starrte auf Ulrikes Nacken. Er betrachtete auch die anderen Nacken. Es ist schon erstaunlich, dachte er, wie vielfältig die Nackenlandschaft ringsherum ist. Kein Nacken glich dem anderen.

Plötzlich ging ein wahres Blitzlichtgewitter los. Ein grell schillernder Schweif zog mit beeindruckender Geschwindigkeit über die staunenden Köpfe hinweg auf die andere Seite des Saals. Vor der Wand bildete sich sofort ein dichter Halbkreis aus Körpern, der Heiligenschein aus hochgehaltenen Kameras blitzte unter Starkstrom. Wahnsinn!, rief Ulrike begeistert, obwohl auch sie nicht das Geringste erkennen konnte. Holm überlegte, weshalb es notwendig war, Millionen Fotos von denselben Menschen zu machen.

Er wartete, dass etwas passierte. Eine Rede des Kanzlers, ein freundliches, wahrscheinlich jedoch unverständliches Grußwort des stellvertretenden Ministerpräsidenten, irgendetwas, das jedem sofort klarmachte, Teil eines bedeutenden Ereignisses zu sein. Dass man hier nicht umsonst gestanden und gewartet hatte. Es passierte aber nichts. Nicht ein Wort von den Hauptpersonen des Abends, lediglich das gefräßige Klicken der Kameras war zu hören, wie die Schneidewerkzeuge gieriger Insekten.

Holm glaubte auf einmal, Teil eines bedeutenden Betrugs zu sein. Man hatte ihn mit der *Anwesenheit des Bundeskanzlers* hergelockt, und er sah nicht viel mehr als einen gut ausgeleuchteten Halbkreis vor buchenfurnierter Wand. Es war ein Skandal, was man hier geboten bekam, es war sogar noch skandalöser als das Leben selbst. Es hatte ausdrücklich geheißen, der Botschafter der Vereinigten Arabischen Emirate beehre sich, Herrn Felix Holm zu einem Empfang einzuladen. Davon war nicht viel zu bemerken. Ein müdes Händeschütteln, und der Empfang war für den Botschafter praktisch gelaufen. Was folgte, war nur noch der Abspann.

Nachdem das Blitzlichtgewitter kurz nachgelassen hatte, als sei es ein wenig erschöpft, wurde es wieder stärker, und in derselben Geschwindigkeit, wie er hereingekommen war, zog der Lichtschweif über die Köpfe zurück und verschwand, auf der Netzhaut kurz nachglimmend, in der Tür. Daraufhin brach die Spannung im Saal sofort zusammen, ein irritiertes, beinahe nervöses Gemurmel schwoll an, und als müsse man die plötzlich entstandene Leere durch irgendeine sinnvolle Tätigkeit ausfüllen, bewegten sich alle Richtung Buffet.

Holm reservierte zwei Plätze an einem Stehtisch, während Ulrike in einer etwa drei Kilometer langen Schlange stand und wartete. Das heißt, Holm machte sich so breit, dass bei normaler Stellung automatisch ein weiterer Platz entstand. Der Tisch war jedoch so klein, dass maximal fünf Teller darauf Platz fanden, eine Zahl, die, so stand zu befürchten, schnell erreicht sein würde. Wie lange Holm diesen kostbaren zusätzlichen Platz durch sein dreistes Verhalten freihalten konnte, war ungewiss. Wieder einmal kam Holm die Aufgabe zu, seiner Umwelt unmissverständlich klarzumachen, dass seiner Freundin ein Platz an seiner Seite gebührte. Konkret bedeutete dies: Halten und Verteidigen einer sechzig Zentimeter breiten Stellung. Denn es wurde nicht etwa vorher gefragt, ob man sich dazustellen dürfe. Man stellte sich, wie Holm erschüttert erkannte, einfach dazu und begann ohne Übergang, das Essen in sich hineinzuschlingen. Die Platzsituation wurde noch dadurch verschärft, dass manche der rasch wechselnden Tischnachbarn es anscheinend nicht für nötig hielten, ihre leeren Teller wieder mitzunehmen. Das Ergebnis war, dass die Plätze rasch von übereinandergestapelten Tellern vollgemüllt waren und der Tisch bald einem bloßen Abstelltisch ähnelte, der nun auch zufällig passierende Gäste dazu verlockte, ihre leeren Teller hier loszuwerden, was Holm, der hauptsächlich mit der Sicherung einer etwa unterarmlangen Freifläche beschäftigt war, leider nicht verhindern konnte. Holm stand nämlich derart starr und breitbeinig an seinem Platz, dass man hätte glauben können, jemand habe ihn in dieser gespreizten Haltung dort abgestellt und vergessen. Holm begann sich irgendwann zu fragen, ob er sich überhaupt noch bewegen konnte. Er fühlte sich auf einmal wie in einer Ritterrüstung, ein Schritt zur Seite, und er fiel scheppernd in sich zusammen. Er stellte sich vor, wie er monatelang gezwungen war, an diesem Stehtisch auszuharren, weil sich niemand für ihn verantwortlich fühlte. Holm erlebte Konferenzen, Empfänge und Preisverleihungen, sah Gäste kommen und gehen, mitunter schoben ihm mitfühlende ältere Damen Hähnchenflügel durchs Visier, was die von der Situation überforderte Hotelführung schließlich dazu veranlasste, ihrem Hausritter ein Schild umzuhängen, *Füttern des Ritters verboten. Der Direktor.*

In diesem Augenblick schlug ihm jemand unsanft von hinten auf die Schulter. Was machst du denn hier?, fragte eine vorlaute Stimme, die nur einem gehören konnte: Claus H. Löhlein. Obwohl er Holm nie das Du angeboten hatte und

Holm dieses Angebot in jedem Fall abgelehnt hätte, duzte er ihn, als seien alle Angestellten seines Chefs automatisch zum Duzen freigegeben. Er warte auf seine Freundin Ulrike, antwortete Holm. Das hätte er besser nicht gesagt, denn Claus H. Löhlein hatte sofort sein Thema gefunden. Du hast eine Freundin?, sagte er überrascht und lachte, als könnte er sich alles vorstellen, nur das nicht. Ja, sagte Holm, auch Ritter haben Freundinnen. Ritter?, rief er, sein Gesichtsausdruck schwankte zwischen Lachen und Staunen. Solch einem Unsinn stand Rechtsanwalt Löhlein hilflos gegenüber. Ach so, machte er, als habe er nur einen Moment gebraucht, um den Witz zu verstehen. Ich hoffe, sagte Claus H. Löhlein, nachdem er sich wieder gefangen hatte, mit deiner Freundin läuft alles glatt. Der Ausdruck irritierte Holm, wie es zwischen zwei Menschen, die sich den größten Teil ihres Lebens nicht gesprochen hatten, glattlaufen konnte, war ihm ein Rätsel. Mit Frauen, meinte Claus H. Löhlein auf einmal geschäftsmäßig, könne man sich eigentlich nur im Urlaub befassen, alles andere ginge zunehmend über seine Kräfte. Die raubten ihm noch den letzten Schlaf, es sei an der Zeit, sich wieder mehr auf seine Arbeit zu konzentrieren, da könne er sich nicht auch noch Frauenprobleme anhören.

In diesem Moment tauchte Ulrike mit einem Linsensalat und zwei Hähnchenflügeln am Tisch auf. Ob es Zuteilungen für jede Person gab? Du musst Ulrike sein, sagte Claus H. Löhlein, die Vorstellung gleich selber an sich reißend. Er streckte ihr so zackig die Hand entgegen, als dürfe sie sie behalten. Ich bin der Claus! Ulrike lächelte erfreut, was Holm sofort ärgerte. Sie war wie ein junger Hund, der noch keine schlechten Erfahrungen mit Menschen gemacht hatte. Claus H. Löhlein zog eine neue, großformatige Zigarre aus seiner Innentasche und zündete sie ohne Umschweife an. Anscheinend hatte er eine ganze Kiste dabei. Ohne Holm weiter zu beachten, ging er sofort zum Angriff über. Claus H. Löhlein sprach, und die Frauen schmolzen dahin. Er gab ihnen das Gefühl, das Leben vollständig durchschaut zu haben.

Holm hatte plötzlich keinen Appetit mehr. Da er als Platzhalter offenbar ausgedient hatte, beschloss er, auf die Toilette zu gehen. Von normalem Gehen konnte jedoch keine Rede sein. Er schleppte sich schwerfällig durch den Saal. Ein Ritter auf dem Weg zum Klo. Alle Gäste schienen sich im selben Moment zu fragen, was dieser Ritter wohl auf dem Deutsch-Arabischen Wirtschaftsgipfel verloren hatte.

Auf der Toilette war er zum Glück der Einzige. Während sich ein kaum nennenswerter Strahl ins Pissoir ergoss, überlegte er, ob man sich irgendwo über sein Leben beschweren konnte. Für jede Kleinigkeit gab es zuständige Behörden. Weshalb sollte es nicht auch eine Beschwerdestelle fürs Leben geben. Die Menschen hatten ein Anrecht darauf, sich über ihr Leben beschweren zu dürfen. Holm verspürte das dringende Bedürfnis, ein mehrseitiges Beschwerdeformular auszufüllen. Man erhielt eine persönliche Beschwerdenummer *(bei Nachfragen bitte stets angeben)*, und nach einer durchschnittlichen Bearbeitungszeit von sechs Monaten bekam man ein neues, allerdings auf vier Jahre begrenztes, Lebensziel zugewiesen.

Plötzlich ging die Tür auf. Herein kamen zwei dunkelhäutige Anzugträger, die hektisch nach jemandem zu suchen schienen, alle Kabinentüren aufrissen und den Vorraum genauestens inspizierten. Sie suchten nach Holm, sie waren einem Mann mit der zweifelhaften Berufsbezeichnung *Cigarier* auf der Spur, der sich illegal, womöglich durch eine gefälschte Einladungskarte, Zugang zum Wirtschaftsgipfel verschafft hatte. Vielleicht hatte ihnen Herr Schneider einen diskreten Wink gegeben. Holm war sofort bereit, sich zu stellen. Er wollte gefunden und zur Verantwortung gezogen werden. Er wollte alles zugeben, er wollte erklären, dass er hier nichts zu suchen oder verloren hatte, er wollte sämtliche Fragen ohne Ausnahme umfassend beantworten und sich schuldig bekennen. Und er wollte ihnen gleich noch mitteilen, dass er auch im Leben nichts zu suchen oder verloren hatte und sich nicht berechtigt fühlte, weiterhin die kostbare Arbeitszeit seiner Mitmenschen zu verschwenden, die aufopfernd Kleidung und Nahrungsmittel herstellten, damit Holm sie trug und vertilgte. Denn Holm trug und vertilgte die Kleider und Nahrungsmittel nicht, um Ansehen und Kraft zu gewinnen, um ein hohes, für die Gesellschaft nützliches Ziel zu erreichen. Er tat nichts, das ihn als nützliches Mitglied der menschlichen Gemeinschaft auszeichnete, das ihm gestattete, am Leben als vollwertiger Mensch teilzunehmen. Holm hatte kein Recht auf diese Mitgliedschaft, weil ihm die entscheidende Voraussetzung für eine Aufnahme fehlte: Talent.

Leider wurde er nicht gefunden. Die Männer sahen ihn nicht, jede Ecke suchten sie ab, aber der Mann am Pissoir blieb auf sträfliche Weise unentdeckt. Nachdem sie sich vergewissert hatten, dass keiner da war, verschwanden sie wieder. Kurz darauf schritt der Botschafter herein, stellte sich direkt neben Holm, hob sein langes, weißes Gewand, raffte es wie eine Gardine auf Bauchhöhe und begann sich laut stöhnend zu erleichtern. Der Mann, der nicht nur Holm, sondern aller Wahrscheinlichkeit nach auch dem Bundeskanzler die Hand geschüttelt hatte, hielt zufrieden grunzend sein Glied und lenkte seinen strammen Strahl in die Schüssel. Für einen kurzen Moment überlegte er, einige auflockernde Worte an ihn zu richten, Great party oder etwas Ähnliches. Aber man darf ihn jetzt nicht erschrecken, dachte er, sonst passiert noch ein Unglück.

Holm richtete auf einmal seinen Blick zur Seite. Er sah einfach unter das Gewand des Botschafters der Vereinigten Arabischen Emirate. Und was entdeckte er dort? Der Mann trug gestreifte Schlafanzughosen. Keine exotischen, in geheimnisvoll leuchtenden Farben schillernden Beingewänder, keine Orden des arabischen Herrscherhauses, nicht einmal einen Krummdolch. Der offizielle Gesandte dieses fernen, orientalischen Wüstenstaates trug gewöhnliche Schlafanzughosen, die nicht viel anders aussahen als Holms eigene Schlafanzughosen. Der Botschafter hatte den Bundeskanzler im Schlafanzug begrüßt! Der Anblick war dermaßen erschütternd, dass Holm seinen Wunsch, alles zuzugeben, sofort wieder zurücknahm und für nichtig erklärte. Es war, als hätte ihm jemand beiläufig mitgeteilt, dass irgendein Talent fürs Leben überhaupt nicht notwendig sei.

21.

Holm lag auf dem Sofa. Er befand sich inmitten eines missglückten Tages, der Teil eines langsam ebenso missglückenden Projektes war, und er ärgerte sich, dass er nicht fähig war, es vorzeitig aufzugeben. Erschöpft von der Rolle, die er in Ulrikes Leben spielen musste, erschöpft von seiner ständigen Beweispflicht als Mann, erschöpft von sich selber, begann er die Grenzen seines selbstgewählten Lebensraumes zu überschreiten. Er überraschte sich mit Ideen, die nur eins zum Ziel hatten: Sie sollten ihn und sein neues Leben demütigen. Er wollte vor sich selbst auf die Knie gehen und ausgiebig jammern dürfen, bis er sich nicht mehr ertrug.

Holm fing wieder an zu onanieren. Er wollte ehrlich erschöpft sein, wenn Ulrike das Bedürfnis verspürte, mit ihm zu schlafen. Er wollte keine Lust haben und sie zwangsläufig zurückweisen müssen. Nach der Arbeit ging er sofort ins Badezimmer und fing wie wild an zu onanieren. Was ihn jedoch irritierte: Ulrike machte keinerlei Anstalten, mit ihm zu schlafen. Wenn er abends vorm Fernseher ungeduldig darauf wartete, dass sie ihn mit einer mädchenhaften Stimme, die ihn irgendwie an die Art erinnerte, in der sie mit der kleinen Sonja zu sprechen pflegte, aufs Sofa lockte, geschah nichts. Wenn er im Bett lag, ein Bein wie zufällig auf ihre Seite gestreckt, in der Hoffnung, sie würde sich seiner annehmen, geschah nichts. Seit mehr als zwei Wochen war auf diesem Sektor nichts mehr geschehen. Tagelang onanierte er praktisch umsonst, fast hätte er sie gefragt, ob sie eigentlich keine Lust mehr habe, mit ihm zu schlafen, als er auf einmal glaubte, den Grund ihrer Zurückhaltung zu kennen: Es waren keine Kondome im Haus. Und weil sie ihm vor nicht allzu langer Zeit erklärt hatte, Kondomkauf sei Männersache, beschloss er eines Abends, Kondome zu besorgen, um vor Ulrike endlich seinen Offenbarungseid als Mann, Freund und Mensch leisten zu können.

Eine Stunde früher verließ er, wichtige Erledigungen vorschützend, den Laden, um rechtzeitig vor Ulrikes Rückkehr wieder zu Hause zu sein. Der einzige Ort, der ihm einfiel, war der Kondomautomat im Herren-WC des *Keno*. Im Lokal war wenig los. Das Personal stand gelangweilt herum und unterhielt sich. Auch die junge Frau, die sie beim letzten Mal bedient hatte, war da. Allerdings schien sie Holm nicht wiederzuerkennen, was ihm angesichts seines Planes auch gar nicht so unlieb war. Weil er unter diesen Bedingungen nicht sofort auf die Toilette rennen konnte, stellte er sich zunächst an die Bar. Sie dürfen nicht denken, dachte er, dass ich meinen Harndrang nicht unter Kontrolle habe. Zu einer solch klaren Demütigung war er noch nicht bereit. Holm wollte sich diesem Gefühl langsam nähern, er musste sich allmählich daran gewöhnen, bis die Demütigung ein Teil von ihm geworden und ein Leben ohne sie nicht mehr vorstellbar war. Er bestellte ein Bier. Groß oder klein?, fragte der Barkeeper mürrisch. Solche Aufträge schienen unter seinem Niveau zu sein. Groß, sagte Holm, um ihn milder zu stimmen. Als es kam, nahm er sofort einen großen Schluck. Ein großes Bier verlangte zweifellos großen Durst. Bloßes Nippen hätte den Barkeeper gleich nachdenklich gestimmt. Hier saß ein Mann, der sich sein Feierabendbier redlich verdient hatte. Die Frage, wie lange er noch so ruhig an der Bar sitzen musste, bis er sich für die Toilette qualifiziert hatte, wurde jedoch von Schluck zu Schluck dringlicher. Denn es sollte nicht so aussehen, als habe er nur etwas zu trinken bestellt, um sich als vollwertiger Lokalgast Zutritt zum Klo zu verschaffen. Das Stichwort lautete *Timing*. Andererseits war der Zeitpunkt günstig, um seinen Plan ungestört zu erledigen. Die Anzahl der männlichen Gäste war überschaubar. Die Begegnung mit einem Geschlechtsgenossen war in jedem Fall zu vermeiden. Am besten, er trank so lange, bis er wirklich musste. Bis auch dem letzten Zweifler unter dem Personal vollkommen klar war, dieser Mann kann froh sein, wenn er es überhaupt noch auf die Toilette schafft.

Holm beeilte sich, er leerte sein Glas und bestellte sofort ein neues. Tatsächlich verdichteten sich die Hinweise, dass er musste. Ein leichter Druck im Leistenbereich, ein schwaches Ziehen an den Hoden. Die Blase füllte sich, er spürte förmlich, wie der Pegel anstieg, Millimeter um Millimeter. Das Bier schien direkt in die Blase zu tröpfeln. Dass sein Körper so eindeutig auf äußere Einflüsse reagierte, erstaunte ihn, wo doch die meisten Sinneseindrücke scheinbar spurlos in seinem Kopf verschwanden. Auch wenn Holm stundenlang ins Grüne starrte, wurde er deshalb noch lange kein Naturliebhaber. Zur Sicherheit nahm er noch einen großen Schluck und stieg dann vom Hocker. Ohne Eile bewegte er sich Richtung Toilette. Er ging so langsam, dass er sogar noch Zeit fand, einen Mann zu grüßen, den er für den Lokalchef hielt. Man brauchte sich um Holm keine Gedanken zu machen.

Im Klo wartete er und horchte, ob ihm jemand gefolgt war. Es blieb lange still, auch nach fünf Minuten blieb es immer noch beunruhigend still, dass er meinte, nun müsse aber bald mal jemand kommen. Es war fast unerträglich, dass niemand kam und ihn störte. Aus Verzweiflung trat er endlich doch an den Automaten. Zum Glück gab es keine Wahlmöglichkeiten. Eine Viererpackung für drei Euro. Als er sein Portemonnaie öffnete, sah er, dass er kein Kleingeld hatte. Sofort ärgerte er sich, dass er nicht früher hineingesehen hatte. Er ging zurück, um Geld zu wechseln. Der Mann, den er für den Chef gehalten hatte, saß mit einer jungen Frau am Tresen und trank Wein. Ob man sich den Gruß zurückholen sollte? Er wechselte einen Zehn-Euro-Schein in Münzen und machte kehrt, erkannte jedoch gerade noch rechtzeitig, dass er nach dieser Aktion unmöglich wieder direkt auf die Toilette gehen konnte. Ein Mann, der Kleingeld wechselte und hinterher im Klo verschwand, hatte zweifellos nur eines im Sinn. Auf dem Weg kam er an einem Zigarettenautomaten vorbei. Ohne zu zögern, warf er die Münzen rein und zog eine Schachtel Marlboro. Das musste selbst den gewieftesten Beobachter irritieren. Zurück an der Bar, zündete er sich demonstrativ eine Zigarette an und zog derart genüsslich daran, als habe er sich schon im Klo, eigentlich seit dem Morgen darauf gefreut. Zu seinem Erschrecken schmeckte sie ihm. Das machte ihn völlig fertig. Plötzlich meinte er, ein Teil seines Lebens breche ihm weg, eine wichtige Säule, nämlich seine Fixierung auf die Zigarre, seine Überzeugung, dass ihm sein Leben lang einzig die Zigarre höhere Genusserlebnisse verschaffen würde, existierte auf einmal nicht mehr. Seine Arbeit als Zigarrenverkäufer ein Witz. Und ob er ohne diesen Glauben jemals wieder Zigarren verkaufen konnte, war mehr als fraglich. Er würde sich täglich seinen eigenen Hohn darüber anhören müssen. Ein Zug an der Zigarette genügte und sein Leben schien sich in Rauch aufzulösen.

Holm drückte die Zigarette rasch aus und spülte mit Bier nach. Er schwankte ins Klo, warf die Münzen in den Automaten und entnahm ihm eine schwarze Packung. In diesem

Augenblick kam der falsche Chef in den Raum und lächelte ihn kumpelhaft an. Na, heute noch was vor, sagte er beiläufig und riß energisch den Reißverschluss runter. Holm sah ihn erstaunt an. Nein, und Sie?

Als er nach Hause kam, saß Ulrike mit einer Freundin, die er nicht kannte, im Wohnzimmer bei Salzgebäck und Tee. Dass ihm Ulrike nichts über ein Treffen in der Wohnung erzählt hatte, machte ihn wütend. Es war einfach zu viel, dauernd mit neuen Aspekten ihres Lebens konfrontiert zu werden. Und als wäre das noch nicht genug, würdigte sie ihn, der im Türrahmen stand und nicht wusste, wie er angemessen darauf reagieren sollte, keines Blickes. Keine kurze Vorstellung, keine Erklärung, wie es zu dieser Entwicklung gekommen war, nichts. Holm hatte den Eindruck, dass er hier fehl am Platz war. In Wirklichkeit war er es, der sich erklären musste. Holm musste sagen, was er hier wollte, er musste beweisen, dass sein Aufenthalt in Ulrikes Wohnung notwendig war, dass er sich sein Wohnrecht nicht durch fadenscheinige Vorwände erschlichen hatte. Er musste sie täglich von seinen Exklusivrechten an ihrer Seite überzeugen. Felix Holm, der Mann im Türrahmen, von dessen Existenz nur ein Foto der Tante im Bücherregal zeugte. Und wenn er noch lange hier stand und keine stichfesten Beweise lieferte, verwandelte er sich bald zu einer lebensgroßen Schnitzfigur, die man dekorativ in die Ecke stellen konnte. Die kleine Sonja würde ihn mit einer roten Nase und einem lustigen Schmollmund bemalen.

Ob er sich ins Schlafzimmer setzen dürfe, lallte Holm, oder ob dort weitere Gäste zu erwarten seien? Ulrike sah auf, sah zum ersten Mal hoch und erkannte den Mann im Türrahmen. Du bist betrunken, sagte sie kühl und blickte, entschuldigend den Kopf schüttelnd, zu ihrer Freundin, die auf Holms Sessel saß und gar nicht erst den Versuch unternahm, sich zu ihm umzudrehen. Aber was hätte sie dort schon sehen können? Einen Mann, der verzweifelt versuchte, überzeugende Beweise für seine Existenz zu liefern. Nein, sagte Holm, ich bin noch nie so nüchtern gewesen! Er kann sich doch zu uns setzen, meinte die Freundin, den Ernst der Lage erkennend, was Ulrike aber gar nicht recht zu sein schien. In seinem Zustand!, sagte sie und machte ein bedenkliches Gesicht. Vielleicht will er fernsehen, mich würde das nicht stören. Mich schon, erklärte Ulrike, er kann ja immer fernsehen, aber heute eben mal nicht. Sei doch nicht so streng, sagte die Freundin, wo soll er denn sonst hin? Dies war exakt die Frage, die sich Holm in diesem Moment auch stellte. Wo sollte er denn sonst hin? Die Frage war derart akut, dass er Ulrike, soweit das noch möglich war, scharf ansah, in der Hoffnung, von ihr eine klare Ortsangabe zu erhalten. Er kann ja ins Bett gehen und irgendwas lesen, sagte sie. Gott sei Dank, meinte Holm und atmete deutlich hörbar aus, und ich hatte schon befürchtet, ich muss hier im Flur bleiben. Am besten, du schläfst deinen Rausch aus, sagte Ulrike und sah zu ihm auf. Für einen Augenblick war er nämlich verunsichert, ob es hier überhaupt noch um ihn ging. Falls ich nicht mehr aufwache, erklärte Holm, bevor er sich abwandte, hat es mir im Rausch so gut gefallen, dass ich gleich dageblieben bin. Jaja, machte Ulrike abwehrend, und in derselben Sekunde setzte wieder ein lockeres Geplauder ein. Vor Wut warf er die Packung Kondome in den Mülleimer und ging ins Bett. Es dauerte zwei Stunden, ehe sich die Müdigkeit durch seine Wut hindurchgekämpft hatte.

Am nächsten Morgen saßen sie stumm am Wohnzimmertisch und frühstückten. Holm sah Ulrike dabei zu, wie sie ihr Toastbrot mit Erdnussbutter und Orangenmarmelade beschmierte. Sie schmierte abwechselnd Erdnussbutter und Marmelade auf ein etwa zwei Quadratzentimeter großes Stück, biss ab und nahm sich eine neue Ecke vor, beschmierte sie wieder mit zwei Quadratzentimetern Butter und Marmelade, biss ab, drehte den Toast um die eigene Achse, schmierte wieder, so lange, bis nur noch ein winziges Stück übrig geblieben war. Holm meinte zum ersten Mal zu erkennen, mit welcher Frau er seit Monaten eine gemeinsame Wohnung teilte. Wie konnte man von einem Menschen erwarten, in großen Zusammenhängen zu denken, der eine Toastscheibe in solch winzige Quadrate einteilte? Das Erstaunliche daran war, dass man trotz dieser unterschiedlichen Auffassungen noch am selben Tisch saß. Wir können ja mal ins Kino gehen, sagte sie. Ja, sagte Holm. Warum nicht?

Im Laden steckte er sich sofort eine Zigarette an, um zu überprüfen, ob sie ihm immer noch schmeckte. Doch sie schmeckte ihm nicht nur, er fühlte sich auch noch wohl dabei. Seine gestrige Sorge schien auf einmal wie weggeblasen. Völlig überraschend vermittelte ihm die Zigarette das Gefühl, sich selber ein Stückchen näher gekommen zu sein, und das war so neu, dass er schneller rauchte, als ihm guttat. Die Erkenntnis, etwas zu tun, das er von sich aus wollte, beeindruckte ihn so stark, dass er gleich mehrere Zigaretten hintereinander wegrauchte. Holm stellte sich ans Fenster und rauchte demonstrativ eine Marlboro. Holm marschierte gut sichtbar im Laden auf und ab und verpestete die Luft mit Zigarettenqualm. Holm stand im Humidor und paffte drei Zigaretten am Stück, bis die Regale nicht mehr zu erkennen waren.

Als Gesine in den Laden kam, roch es wie in einer billigen Kneipe. Es fehlte bloß noch das Bier. Was denn in ihn gefahren sei, fragte sie fassungslos und ließ ihre Tasche noch am Eingang fallen. Er sei auf den Geschmack der Freiheit gekommen, sagte Holm und streckte ihr die Schachtel Zigaretten entgegen.

Abends ging er noch in eine Buchhandlung. Er hatte auf einmal den Wunsch, ein dickes Buch zu lesen. Er wollte früh zu Bett gehen und Ulrike das Wohnzimmer, das in Wahrheit Ulrikes Wohnzimmer war, großzügig überlassen. Seinetwegen durfte sie ab sofort jeden Abend mit einer ihrer zahlreichen Freundinnen, die er nicht kannte, nie kennenlernen würde und auch nicht kennenlernen wollte, bei Salzgebäck und Tee sitzen. Holm würde derweil im Bett liegen, dem einzigen Ort, den ihm niemand streitig machen konnte, und ein dickes Buch verschlingen, so wie er es als Kind zuweilen getan hatte, um sich den Ansprüchen der Erwachsenen zu entziehen. Holm wollte wieder in die Welt erfundener Geschichten versinken. Am liebsten hätte er wieder an Märchen geglaubt.

Der Buchladen war voll, die Menschen irrten zwischen den Regalen umher, als suchten sie kurz vor Geschäftsschluss verzweifelt nach etwas, das ihnen die Möglichkeit bot zu fliehen. Es wurde geblättert, kurz hineingelesen, verworfen, woanders erneut geblättert. Diejenigen, die an der Kasse standen, hielten die Bücher wie eine wertvolle Beute an ihre Brust gedrückt. Holm ging zunächst in die Taschenbuchabteilung. Da er seit seinem Auszug bei der Tante keine Ahnung mehr hatte, wohin sich die literarische Moderne inzwischen bewegte, beobachtete er aus sicherer Entfernung, aus der Thriller- und Science-Fiction-Abteilung, die Tische mit den aktuellen Titeln. Holm beobachtete, welches Buch den häufigsten Kundenkontakt hatte. Denn er wollte nicht einfach nur in irgendeinem Buch versinken, Holm wollte, während er im Bett lag und die Bettdecke bis zu den Achseln, womöglich sogar über den Kopf gezogen hatte, mit Millionen Gleichgesinnter gleichzeitig in einem Buch versinken. Allein im Bett liegen, aber gleichzeitig das Gefühl haben, Teil eines Ganzen zu sein. Es musste ein Buch sein, das dem Massengeschmack entsprach. Während er dastand und zu den Taschenbüchern sah, stellte er fest, dass der Massengeschmack heute anscheinend keinen bestimmten Titel favorisierte. Die Kunden verschafften sich nur einen Überblick, ohne sich für ein bestimmtes Buch zu entscheiden. Und weil die Kunden hier unten hauptsächlich aus Rentnern und weiblichen Jugendlichen in schlabberigen Jeans bestanden, mit denen Holm keine Lektüreerfahrung teilen wollte, beschloss er, in die Abteilung mit den gebundenen Bücher hochzufahren. Hinter dem Lyrikregal stehend, beobachtete er die Neuerscheinungen. Hier herrschte gleich eine deutlich seriösere Atmosphäre. Menschen mittleren Alters, viele berufstätige Frauen, die sich nach der harten Arbeit noch rasch etwas für die Seele kaufen wollten. Menschen, die ernsthaft bestrebt waren, ihr Leben durch Bücher zu bereichern. Schon nach vier Minuten kristallisierten sich erste Spitzentitel heraus. Drei Bücher, die von insgesamt zwölf Personen, darunter elf weiblichen Geschlechts, intensiv begutachtet wurden. Nach weiteren sieben Minuten zeichnete sich endlich der klare Favorit ab. Sieger wurde das dickste Buch mit den warmen, mediterranen Farben. Holm wartete einen günstigen Moment ab und schlenderte dann gemächlich an den Büchertisch. Das Werk hieß *Wo die Liebe hinfällt* und war verfasst von einer Susanne Keller. Die Frage, ob die Liebe später wieder aufstand und welche Richtung sie danach einschlug, interessierte ihn sofort. Sollte Frau Keller dazu etwas Wesentliches zu sagen haben, wollte Holm es erfahren. Probehalber las er den ersten Satz. *Rachel war eine Frau von vierzig Jahren und nach einer Ehe, zwei Beziehungen und drei Affären schließlich zu der Überzeugung gelangt, dass ihr Männer kein Glück brachten.* Frau Keller hatte hier zweifellos einen Ton angeschlagen, der ihn nicht unberührt ließ. Und da er nicht tagelang auf das Ende warten wollte, las er gleich noch den letzten Satz. *Rachel und Dominic liefen den Hang hinunter, dorthin, wo das weite, azurblaue Meer lag. Sie hielten sich fest bei den Händen, er zog sie sanft vorwärts, Rachel spürte seine Kraft, und zum ersten Mal hatte sie das Gefühl, einen Mann gefunden zu haben, der wusste, wohin die gemeinsame Reise führte.* Das Ende klang nicht überzeugend, denn Holm hätte schon gerne gewusst, was Dominic in diesem entscheidenden Augenblick dachte. Wohin wollte er Rachel führen? Wer war dieser Mann überhaupt? Ein gewissenloser Aufschneider, der die Frauen ausnutzte und betrog? Der regelmäßig Kontaktanzeigen schaltete und alleinstehende, vierzigjährige Frauen um ihr Erspartes brachte? Hatte er Rachel unter dem Vorwand, eine eigene Firma zu gründen, gebeten, ihm fünfzigtausend Euro zu leihen? Weil Rachel diese Summe aber nicht flüssig hatte, löste sie ihre Lebensversicherung auf und überwies das Geld blauäugig auf ein Schweizer Nummernkonto. Holm war gleich klar, wohin die gemeinsame Reise führte. Sie führte zu den zerklüfteten Klippen hoch über dem Meer. Dominic würde sie zweifellos im geeigneten Moment in den Abgrund stoßen, wo bereits die Überreste der anderen Betrugsopfer lagen. Diese mörderische Entwicklung ließ Frau Keller natürlich unerwähnt, schließlich wollte sie ihre weiblichen Fans nicht verschrecken. Das Foto auf dem Umschlag zeigte eine sympathische, etwas korpulente Frau mit Brille, die ihr brutales Innenleben hinter einem breiten Lächeln versteckte. Auch der Klappentext erwähnte die weitere Entwicklung mit keinem Wort. Am Ende lediglich der Hinweis, dass Susanne Keller *ihren nunmehr dritten Roman über die Möglichkeiten der Liebe* geschrieben habe. Vor Wut über die halben Wahrheiten, die Frau Keller offensichtlich erst zu einer erfolgreichen Autorin gemacht hatten, ging er mit dem Buch zur Kasse. Da es nicht vorwärts ging – es gab ein Problem mit der Kartenzahlung –, kam Holm plötzlich die Idee, das Buch einfach nicht zu bezahlen, Wenn er erwischt wurde, könnte er gleich mal seine Meinung über Susanne Keller loswerden, dass hier Bücher mit halben Wahrheiten unters Volk gebracht würden, insbesondere den weiblichen Teil der Bevölkerung, dass es nicht anging, die Leser auf derart hinterhältige Weise zu betrügen. Ob man dafür eine Erklärung habe? Für solch einen Betrug wolle er jedenfalls nicht auch noch Geld bezahlen.

Er ging zum Ausgang. Er ging ohne Umweg direkt zum Ausgang. Dass er eine kriminelle Tat beging, dass er jeden Augenblick als gemeiner Bücherdieb überführt und der Geschäftsleitung übergeben wurde, die im günstigsten Fall ein lebenslanges Hausverbot über ihn verhängte, was Holm beinahe als zu geringe Strafe erachtete, dass er sich beim Überschreiten der elektronischen Sicherheitsschleuse quasi ins soziale Abseits begab, erschien ihm auf einmal als revolutionäre Tat. An einem gewöhnlichen Werktag, im Getümmel feierabendlicher Hektik, eine unbezahlte Ware aus dem Geschäft zu tragen war ein klarer Affront, eine unvorstellbare Sünde, die das Einkaufszentrum, ja die gesamte Schloßstraße vor Entsetzen erstarren lassen würde. Es war ein Angriff auf die Grundwerte dieser Gesellschaft.

Hohn sah sich nicht um, ging ruhig geradeaus weiter, passierte die Schleuse. Doch nichts geschah. Keine Alarmsirene, keine eilig auf ihn zustürzenden Wächter. Nichts. Holm stand auf dem Bürgersteig, er befand sich mit dem unbezahlten Buch jenseits der Sicherheitsschleuse. Er hatte ein Buch geklaut, er hatte den Spitzentitel des diesjährigen Bücherherbstes einfach mitgehen lassen, den nunmehr dritten Roman einer gewissen Susanne Keller, und niemand wollte etwas gesehen haben. So leicht durfte er nicht davonkommen. Er kehrte um. Trat mit einem deutlichen Schritt in den Laden hinein, ging fünf Schritte auf die Kasse zu, drehte im letzten Moment, das Buch gut sichtbar schwenkend, herum, ging langsam, ausgesprochen langsam zum Ausgang, wartete, machte dann einen auffällig großen, geradezu energischen Schritt durch die Schleuse und blieb auf dem Bürgersteig stehen. Wieder passierte nichts. Holm betrachtete die Kassiererin, durchbohrte sie förmlich mit seinem Blick, hielt das Buch sogar vor die Brust, um ihr die sofortige Beurteilung der Lage zu erleichtern. Aber sie bemerkte ihn nicht. Auch die Kunden, auf denen seine letzten Hoffnungen ruhten – irgendein griesgrämiger Alter, der sein langsam auseinanderfallendes Leben nur noch durch Maßregelungen seiner Mitbürger halbwegs in Form hielt –, sie bemerkten ihn nicht. Vielleicht funktionierte die Technik nicht. Das Kontrollsystem war zusammengebrochen, seit Tagen verschwanden auf unerklärliche Weise Bücher, die Bilanzen wurden ständig nach unten korrigiert. Dass hier überhaupt noch jemand seine Waren bezahlte, musste als Wunder gelten.

Enttäuscht ging Holm die Schloßstraße zurück. Unter der Autobahnbrücke warteten die üblichen Tierversuchsgegner oder Greenpeace-Aktivisten mit ihren Unterschriftenaktionen. Holm wollte ihnen endlich mal die Meinung sagen. Dass er grundsätzlich nichts gegen Tierversuche habe, ja prinzipiell dafür sei, einige ausgewählte Versuchslabore sogar mit kleineren Geldbeträgen regelmäßig unterstütze, er gehöre nämlich zu den wenigen Bürgern in diesem Land, die dem wissenschaftlichen Fortschritt positiv gegenüberstünden, überhaupt gerne fortschreite, auch wenn sich der Weg schließlich als Sackgasse erweise, wenigstens sei man voran-

und nicht zurückgeschritten, er selber plane seit kurzem sogar, ins Abseits zu schreiten. Jedenfalls wünsche er im Krankheitsfall nach den neuesten wissenschaftlichen Erkenntnissen behandelt zu werden, und ob dabei hunderte oder tausende weiße Mäuse über die Klinge springen müssten, sei ihm ehrlich gesagt völlig egal. Im Übrigen verlange er die sofortige Stornierung sämtlicher in der Vergangenheit geleisteten Unterschriften, die, um es deutlich zu sagen, nur auf dem Wege der Nötigung zustande gekommen seien, und er erwarte, in näherer und weiterer Zukunft nicht mehr mit diesem Käse belästigt zu werden, er habe Besseres zu tun, als weltfremde Aktionen zu unterstützen.

Als Holm jedoch, angemessen erregt, mitten in die Unterschriftenaktion hinein- und auf der anderen Seite unbefragt wieder herausmarschierte, blieb er fassungslos stehen und sah, wie andere Passanten offensichtlich bevorzugt wurden. Er wartete. Wartete darauf, dass doch noch irgendjemand hinter ihm hergelaufen kam, vielleicht der aufgebrachte Filialleiter der Buchhandlung in Begleitung des Ladendetektivs. Man habe da eine schlimme Vermutung, ob er mal seinen Kassenzettel vorzeigen könne. Womöglich hatte man längst die Polizei gerufen, die aber wegen eines anderen wichtigen Einsatzes verhindert war. Man möge sich noch ein wenig in Geduld üben und bitte darum, den Täter so lange in Schach zu halten. Doch es kam niemand. Vor lauter Ärger musste er sich den Polizeieinsatz auch noch vorstellen. Zwei Polizeiwagen hielten mit quietschenden Reifen dicht neben ihm, vier Männer sprangen heraus und forderten ihn unmissverständlich auf, sein Buch langsam auf den Boden zu legen und die Arme zu heben. Sein triumphierender Blick, als man ihn vor den entsetzten Passanten abführte.

Neben einer Bank bemerkte er einen Bettler am Boden,

er hielt ein Pappschild vor sich, auf dem in krakeliger Kinderschrift der Grund seiner derzeitigen Misere stand. Holm legte dem völlig überraschten Mann sein Buch in den Hut und setzte seinen Weg erleichtert fort.

Kurz vor acht erreichte er die Wohnung. Anstatt sofort den Fernseher einzuschalten, um die Tagesschau nicht zu verpassen, ging er in die Küche und machte sich in aller Ruhe Abendbrot. Er schmierte zwei Stullen, die eine mit Quark, die andere mit Leberwurst, schnitt ein halbes Dutzend Tomaten entzwei und ordnete sie wie ein motorisiertes Begleitkommando, bewaffnete Kradfahrer sozusagen, beidseitig neben die Stullen. Pünktlich zum Ende der Nachrichten setzte er sich vor den Fernseher und aß als Erstes sämtliche Tomaten auf.

Als Ulrike nach Hause kam, lag Holm schon im Bett. Was denn mit ihm wieder los sei?, fragte sie angestrengt und knipste das Deckenlicht an, was Holm gar nicht recht war, er wollte nicht gesehen werden, wie er im Bett lag. Er sei aus Versehen ins Bett gegangen, sagte er, reglos gegen die Decke starrend. Aus Versehen ins Bett gegangen?, wiederholte Ulrike erstaunt. Ja, sagte Holm, er habe ursprünglich auf die Toilette gehen wollen, sei aber aus Gründen, die noch zu klären seien, im Schlafzimmer gelandet, habe dann jedoch, sich im Badezimmer wähnend, die Hose geöffnet und sich schließlich ganz ausgezogen, erst in diesem Moment sei ihm der Irrtum klar geworden. Weil er sich nun aber schon der Hose entledigt habe, sei er zu dem Entschluss gekommen, den Rest gleich auch noch auszuziehen und sich schlafen zu legen. Ulrike sah ihn mit offenem Mund an. Ihr ratloser Blick ließ auf etwas schließen, das nicht zu begreifen war.

Als Ulrike am nächsten Morgen die Wohnung verlassen hatte, holte er, noch im Schlafanzug, die Tüte mit der Dreckwäsche aus dem Versteck und kippte alles unter lautem Gelächter in ihren Wäschekorb. Dabei drapierte er seine Unterhosen in einer Weise, dass Ulrike augenblicklich erkennen musste, was da so unvorteilhaft obenauf lag. Einige spezielle Exemplare stopfte er sogar direkt in die Blusen, in Ärmel und Schulterteile, dass Ulrike nicht umhin käme, ihn zu fragen, wie denn seine Unterhosen in die Blusenärmel geraten seien, was Holm mit der natürlichen Wanderbewegung dreckiger Männerunterhosen in Blusen und Röcke erklären würde. Je länger sich nämlich männliche und weibliche Kleidungsstücke gemeinsam in einem Wäschekorb aufhielten, desto größer werde die Gefahr der gegenseitigen Vereinnahmung, man habe schon von Wäschekörben gehört, in denen männliche und weibliche Kleider nicht mehr auseinandergehalten werden konnten, ein Fall, der im Übrigen auch auf menschliche Beziehungen innerhalb geschlossener Wohnräume zutreffe. Der Zweite Hauptsatz der Thermodynamik besage nämlich, dass die Unordnung jedes geschlossenen Systems im Laufe der Zeit zunehme, woran zu erkennen sei, dass alle geschlossene Systeme, von Wäschekörben bis zu menschlichen Beziehungen, im Grunde genommen völliger Unfug seien.

Am Waschtag, der je nach Bedarf, spätestens aber nach Ablauf des dritten Tages stattfand, hörte Holm, der im Wohnzimmer lag und in einer Illustrierten blätterte, aus dem Badezimmer von ihr jedoch kein entsetztes Wort, als wäre es völlig normal, dass aus diversen Blusen männliche Unterhosen herausfielen. Als er sah, wie sie vor der Waschmaschine hockte und sowohl ihre wie auch Holms Unterwäsche gleichgültig in die Trommel stopfte, erkannte er, wie mühselig es war, sich ständig selber zu demütigen, wenn es niemanden interessierte. Was nützte es, sich zwei Tage lang nicht zu waschen, wenn Ulrike ihm schließlich mitteilte, er könne auch mal wieder sein Hemd wechseln? Was nützte es, wenn er auf die

Tagesschau verzichtete und Ulrike es nicht bemerkte? Was nützte es, unrasiert zur Arbeit zu erscheinen, wenn ihm Gesine das Kompliment machte, ein Dreitagebart stehe ihm gut? Was nutzten all diese Anstrengungen, wenn keiner den wahren Grund dieser Aktionen begriff?

Am Sonnabend ging er in den kleinen Supermarkt um die Ecke, wo er nur das Notwendigste für den täglichen Bedarf besorgte. Man kannte Holm nur als den Quark-, Milch- und Butterkunden, als bestreite er sein Leben ausschließlich mit Milchprodukten. Aus alter Tradition trennte Holm seine Einkäufe, so dass die Verkäufer keine ungewollten Zusammenhänge herstellen konnten. Für fast jedes Produkt gab es bestimmte Läden, die er an jeweils unterschiedlichen Tagen aufsuchte, und der Sonnabend war nun einmal der Quark-, Milch- und Buttertag. Diesmal hatte er jedoch den Plan, etwas vollkommen anderes zu kaufen, er wollte Zusammenhänge herstellen, die es zweifellos in sich hatten. Holm wollte Klopapier und Pornohefte besorgten. Nicht nur eine kleine Packung mit zwei Rollen, die er problemlos in der Tüte versenken und vor den Blicken der Passanten verbergen konnte. Er brauchte eine Packungsgröße, die in jedem Fall in keine Tüte passte. Hier kam nur die Jumbopackung mit zehn zartrosa gefärbten Klopapierrollen in Frage.

Die Milchprodukte brutal ignorierend, schob er seinen Einkaufswagen mit der Jumbopackung durch den Supermarkt. Er fuhr systematisch jede Regalreihe ab, fuhr mehrmals an der Bürokabine des Filialleiters vorbei, der ruhig erfahren durfte, was hier vor seinen Augen passierte, fuhr langsam am Käsestand vorbei, wo die Käsefachverkäuferin gerade mit dem Einschweißen neuer Käsestücke beschäftigt war und Holms ungewöhnliche Wahl mit einem kurzen und nachdenklichen Blick registrierte. Fuhr schließlich, nachdem er lange genug hin und her gefahren war, in die Zeitschriftenabteilung, wo er sich sehr viel Zeit ließ. Denn die Wahl des richtigen Pornomagazins gehörte zu den entscheidenden Faktoren für den Eindruck, den er in wenigen Minuten bei der Kassiererin zu hinterlassen plante. *Playboy* und *Penthouse* waren für sein Vorhaben jedenfalls zu harmlos. Es durfte schon richtig zur Sache gehen. Schließlich entschied er sich für das Sonderheft der Zeitschrift YES. Auf dem Titel räkelte sich eine dralle Blondine im roten Lederdress auf einem Leopardenfell, es war klar, dass ihr aus allen Nähten platzender weißer Leib bald den direkten Kontakt mit dem Leopardenfell suchen würde, und da hätte Holm bereits die erste Klopapierrolle in Arbeit. Als er mit dieser einfachen, aber aussagekräftigen Kombination zur Kasse fuhr, kam er am Spirituosenregal vorbei und bemerkte erstaunt ein Schild mit der Aufschrift FLUCHTWEIN. Bei genauerem Hinsehen stellte es sich jedoch als FRUCHTWEIN heraus. Er fand dieses Missverständnis aber so gelungen, dass er spontan beschloss, seinen Einkauf mit einer Flasche Fluchtwein zu krönen. Holm legte die Produkte in der Reihenfolge YES, Klopapier, Fluchtwein aufs Förderband und wartete gelassen auf die Reaktion der jungen und, wie er auf einmal bestürzt erkannte, offensichtlich neuen Kassiererin, die statt eines Namensschildes den Hinweis *Ich lerne noch* über der linken Brust trug. Und was musste diese junge Frau, die Holm als Quark-, Milch- und Butterkunden leider *nicht* kannte, in diesem entscheidenden Moment lernen? Dass er bei einer Flasche Fluchtwein das Pornoheft studieren und sich dabei gemütlich einen runterholen wollte. Und zwar so lange, bis alle zehn Klopapierrollen aufgebraucht waren. Doch als sie gleichgültig die Summe nannte und ihn auch noch freundlich fragte, ob er eine große Tüte dazu haben wolle, wäre er beinahe ausfallend geworden.

Frustriert ging er mit der Zehnerrolle Klopapier unterm Arm nach Hause. Vor der Haustür entschied er sich jedoch kurzfristig anders und wanderte weiter Richtung Schloßstraße, auf der bereits die typische Sonnabendhektik ausgebrochen war. Die Leute stürzten in die Geschäfte, als hätten sie heute Morgen erfahren, dass ab morgen nie wieder irgendwelche Geschäfte öffnen würden. Holm ärgerte sich maßlos über die Dummheit der Menschen, er hätte ihnen am liebsten erklärt, dass die Geschäfte auch dann unbeirrt weiter öffnen würden, wenn alle der hier versammelten Menschen lange tot waren, selbst dann würden die Geschäfte öffnen, wenn es überhaupt niemanden mehr gäbe, der einkaufen konnte, weil entweder alle tot oder dermaßen verarmt waren, dass Einkaufen für sie nicht mehr in Frage kam. Schon weil niemand wusste, was man mit einer Geschäftsstraße, in der die Geschäfte geschlossen waren, weil alle tot oder verarmt waren, anfangen sollte, würden die Geschäfte notfalls auch ohne Publikum öffnen, da niemand sich vorstellen konnte oder wollte, welchen Sinn eine Geschäftsstraße ohne Geschäfte hatte. Deshalb, und nur deshalb würde der Unsinn immer so weitergehen.

Während er mit seiner Klopapierrolle die Schloßstraße entlangschlenderte und die Leute böse und, wie er meinte, irgendwie auch vorwurfsvoll ansah, merkte Holm, dass niemand seiner besonderen Fracht Beachtung schenkte. Niemand wirkte schockiert, es gab kein unfreundliches oder zurechtweisendes Wort, was er sich eigentlich dabei denke, die Öffentlichkeit mit seinen Privatangelegenheiten zu konfrontieren. Keiner war überrascht, einen Mann mit zehn Klopapierrollen der Premium-Qualität über die Schloßstraße laufen zu sehen. Ihre Blicke, sofern sie ihn überhaupt bemerkten, schienen zu sagen, hier läuft ein Mann, der mit sich im Reinen ist oder wenigstens plante, mit sich ins Reine zu kommen. Kein Grund zur Sorge also. Holm, den diese Beobachtung stark beunruhigte, überlegte, ob er jetzt täglich, wenigstens aber dreimal die Woche mit einer Zehnerpackung die Schloßstraße hoch- und runtergehen sollte, bis er selber diese Haltung vollkommen verinnerlicht hatte.

Zu Hause öffnete er sofort den Fluchtwein. Gegen Abend rief Ulrike an, ob er Lust habe, mit ihr ins Kino zu gehen. Holm, inzwischen völlig betrunken, stimmte ohne Bedenken zu. Ob es ihm gut gehe, fragte Ulrike, die sich offenbar über seine spontane Reaktion wunderte. Das könne er in seinem gegenwärtigen Zustand leider nicht ordnungsgemäß beantworten, sagte Holm. Ob er sie von der Arbeit abholen könne? Er könne es versuchen, meinte er und knallte den Hörer auf.

Im KaDeWe fuhr er zunächst in die Feinschmeckerabteilung. Er brauchte einen starken Kaffee. Er setzte sich an den Tresen der Kuchenabteilung und bestellte einen doppelten Espresso. Neben ihm saßen zwei Frauen und unterhielten sich über Bleichmittel und Strähnen. Trotz seiner angeschlagenen Verfassung kam ihm das Thema bekannt vor. Vielleicht, dachte er, haben Frauen insgesamt nur fünf oder sechs Themen zur Auswahl und sind daher gezwungen, diese Themen aus möglichst vielen Perspektiven zu betrachten, so dass sie selbst immer wieder den Eindruck haben, etwas grundsätzlich Neues zu erzählen. Wahrscheinlich hatte Ulrike deshalb so viele Freundinnen, um die Dürftigkeit des Themenspektrums zu verschleiern. Und da Holm keine Freunde hatte, war er praktisch gezwungen, sich ständig andere Fragen zu stellen und neue Themenfelder zu erobern, damit er sich selber nicht auf die Nerven ging.

Er merkte, wie ihn die schwarzhaarige Frau immer wieder interessiert beobachtete. Einen Augenblick meinte er, irgendetwas Entstellendes im Gesicht zu haben. Hatte er Zahnpasta auf der Stirn? Dann wurde ihm jedoch klar, dass ihr Interesse nicht auf seine persönlichen Lebensumstände zielte, sie interessierte sich nicht für die Frage, wie denn wohl die Zahnpasta auf seine Stirn geraten war, ob er sich vielleicht nicht nur die Zähne, sondern auch die Augenbrauen bürstete, ihr Interesse zielte einzig und allein auf seine Eigenschaft als Mann. Selbst in der Küchenabteilung ist man vor der Natur nicht sicher, dachte Holm verärgert. Er war inzwischen sehr dünnhäutig, was diese Frage betraf. Ob es Frauen gab, die ihn auch als Mensch schätzen konnten? Ich sehe gerade, Sie haben Zahnpasta auf Ihrer Stirn, erzählen Sie doch mal, wie es dazu kommen konnte. Was glaubte die Evolution eigentlich im KaDeWe erreichen zu können? Sollte er die schwarzhaarige Frau ansprechen und sie bitten, auf der Stelle Kinder mit ihm zu zeugen?

In der Herrenabteilung irrte Holm zunächst ein wenig orientierungslos umher. Es fiel ihm schwer, sich an Ulrikes Arbeitsplatz zu erinnern. Als er sie schließlich zufällig bei den Hemden entdeckte, blieb er erstaunt stehen. Ulrike schien ihn nicht zu erwarten. Kurz fragte er sich, ob zwischen ihnen überhaupt jemals etwas war, ob er sich alles nicht nur eingebildet hatte. Gleich würde die Tante hinter den Freizeithosen auftauchen und bruchlos an ein vor wenigen Minuten geführtes Gespräch anknüpfen. Gab es klare Beweise, dass Holm mit dieser Frau seit mehreren Monaten zusammen war? *Hiermit bestätigen wir, dass Holm, Felix, und Huber, Ulrike, seit dem 14.7. in einer Beziehung zueinander stehen. Mit freundlichen Grüßen, Ihr Amt für Offene Lebensfragen.* Das Problem war, dass es diese Sicherheit nicht gab, dass es überhaupt keine Sicherheiten gab. In diesem Moment erkannte sie ihn fröhlich lächelnd. Einige Sekunden lang war er erleichtert.

Sie fuhren zum Potsdamer Platz. Vor der Kinokasse drängelten sich junge Menschen. Sie stellten sich an der Schlange an. Welchen Film sie sich ausgesucht habe?, fragte Holm. Sie wisse es noch nicht genau, meinte sie, die Anzeigen studierend. Sie könne sich also an den Titel des Films nicht mehr erinnern, hakte er nach. Nein, meinte Ulrike vollkommen entspannt, sie wisse noch nicht, welchen Film sie überhaupt sehen wolle. Sie seien also hierhergefahren, sagte Holm, um die Sache grundsätzlich zu klären, ohne zu wissen, welchen Film sie sich ansehen sollten. Sie habe ihn den ganzen Weg von zu Hause hierhergelockt, ohne die geringste Ahnung zu haben, ob überhaupt ein halbwegs vernünftiger Film für sie in Frage komme? Nein, sagte Ulrike, es gebe schließlich immer irgendwelche Filme, ob das für ihn ein größeres Problem sei? Er sei es nicht gewohnt, in *irgendwelche* Filme zu gehen, sagte Holm, nun langsam ungeduldiger, er wolle schon gerne in einen bestimmten Film gehen, einen Film, der mit seinem Leben etwas zu tun habe, der ihm Antworten auf Fragen gebe, die ihn schon länger beschäftigten. Es sei ihm jedenfalls unmöglich, in einen Film zu gehen, der sich hauptsächlich im Weltall abspiele. Er hätte sich ja schon mal darum kümmern können, meinte Ulrike, sie habe schließlich den ganzen Tag gearbeitet, da könne er nicht von ihr verlangen, dass sie den ganzen Tag das Kinoprogramm studiere. Bis vor einer guten Stunde, antwortete Holm, knapp die Fassung bewahrend, habe er noch gar nicht gewusst, dass sie heute Abend überhaupt ins Kino gingen, er hätte mindestens sechs Stunden Vorlaufzeit gebraucht, um sich angemessen darüber zu informieren, aber der Gedanke, sich auf etwas vorzubereiten, sei ihr wohl fremd. Sie wolle was Lustiges sehen, fuhr Ulrike, auf seinen Einwand nicht weiter eingehend, fort. Vielleicht einen Actionfilm, meinte Holm. Eine Liebesgeschichte, sagte

Ulrike. Was daran lustig sei, fragte Holm. Das aber konnte Ulrike auch nicht genau sagen.

Er blickte sich um. Überall standen junge Paare, die anscheinend nichts Besseres zu tun hatten, als in *irgendwelche* Filme zu gehen. Filme, die sie nicht wirklich interessierten. Keine bestimmte Leidenschaft zog sie ins Kino, nicht der Wunsch, Antworten auf Fragen zu erhalten, sondern lediglich das Bedürfnis, sich für einige Stunden abzulenken. Wenn es nur darum ging, sich vom Leben abzulenken, konnte man ja gleich ganz draußen bleiben.

In letzter Sekunde, die Kasse war nur noch zwei Meter entfernt, entschied sich Ulrike schließlich für den neuen Film mit Jennifer Lopez, die Holm nicht kannte – und nach Lage der Dinge aller Wahrscheinlichkeit auch nie kennenlernen würde, denn im Saal hatte sich ein veritabler Riese direkt vor Holm gesetzt, und zwar hatte er sich erst in dem Augenblick hingesetzt, als es bereits dunkel war und die ersten Werbeblöcke liefen, so dass ein gefahrloses Umsetzen nicht mehr möglich war, schon deshalb nicht, weil rechts und links popcornessende und biergluckernde Halbstarke saßen, die es keinesfalls toleriert hätten, wenn sie zu einem Zeitpunkt, wo wichtige Werbefilme liefen, die es an Spannung vermutlich mit dem Hauptfilm spielend aufnehmen konnten, gestört wurden. Es waren sogar Handgreiflichkeiten zu befürchten. Zwei Stunden starrte er auf den Hinterkopf dieses Riesen, was ihm im Grunde gar nicht so unrecht war, dann brauchte er wenigstens den Film nicht zu sehen, auch wenn er an den entscheidenden Stellen nicht mitlachen konnte.

Als das Licht wieder anging, sah er zu seinem Erstaunen, dass er die ganze Zeit auf einen Hut gestarrt hatte, der einer älteren Frau gehörte, die ihn nur vergessen hatte abzunehmen. Ein freundliches Wort an die Frau hätte genügt, und auch Holm hätte sich womöglich amüsieren können. Noch später im Bett beschäftigte ihn die Sache mit dem Hut derart, dass er nicht sofort mitbekam, wie Ulrike seine Schlafanzughosen auszuziehen begann, sich rittlings auf ihn setzte und sein steifes Glied einführte. Holm lag auf dem Rücken und bemerkte zu spät, dass Ulrike mit ihm schlief. Er hatte eigentlich überhaupt nicht mehr damit gerechnet, ohne Kondom, dachte er, wird sie sicher nicht auf die Idee kommen, mit mir zu schlafen, vor lauter Nachdenken hatte er auch vergessen zu onanieren, was zur Folge hatte, dass ein Teil seines Körpers mit offensichtlicher Begeisterung bei der Sache war und nicht an die Konsequenzen dachte. Die Natur schuf gerade Fakten, und er konnte nichts anderes tun, als tatenlos dabei zuzusehen.

Am Montag blieb Holm bis acht Uhr im Laden. Gesine war früher gegangen, weil sie sich eine neue Zahnkrone setzen lassen musste. Als er den Laden verließ, hatte er plötzlich Lust auf eine Currywurst. Er beschloss, zu einer nahe gelegenen Wurstbude zu gehen und nicht vor zehn oder halb elf nach Hause zu kommen. Hoffte er etwa, dass sich Ulrike Sorgen um ihn machte?

Während er den Walther-Schreiber-Platz überquerte, fragte er sich, was er so lange machen sollte. Er konnte ja nicht zweieinhalb Stunden an einer Wurst essen. Die Schloßstraße war bereits zwanzig Minuten nach Geschäftsschluss wie ausgestorben. Normale Spaziergänger waren selten. Vereinzelte Gestalten eilten hastig, mit Tüten und Taschen beladen, die Straße entlang und verschwanden in Bussen, U-Bahnschächten und Seitenstraßen, als wollten sie sich nicht länger als nötig hier aufhalten. Holm schlenderte an den Geschäften vorbei. Er war froh, von allem ausgesperrt zu sein. Nichts konnte ihn locken. Er hatte kein Projekt mehr. Nur seinen Hunger stillen, dachte er. Eine gewöhnliche Wurst essen.

Der Himmel war bewölkt, niemand konnte ihn beobachten, wie er so ziellos durch die leere Stadt schlenderte. Langsam wurde es dunkel und das durch die Blätter der Bäume grünlich schimmernde Lampenlicht verwandelte die Straße in ein großes Aquarium. Blasse Gestalten, die stumm wie Fische vorwärtstrieben. Die Aktivisten unter der Brücke hatten ihre Aktivitäten für diesen Tag eingestellt und den Platz Betrunkenen überlassen. Nur der Bettler saß immer noch an derselben Stelle. Er hatte sein Pappschild zur Seite gelegt und war so in das Buch versunken, als sei ihm die Bettelei auf einmal egal.

An der Wurstbude standen drei Männer mit Bierdosen und unterhielten sich aufgeregt in einer fremden Sprache. Holm bestellte eine Currywurst ohne Darm. Während er seine Wurst aß, hörte er dem erregten Wortwechsel zu. Und weil er die Aufregung nicht verstand, brauchte er sich auch keine Gedanken darüber zu machen. Vielleicht sollte man einige Wochen mal nichts verstehen können, dachte er, damit einem der Blick wieder frei wird. Zufrieden ging er weiter Richtung Süden. Holm war jetzt fast am Steglitzer Kreisel angekommen, als er einige Meter vor der Kreuzung einen Mann sah. Er trug einen Wintermantel und einen dicken Schal um den Hals. Es war Frühherbst, aber sommerlich warm. Offenbar hatte ihm niemand gesagt, dass es für diese Bekleidung noch zu früh war. Der Mann kam nur sehr langsam voran, denn er musste alles, was ihm in den Weg kam, zwanghaft umrunden, Bäume, Straßenlampen und Poller, so, als wollte er sämtliche Gegenstände mit einer imaginären Schnur verbinden, damit er später den Weg wieder zurückfand. Kurz vor der Straße hörten die Bäume, die Straßenlampen und die Poller mit einem Mal auf. Der Mann stolperte schockiert ins Freie, sah sich fassungslos um und blieb dann wie festgefroren an der belebten Kreuzung stehen.